0 1 1 1 7 2

LYNE LAVERDIÈRE

ROMAN HISTORIQUE

Une histoire d'elles

Filles du Roy

ÉDITIONS D'ART LE SABORD

© Éditions d'art Le Sabord
© Lyne Laverdière
ÉDITEUR : *Denis Charland*
DIRECTION LITTÉRAIRE : *Denis Simard*
CONCEPTION GRAPHIQUE : *Denis-Pierre Beauchesne*
RÉVISION : *Marjolaine Deschênes, Guy Marchamps*
COUVERTURE : Brigitte Roy, *D'innombrables battements d'ailes* (détail), 2003

LES ÉDITIONS D'ART LE SABORD
167, rue Laviolette, C.P. 1925
Trois-Rivières (Québec) Canada, G9A 5M6
Téléphone : (819) 375.6223
Télécopieur : (819) 375.9359
www.lesabord.qc.ca
art@lesabord.qc.ca

Distribution au Québec / Prologue inc.
1650, boul. Lionel-Bertrand
Boisbriand (Québec) Canda, J7H 1N7
Téléphone : (514) 434.0306
Télécopieur : (514) 434.2627

Distribution en Europe / D.N.M. (Librairie du Québec à Paris)
30, rue Gay Lussac, Paris, 75005
Téléphone : 1 43 54 49 02
Télécopieur : 1 43 54 39 15

Dépôt légal
Bibliothèque nationale du Québec, 2005
Bibilothèque nationale du Canada, 2005
4e Trimestre 2005

Catalogage avant publication de Bibliothèque et Archives Canada
Laverdière, Lyne, 1961-
        Une histoire d'elles : Filles du Roy : roman historique
        (Collection Cercle magique)
        ISBN 2-922685-38-1
        1. Filles du Roy (Histoire du Canada) - Romans, nouvelles, etc. I. Titre. II. Collection.

PS8573.A798H57 2005   C843'.6   C2005-942291-2
PS9573.A798H57 2005

Imprimé au Canada

Nous remercions le Conseil des Arts du Canada et la Société de développement des entreprises culturelles du Québec (SODEC) pour l'aide apportée à notre programme de publication.

À mon ancêtre, Anne Langlois,
qui aurait été de cette traversée de 1669.
Je rends hommage au courage et à la détermination des centaines
de filles de tous les contingents qui ont traversé l'Atlantique.

Lyne Laverdière, septembre 2005.

Première partie : ENTRE DEUX TERRES

Printemps 1669. Port de Dieppe, en Normandie. L'air salin secoue les jupes des voyageuses qui attendent face à la mer comme les tours du château de Dieppe dans la haute falaise derrière elles. Dans l'anse du port, des amarres retiennent un navire.

Les regards des jeunes filles mesurent le colosse de bois. Ils montent le long de chacun des ponts étagés et vont se perdre dans les voiles, drapées tout là-haut, au centre du ciel. Un bon vent vient tout juste de gonfler les grands carrés de tissus écrus. Les voyageuses avalent leur salive. Partira-t-on bientôt?

L'inquiétude marque plus de cent visages alignés sur la grève. Partir? Rester? Aucun regard ne se promène sur la plage ni n'escalade la falaise. Tous s'accrochent à la mer dans un silence qui scelle le souffle du large. « Ce vaisseau sera-t-il assez fort, assez solide pour rester droit durant tout le temps de la traversée? Les vents permettront-ils le départ prévu pour aujourd'hui, puis maintiendront-ils un courant régulier pour qu'aboutisse le périple? » Toutes l'ignorent.

On présume que le soleil printanier a fini de faire fondre les glaces et que le capitaine saura reconnaître la route. On prétend toucher la Nouvelle-France dans quelques mois, peut-être deux, peut-être quatre, qui sait? On s'aperçoit qu'on connaît bien peu de choses sur la navigation, sinon qu'elle inquiète. « Cette mer, encore sécurisante autour du quai, le sera-t-elle aussi là-bas, au loin, au-delà de l'imaginaire? Et ce froid, ce froid du printemps qui s'allonge, sera-t-il effroyable quand le navire sera rendu au milieu de nulle part? On dit tant de choses de l'autre Monde! Et puis, on dit aussi que dans les forêts vierges de l'outre-mer, il y a des Iroquois à demi nus, aux mœurs cruelles. Est-ce vrai? »

Le vent semble s'être retiré des voiles. Seule la petite brise d'avril repousse les derniers nuages laissés par l'orage de ce matin. Des vaguelettes dansent à la surface de l'eau. Le souffle léger du vent ne les pique ni ne les retourne pour les ramener jusqu'aux poteaux du quai.

Des regards se croisent. Les filles inquiètes cherchent des points d'ancrage. Elles marcheront un peu, jusqu'à ce que le vent reprenne en forces.

Sur la plage boueuse, les traces de leurs pas égarés trahissent l'énervement. On peut suivre la suite de marques qui contournent les coffres épars en supposant qu'elles ont virevolté plusieurs fois vers l'étendue d'eau. Les lourdes malles sur lesquelles les jeunes filles s'asseoient un moment rappellent leurs corps chargés du poids de l'attente.

Ces empreintes seront les derniers vestiges des jeunes Normandes. Ensuite, lorsque les vagues auront balayé la plage, filles et bagages deviendront un souvenir pour leur patrie. « À moins que chemin faisant, on y perde corps et biens à cause de la maladie, des naufrages ou de l'attaque de navires ennemis! Combien partent, combien arriveront à destination? Chacune pourra-t-elle emporter autant de choses à bord? Et puis, comment vivra-t-on, là-bas, dans le grand pays de neige à hauteur d'homme? Devrons-nous, Filles du Roy infortunées, dire oui à un homme qui nous désignera du doigt? »

Le vent se lève à nouveau. Toutes se tournent spontanément vers les voilures. De gros ballons tirent la carcasse de bois. Les cordonnets qui attachent les bonnets des voyageuses semblent empêcher leur respiration. Les cheveux décoiffés brouillent le regard, à moins que ce ne soient des larmes. Des vagues moussent de blanc les flancs du navire et de petits sauts répétés frappent contre son bois rêche. Le bateau demande à partir.

On embarque un bœuf. Il hésite, pousse et tire, insiste et s'embourbe. On tire la corde jusqu'à ce que l'anneau lui avance de force la tête. Il montera. Quitter la France pour la Nouvelle-France est une décision difficile. Monter résolument à bord du navire est ce que doivent maintenant choisir Anne, Madeleine, Marie, Perrine, Jeanne, toutes Filles du Roy.

Jeanne a 17 ans. Elle se présente d'elle-même au port d'embarquement de Dieppe. Aujourd'hui, elle sera intégrée au contingent français. Sa motivation est d'aller retrouver sa cousine Catherine qui, aidée du roi, la précédait l'an dernier dans la Neuve-France.

Louis XIV, couronné roi de France en 1654, décidait en 1663 de prendre en main la petite colonie d'Amérique du Nord. Il venait de constater que le nombre d'habitants des colonies anglaises menaçait la Nouvelle-France parce qu'au-delà de vingt fois supérieurs, et ensuite, que les attaques iroquoises menaçaient de faire péricliter les profits du Trésor Royal qu'engendre la traite de fourrures. Il fallait donc d'urgence envoyer des hommes pour stabiliser la situation et améliorer les recettes du roi, et il fallait aussi encourager la population à se multiplier en augmentant la présence de femmes nubiles, jusque là calculées à une pour six hommes.

Pour ce faire, la France accepta de constituer le premier corps à envoyer outre mer. Le roi nomma un lieutenant général en Amérique, le marquis de Tracy. On choisit un distingué régiment, nouvellement offert en cadeau au roi par le prince Carignan, pour aller assurer la paix et la descendance dans les colonies. Plus de mille soldats du régiment de Carignan-Salières embarquèrent ainsi pour la Nouvelle-France vers les petites colonies de Québec, de Trois-Rivières et de Ville Marie. L'objectif : faire la guerre aux Iroquois.

Dès leur arrivée, les troupes travaillèrent à la construction de trois forts le long de la rivière Richelieu, une route empruntée par les Iroquois. Un premier fort à l'embouchure de la rivière, un second, le St-Louis, aux pieds des rapides et enfin un autre en amont des mêmes rapides, celui-là baptisé Ste-Thérèse. Peut-être la route d'invasion des Iroquois serait-elle ainsi condamnée ?

L'année suivante, une seconde armée fut lancée contre les Agniers, appelés aussi Iroquois. Il s'agit cette fois-ci du fort Ste-Anne, dans la région du lac Champlain. À nouveau, on prouva aux Iroquois qu'en avançant loin sur leur territoire, la force militaire des Français est certaine et durable. On détruisit même certains de leurs villages et entrepôts de grain.

Les Iroquois ne furent pas anéantis, mais impressionnés. Devant tant de détermination, ils acceptèrent de négocier une trêve. La ratification de ce traité éloignera le danger autour des petites colonies françaises.

Malgré que toute menace ne fut pas écartée, plusieurs compagnies du régiment retournèrent en France, car les attaques étaient devenues beaucoup moins fréquentes. Quelques centaines de soldats et officiers choisirent tout de même de s'établir sur les terres de la Neuve-France pour s'adonner à un métier. Si, par la suite, plusieurs mariages allaient rondement, la colonie pourrait enfin se développer. Et surtout, surtout ! la menace iroquoise écartée, la chasse aux castors se poursuivera librement, sans scalp ni torture, et les belles fourrures continueront d'enorgueillir le roi et la mode française.

Aujourd'hui, Jeanne ne se soucie guère des plans et des profits de Louis X1V. Pour elle comme pour toutes les autres volontaires, au-delà de l'océan se trouve un pays tout neuf où elle trouvera mari, gîte, lopin de terre. Elle ne peut supporter la misère de la France depuis qu'on lui a dit que le grand pays canadien de sapins et de bois regorge d'infinies ressources.

Jeanne craint toutefois le long voyage en mer, l'inconfort d'un pays où tout est à faire, la froidure des hivers qu'on qualifie d'interminables, la menace du scorbut, la férocité du peuple iroquois.

« Que votre libre décision de partir soit dès maintenant ferme et courageuse! » avait dit le marchand enrôleur, s'assurant ainsi de toucher les sommes promises pour chaque recrue. Il avait posé sur Jeanne ses yeux sévèrement pointus, avait levé en l'air un index presque menaçant, et sa lèvre inférieure avança pour finir de montrer combien il préfèrerait sa soumission à son hésitation. Cette attitude fit aussitôt présumer à Jeanne qu'elle devrait peut-être cesser de faire l'enfant, et signer.

Faire l'enfant! Faire l'enfance que les conditions de vie en France avaient souvent empêché d'être. Faire son enfance, comme on se construit une maison planche par planche, pièce sur pièce, à partir des matériaux disponibles. Jeanne n'avait pas eu longtemps les avantages permettant l'insouciance. Il y a plusieurs années, ses parents étaient emportés par une fièvre et plus récemment, ses deux frères et son mari périssaient dans l'écrasement de la charpente d'un bateau en construction. Heureusement qu'elle a eu Catherine, sa chère et audacieuse cousine sur qui elle avait toujours pu compter. Jeanne se doit d'aller la retrouver.

Elle avait pris la plume de la main du marchand enrôleur et s'était appliquée à tracer son nom. C'était il y a quelques jours et depuis, Jeanne est terrifiée.

Retenant son bonnet dont les rubans flottent derrière elle, Jeanne aimerait que de l'horizon vienne un peu d'assurance. Qu'existe-t-il loin des pâturages et des champs que ses pas ont foulés depuis sa naissance? Est-ce vraiment fait pour elle, ce qui se cache de l'autre côté de la ligne qui sépare ciel et mer?

Jeanne n'obtiendra pas de réponses. Seule une mer sous un ciel clair et un immense navire ondulent devant elle. Elle avale sa salive. Une lourdeur affaisse ses épaules.

Jeanne a peur! Comment Catherine réussissait-elle à partir, l'an dernier? Elle se souvient du courage de sa cousine au matin de son départ. Elle entend encore la détermination dans sa voix. Elle revoit son sourire attendri.

Elle se rappelle aussi le regard inquiet de Catherine, au moment précis où on appelait les voyageuses. Elle revoit l'hésitation assombrir pour un instant ses yeux. Elle entend encore le dernier mot qu'elle lui avait soufflé à l'oreille : « Adieu… »

Jeanne ne tolère pas ce mot. Les départs la bousculent. Elle essuie de sa main son visage car des larmes ont encore pris d'assaut ses yeux. Elle attendra que le vent décide du moment du départ.

Elle s'accroupit, ferme les yeux et écoute les vagues qui prennent des forces. Le vent lisse sur elle le tissu de ses vêtements.

Immobile, elle ne peut s'empêcher de penser aux pirates et aux naufrages qui font cogner son cœur, et ces images donne l'impression d'une cassure. Jeanne veut se relever, fuir! Elle chancelle. Ses jambes repliées et engourdies la soutiennent avec misère.

C'est à ce moment que des doigts bienveillants tapotent l'épaule de la jeune fille, qui demeure immobile le temps de faire la différence entre l'imagination et la réalité. Une dame d'une cinquantaine d'années se tient droite, vêtue et coiffée de noir. Son visage est à la fois grave et compatissant. Sa main est sûre.

Jeanne pend son regard farouche à cette physionomie rassurante. « Je suis madame Jean Bourdon, directrice du contingent. Je m'occupe d'un groupe de recrues de l'hôpital général de Paris. Tu peux te joindre à elles, cela rendra ce moment moins pénible pour toi. Ton prénom ?

- Jeanne. Je m'appelle Jeanne, madame.

- Viens, Jeanne » dit-elle avec un sourire tranquille et des yeux qui connaissent la teneur de ce moment.

Jeanne se lève en dépliant sur la plage le liséré gris de son chagrin. Elle accepte qu'on l'emporte loin de cet instant, trop grave pour ses forces. Elle protège son bonnet contre les griffes du vent, pique son regard sur la jupe noire devant elle, et marche à nouveau en larmes.

Son affolement la poursuit! Elle essuie promptement de sa manche ses yeux bleus, toujours plus azurés avec les sanglots. C'est du moins ce que feus ses frères et mari lui ont toujours répété… « … jolis cadeaux des profondeurs, …grands matins bleus… »

Mais il ne faut pas penser aux siens ni à sa campagne, pas maintenant. Il faut laisser ici cette terre, il faut abandonner les souvenirs, les tenir le plus loin possible du cœur! Il faut s'en détacher avant que le départ ne se charge de tout disloquer.

Jeanne salue tour à tour les jeunes filles que Madame Bourdon lui présente. Anne, Madeleine, Perrine, Geneviève, Marie et des dizaines d'autres que la dame désigne en levant et courbant le bras pour les encercler au loin. Les filles sont pâles malgré l'excitation. Leurs yeux sont livides. Elles réagissent comme des petits animaux attirés par le gain au fond du piège, excités de flairer des enjeux dangereux.

Sans plus d'égards pour Jeanne, les demoiselles saluent rapidement. Personne ne puise davantage dans ses forces lorsque l'angoisse touche à l'impatience et l'impatience à la détresse. Toutes les filles se préoccupent de scruter l'horizon.

Le temps est long. L'une des filles bouge sans arrêt. À côté d'elle, une autre pianote contre les fers de son coffre, ses doigts courant vers l'avenir. Une autre encore soupire en trouvant d'autres prétextes d'impatience.

- Il sera pour cette année, ce départ? » demande une rouquine, à qui personne ne répond. La jeune fille crache par terre et soupire bruyamment.

Un peu plus tard, on entend Madame Bourdon dire calmement :

- Il est maintenant temps d'aller finaliser les enregistrements, venez.

Groupées autour de la dame, les filles marchent jusqu'à une petite cabane d'où s'élèvent de généreux éclats de voix. On y reçoit les cris aigus d'inutiles piaillements et tous les bourdonnements graves des confidences empressées. Il y a beaucoup d'agitation. La peur mélangée à la hâte présente des signes d'hébétude et d'exagération. Ces tapages humains empêchent sans doute de ressentir l'insupportable moment présent.

On entre dans l'obscurité. Une chandelle insérée dans une lanterne carrée éclaire une petite table. La main d'un notaire trace le nom des filles sur un registre de papier écru et épais. Des arabesques entremêlées de fions s'allongent entre des taches d'encre noire. Leur nom, leur âge, leur provenance, leur avoir, tout y est précieusement inscrit avec le soin qu'on met à rendre immortel un souvenir.

Près d'un millier de filles partiront vers la Nouvelle-France au cours des dix années de l'intense émigration, entre 1663 et 1673. Plus de 150 partiront aujourd'hui de ce port de la Normandie, avec le devoir d'aller contribuer à l'avenir d'une nouvelle nation. Des Marianne, Jeanne, Françoise, Marie plein la liste! Des filles de tous les coins de la France, des Parisiennes mais aussi des filles habituées aux travaux de la ferme, des filles de santé robuste et, finalement, de toutes familles qui fuient la misère. Elles ont majoritairement entre 12 et 19 ans, mais on y retrouve aussi quelques femmes beaucoup plus âgées et encore fertiles, dont certaines traversent avec quelques enfants. Il leur faut fuir Paris.

La France est marquée par de nombreuses guerres avec l'Angleterre, l'Espagne, les Pays-Bas. Louis XIV a épuisé les ressources du pays avec sa belle politique de grandeur et ses guerres d'expansion territoriale. Aux victoires et conquêtes s'ajoutent revers et misères pour les petites gens. La France n'en finit plus de survivre : affrontements d'une rare violence entre catholiques et protestants, soulèvements populaires de protestations contre l'absolutisme de l'autorité royale, finances précaires du pays, saisies des biens des paysans. Existe-t-il quelque part des cieux plus cléments? « Savez-vous signer, mademoiselle? » demande le notaire à chacune.

La nervosité de certaines oblige une pause entre la question et la réponse et, à d'autres, elle provoque un petit rire incongru. Des filles ont la voix coupée de sanglots. Presque toutes les voyageuses tracent un X en guise de signature.

À l'écart, près d'une fenêtre donnant sur la grève, une jeune fille est assise, immobile, un ballot de jute collé à ses jambes. Elle guette tout, partout, sans arrêt. Ses yeux, ses grands yeux effarouchés, vifs et lumineux, voyagent à travers la pièce. Ils cherchent à comprendre tandis que le reste de son corps ne bronche pas. Pas même lorsque Madame Bourdon approche d'elle. Ce n'est que lorsqu'elle la touche et lui fait signe de se lever que la jeune fille obéit nerveusement.

Après s'être taillée une place à travers la foule, Madame Bourdon se penche à l'oreille du notaire et chuchote. L'homme ne respire plus.

Après une longue hésitation, il fronce les sourcils et signe un refus de la tête. « Le Roi ordonne que les recrues soient en bonne santé physique et qu'elles n'aient rien de rebutant », chuchote-t-il.

Madame Bourdon argumente :

- Je prends sur moi toutes les conséquences de la traversée de ma nièce, monsieur.

- Mais, madame! Je doute que le ministre soit heureux de faire débarquer une telle fille sur les terres de la Nouvelle-France!

- Cette fille s'en ira, monsieur. Vous ai-je déjà mis dans quelque embarras que ce soit avec les autres traversées?

Le duel est poli, mais serré. Le notaire est obligé de lui donner raison. Madame Bourdon connaît parfaitement sa tâche, qu'à chaque fois elle exécute impeccablement. Sans elle, qui ferait ce travail en faveur de l'ordre et du bon fonctionnement, tant sur les navires qu'en Nouvelle-France, qui? Marguerite Bourgeoys, bien sûr, le fait, et quelques rares femmes, mais qui d'autre encore pour couvrir les besoins pressants? Le notaire soupire, baisse les épaules.

Il réfléchit. Sans les femmes telle Madame Bourdon, les traversées des filles seraient certainement plus rares, donc le travail du notaire plus rare aussi...

L'homme se tourne vers Marguerite et pose sur son visage des yeux plus tolérants. Sa bouche étire un demi sourire à mesure que son refus fait place à la résignation. Devant cet amollissement, Madame Bourdon en profite pour enchaîner:

« Inscrivez qu'elle vient de la Salpêtrière.

Il reprend sa plume, la tient un moment au-dessus du papier, perd enfin toute hésitation.

- Orpheline?

- Oui.

- Sait-elle signer?

- Non ».

Le notaire réaligne sa chaise et s'applique à tracer le nom de Marguerite. Madame Bourdon fait un bref mouvement de la tête et la jeune fille prend la plume. Elle cesse un moment de regarder sa tante, le temps de marquer la feuille d'un X.

« Hey! dit une fille, impatiente. La belle mademoiselle pourrait répondre quand on lui parle!

- Laissez-la, Marguerite est complètement sourde, tranche simplement Madame Bourdon, en tirant la manche de sa nièce.

Des hon! et des oh! animent le groupe attroupé autour de l'étrangère. On la palpe et on la bouscule. « Hey! venez, venez toutes voir ce qu'il y a là : une sourde! »

Des sons voudraient sortir de la bouche de Marguerite. Elle se cache la figure de ses mains.

« Laissez-la tranquille, je vous dis. Poussez-vous, partez! » ordonne-t-elle.

Madame Bourdon a fait de grands gestes, les sourcils froncés. Elle se désole devant tant d'ignorance. Elle est outrée de voir sa nièce condamnée à l'exclusion, elle qui a déjà son lot de difficultés à vivre sa différence.

L'ignorance pose ses conclusions avec un lourd marteau qui cogne des clous sans tête. L'ignorance les enfonce avec l'empressement d'une colère orgueilleuse et intransigeante, comme on crie bêtement trop fort devant qui, même tout petit, nous aurait malencontreusement fait sursauter. De cette injustice, la tante de Marguerite s'offusque publiquement, au nom de sa nièce. Elle n'a jamais approuvé l'opinion populaire concernant la surdité de sa chère Marguerite. Il lui est inacceptable que l'intolérance gagne sur la sensibilité. Elle se dit que la traversée est loin d'être terminée!

À l'autre bout de la petite auberge, une femme s'écrie qu'il y a de la soupe pour qui voyage. Trop de ventres ont faim. Que le roi tienne ses premières promesses rassure un peu pour la traversée à venir!

- De la part du Roi de France! s'écrie la cuisinière en faisant de sa jupe un éventail et en montrant l'assortiment dégarni de sa dentition.

Marguerite voit se ruer les jeunes filles vers la soupière. Son regard est heureusement parfait et son intelligence est à l'affût de tout mouvement autour d'elle. Sa surdité vient d'une maladie. Le mal fut lancé au hasard d'une cible, bang! bang! un coup quelque part dans un village et un autre droit dans les oreilles de Marguerite. La maladie est cette chose mystérieuse devant laquelle on s'incline, plie les genoux, obéit.

Marguerite avait 6 ans. Vinrent dans sa tête des sons aigus accompagnés de douleurs intenses. Elle parvint, pour peu de temps encore, à percevoir des bruits assourdis, jusqu'à ce que tout devienne d'imperceptibles chuchotements. Disparurent ainsi les paroles entre les lèvres des gens, le chant des ruisseaux, le bruissement des feuilles.

Aujourd'hui, onze ans plus tard, tous les sons meurent à la porte de ses oreilles. D'étranges échos arrivent parfois à la rejoindre, mais Marguerite les mélange aux résonances dedans sa tête car à ces échos, s'ajoutent d'autres bruits internes qui empêchent toute possibilité d'entendre.

À la malchance s'ajoutent les conséquences. Plus les capacités de Marguerite diminuaient, plus vite couraient les rumeurs et le scandale. Marguerite fut repoussée par les petits et par les grands de son village. Bousculée. Négligée. Considérée comme inintelligente, parfois. « Hey! la répète, la bourde, la bébête! Hey! La bécasse! » lui disaient-ils.

Bien que les sons de ces surnoms lui restaient inconnus, Marguerite les entendaient quand même à l'intérieur d'elle, et ce, sans même regarder les faces avides de méchanceté. Parfois, des enfants la plaçaient au centre de leur groupe et ils pesaient sur elle avec leurs yeux plein de reproches et leurs joues arrondies de sourires malicieux. Marguerite perdit ainsi son prénom, qu'on remplaça par La bécasse.

« Ha! Ha! La mal conçue qui est là! Tu veux qu'on te gueule après, La bécasse! »

La petite fille les regardait furtivement, cherchant qui avait parlé et essayant de deviner le geste qui suivrait. Ensuite, elle baissait les yeux sur sa robe et sur tout son monde à elle. Elle entendait donc la méchanceté sans même entendre les mots de la méchanceté. Elle percevait précisément l'intention de blesser et elle se laissait heurter sans répliquer, comme si c'était autant la parole que l'ouïe que la maladie avait tuées. Marguerite cessa ainsi de parler. Sa parole devenue défectueuse, elle ne se battit plus contre les attaques à son identité.

L'enfant développa graduellement une audition que personne d'autre dans son pays ne possédait : ses oreilles mortes prirent vie dans son émotivité. Elle seule le savait, sans savoir si cela était bien ou mal puisque personne avec elle n'en avait jamais discuté. Son écoute devint différente. Elle voulait comprendre, entendre autrement. Elle dut se concentrer pour percevoir les indices de l'autre côté du silence. Elle observa. Fit des déductions. Différencia l'émoi d'autrui de son jugement personnel. Se trompa. Recommença. Dompta ses sensations.

Un frisson qui n'en est pas un de froid ? C'est la honte et cet homme, là, avec ses mains que personne ne semble vouloir voir sur cette petite fille. Une tension en entrant dans une pièce bondée ? C'est la colère de ce couple, là, dont la crise silencieuse comprime l'air de tout le monde. Le sentiment soudain d'une chaux qui coule au cœur de l'estomac ? C'est l'absorption de la tristesse de cette femme, là, qui pleure sur son indigence. Une grande bouffée de printemps en plein cœur de l'hiver ? C'est ce bébé, là, qui transporte sa candeur dans tous les bras qui le bercent.

Marguerite fut bientôt éloignée de son village. On la confia à l'orphelinat, là où elle fut tout aussi incomprise puisque l'humain méprise par peur et bêtise. Marguerite a donc grandi entre les murs de l'institution, appelée Salpêtrière. Elle connut aussi les murs de la conséquence du rejet, appelée solitude. Elle était La bécasse, celle que l'on ne calcule pas dans le lot, celle qui n'est pas complètement quelqu'un.

L'orphelinat de Paris lui offrit durant quelques années le cadre d'une protection physique mais aujourd'hui, en ces temps trop difficiles pour le pays, il ne subvient plus à l'ensemble de ses besoins de nourriture et de soins de base. Paris est très mal en point et chacun souhaite s'épargner la misère. Chacun, même La bécasse.

C'est avec ce bagage d'expérience que Marguerite quitte la France. Elle sait décoder la subtilité que contiennent les silences, elle devine les vérités les mieux camouflées, elle s'intéresse peu aux détails car ce qu'elle recherche, c'est la sensibilité à l'intérieur du dernier mot, celui qui reste après l'histoire.

En ce jour de départ, elle est une fille heureuse. Spécialiste à décoder les sentiments des autres, rarement elle a ressenti une aussi grande satisfaction pour elle-même. Le voile sur sa vie se lève enfin, voici la délivrance!

À sa terre natale, elle dit adieu comme on vit une libération, une récompense, une promesse. Ce départ la fait déjà arriver quelque part, car cet exode représente beaucoup plus que l'espoir de meilleures conditions. Il est l'occasion d'explorer en elle-même un nouveau territoire. Voici pour la sourde une deuxième chance de vivre.

Elle a déjà tout prévu. Cent fois elle a imaginé son quotidien au-delà de l'Atlantique. Courage, bonheur, gains, fierté. Rêver d'un lendemain bon et généreux la rapproche déjà du bonheur! L'idée du recommencement lui apporte l'espoir, et l'espoir lui donne l'élan pour imaginer encore le meilleur. Marguerite est confiante. Elle a hâte de humer les odeurs de cet ailleurs rêvé, de s'y implanter dans la force et la détermination, le sens de l'audition étiolé, mais le sens de la vie plus florissant que jamais. La souffrance appartient à la France, l'avenir appartient à l'Amérique!

La sourde examine Jeanne, une fille glacée d'effroi au milieu de la foule. Elle remarque ses épaules comprimées en un petit tas de misère, que son corps tente de soulever dans un effort continu. Elle regarde ses bras qui balancent dans le vide et ses grands yeux qui tachent de bleu sa figure blême. Ce corps figé donne l'impression que Jeanne est un fil étiré, qui va disparaître. La bécasse comprend cette angoisse.

Montent en Marguerite respect et compassion. Elle voudrait faire quelque chose pour l'autre, la consoler, la bercer, lui promettre et lui certifier ce dont elle a toujours souhaité être elle-même gratifiée.

Elle décide que ce moment-ci en est un favorable à sa pure intention. Existe-il parfois des instants particuliers où tout le pouvoir semble rassemblé, des instants où l'on sait que quelque chose peut naître à partir du prochain geste que l'on choisira de poser? Quelque chose qui déterminera si la suite de la vie tourne à droite ou à gauche, vers le haut ou vers le bas? Encore faut-il oser les cueillir, ces instants lovés au-dessus du temps, là où l'intuition comprend avant que l'intelligence n'ait simplement tressailli. Marguerite avance doucement vers l'épouvantable regard bleu.

Elle place sa main chaude dans la main transie de Jeanne qui dit aussitôt, d'une voix blanche : « Je vais m'enfuir! »

Le front plissé et la mine déconfite, Jeanne a réagi comme on se débarrasse d'une couleuvre enroulée à la cheville. Ses lèvres ont expédié une fraction de sa panique. Sa bouche retient maintenant sa lèvre inférieure, comme si elle s'apeurait de son prochain débordement. Jeanne tremble.

Ensuite, elle ne se tait plus. Elle énonce toutes ses intentions, les étale sur la déroute de son épouvante, enchevêtrant son désir de partir à son envie de rester. « Je le veux, il le faut, je dois le faire ; mais je ne peux pas, je vais mourir! Mourir de faim ici ou mourir piratée en mer, quelle est la différence? »

Elle entre ses ongles dans la main de Marguerite chaque fois qu'elle recommence son argumentation. Son corps avance et recule comme un cheval qui ne comprend plus les ordres. « J'ai peur de l'eau, je vais me noyer en mer, c'est certain! Ou mourir de sueurs, toute seule, prise par une fièvre jaune! Mais sinon, si je ne pars pas, comment vivre encore dans ce pays de misère assurée? Oh! je ne sais plus quoi faire, je ne sais pas ce que je deviens, je ne sais plus penser ! Et si j'attendais l'an prochain, le prochain vaisseau? Mais si je mourais de faim d'ici là? »

Marguerite est patiente. Son regard appelle Jeanne. Sa main chaleureuse n'apaise pas encore son drame, mais elle lui permettra bientôt une escale pour réfléchir.

La sourde fixe attentivement la bouche qui continue de placer dans des phrases ce qui semble effroyable. Elle n'entend pas, mais elle lit sur ces lèvres des bribes d'un discours confus, qui finit de débouler vers elle. Elle attrape çà et là des mots, qu'elle relie habilement entre eux. « Fi! en Neuve-France, qui me garantit la vie, hein! Qui, qui? Le Roi? Lui qui n'y a jamais mis les pieds? »

Jeanne pose ses questions sur le ton d'un ordre fâché, plein d'une colère qu'on jurerait dite pour éclabousser celle qui veut l'aider. Dans un geste aussi brusque qu'insistant, Jeanne attrape l'autre bras de la sourde et rudoie la main de la compassion.

La colère mue par la peur vise droit devant, sans discernement, et elle ramasse sur son chemin les plus tendres entourages comme si, pour se calmer, il fallait malmener sans plus de considération.

Marguerite reste sans bouger. Elle attend l'autre versant de la colère de Jeanne, son autre face, celle de la détresse qui avait commencé à poindre, juste avant de repartir se cacher. Ainsi Marguerite sait qu'alors la peur n'est point reçue avec la peur peut être calmée.

Alors, Jeanne réussit à mieux respirer. Elle agrandit les yeux et expulse son souffle hors de ses poumons. Monte en elle un sanglot puissant, tout juste parti du plus profond de son ventre. Jeanne expire ce qu'elle avait inspiré à petits coups angoissés. Ses yeux sont ceux d'une fillette triste, perdue, apeurée. Ils cherchent partout, ils cherchent la force de sa propre personne comme si cette force était allée se cacher dans la mer ou sous les malles, dans les nuages ou derrière les visages étrangers, qui sait, qui sait où sa maîtrise d'elle-même a fui?

Son corps se courbe sous une succession de sanglots. Sitôt que se déchaîne le remous, le front de la jeune fille se ride. Voici le flot de ses contradictions. Derrière la colère, revoici la peur. Et derrière la peur il y a la peine, la fatigue et puis, tout ce qu'il reste à accueillir et à respecter.

N'utilisant ni l'ouïe ni la voix, Marguerite dirige l'absence de mots. Elle donne au silence la qualité du calme. Lentement, Jeanne retrouve en elle les bonnes raisons qui l'ont menée au quai d'embarquement et, la main gardée dans celle qui lui suggère le calme, elle prend maintenant de profondes respirations. L'assistance de Marguerite la rassure enfin.

Jeanne se racle la gorge. Elle sent dans sa paume la douceur qui lui est communiquée. La paix de Marguerite s'est greffée à elle. Une boucle vient de sceller une amitié entre la main de la peur et celle du courage. Les deux femmes supposent d'instinct que l'entraide mutuelle leur sera nécessaire durant les prochains mois de l'été 1669.

Dehors, le brouhaha s'accentue, marquant l'heure du départ. Le bateau appareillant pour la Nouvelle-France est là-bas, petit et trapu, il roule et danse, de plus en plus nerveux d'aller se cogner aux grandes vagues. Dans des barques, on charrie ce dont on aura besoin durant la traversée. On s'affaire à charger à bord les vivres et munitions, les marchandises commerciales et les effets des passagers. Chaque chose est dirigée en un endroit précis, et le maître de bord est très occupé. Il a fait placer les marchandises les plus lourdes au centre du bateau et les marchandises sèches, pains et laines, aux extrémités. Les bagages sont fort encombrants ; restera-t-il de la place pour les filles ?

Il faut prévoir les vivres pour une centaine de personnes pour une durée d'un peu plus de 100 jours. Qui sait combien de temps prendra cette traversée ? Cela représente plus de 650 barils d'eau douce, cidre et vin ; 200 barils de biscuits ; plus de 100 barils de lard et bœuf salé ; 100 boisseaux de pois ; et puis, il y a l'huile d'olive, le vinaigre, la moutarde, les harengs, la morue verte et la morue salée. Aura-t-on encore de la place pour les ancres, et les câbles ? Pour les autres marchandises de ravitaillement ?

Juste avant de les embarquer, les couvercles de plusieurs gros coffres se soulèvent. On y retire quelques effets, qu'on emballe dans de la toile. On veillera précieusement sur ces petits trésors pour tout le temps de la traversée. Les voyageuses aimeraient garder près d'elles tout le reste de leur butin, mais elles reçoivent ordre de le faire descendre à la cale. Reste à espérer que l'eau de mer n'endommagera pas les maigres ressources de chacune.

Il y a aussi les biens qu'il faut vendre sur la grève, pour ne garder que l'essentiel. « Vos deux chaises, là, combien ? Ha ! ha ! vous croyez que je paierai ce prix-là ? Sachez que si je ne vous fais pas grâce de les prendre, vous les abandonnerez sur la grève, de toute façon, ma bonne amie ! » Pour trois fois rien, on se départit alors de ce qui nous définit. Se retrouver nue face à soi-même fait prendre conscience à certaines que sans leurs biens elles n'ont plus rien.

On a embarqué les nombreuses nécessités commandées pour les besoins de la colonie, toujours dépendante de la France. On manque de semences, de plantes, de tissus, de vivres, d'argent.

Le courrier français, celui qui est adressé aux parents et amis émigrés, tient dans deux grosses poches ; ce sont majoritairement les réponses aux lettres arrivées avec la flotte précédente.

On finit de procéder à l'embarquement des animaux destinés à la consommation durant le voyage. Des chevaux, bœufs, veaux, moutons et poules se partageront un étage au-dessous, près de la cale. On observe un homme en uniforme prendre des notes et échanger fréquemment avec le capitaine. On lui fait confiance puisque déjà, on ne contrôle plus rien.

Certaines filles vont se confesser avant de monter sur le navire. Dans un abri de fortune qui protége plus ou moins bien la confidentialité, le curé entend brièvement celles qui le désirent. Tout le monde veut ardemment préparer sa conscience advenant qu'en mer le pire arrive. Être en règle avec Dieu, l'avoir de son côté, se mettre en état de grâce, accepter la pénitence, deviennent des garanties nécessaires pour plusieurs passagères car partout, on répète qu'aller en mer c'est aller à péril de mort!

D'autres filles se consacrent aux adieux déchirants. Leurs bras enlacent tour à tour le cou de chaque parent aimé, leurs larmes se mêlent à celles des autres visages. Les paroles importantes font face à l'insignifiance quand les mots ne parlent pas autant qu'on le voudrait à ce moment-là.

- Adieu... je t'aime...

Mais qu'est-ce qu'un « prend garde à toi »? Qu'est-ce qu'un « je te garde dans mon cœur »? Qu'est-ce que cette soi-disant garde protègera réellement, quand le tangage risque à tout moment d'ouvrir le navire et de le casser comme un minable petit œuf?

Les adieux sont des confessions de soi. Ils sont faits de l'aveu plus ou moins habile des torts et des regrets, et la moindre parcelle de culpabilité en augmente la teneur. Les adieux sont aussi des promesses pour aider à s'accrocher au futur. Ils sont un nœud serré sur l'espoir du meilleur à venir. L'absolution donnée par le curé et celle accordée par les proches, et voilà que les âmes toutes purgées permettront qu'on lève plus facilement la tête en quittant la terre ferme. La confession de l'une et de l'autre manière aide le moment déchirant à se faire moins coupant, le poids de l'âme devenu moins lourd. Chaque être survit comme il le peut.

Puis, roulement de tambour. Voilà le signal de l'embarquement. Les vents sont favorables, il faut les prendre quand ils soufflent puisqu'on fait voile au premier beau temps. Les passagères retroussent leurs vêtements et avancent dans l'eau, où de grandes chaloupes attendent. Les filles s'assoient serrées sur les bancs et, la gorge tout aussi comprimée, elles regardent la terre française pour la dernière fois.

On les conduit vers le bateau amarré un peu plus loin, dont la plupart des filles ne lisent même pas le nom. Le Saint Jean-Baptiste est pourtant le mot clairement inscrit sur le flanc du navire de 1669. Les filles escaladent l'échelle de cordes tandis que, dans le vent, leurs robes soufflent des ballons foncés. Sur le pont, le capitaine crie des ordres. « Grand hunier! » Les matelots activent voiles et cordages.

Quelques coups de canon marquent encore le grand départ. Les longs tissus de couleurs sobres se cordent sur le pont et battent le vent. Du quai, on ne détaille plus les traits inquiets sur les visages des filles ni leurs sourires se voulant courageux, mais on les suppose tels. Les épaules dressées les unes près des autres et le port altier, elles retiennent leur respiration.

Au-delà de la vibration qu'elle a perçue avec le boum de la détonation, Marguerite sursaute. Caché derrière une grosse poche de marchandises, un matelot la viole du regard. Les yeux du garçon appuient sur sa petite taille et la pressent contre la foule. L'obstination qui insiste dans ces prunelles-là force Marguerite à reculer d'un pas.

Elle regarde la longue cicatrice qui dépare la joue du jeune homme. Cette couture remue lorsqu'il contorsionne son visage en faisant sauter ses sourcils. Portant galamment la main à sa tuque brune, le matelot montre à Marguerite ses quatre ou cinq dents jaunes, noires et espacées.

On le sait heureux, comme l'est chacun des aventuriers de la mer, dur à la misère et tout avivé de partir. On le devine aussi très excité par la présence des jeunes filles. Jeanne prend la main de sa compagne pour la ramener dans le rang.

Le Saint-Jean-Baptiste lève l'ancre. On sent sous les pieds le craquement du bois qui se meut sur l'eau. Le quai recule. La terre ferme semble onduler en s'éloignant lentement, le temps d'évaluer si on peut encore changer d'idée ou si on se résigne à son destin.

Ce navire quitte Dieppe pour quelques mois. Ces filles quittent pour toujours leur vie d'ici, emportant leurs secrets d'une culture collective et d'un passé distinct. « Adieu rivage connu. Adieu terre de France qui porte ma naissance, mes parents, ma maison, mes connaissances. Adieu surtout à mes êtres aimés, mais aussi à mes points de référence que j'abandonne et qui m'avaient déjà abandonnée dans la misère française. Je promets de ne pas changer de plumage. Je promets d'amener les racines que vous m'avez léguées, mes racines françaises que je transplanterai délicatement et sur lesquelles je veillerai. Je crains de me séparer de mon pays et de tout ce continent. J'ai peur de me perdre, peur qu'ensuite il n'y ait plus de route portant mon nom. Mon seul bagage reste celui de l'espoir. »

Jeanne serre la main de Marguerite tandis que cette prière à elle-même tremblote entre ses lèvres. Marguerite ne lit pas ce qui s'articule dans les mots de Jeanne, mais la main fébrile qui la retient lui suffit à savoir que sa nouvelle amie se sent tout aussi inquiète qu'elle.

Le navire rapetisse lentement contre le ciel. Il longe le mur de l'infini, cet horizon lointain que du quai, bientôt, on ne distinguera plus.

Les regards des parents et amis oublient de cligner. Peut-être que perdre une seule seconde de cet événement culpabiliserait à jamais celui qui a raté le précieux instant. Les départs obligent parfois à fixer des yeux ce que le cœur ne peut supporter de voir.

La gueule de la mer avale son protégé. Combien de temps le protégera-t-elle ? Seule la foi semble pouvoir répondre. Un père et une mère détachent leur regard longtemps après que le navire se soit éloigné. Voilà disparues leurs deux filles, leur Madeleine de 13 ans et leur Marie de 15. Leurs cheveux noirs et leurs yeux perçants, leur naïveté et leur innocence que jamais ils ne reverront, sinon un jour par quelques lettres peut-être rendues jusqu'à eux. « Qu'elles partent, au nom de leur vie… ! » Il avait ainsi fallu se raidir pour se décider de les offrir à la lointaine Nouvelle-France. Il avait ensuite fallu affronter les jours de deuil entre ce choix et le moment précis de l'adieu. Ressentir le poids du décompte cruel, tout en affichant devant les filles le semblant d'une forte décision. « Ramassez vos affaires. Vous partirez ensemble à bord du prochain navire. Il n'y a plus de discussion ! »

Ce matin, il a fallu cesser d'embrasser leurs minois, cesser les touchers fébrilement amoureux le long de leurs bras, de leurs mains, que l'on tient pour la toute dernière fois. Il a fallu vivre l'arrachement final de les pousser à bord puis, s'offrir le cruel dernier regard, trop conscient que c'est là le tout dernier. Prolonger les adieux prolonge non pas la présence, mais le départ.

Il faudra maintenant se raccrocher à la fureur contre la situation de la France, responsable de la misère qui gagna trop de foyers et détruisit leur famille et leur cœur. Blâmer aide parfois à survivre à l'inconcevable. « Elles seraient mortes ici, à cause de ce pays maudit. Autant espérer leur donner une chance de vivre dans une colonie. » Les parents se consolent, on se redit pour la centième fois que les petites auront là-bas une vie meilleure qu'ici. On l'affirme comme si on en était assuré, essayant de taire au fond de soi le grand doute quant au destin sur lequel on n'a aucun pouvoir. Il faudra désormais vivre chaque instant oppressé par ce doute.

Des parents et amis disent « adieu » sans remarquer qu'ils en allongent la dernière syllabe, celle qui chuchote leur tristesse profonde. « Adieu... » D'autres personnes ont quitté le quai avant même que des craquements indiquent que le bateau rompt avec la France. On s'était pourtant cru capable de se tenir là, bien droits, le bras levé comme une perche et la main qui essuie de gauche à droite le bateau qui s'en va.

Marguerite, Jeanne, Madeleine, sa sœur Marie et les autres filles sont entassées sur le pont. Toutes saluent à reculons, comme on sort de la Cour Royale. Le silence est grave, il frappe plus crûment que les flots et vents. Les gorges se resserrent, encore, encore, tandis que l'eau grandit autour de soi. Les mains se trouvent et les doigts se soudent. On a quitté son pays!

Chaque fille s'adresse à la France, promettant de ne jamais l'oublier. Chacune emporte son pays comme un bagage à main posé sur le cœur, celui qu'on ne peut confier à personne. Les filles deviennent brusquement conscientes de leurs racines françaises. Elles savent que les souvenirs de leur patrie et des gens aimés sont inscrits en elles. Elles savent qu'à certains moments ces souvenirs les apaiseront, mais qu'en d'autres temps, elles les vivront dans l'orage d'un manque. Il arrivera aussi que la mémoire semblera avoir oublié mais brusquement, elle resurgira. Les immigrantes se rappelleront alors chacun des détails que le souvenir aura épluchés, analysés, et minutieusement conservés. Elles transmettront ces souvenirs à leurs enfants.

- Qu'on me fasse un peu de place, sinon personne n'assistera au départ de ma personne! » s'énerve la rouquine. La jeune fille pique ses coudes dans les côtes de celles qui sont autour d'elle. Elle sourit à la foule comme si de là-bas, on ne surveillait qu'elle.

Sur le pont du vaisseau, le moment de deuil est intenable.

- Vous savez pourquoi notre navire s'appelle le Saint Jean-Baptiste?

Madame Bourdon tente de distraire les filles de cette tristesse qu'elle a déjà vue dans son expérience d'accompagnatrice. Personne ne lui répond, mais quelques-unes s'étant tournées vers elle, la dame poursuit : « À cause du bras droit de Louis X1V, Jean-Baptiste Colbert. Le principal ministre du roi emploie ses efforts à la reconstruction de la marine royale française. C'est à la demande de Jean-Baptiste Colbert que les navires du Roi vous transportent, vous, pensionnaires de l'hôpital général de Paris et vous, Normandes... »

Seule Marguerite, polie, sourit à sa tante. Les autres cherchent encore la côte du regard. Madame Bourdon coupe court :

« Venez, je vais vous montrer la Sainte-Barbe, c'est un coin de l'entrepont où vous logerez. »

Le rang serré de filles se déplace. Plus l'inquiétude étouffe, plus le peloton fait un petit nœud. Arrivées au troisième étage du navire, les filles ont un choc. L'endroit est déconcertant!

On entre dans la Sainte-Barbe en ne respirant plus, à cause du manque d'aération mais aussi, parce que l'endroit exigu oblige instinctivement la retenue. Voici une grande chambre obscure où sont suspendus des hamacs et où d'autres paillasses sont jetées par terre. Le voyage se déroulera dans ce lieu, où toutes s'entasseront et se heurteront les unes aux autres. À peine plus haut qu'un mètre soixante, l'endroit oblige tout le monde à se tenir courbé et à attendre que la misère amène la misère.

Quelques courageuses tentent déjà d'aménager des coins plus privés. Essuyer le plancher, suspendre un drap, secouer la paillasse. Il faudra oublier la toilette à faire, non pas uniquement à cause des humeurs de la mer mais aussi à cause de l'absence d'installations. On se lavera à Terre-Neuve, trois semaines avant d'arriver. À quoi sert de se tenir propre quand on imagine déjà les jours de pluie, de tempêtes et de grands vents qui condamneront à se salir davantage?

L'espace restreint et la vive surprise se canalisent en débordements de tensions.

- Dites, c'est vous qui sentez ça?

Des odeurs douteuses proviennent de l'étage au-dessous, celle où on a entassé les animaux. La puanteur est déjà abominable. Personne ne répond à la question. Jeanne et Marguerite se regardent. Elles se choisissent une place l'une près de l'autre.

Madame Bourdon informe les filles. « Je dois vous aviser qu'il est interdit de circuler la nuit, mesdemoiselles.

- Et pour les besoins urgents, madame? demandent en chœur les deux sœurs Marie et Madeleine.

- On ne peut compter sur aucun éclairage et on ne peut se déplacer avec une chandelle à cause des risques d'incendie... et ensuite, il n'y a personne pour vous protéger... vous risquez aussi de tomber sur les autres... vous comprenez ce que je dis? »

Marguerite blêmit. La noirceur voilera ses yeux quand il fera nuit!

La sourde déteste tout instant où sa vue ne compense pas son ouïe. Elle espère que dans le noir, il sera court le temps où seuls son toucher et son odorat l'aideront à comprendre ce qui se passe autour d'elle. Encore faudrait-il qu'ils lui servent d'avertissement!

Marguerite attendra que la lumière réouvre une paupière nouvelle au petit matin. Comme toutes les autres, la jeune fille se familiarisera avec la traversée. Son handicap l'obligera cependant à se couper d'importants repères. Elle frissonne et se détourne des lèvres de sa tante.

« Y a-t-il d'autres règles à respecter? demande Jeanne.

- Il y a... regarde par ici Marguerite. » Madame Bourdon lui prend le menton. « Il y a d'autres règles à respecter, en effet. On évite de circuler après le coucher du soleil. Évitons en tout temps les jurements et blasphèmes, l'oisiveté, le badinage et le vol. La punition pour le coupable en cas de vol de vivres est la plus sévère sur un navire. Toutes, vous avez bien saisi cela? »

Les filles sont attentives, exceptée la rouquine, qui se moque de Marguerite en articulant exagérément les mots que prononce Madame Bourdon.

« Attention mademoiselle, lui ordonne-t-elle aussitôt. Ma nièce n'est pas une bête. Je n'aimerais pas devoir ajouter cela aux règles. Venez, nous allons visiter les autres parties accessibles du navire. Montons au plancher de la distribution des vivres. » Jeanne prend la main de Marguerite et lance un regard impatient à la coupable.

Durant l'heure qui suit, Madame Bourdon fait visiter les divers départements du navire. Ils sont établis selon le rang social. Le pont supérieur est réservé au capitaine et aux notables. Lorsque la brise est normale, les passagers peuvent y causer entre les câbles d'ancres, les cordages de mâtures, les chaînes, les mâts de rechange et les réserves d'étoupe. Tous les ponts inférieurs vont aux marins et passagers et les plus bas, aux animaux. La cale, tout encombrée, sert à l'entreposage des marchandises promises à la colonie de destination ainsi qu'aux bagages. La réserve d'eau y est dûment verrouillée car les barriques deviendront bientôt plus précieuses que bien des coffres de bagages.

La tournée est terminée, les lieux des prochains mois sont clairement établis : la chambre, le pont, le petit chemin entre les deux lieux. On espère que le temps permettra d'être à l'extérieur du lieu commun, sans quoi ce sera la lutte pour rester enfermé dans la puanteur.

Jeanne et Marguerite retournent sur le pont. Elles se tiennent par la taille pour doubler leur solidité. Cette fraternité génère d'autres forces.

Le coup d'oeil change à mesure que le paysage s'habille de bleu. Poussé par le vent, le bateau s'est engagé sur la voie fluviale. Lorsqu'on lève la tête vers le grand mât et que se déploient devant soi les voiles, on entrevoit le ciel à travers le mouvement des tissus. Tant de couleurs lumineuses oblige à plisser les yeux.

Une odeur de tabac passe sous les narines de Marguerite. Sur le pont, les hommes ont la permission de fumer, mais elle n'en voit aucun proche d'elles. Marguerite raidit. Grimpé dans la drisse, le matelot à la joue cicatrisée se balance en appuyant son dos contre le cordage qui sert à hisser.

Il tire sur sa pipe, le regard sur la jeune fille. Elle remarque le filet de bave tendu entre ses lèvres et l'embout du tuyau. S'allonge jusqu'à elle une fumée grise. Ce serpent langoureux la dégoûte et elle se retient de respirer l'être qui l'empeste. Elle n'aime pas qu'un lien les relie. Elle refuse que rampe vers elle son regard obstiné.

Elle feint de s'intéresser à autre chose pour éviter d'encourager ce regard. En se détournant de lui, elle se demande s'il la guette encore. Inquiète, elle revient vers ce compagnon de voyage, mais ne tend son regard qu'à une drisse vide qui balance dans le vent! Où est-il?

Marguerite n'a pas perçu qu'il avait sauté plus loin pour quitter le pont et s'en aller ailleurs. L'attendre peut-être, qui sait? La jeune sourde ne connaît pas les vibrations de son nouveau logis. Elle n'a pas distingué le cognement des semelles contre les planches. Il lui faudra vite apprendre et développer des codes nécessaires. Sa surdité lui rappelle toujours qu'elle est différente des autres. La bécasse! La bécasse! « Tu frissonnes Marguerite, rentrons à l'intérieur » lit-elle dans les gestes de Jeanne.

Marguerite dit non de la tête et sourit. Elle tire la main de Jeanne jusque devant des caissettes de bois et indique à son amie de s'asseoir. Son ardeur recherche une joie dans le regard de sa compagne. Jeanne sourit à son tour.

Marguerite suit de son bras le vol des mouettes dans le ciel. Leurs coups d'ailes parlent de liberté. Jeanne cherche d'autres oiseaux, qu'elle pointe aussi. Les deux jeunes filles ont besoin de croire en la bonne étoile de ce moment de complicité. Jeanne rit. Marguerite imagine le son cristallin qui sort de sa bouche ouverte.

Il vient à la sourde l'idée de ce qu'elle retient depuis longtemps : ouvrir sa gorge, s'exprimer avec des intonations, comme le font les autres! Parler!

Jamais elle n'aura l'audace de faire sortir d'elle sa voix écorchée, ces sons qu'elle-même n'entend pas et qu'elle ne sait comment émettre. Marguerite a désappris. Sa gorge est verrouillée et elle ignore lequel, entre l'oubli et la gêne, lui en a volé la clé. Non, jamais elle n'osera reparler.

Avec des gestes et des contorsions de son visage, la sourde montre à Jeanne son emballement de prendre la mer. Elle parle à son amie de l'agréable voyage à venir et de leur arrivée prochaine en Nouvelle-France. Les jeunes filles parviennent à y croire, à se sourire, à en oublier l'affliction des voyageuses autour d'elles.

Jeanne admire la fougue de l'handicapée. Au-delà des mimiques qu'elle fait dans sa détermination à être comprise, la sourde parle aussi de ténacité. Aller résolument vers autrui dans ces conditions montre à Jeanne l'existence d'une force hautement respectable. Jeanne aimerait apprendre de cette force et, à l'image de Marguerite, être une femme animée de plus d'audace.

Au bout d'une heure, Marguerite accepte l'offre de Jeanne de quitter l'endroit, parce qu'une odeur de pipe mêlée au vent l'empeste à nouveau.

C'est main dans la main qu'elles se présentent pour le premier repas, où sont distribuées une ration d'eau et de viande. On dit de la mer qu'elle est calme aujourd'hui et heureusement! puisque se tenir droite sans se salir devient presque impossible. Le regard complice dans la difficulté mutuelle, les deux amies trouvent tout de même à s'y plaire. Elles prennent quelques bouchées et pouffent de rire.

Au milieu du repas, une voyageuse souriante se lève et se met à danser! On a vite fait de l'entourer. Cette voyageuse, Marie, affiche une légèreté qui contraste avec la corpulence de son corps grassement formé. Ses yeux noirs rient avant que sa bouche n'ait fini de prononcer ses boutades. Elle pose la main sur sa hanche ronde et lève le minois en parlant fort. Elle pointe son nez dans les regards de la foule et elle postillonne en terminant sa phrase par un clin d'œil. Elle balance son poids sur un pied, sur l'autre, et brasse savamment sa lourde taille, qui continue de bouger encore après que ses muscles se soient arrêtés. Ensuite, elle empoigne son tablier vis-à-vis chacune de ses cuisses et elle appuie son propos de quelques pas de danse.

Essoufflée, Marie ne s'arrête pas.

« Faisons maintenant quelques présentations! dit-elle en regardant la première inconnue devant elle. Toi, qui donc es-tu? demande-t-elle.

- Je suis Anne Langlois, j'ai 18 ans.

- Tu as des parents, belle Anne?

- Mon père s'appelle Philippe et ma mère, Marie!

- Ha! Ha! Avec une maman qui s'appelle Marie, comme moi, voilà pourquoi Anne Langlois est une fille aussi gentille et jolie! »

On oublie la réalité quand on rive le regard sur Marie. Lui laisser le plancher, c'est mettre la journée entre parenthèse. S'ébouriffe à coup sûr le cœur lorsque l'on s'imprègne de sa belle énergie. « Je vous raconterai maintenant la plus fabuleuse histoire de tous les temps. »

La magie opère. Des dizaines de figures arrondissent le regard. Des sourires s'échangent entre les filles. « Je lirai sur chacun de vos visages votre avenir personnel dans le Monde Nouveau. Ah! Je vois en chacun de vos regards votre immense désir de connaître le meilleur de ce qui vous arrivera! Par qui commence-t-on, qui? Qui veut apprendre son avenir en Nouvelle-France?

- Moi!

- Ha! Ha! Moi!

- Non! Moi! Moi, Marie!

Les bras se tendent vers Marie ; les rires fusent de partout. La plupart considèrent le jeu comme un jeu, mais toutes espèrent y obtenir quelques petites vérités.

- Celle qui entamera une chansonnette sera la première. Allez! Qui va chanter? » demande Marie.

Quelques offres se rétractent et d'autres bras hésitent. Marie sait déjà laquelle des filles devant elle, elle choisira, mais elle fait semblant de chercher encore parmi la foule. Après un moment, elle tend la main vers sa petite sœur pour la faire venir au centre du groupe. Madeleine rougit. Marie lui chuchote à l'oreille « Faisons-leur la comptine du petit garçon à la face toute barbouillée!

- Celle qu'on fait avant de s'endormir?

- Oui! Chantons-la en canon!

Les yeux de Madeleine pétillent. Amener sur ce navire un gros morceau de sa vie la rassure. En chœur, les deux sœurs reproduisent une bulle de leur enfance. Elles chantent pour personne d'autre que pour elles-mêmes.

À la fin, le groupe applaudit. La grande sœur garde près d'elle la petite, en entourant ses épaules. Derrière son dos, elle prend un air mystérieux. Elles balancent de gauche à droite et Marie raconte :

- Tous les hommes du grand pays de neige courtiseront Madeleine pour la chaleur de son sourire. Dès son arrivée en Nouvelle-France, elle sera celle qui recevra le plus de grandes demandes. On voudra l'aimer et la protéger à cause de sa douceur, aussi immense que le chemin entre la France et le Nouveau Monde! De son mariage, naîtront une dizaine d'enfants en santé, pour qu'un jour le Canada entier ait Madeleine à titre de mère-grand! Voilà pour l'histoire de Madeleine!

Le regard pendu aux lèvres de Marie, Madeleine lui souffle quelques répliques naïves.

« Qui? Moi! L'unique grand-mère de tout un pays! demande-t-elle, dépassée.

- Mamie Madeleine! On applaudit mamie Madeleine! dit Marie en riant fort.

- Mamie! Mamie! Mamie! » clame l'assemblée.

Tout le monde rit. Marie regarde les visages illuminés. Elle se sent responsable de donner à cette soirée de départ une allure de fête.

La petite est aveuglée par sa sœur, dont le propos tient lieu, selon elle, de haute vérité. Madeleine est totalement garante de ce que Marie avance, ne voulant distinguer le faux du vrai ni l'imaginaire du réel. Elle gratifie son aînée du crédit que lui confère ses quinze ans, comme si, des deux années qui séparent les jeunes filles, toutes les connaissances du monde s'y tenaient. Les deux sœurs consentent à ce pacte de supériorité protectrice, plein d'une tendresse mutuelle qui existait bien avant le conte de ce soir.

Marie, confiante, drôle et joviale, regarde sa petite sœur en continuant de s'adresser à l'assemblée : « Nous arriverons toutes au quai de la Nouvelle-France dans des robes de bal rouges, bleues, jaunes. Les autorités nous coifferont de taffetas et passeront à notre cou des colliers fabriqués par les Indiens amis du Canada. Un mouchoir de linon à la main, nous marcherons solennellement de la grève jusqu'à la première habitation, et on nous couvrira de regards. Parmi ces regards, celui d'un homme qui a durement défriché sa terre pour nous, qui y a déjà bâti une maison respectable, y a sculpté une table, une armoire et un berceau à notre intention et à celle de notre progéniture. Cet homme jugera que nous avons la robustesse nécessaire pour l'assister aux champs ...

« Il choisira celles avec des oreilles qui entendent! s'écrie Perrine, riant dans les restes de son repas, qu'elle prévoit gaspiller.

- Chut! Tais-toi et laisse ma soeur continuer! » ordonne Madeleine, qui ignore totalement qu'elle prend aussi la défense de Marguerite en redonnant à Marie le moment vedette.

Ne sachant qui a parlé ni ce qui a été dit, la sourde promène sur la foule un regard rapide. Ses yeux s'arrêtent sur Perrine, sur la figure de laquelle elle lit le mépris. Marguerite ressent la froideur de la rouquine.

Marie continue de faire la fête. « Cet homme, je disais donc, cet homme jugera de notre bonne robustesse pour porter, nourrir, élever et soigner toute sa descendance, sans qu'une petite santé ne vienne empêcher une journée de travail bien accompli! Nous lui cuisinerons la meilleure soupe et, et on danse là-dessus, allez! » Elle reprend le plancher de danse en tapant le bois de ses semelles. Elle chante en tournant sur elle-même, comme une grosse toupie. Elle amuse qui veut, comme elle, ne plus penser à ce jour. Le groupe est en liesse autour d'elle.

Madeleine en oubliera la réalité d'une première nuit loin de ses parents. La gaieté des chants et l'encouragement des applaudissements ont masqué son angoisse du départ. Le rire sert parfois de report et de salle d'attente. Il sert aussi à balayer les fantômes d'une petite sœur à protéger.

À la tombée du jour, profitant d'un moment où Jeanne s'éloigne de Marguerite, Perrine s'assoit près de la sourde de manière à ce qu'elle ne la regarde pas. Elle cache des provisions personnelles dont elle s'était munie à bord, du pain et des raisins secs, qu'elle se garde d'offrir à quiconque.

« Tu es répugnante. Oui, tu me répugnes.

- (Elle me dit quelque chose. Elle semble ne pas être heureuse de quelque chose.)

- Tu es atrophiée, donc moindre.

- (Il y a de la haine au fond d'elle. Dirait-elle des choses coupantes?)

- Dans ma classe sociale, tu laverais les planchers à quatre pattes, à mes pieds.

- (Qu'est-ce qu'elle dit? Elle parle trop vite! Mais il y a autre chose encore, au-delà de ce qu'elle dit. On dirait qu'elle décharge de très haut des ordures.)

- Petite garce, petite gueuse.

- (Si j'arrivais à calmer ma peur de sa haine, je pourrais savoir ce qu'elle me demande! Il faut que je respire calmement.)

- Comment tolérer ta présence dans le même environnement que les gens normaux?

- (J'ai peur. Il y a de la glace dans la bouche de cette fille, et le feu d'un poison aussi.)

- Tu devrais dormir en bas, tiens, avec les animaux. Bécasse!

- (Je reconnais ce mot sur ses lèvres. Il ne faut plus chercher les autres mots qu'elle m'adresse, celui-là me suffit.)

- Bécasse maudite!

- (Non, cette fille de glace ne me fera pas de chagrin.) »

Perrine lève et pointe son nez comme une arme. À chacune de ses détonations hostiles, sa bouche a mal fermé contre deux dents trop longues sur sa lèvre. Son canon reste entrouvert comme un navire qui attend la réplique après le tir. De ses longues narines émerge un souffle brutal. Le poison de sa haine flotte autour de sa figure, franchement enlaidie par son attitude.

Marguerite se lève, lui sourit poliment, et se choisit une place plus loin.

« Tu es méprisable! » projette l'autre, tout insultée.

À la tête de Perrine, montent des intentions malveillantes. Elle croise les bras sur les battements de son cœur et elle marche fort contre les planches de bois. De grands coups de sang prennent d'assaut ses joues et les colorent de feu. La haine donne à ses gestes une brusquerie jurée, acharnée, et à son visage elle donne le pointu de l'hostilité.

Cet état a surgi dès l'instant où Perrine a vu Marguerite. Une aversion farouche l'avait unie à la jeune sourde. Pourquoi tant de haine? Est-ce parce que l'une est un peu plus jolie, parce que l'autre moins généreuse, parce que la jalousie déclanche l'agressivité retenue ou est-ce encore parce que devant autrui surgissent les projections? Quoi d'autre?

Mais la haine jamais ne se questionne, puisqu'elle veut bêtement haïr sans trouver le chemin de la sortie.

Montée sur le pont, Perrine empoigne le rebord du garde en bois. Elle y enfonce ses ongles comme on s'agrippe à une conviction. La force de sa colère est grande. Les macarons tressés sur ses oreilles se défont dans le vent. Ses cheveux se chamaillent autour de son bonnet, à moitié descendu. Perrine ne s'en soucie guère.

Elle fixe l'eau noire devant elle. Sa violence en fait une tombe d'où elle déterre ses engagements résolus. Elle tient à mi-voix un discours critique à l'endroit de Marguerite. Il défile dans une tempête d'arguments qui habite son corps de frissons. Perrine tremble de rage.

La jeune fille ne réfléchit pas, envahie qu'elle est par sa hargne. Elle jure ce qu'elle pense. Elle déteste et aime détester. Sa convention est claire. « Qui est cette sourde qu'on a placée près de ma couchette? N'est-ce pas là la raison pour laquelle la chambre commune est si infecte? Et puis, moi, je suis une fille de notable. Mon père avait un salaire de haut fonctionnaire. Il travaillait à la Cour du Roi de France! Mon père a fréquenté le fournisseur officiel des plaisirs de Louis XIV, Jean-Baptiste Poquelin que d'autres appelleront Molière, cet auteur de théâtre qui a écrit Le Misanthrope, Les Précieuses Ridicules, ainsi que les interdits Tartuffes et Don Juan! J'ai grandi avec la noblesse, moi, je suis une digne descendante des hautes instances parisiennes, une fille de famille très bien en vue en haut lieu. J'ai connu les salons d'une grande maison aux pièces sculptées de dentelles de bois et de marbre. J'ai porté toutes les robes que j'ai souhaitées, pas des chiffons fripés, mais des soies! J'ai mangé des gâteaux préparés par ma bonne privée. Pas celle de mon père, non, la mienne, ma bonne à moi, celle a qui j'ai dicté mes caprices! J'ai couru dans la lande et j'ai galopé sur des chevaux de la couleur de mon choix. J'ai porté des ombrelles et des gants brodés et sertis de pierres précieuses. J'ai sauté sur ma paillasse jusqu'à la briser, si je le voulais. Et puis, j'ai eu les cours que j'ai voulus et j'ai caché des souris dans le piano de mon professeur personnel, venu d'Espagne pour moi… Fi! Je ne dors pas dans cette salle commune, infecte, auprès d'une sourde à qui je ne donnerais même pas les miettes de mon repas. On devrait me donner la place qui me revient dignement, auprès de ceux qui disposent du château arrière, dans une des cabines élevées au-dessus de l'eau! Je suis une fille de notable, moi! Mon père était de la Cour du roi de France! La noblesse, moi! »

- Perrine, il faut quitter le pont maintenant!

- (Je suis une fille de notable, personne ne me donnera d'ordres!) pense Perrine.

- Perrine! répète Madame Bourdon.

- Je suis occupée.

- Tu fais tes prières du soir toute seule?

- Mes prières, fi! … C'est ça, mes prières, mes prières…

- Je n'ai pas bien entendu…

- La Nouvelle-France sera bientôt peuplée de sourdes!

- Perrine, voyons! Et fais donc attention, tu perdras bientôt ton bonnet dans la mer!

Perrine arrache son bonnet de sa tête. Elle attrape les deux pans de tissu et fait de son chapeau un panier qui cueille le vent. Elle passe près de le lancer à l'eau, mais elle se souvient brusquement que c'est là le plus décent bonnet de son bagage, l'autre étant de tissu plus avachi.

La responsable du contingent fait quelques pas vers elle. L'effrontée continue de marmonner. Sa chevelure rousse semble prendre feu lorsqu'elle la secoue avec violence dans le vent du large. Madame Bourdon constate que le dédain sur le visage de Perrine enlaidit la fraîcheur de ses dix-huit ans.

Ne se laissant pas impressionner par la capricieuse, Madame Bourdon reste droite et immobile. La jeune fille se tait enfin et, d'un geste bourru, enfonce sa coiffe sur sa tête. Elle froisse ensuite ses jupes en en tirant les coutures, prête à les déchirer.

- Perrine, ça ne va pas?

- Laissez-moi tranquille.

- Qu'y a-t-il mon enfant...?

- Je ne suis pas votre enfant, je suis la fille de Pierre Leclerq dit Dubélier.

- Tu es fatiguée, Perrine, tu as besoin de repos.

- J'ai besoin d'être seule dans mes appartements!

Madame Bourdon regarde Perrine en secouant la tête. « Pierre Leclerq dit Dubélier... un homme ruiné par des excès et des maîtresses... Perrine est la fille de cet individu » se souvient-elle. Lasse après la dure journée, elle soupire et retourne auprès du groupe entourant Marie.

Née Anne Gasnier, Madame Bourdon avait été désignée pour participer au choix des recrues qui présentent un bon potentiel d'adaptation au contexte de la Nouvelle-France. Elle a trouvé la majorité des filles et des femmes dans les institutions de charité, là où sont hébergées les orphelines de naissance et de circonstance ainsi que les nobles appauvries par la situation en France. Oh! il s'en trouve affichant des caractères rudes et peu aisés à manier, mais l'engagement de l'accompagnatrice demeure ferme malgré toutes les incommodités.

Pour accomplir sa tâche selon la volonté du Roi, des critères de sélection avaient préalablement été fixés par l'intendant Talon : bonne santé physique et morale, obéissantes, et bien en chair pour se protéger du froid du Canada. Madame Bourdon voue une confiance absolue en Louis XIV.

Veuve de Jean Bourdon depuis l'année précédente, ce procureur et commiss-général de la Compagnie de la Nouvelle-France, explorateur, d'ailleurs le premier a explorer au-delà du territoire jusque-là découvert par Samuel de Champlain, Madame Bourdon est une femme patiente et solide. Il y a dix ans, en 1659, le couple Bourdon demandait expressément au Roi le secours d'une armée pour refouler les Iroquois, cette terrible et constante menace pour les immigrants de la Nouvelle-France. Elle et son mari sont de ceux qui ont souhaité que les horizons français nord-américains se dessinent. Chargée par la Cour de conduire les cent cinquante filles du vaisseau de 1669, son veuvage n'a ralenti ni ses croyances ni ses activités. Heureuse que le roi agisse de manière plus constante, Madame Bourdon est d'autant plus motivée.

Il y a peu de temps, le père de Perrine demandait au roi une lettre de cachet, ordre d'interner sa fille afin de préserver l'honneur des allées et venues de l'homme, pris par ses petites activités. Il n'y eut ainsi aucune tache sur la famille ni sur son chef incontesté, qui put continuer ses affaires de mœurs sans risquer que sa fille divulgue, entache ou ternisse l'éclat de son nom. C'est ainsi que Madame Bourdon reçut ordre d'amener Perrine jusqu'au Nouveau Monde.

La jeune Perrine, au tempérament bouillant comme l'est celui de son père, le plaça hélas dans l'embarras jusqu'à la veille de son embarquement. Devant le salon rempli de la haute, elle s'était subitement écriée :

- Vous avez sans doute empoisonné ma mère, quelques jours après ma naissance, afin de mieux vous payer tous ces plaisirs charnels et pompeux, qui me privent de tout !

Le père, pris d'orgueil et de furie, lui lança de l'argent, la sommant devant tous de cesser de mentir et d'aller s'acheter tout ce dont elle avait besoin. Il l'abandonna le lendemain sur le quai de Dieppe, un petit coffre à ses pieds.

***

Quand tout devient sombre, le premier soir, la sourde ne parvient pas à s'endormir. Ne contrôlant plus ce qui se passe, elle ouvre grandes les pupilles. L'insondable noirceur la plonge dans le néant. La jeune fille retient son souffle. Elle ne différencie plus si ses yeux sont ouverts ou fermés !

La noirceur la confine à des idées d'épouvante. Est-elle emprisonnée dans une tombe sur laquelle on jette de lentes pelletées de terre noire jusqu'à ce que l'oxygène finisse par manquer ou juste avant, à une seconde de la suffocation ? Diverses aventures bordent les contours de sa couverture. Des formes, des mains, des sursauts et des impasses. Comment se défaire de ces images ?

Elle cache son visage sous sa couverture. Elle recroqueville aussi ses bras et ses jambes, mais sa nervosité provoque des spasmes choquants d'imprudence. Les ténèbres la pénètrent et perle sur son échine une sueur charbonnée. Marguerite est paralysée.

Pourtant, autour de la sourde, c'est le chaos. Dans la chambre commune, plus de cent filles sont cordées sur des paillasses et des hamacs. Certaines s'amusent, certaines s'attristent, et sans se voir on échange des confidences. Marguerite ne se doute pas que de partout fusent des petits cris, tantôt venant de l'une qui se raconte en riant, tantôt de l'autre qui s'exprime en pleurant.

« Allons, un peu de calme mesdemoiselles ! » commande Madame Bourdon. Toutes ont entendu, sauf celle qui aurait besoin de réconfort.

Soudain, quelque chose de tiède frôle son bras. Qu'est-ce ? Marguerite expulse d'un coup sec ce qui la touche. Son cœur bat au rythme des pas de la course qu'elle voudrait entreprendre. Le temps de quelques secondes et toute une élaboration de l'horreur défile à nouveau dans son cerveau. « Un matelot m'aurait approchée ? Ou peut-être est-ce de la vermine ? C'est sans doute une famille de bestioles répugnantes ! Un voleur ? Quelqu'un qui ne sait pas que je n'ai rien ? C'est un intrus, dans notre chambre des filles, quelqu'un qui sait qu'y dort une sourde. C'est ça, oui, quelqu'un qui sait que je suis sourde ! » Marguerite ne respire plus. Crispée à sa couchette, elle attend. Peut-être qu'à force de se concentrer va-t-elle parvenir à percevoir les indices qui éclaireront ce mystère ?

Elle aimerait tant entendre ! Ce vœu ne la quitte jamais. Toute sa vie elle rêvera d'un beau matin de printemps où elle se réveillera tout à fait rétablie, une sève nouvelle coulant dans la complexité des couloirs de son ouïe. Accueillie par les oiseaux, que d'autres maudissent au petit jour pour leurs piaillements, elle lèvera la tête dans la direction de leur chant, différenciant facilement le merle du chardonneret. Sa semelle crissera ensuite sur le pavé et elle se retournera sur le bruit du sable broyé.

Il y a des jours où Marguerite croit la chose probable mais le lendemain, la désolation lui donne à ruer contre tous les obstacles. En d'autres temps encore, la voilà prête à la promesse la plus chère contre un seul instant de facilité. Sa perte de l'ouïe, jamais elle ne l'a acceptée.

La chose étrange est revenue. Marguerite tressaille. « Oui, c'était un rat. En était-ce un ? » Elle retire vite son bras de l'étau, parce que la chose veut la mordre. Mais qu'est-ce que ce mystère qui lui prend à nouveau le bras et qui reste tranquillement sur sa peau ?

Marguerite se ravise : « Est-ce que ce qui me touche se voudrait doux ? Cela ne serait peut-être pas menaçant ? » Après tant de sursauts, elle reconnaît enfin la bienveillance de ce qui a touché son bras.

Jeanne garde sa main sur son amie. Une main protectrice, une main gratuite. Cette générosité est le geste de sa reconnaissance. Jeanne se souvient de l'accueil de son amie. Elle sait combien la solidarité soigne l'âme dans les moments de grandes peurs.

Un quart d'heure plus tard, Marguerite est profondément endormie.

Il fait froid cette nuit. On a beau se couvrir, la moiteur retenue dans les tissus ne réchauffe pas. Une fine bruine court sous les habits.

Le roulis des vagues crée des mouvements saccadés. Les couchettes qui balancent impriment des rougeurs sur la peau comprimée contre les coutures des vêtements. Les frissons sont trop importants et la mer chante trop fort pour qu'on dorme confortablement.

L'équipage a été contraint d'ajuster les voiles durant toute la nuit. De la Sainte Barbe, on entend des commandements et des pas qui courent sur le plancher d'en haut. Dans la chambre des filles, plaintes et gémissements fusent de partout.

« J'ai la nausée!

- Je vais vomir!

- Taisez-vous et endurez donc! »

Les vagues font cul sec contre le navire. Elles le heurtent : Tap! Tap! Tap! et avec chaque secousse, les filles sont bousculées. Les voyageuses guettent les prochains assauts, qui surviennent, à coup sûr. Elles les attendent sans les désirer, contraintes de se laisser malmener.

« Nous sommes à la merci des flots!

- Ce bateau va-t-il enfin s'arrêter de taper l'eau?

- J'ai des haut-le-coe…ur!…oh!… »

Marie n'achève pas sa phrase. Une gorgée amère remonte le trajet dans son œsophage et fait faire à l'épiglotte un mouvement inversé au fond de sa gorge. Le goût âcre passe dans ses narines, sort par son nez et, dans un son qui rend tripes et boyaux, finit d'être expulsé par sa bouche. Sur sa poitrine et sur la première de ses jupes, l'odeur se répand et lui inspire une autre vague de vomissures. Le bateau n'en finit plus de faire monter et redescendre son estomac, qu'à chaque fois elle croit resté là-haut.

En dessous, les animaux beuglent, caquettent, grognent. La panique les a pris. Ils se blessent les uns sur les autres avec des coups de sabots, de tête, de bec. Les deux étages puent les matières vomies, et l'Atlantique continue de fouetter ses moutons sous la carène du navire. La mer monte l'estomac en blanc d'œuf, puis elle le redescend, l'écume aux bords des lèvres devenues dédaigneuses. Les ventres se vident à grandes louches d'une soupe âcre et jaunâtre. Le dégoût pompe l'intérieur du corps jusque sur le plancher de bois, qui en absorbe une certaine quantité tandis qu'entre les planches coulent les restes. Les vomissures de Marie gisent, mélangées aux rejets des autres passagères atteintes du mal de mer. Personne ne dort en cette première nuit à bord, car il y a ceux qui vomissent et il y a ceux qu'on empeste.

Le lendemain matin, le bateau est fixé à la mer. Nul vent ne souffle. Personne n'avait parié que l'élan du départ arriverait si vite à bout de souffle. Il faut s'y résigner, les bateaux sont assujettis aux humeurs de l'océan. Coincé entre deux déplacements, ancré aussi solidement que si on l'avait amarré, le navire attend.

Les heures sont invariables. On regarde avancer le soleil dans le ciel. Atteindra-t-il l'ouest sans que l'on n'ait encore bougé? Le navire reste immobile, une tache brunâtre entourée du désert marin.

Ce moment de silence pourrait inspirer la sérénité. Pour les jeunes voyageant jusqu'ici, dans la promiscuité, il représentera plutôt une menace d'isolement.

Les santés les plus robustes lavent le bateau que l'eau salée désinfecte, du moins l'espère-t-on. On pense à faire circuler des seaux tandis que l'eau est calme, car le capitaine affirme qu'en mer, on doit prendre le beau temps lorsqu'il passe. La majorité des voyageuses incommodées par la houle continuent d'avoir l'estomac bouleversé. Rares sont celles qui ont le cœur à l'ouvrage après s'être tenu la poitrine toute la nuit.

La nausée donne envie de rentrer chez soi, de se blottir et d'attendre que passe ce qui affecte. Le besoin d'un territoire affectionné devient impératif. Mais aujourd'hui, les malaises des voyageuses se colleront aux heures, sans plus.

Les premières journées en mer amènent ainsi les premières difficultés. À la crainte d'expérimenter un mode de vie risqué s'ajoutent les différents désagréments. Pourtant, la vie se déroule dans les règles d'une quasi normalité. Il y a le lever, la prière en groupe, le biscuit du matelot et la ration d'eau du matin. Il y a le nettoyage, la bouffée d'air sur le pont, les échanges entre les passagères, et l'attente commune. On tente de jouer à marcher droit malgré le roulis des vagues ; on compare qui fait le plus de pas. Quatre, cinq, six. Même quand on ne voudra plus jouer, le jeu du balancement continuera malgré soi.

Viennent les étapes suivantes de la journée. Il y a le repas du midi, cuit dans un gros chaudron qu'on retient toutes ensemble. On se nourrit d'un potage fait de semoule de seigle ou d'avoine, parfois de maïs, de fèves ou de pois, auquel on ajoute de la graisse ou de l'huile. Manger est une tâche de plus en plus ardue, qui tient souvent de l'exploit.

Dans l'après-midi, on se berce avec les vagues et on se regarde vivre les unes les autres, assises, couchées, debout, selon que l'on pourra se tenir en équilibre. Plus tard il y a le repas du soir, constitué de viande et de légumes, que l'on prend par groupes de quatre à six, réunies autour d'un plat commun posé sur le parquet. Si on omet de le retenir, il renverse, il salit, il prive.

Vient finalement la nuit, qui berce et malmène le navire autant que l'avait fait le jour. Sur le Saint-Jean-Baptiste, on attend toujours ce qui surviendra. Lorsque cela arrive, on poursuit encore le guet.

Le bateau reste fixé durant plusieurs jours sur une estrade sans auditoire. Personne ne sait qu'il y est! Seul l'univers en est-il le témoin secret?

Dans l'entrepont, les voyageuses cherchent l'air non vicié et sur le pont, leurs narines pompent le vide. Sur la pointe des pieds, elles scrutent derrière, elles scrutent devant, mais il n'y a rien à entrevoir de l'Ancien ni du Nouveau Monde. « Sommes-nous sur des eaux qu'aucun navigateur n'a encore explorées ? » « Jusqu'à quand peut tenir un navire isolé ? » se demandent-elles.

« Qu'est-ce qu'on fait encore là, sans bouger ? On y va ou non, peupler cette foutue colonie ? » Sur le pont, Perrine questionne à sa manière. « Tout ce bel équipage ne connaît-il rien de rien aux manœuvres à effectuer pour faire avancer ce bateau perdu ? »

Le nez aussi haut qu'est élevé son mépris, elle lance fort une hargne qui fait écho dans les voiles. Elle promène ensuite autour d'elle son regard, espérant repérer un visage admiratif. Mais elle soulève peu d'intérêt, sauf chez une paire d'yeux, sourcils froncés, pupilles de couteaux. Le matelot à la cicatrice la fixe derrière des câbles empilés en gros cercles.

Il déteste cette attitude de princesse exigeante. Il aime encore moins se faire tenir responsable des vents marins et des commandements du capitaine. Perrine reprend sa plainte.

« Non mais, faut-il que je le fasse moi-même ? »

Le garçon écoute cacarder la rouquine au long nez. Il serre les dents et les poings et il assène de petits coups de pied contre les cordages. Il fait un pas en plantant un regard pesant sur la nuque de la jeune fille. Elle se détourne. Sa prochaine plainte mourra sous la violence de ce regard.

Elle avale sa salive et du même coup, son sarcasme. Cette manière d'être dévisagée par le jeune homme l'intimide, malgré qu'elle ne veuille certainement pas le lui montrer. Le poing sur la hanche, elle marmonne une dernière fois :

- Au lieu de me fixer de cette manière, ce matelot pourrait peut-être chercher une solution ! Aller à la cale et trouver de quoi ramer, par exemple ! Oh ! Quelle misère ! Où donc est Paris ?

Le matelot fait un autre pas vers elle, les poings blancs d'être serrés. Puis il s'arrête, respire bruyamment, choisit de pianoter contre les cables à sa portée. Sur la rouquine, il continue de poser son plus lourd jugement. Perrine descend.

De sa couchette, Marie propose aux filles d'avancer leurs travaux d'aiguille.

« Que chacune prépare son trousseau ! Que celles qui n'ont pas d'aiguille viennent piger dans ma boîte de fer. Il m'en reste quelques-unes, parfaitement effilées »

Elle ouvre son petit coffre pour mieux servir les autres.

Marie se tait et regarde s'avancer des visages souriants. Elle pose la main sur son corsage. La houle la malmène. Elle espère s'en distraire en organisant l'après-midi de ses compagnes. Elle respire lentement.

Quelques filles ont déjà empoigné leur ouvrage. Des groupes se forment çà et là. On compare les petits points de croix en se tournant sur les broderies voisines. L'ambiance devient joyeuse. « Dis, tu acceptes de m'apprendre la façon de faire un tel motif? » Des rires et des exclamations fusent de partout.

Perrine juge que les autres perdent leur temps. Elle lance des oeillades aux filles penchées sur leurs ouvrages. « On dirait une réunion de bossues! » marmonne-t-elle.

Dans son coin, une Fille du Roy regarde Perrine, et elle attend. Voici Geneviève, qui parfois oublie ses yeux vides d'éclat sur l'une ou l'autre des voyageuses. Elle tripote sa robe et tourne sur son doigt une touffe de ses cheveux.

Geneviève n'aura de sa famille que le souvenir des cris d'enfants entourant le visage fatigué d'une mère malade. À la mort de la pauvre femme, toute la marmaille fut éparpillée dans Paris et ses campagnes. À Geneviève on a dit de prendre le navire pour la Nouvelle-France. Sans réagir, sans même avoir d'idée sur la question, la jeune fille écouta les directives.

La naïveté et l'absence de discernement entrent avec elle dans sa vie de jeune femme. Geneviève n'en souffre pas.

On l'a installée dans un coin du navire et depuis, elle fixe l'attente comme si celle-ci allait l'aborder. Ses pupilles délavées ne regardent rien. Geneviève est engourdie. Quelqu'un finira par l'informer que le navire a accosté, ou qu'il coule! « Tu as besoin de quelque chose, Geneviève? »

Madame Bourdon a dû approcher davantage la jeune fille et claquer des doigts pour éveiller son attention. Non, Geneviève n'a besoin de rien, elle le dit dans un mouvement de la tête, un sourire niais sur ses lèvres molles.

Lorsque les autres craignent la mer, Geneviève ne s'inquiète pas du danger. Quand elles vivent mal l'attente, Geneviève ignore qu'elle peut espérer quelque chose. Entre heureuse et malheureuse, Geneviève ne ressent à peu près rien. L'innocence a ses gains quand la traversée pèse déjà lourd dans le cœur des autres.

Geneviève cesserait de respirer qu'on ne le saurait pas avant longtemps. Mais encore, on chercherait ensemble à quel prénom cette fille répondait-elle, déjà.

Une autre fille reste sagement à sa place, mais pour d'autres raisons. Voici Anne Langlois, une grande femme au regard franc. Anne occupe son petit territoire, sans se plaindre. Elle parle aux autres pour le nécessaire et le partage des ressources, sans plus. Si, de manière spontanée on la laisse à son affaire, ce n'est ni parce qu'on la néglige ni parce qu'elle n'inspire pas confiance. On sait d'instinct que cette jeune femme est habitée d'une solidité qui ne quêtera rien à personne.

Le mystère qui entoure Anne Langlois est peut-être facile à percer, au fond. Sa motivation à voyager jusqu'au continent appelé l'Amérique tient ses racines en quelque chose qui lui donne toute sa force, et c'est l'amour des siens. Là-bas, quelques membres de sa famille ont déjà émigrés. L'objectif de la jeune fille est de les y rejoindre.

Arrive le jour suivant. Le soleil se montre à peine que déjà de longues pointes lumineuses prennent d'assaut l'horizon. Un rose sucré et un rouge flamboyant colorent le fond du paysage. Les couleurs glissent en force sur la mer, jusqu'à ce que le rose se mire dans le rose, le rouge dans le rouge et que là-bas, brille tout le soleil. L'entaille aveuglante qui tranche ciel et mer finira lentement d'embrasser la nuit.

L'instant où réapparaît la réalité est émouvant. Il enrobe le navire de pureté et il remplit les poumons d'une longue respiration. Une chaleur berce l'âme d'un grand réconfort.

Les nuages semblent jouer à saute-mouton. On dirait qu'ils ont été façonnés par de grosses mains habiles, puis joyeusement agrafés là-haut sous diverses figures. Des animaux mignons et des profils amusants sont taillés dans des formes douces. Ils lancent le défi de les repérer dans le ciel.

Pour Marguerite, tout redevient sécurisant dès que l'horizon lui rend la lumière. La jeune fille accourt sur le pont. « Elle sent bon, la mer! » pense celle dont la confiance revient.

Le levant répand son éclat sur elle. Appuyée contre la barrière du pont, Marguerite offre son teint à la mer en laissant le zéphyr chatouiller ses joues. Une chaude caresse dépeigne ses cheveux, et Marguerite secoue la nuque. Elle prend de longues inspirations, recherche les meilleures sensations, et ses forces redeviennent invincibles.

Les clapotis dansent allègrement à la surface de l'eau. Le soleil les pique de petits points éblouissants. Cette journée sera paisible. Avant la prière, elle aidera à nettoyer son coin de navire mais sitôt le repas terminé, elle remontera sur le pont pour embrasser encore le jour.

Sa seule hésitation sera lorsqu'elle devra présenter ses politesses par une brève révérence, au tournant d'un couloir. Les rares hommes sur le navire l'intimident et les jeunes matelots l'effraient. Particulièrement celui à la balafre.

Le garçon joue à quelque chose qu'elle ne comprend pas très bien. Quant aux autres, elle craint qu'ils l'abordent sans qu'elle ne saisisse ce qu'on lui dit. Elle craint surtout qu'ils se moquent de sa manière de communiquer et qu'ils la rejettent.

Devant l'étendue de la mer, si seulement elle osait, elle chanterait l'infini! Autrefois, Marguerite fredonnait, c'était avant la maladie. Elle courait dans les longs champs derrière les maisons, elle sautait, hop! pour jouer à finir sa chanson par un hoquet. Au bout de chaque phrase, elle s'en rappelle, elle s'amusait à appuyer la dernière syllabe pour insister sur ce qui venait d'être dit.

Ce matin, c'est dans son regard que chante une note gaie. Le corps loin de la France, le cœur proche de sa vie! « Marguerite, tu es heureuse! » dit Jeanne qui l'a prise par les épaules pour la tourner vers les mots sur ses lèvres. Marguerite rit.

Les deux filles se balancent sur la cadence des vagues. Retenant leur bonnet, elles regardent se gonfler les grandes voiles au-dessus d'elles. L'air est si bon quand le cœur est léger!

La joie de la sourde rayonne une fois de plus sur son amie. Petit bout de femme de 17 ans, le corps frêle mais la détermination certaine, Marguerite rappelle encore à Jeanne de rester tournée vers ses objectifs. « Il est bon d'être près de toi! » lui dit Jeanne. « La lumière qui rend dorés ses yeux est celle de la vie qui ne se tait pas en elle », continue-t-elle en son for intérieur.

Quelques autres journées s'écoulent dans la même paix. Chaque nuit, la présence de Jeanne permet à la sourde de s'abandonner dans le sommeil. Le jour, le voyage est doucereux parce que l'espoir est grand. Le temps coule, et Marguerite prévoit que les prochaines semaines s'enlaceront tout doucement les unes aux autres.

***

On navigue. On avance durement. On piétine et on s'immobilise, puis on navigue encore un moment. Le bateau est dans une file d'attente invisible. Il recule mais il se reprend, il a fait un autre pas.

Sur le chapelet de flots on a perdu la notion du temps. Pour se situer, quelqu'un fait une marque dans le bois d'une colonne de la chambre, chaque jour, après l'oraison du matin. Après le septième trait de chaque série, on ajoute une longue rature horizontale et on se dit qu'une autre semaine s'est écoulée. Le lendemain des jours où se tenir en équilibre relève de l'exploit, on se met à plusieurs pour creuser deux traits.

Les humeurs du ciel varient. D'orageux à voilé, de fâché à clément, le temps fait selon ses caprices. Les voyageuses questionnent constamment les nuages. On insiste pour dire que la brise est normale depuis quelques jours, et on s'en réjouit. Certaines le disent très fort, pour que le ciel entende et ressente l'éloge d'un cadeau ; d'autres le disent tout bas, pour se protéger d'être volé de ces bons moments.

On apprend à bénir les accalmies prolongées. On le fait à travers des prières, récitées sur le pont, bien à la vue de Dieu, à qui on s'adresse en levant la tête vers le firmament. On sait que lorsqu'elles nous quitteront, les accalmies seront remplacées par le mauvais temps.

Les filles circulent de moins en moins. Le rythme passif de Geneviève devient celui que toutes sont tour à tour contraintes d'imiter. Les visages allongent, les regards plongent dans l'hébétude, les soupirs précèdent le moindre mouvement.

« Est-ce qu'on va y arriver, en Neuve France, est-ce qu'on y arrivera vraiment ? questionne une voix étouffée, bouche tournée contre une paillasse.

- … (silence)

- Dites quelque chose ! » implore une autre fille.

- Personne n'a le cœur à en parler, je crois. Nous attendons ensemble et de manière solidaire, consolons-nous de cela. » Marie a tiré la conclusion générale. Elle tente d'encourager les autres, bien qu'elle se sente elle-même fort incommodée.

Toutes se soumettent à reprendre sagement l'attente. Mais le corps a beau s'immobiliser, les idées, elles, ne s'arrêtent pas. Le silence détaille ce qu'on n'ose penser. Chaque voyageuse reste dans le doute.

Madame Bourdon ne se repose guère. Les rares fois où elle s'assoit, c'est pour réfléchir. Autrement, elle voit au bon ordre et surveille la santé de ses filles.

Elle pense à l'abandon où est resté le Canada depuis Champlain. Elle met tous ses espoirs en Louis XIV depuis la dissolution de la Compagnie des Cent Associés. Avec le Roi nommé chef de la Compagnie des Indes Occidentales, elle a confiance au soutien qu'auront désormais les colonies. Il faut se tourner vers lui et croire que tout le travail accompli n'aura pas été vain.

Oui, le Canada commence à respirer depuis que le Roi se montre désireux de fournir un nouvel élan aux colonies chancelantes. Louis XIV en a assumé jusqu'ici les dépenses et il a fait serment de garder le rythme. Ne s'était-il pas engagé à envoyer des hommes et des femmes, chaque année, durant dix ans et depuis, ne tient-il pas sa promesse? Avec elle, les colonies ont reçu des arrivages de filles à marier, par groupes de cent cinquante et de plus de deux cents, parfois!

Mieux! Une amie, religieuse à Québec, lui a dit que les immigrantes mettent au monde un plus grand nombre d'enfants que les Européennes. Mieux encore! Les morts prématurés sont plus rares dans les colonies que dans l'Ancien Monde. On dit aussi que les maladies ne sont ni plus fréquentes ni plus variées qu'ailleurs. L'important est que de l'autre côté de chaque traversée, le Canada se peuple et se multiplie dans la plus grande confiance possible. Oui, il faut faire confiance au roi, il le faut.

Pour donner à ses filles bonne foi, Madame Bourdon sait qu'elle doit d'abord entretenir la sienne. Pour ce faire, elle se parle chaque jour du pays à bâtir. Elle se répète ses croyances en l'avenir, et elle veille à ce que toutes ses filles aient la même détermination qu'elle. Elle veut que l'amour du pays devienne leur plus profonde conviction. Lorsqu'elle regarde des filles comme Anne Langlois, Madame Bourdon est heureuse. Elle sait que la relève a du courage.

***

Les semaines avancent. Les moments de plaisir sont espacés. La curiosité que Marguerite éprouvait devant le ciel a disparu. Confinée dans des quartiers obscurs, la sourde ne s'amuse plus à observer les voiles et les nuages au-dessus du navire. L'inaction, les faibles portions de nourriture et la lassitude ont entamé son moral, tout comme elles ont atteint celui de ses compagnes.

Perrine se plaint. Elle se dit lésée et intentionnellement maltraitée. À l'entendre, on se comporterait avec elle de manière fort injuste. Sa paillasse est moins confortable que celles sur lesquelles dorment les autres filles. Sa nourriture est moins fraîche et sa ration d'eau est moindre que celles des autres voyageuses. Perrine espionne puis elle compare ouvertement. Elle saute sur toutes les occasions de confronter ses certitudes.

Elle crie fort et ses réclamations passent pour crédibles tant elle met du cœur à convaincre ses quelques spectatrices. « Hey! c'est encore à moi qu'on a donné la pire pitance! Non mais avez-vous vu ce morceau infect! C'est injuste que je reçoive toujours ce qu'on ne donnerait même pas aux animaux d'en dessous! Je suis Perrine Leclerq dit Dubellier, moi! Oh! regardez toutes les saletés qui flottent sur ce liquide, le seul que j'aurai à boire jusqu'à demain! Regardez tout ce qu'on m'oblige à avaler! »

Quelques filles tentent d'alléger sa plainte, car à force de prôner sa noble différence Perrine convainc l'inconscient collectif. Plusieurs voyageuses adoptent l'automatisme de protéger et de comprendre cette pauvre Perrine... Maintes occasions obligeront à lui offrir le meilleur confort, la meilleure place, la meilleure part, parce qu'on a bêtement acheté l'idée qu'on doit s'empresser devant elle. Car cette fille prend, elle n'offre pas. Dotée d'une intelligence manipulatrice, elle rampe vers ses objectifs en enlisant les autres grâce à des stratégies habiles. « Tiens, Perrine, prends une part de mon biscuit. J'ai trop de nausées, de toute façon. » Quelqu'un lui tend sa portion. Sans même sourire, Perrine jette sur la donneuse un regard hautain et empoigne l'objet de la charité.

Oui, Perrine a raison d'affirmer qu'il y a injustice entre elle et les autres : elle seule pige égoïstement dans le bien d'autrui! Perrine reçoit ainsi beaucoup plus que quiconque, sans que personne ne se questionne sur des gestes trop généreux.

Toujours assise à l'écart, Geneviève est loin du tourment des autres. Un couple de rats fouille dans son butin, rangé à ses pieds par la directrice du contingent. La pauvre fille regarde la vermine mais jamais elle ne pensera la rouer de coups. Les journées de Geneviève coulent parce que le jour se lève et que, plus tard, dort encore la nuit. On lui dit qu'il faut nettoyer ceci ou manger cela, et elle s'exécute ; on lui dit qu'il ne faut pas, et elle s'abstient. Quel est cet espace dans lequel elle se blottit ? Personne ne sait où est Geneviève.

Jeanne a eu une nausée tôt ce matin puis, plus rien. Le malaise a heureusement passé. Les premiers matins, elle n'avait pas ces désagréments qui ponctuent tous ses réveils. La scène est invariablement la même. Jeanne ouvre les yeux, elle bouge pour se lever et pouf! une fadeur appesantit son estomac. Dès lors, elle ne contrôle plus rien. Que faire quand on est cordés comme des sardines et que la poulaine est loin là-haut ? Madame Bourdon a placé à côté d'elle une chaudière recouverte d'un morceau de bois.

« Est-ce que ça sera ainsi chaque matin, Marguerite ? » demande Jeanne, un soir, à son amie.

Marguerite est trop inquiète de la pénombre pour décoder les phrases sur les lèvres de quiconque. L'agitation lui donne une mauvaise compréhension du message. Jeanne se dit qu'elle lui en parlera le lendemain, quand la Sainte-Barbe s'éclairera.

La petite Madeleine est agitée. Une inquiétude l'attrape par surprise, à tout moment. Elle se pose des questions importantes au sujet de Marie. Guérira-t-elle ?

Ce n'est qu'en allongeant son corps contre celui de Marie que la petite Madeleine calme sa peur. Bien blottie, elle attend.

Heureusement qu'elle peut se réconforter auprès de Marie! Tant qu'elle est proche de sa précieuse sœur, elle a l'assurance d'être en sécurité. Que Marie bouge, que Marie s'assoie, que Marie sourie, Madeleine l'imite. Marie, toujours Marie. Elle en est l'ombre fidèle et chaque montée d'angoisse la fait d'autant s'y accrocher.

Marie, quant à elle, éprouve de graves difficultés. Elle est allongée après une autre nuit difficile. Ce matin encore, toutes les filles se sont levées sans que Marie n'en soit personnellement capable. Marie est couchée depuis sa toute première nuit à bord.

« Qu'est-ce que tu as, Marie ? demande sa sœur, rongée par l'anxiété.

- Je ne sais pas, Madeleine. Juste un peu de fatigue, probablement. Je me lèverai plus tard, promis.

- Tu pleures?

- ...Non, je ne pleure pas. J'ai... j'ai un peu chaud. Je ne me sens pas tout à fait bien. »

Madeleine prend la main molle de sa sœur. Les rôles s'inversent. La jeune doit être la grande lorsque la plus âgée perd des forces. Madeleine n'aime pas sentir la fragilité de celle qu'elle considère comme un pilier.

« Tu es devenue ma maman. N'est-ce pas? »

Marie sourit et, d'une main alanguie, caresse les tempes de sa cadette. Elle aimera toujours materner sa petite soeur.

L'amour se manifeste parfois sous la forme d'une bouffée de bonté qui part d'un instant de certitude et va se greffer à la certitude de l'autre. Le moment est grand dans le cœur de chacune des sœurs, et les quelques secondes de cette communication valent cher pour elles. Une image de cet instant s'imprime, une vérité unit les deux êtres. Puis, Marie fronce les sourcils et dit :

« Ta 'maman Marie' te recommande de manger quelque chose, ce matin.

- Et toi? s'inquiète l'enfant, tu mangeras aussi?

Marie n'a pas faim. Elle grimace en essayant de camoufler son état.

- Plus tard, Madeleine, plus tard... Maintenant, va plus loin... Va tremper ton biscuit dans un peu d'eau ... il sera moins dur ... je te rejoindrai. Va...

Sitôt la petite éloignée, Marie s'accroche à la chaudière. Chaque effort semble la rapprocher de l'évanouissement. Perrine, dégoûtée, soupire.

- Quelle odeur tu fais, Marie!

- ... (silence)

- Vraiment, les malades devraient être expulsées de la chambre et placées ailleurs. Je suis exténuée!

- À t'emporter avec autant de vigueur, tu n'as pas l'air exténuée, Perrine...

Marie s'est redressée sur un coude. L'agressivité de Perrine l'a stimulée, comme si ce fut un courant communicateur d'énergie.

- Mets-toi à ma place, Marie! Ce voyage n'en est pas un de plaisance pour moi, je t'assure! Et cette arche de Noé à l'étage au-dessous! Vraiment, mets-toi un peu à ma place!

- Oui, j'aimerais me voir à ta place, aujourd'hui, ma chère. Et dis, tu prendrais la mienne? »

Dans un mouvement de colère, Perrine fait un pas vers la malade. Personne ne lui parle sur ce ton. Les misérables, en plus d'êtres puants, dégagent un propos qui polluent sa grandeur. Ça ne se passera pas comme ça. Qui est cette paysanne pauvre qui lui parle de cette manière?

Perrine lève la main sur Marie, qu'une claque fait retomber dans le fond de sa paillasse. Marie, insultée, lève le bras à son tour. Madame Bourdon arrive sur l'entre fait, portant un remède. « Mesdemoiselles!

- Ce n'est pas moi, c'est elle, Madame! justifie Perrine.

- Ne cherchons pas la faute, cherchons la solution. Va, Perrine. Marie, tentons d'alléger ta misère »

Entre les deux filles le calme semble revenu, chacune étant retournée à ses affaires. Ce ne sera que dans les gestes qu'elles s'éloigneront l'une de l'autre, car les yeux de Perrine menacent d'une intention meurtrière et les pensées de Marie jugent celle qui a frappé et menti. En chacune d'elles continue une tempête.

Madame Bourdon met une noix de muscade dans la bouche de Marie. On est certain que cette médecine la soulagera de son mal. On y croit, du moins on le voudrait. On s'accroche à ce moyen parce que sans lui, on n'en aurait aucun.

Tenir tête à Perrine enleva à Marie ses dernières énergies. La jeune fille est doublement affaiblie. Malgré les apparences, l'agressivité tue beaucoup plus qu'elle ne sert la vie.

La directrice regarde ses filles. Le navire est bondé de demoiselles de qualité, couvertes d'une saleté qui rend indistincts les beaux tissus des haillons. Celles-là appartiennent à des familles trop chargées d'enfants. Celles-ci ont été tirées de l'hôpital de la Pitié à Paris. D'autres fuient leur famille, trop miséreuse ou sur la pente raide de la déchéance. Un grand nombre vient de la campagne, sans doute sont-elles plus robustes dans tous les sens du mot. Madame Bourdon aimerait que toutes patientent et s'accomodent, le temps qu'arrive le quai d'une colonie. « Savent-elles toutes vivre l'attente d'élégante manière ? » se demande-t-elle, en regardant Perrine.

Perrine a quitté la pièce en marchant fort. La victoire lui est importante, peu importe la manière de l'obtenir. Pour Perrine, la vie se passe dans une arène : quelqu'un doit perdre, elle doit gagner. D'un côté, les gueux avec leurs faiblesses physiques et leur ignorance et de l'autre, la famille de Pierre Leclerq dit Dubélier avec son ancien rythme d'une vie capricieuse.

Pourtant, la fortune de Perrine a déchu, et elle le sait. Se l'avouer lui est toutefois plus difficile que de garder la tête haute. Pour arriver à tenir ses illusions, il lui faut utiliser autrui comme tabouret.

***

« Quel jour sommes-nous? demande Jeanne, une main posée sur son ventre. « Quelqu'un a inscrit la date précise de ce jour?

Fusent des réponses différentes et s'ensuit un lourd silence. Une des filles lance un débat.

- À quoi bon connaître la date du jour? On doit, de toute manière, attendre que passe le temps et que vienne une brise pour faire avancer ce maudit navire! Et puis, on ne fait qu'attendre une rive qui ne viendra peut-être jamais! Ne sommes-nous pas immobiles depuis des heures!

- Elle a raison, ce calme plat nous anéantira! » dit une autre.

- On a reculé et perdu ce qu'hier on avait gagné, serions-nous revenu en date de la veille? demande une petite.

- Elle dit n'importe quoi! Moi, je crois qu'on a trop prié pour que calmes soient les vents! croit une autre.

- Même par beau temps, ce plancher ne cesse de bouger. Je me fous de la date, Jeanne. Ce qui m'importe, c'est d'arriver…

- Jamais personne ne se souciera de marquer l'arrivée des Filles du Roy, de toute manière! Qui, qui voudra un jour s'en souvenir? demande une autre.

- Tu demandes qui se plaira à se souvenir de nous, Filles du Roy? Personne ne reparlera un jour de nous, personne! » certifie encore celle-là.

Après les efforts de conversation, les têtes tournent. Personne ne parlera pour le reste de la journée. Dans un étrange sommeil, chacune repensera à ce qu'elle a entendu.

Penser tue l'attente. Cette réflexion, justement, vient de servir de délai et on se réjouit d'avoir écoulé encore un petit peu de temps. Quelques secondes ont passé, sans qu'on les ait vues. Les passagères attendent la suite.

Attendre qu'arrive quelque chose qu'on prévoit pourtant dans quelques mois encore. S'immobiliser sous une couverture, s'y oublier. Jouer à se faire croire que le quai de la Nouvelle-France est en retard. Se discipliner à remettre les pensées d'impatience à plus tard. Attendre!

Se rappeler qu'il manque quelque chose, et se souvenir aussitôt de ce qui pend au bout du temps attendu. Tant attendu. Remuer les mots parce qu'il n'y a rien d'autre à faire que de devenir folle. Se voir monter là-haut, plantée sur le pont, et sottement d'y énumérer les couleurs devant soi : bleu d'azur, bleu horizon, bleu nuit, bleu roi de France. Devoir quitter le pont parce que l'œil larmoyant d'avoir guetté le vide s'est couvert d'une glace bleue. Tant de bleu! Le bleu divisé en deux par l'horizon, le bleu d'en haut et celui d'en bas, comme le miroir des profondeurs de la pensée. Les pensées devenues trop profondes passeront bientôt du marine au noir. À la porte des pensées noires, on s'arrête.

« La Nouvelle-France est-elle une étoile dans le ciel? » se demandent encore les filles.

Madame Bourdon est inquiète. Plusieurs de ses protégées deviennent fiévreuses. Elle les veillera toute la nuit.

Quelques jours passent. Ce matin-là, au milieu du pont, un matelot fanfaronne. La longue couture sur sa joue bouge au rythme de ses plaisanteries. Espérant amuser ses comparses, le jeune homme se trémousse dans le dos de chacune des filles qui passent près de lui. Les brebis affaiblissent, le loup circule! Il gigote son torse en branlant ses pectoraux. Les rires gras autour de lui l'encouragent.

Son supérieur le rappelle à l'ordre. « Au travail, matelot, vite! Cette toile à réparer doit être prête avant le coucher de soleil. Et puis, si tu crois que tu n'as rien d'autre à faire, je t'obligerai à accomplir les tâches de tout l'équipage : voir au gouvernail et à la route, travailler à la manœuvre et à l'entretien, voir à la propreté de tout le vaisseau. Dois-je continuer la liste? » Le matelot se conforme aussitôt.

Quand le capitaine s'éloigne, le regard du garçon revient sur une voyageuse ou sur une autre, et de plaisir il la retient. Cette manière de la regarder est comme un filet dans lequel le corps d'une jeune fille se débat. Impossible pour elle d'en sortir. Le garçon détaille son butin jusqu'à une totale nudité. En sueurs, la fille halète et se bat contre lui.

Dans le silence de ce matelot, une énigme affole. Son regard ne parcourt pas, il perce, il n'annonce pas son idée, il prend. À quel discours intérieur ce garçon obéit-il?

Le capitaine a encore crié des ordres que le matelot feint d'exécuter. Seule la voyageuse sait que son travail ne vaut qu'une apparence. Obligée de rester immobile sous son regard, le matelot la garde inquiète. Bientôt, elle ne se débattra plus, elle ne respirera plus, morte de peur. Tandis que son visage à lui est resté coi et que ses yeux finissent de bien aplatir sa proie, elle cherchera en vain comment s'en départir. Certain qu'il a gagné quelque chose, le matelot enlèvera enfin ses yeux d'elle. S'est-il satisfait ou recommencera-t-il encore?

Ces regards du matelot épuiseront les filles. Entre des séances de sa torture, elles vivoteront. Chacune peut parler, manger, marcher, mais jamais plus dans la tranquillité. Elles doivent le guetter et chaque fois que le matelot est dans les parages elles ont peur, certaines qu'il a un pouvoir différent des autres. Elles hésitent à bouger leurs jambes sous leurs jupes, leurs poignets qu'il pourrait retenir, leur dos qu'elles présument enveloppé d'une haleine fétide.

Quand le matelot à la cicatrice est là, plusieurs filles choisiront de retourner s'accroupir dans la chambre de l'entrepont, comme une soumise s'abaisse sur la paillasse. Le tout-puissant réussit chaque fois à faire selon une fantaisie malicieuse, et ses compagnons rient. Le bateau est son territoire.

***

« Marguerite, donne ta couverture à Marie.

- (silence)

- J'ai dit : Marguerite, ta couverture! répète Perrine.

- (silence)

- Cette bécasse fait exprès! Mademoiselle ne comprend que lorsqu'elle le veut bien, n'est-ce pas?

- (silence)

Marguerite, ayant fini de nouer le lacet défait de son corsage, quitte lentement la Sainte-Barbe.

- Elle ne te regardait pas, …alors elle ne t'entendait pas… », dit la voix affaiblie de Marie.

Marie est étendue. Elle n'a toujours pas quitté sa couchette depuis la première nuit de la traversée. Son corps creuse de lourdes formes dans la paille. Sa couverture est détrempée et tachée. « Pourquoi agis-tu comme cela …? »

Marie interrompt sa phrase, trop faible pour la continuer. Elle respire dans un grand effort, le regard fixé à la figure de Perrine. Elle continue après son silence forcé.

« … pourquoi, avec elle… » demande-t-elle.

L'effort de Marie est grand. Son cœur se chamaille avec sa poitrine. Elle est épuisée.

- Parce que c'est comme ça!

- …laisse-la… tranquille… Perrine.

- Tu es fiévreuse, tu dis n'importe quoi. Comprends donc que Marguerite est infirme, et que les infirmes sont traités en infirmes! Ah! c'est qu'il faut tout t'expliquer! Tu le sais bien : chacun son rang, sa classe! Mon père, c'est Pierre Leclerq dit Dubélier. Et ce n'est certainement pas ma faute! »

Perrine s'emporte dans l'énergie de sa haine. Son choix de mots se bouscule la première place, à qui serait le plus acéré. Car les mots de la haine s'émoustillent lorsque vient l'heure de se montrer aux autres.

« …je vais mourir, Perrine.

- Tais-toi donc Marie!

- Je ne veux pas mourir…

- Dors maintenant, tu dis vraiment n'importe quoi!

- …j'ai… j'ai peur…

- Où est ta sœur? Qu'elle vienne! Madeleine! Et l'autre, sourde de malheur, où est-elle?

- …à boire, Perrine…

- La bécasse! J'ai dit de l'eau pour Marie! Elle est vraiment partie pour n'entendre rien! Ah! Quelle ambiance ici! Personne ne voit que je suis exaspérée par cette traversée! »

Perrine s'occupe de ses bénéfices et tient à ses avantages, elle ne se préoccupe pas de la compassion. Selon ses critères, elle a raison d'être exigeante. Elle détient la haute vérité et l'affirme sans égard à ce qu'elle provoque.

Perrine s'est créé une victime, elle-même. Son intolérance est manifeste sitôt qu'elle imagine son petit profit menacé. Le désagrément qu'elle ressent est réel. Peut-être Perrine souffre-t-elle plus que Marie.

La rouquine donne un coup de talon et monte en courant fulminer sur le pont. L'intolérante ne portera égard à personne.

Marie reste seule. Seule avec ses hauts le cœur. Seule avec la conscience de ses forces devenues presque vaines. Seule avec sa peur mêlée à sa nausée. Seule avec sa soif d'eau et sa soif de vivre. Seule devant la mort qu'elle sait toute proche.

Un moment s'écoule sans que Marie n'ait à boire. Ses lèvres séchées fendillent dans l'air vicié de la chambre. Sa salive manque pour les humidifier. Et cette houle… cette houle incessante la secoue. Comme un tas de guenilles de moiteur et de crachin. Sa bouche goûte une pourriture râpeuse. Son haleine est surie par les éructations de son estomac. « … De l'eau … » murmure-t-elle.

L'eau potable, conservée dans des tonneaux de bois au niveau de la cale, s'est transformée après les deux premières semaines. Elle a prit un goût amer, une couleur brunâtre et un parfum nauséabond. Elle s'est brouillée, a épaissi, est devenue visqueuse. Des larves et des vers ont fait leur apparition dans le liquide ocre.

Les dernières rations d'eau qu'a reçues Marie n'ont que fragilisé davantage son état. Plus ou moins bonne pour les passagères en santé, l'eau corrompue achève les santés précaires.

Sa sœur Madeleine tourne en rond. La santé de Marie l'inquiète beaucoup!

Il y a quelques minutes encore, Madeleine se présentait au chevet de Marie. Son teint gris la frappa. Madeleine tourna plusieurs fois autour de la malade. Elle se retira pour s'éviter d'en apprendre davantage.

Elle se répétait que tout était sous contrôle, mais sans plus y croire. Durant combien de temps encore se cachera-t-elle de ce dont elle se doute? Feindre de ne pas savoir ne garde pas dans l'ignorance. Cela donne à fixer ce qu'on voudrait n'avoir jamais su.

Sa sœur est gravement malade. La petite est aux prises avec l'évidence qu'elle est définitivement loin de la guérison. Marie va-t-elle mourir? Cette question a franchi sa conscience et monté à ses lèvres dans un petit chuchotement. Madeleine portait sa question dans son cœur depuis longtemps.

La jeune fille appuie sa main moite contre la joue de sa sœur. Marie remue à peine les paupières.

« Eh là, Marie! Parle-moi, parle-moi donc! crie-t-elle. Ne meurs pas » murmure-t-elle.

La première fois que Madeleine a craint la mort de Marie, ce fut un matin où un rayon de soleil donna à la figure de sa sœur un effet caillé. Madeleine vit le petit halo scintillant traverser la Sainte-Barbe et poindre sur Marie, mettant en évidence un teint qui jure ne jamais plus absorber la lumière. La pénombre de la salle et cette figure poudreuse créèrent une image douteuse, qui habita Madeleine durant plusieurs nuits. Ensuite, ce fut la fois où Madeleine sentit un délai entre l'offrande et le retour, quand elle a exprimé à Marie sa tendresse et que celle-ci n'a plus eu assez de vitalité pour lui rendre le même ton amusé. La faiblesse logée au fond de la malade rendait la répartie impossible. Madeleine avait froncé les sourcils. Jamais cela n'était encore arrivé entre elles, jamais Marie n'avait manqué de démontrer son affection à sa sœur. Jamais, jamais depuis leur tendre enfance, jamais depuis toujours!

La valeur de sa sœur est inestimable. Prise d'épouvante, Madeleine monte sur le pont quérir l'aide de Madame Bourdon. Cherchant principalement à oublier la mort qui se prépare en bas, dans la salle commune, Madeleine fouille partout sans trouver la directrice du contingent.

Il y a, là-bas, Jeanne et Marguerite tranquillement assises. Il y a Perrine qui furète dans un petit sac, puis replace son bonnet devant un miroir. Il y a Geneviève qui regarde le tissu de sa robe. Il y a quelques autres jeunes filles qui circulent tant bien que mal pour aller regagner leur couchette.

Madeleine se sent abandonnée. Son désarroi est grand. Marie meurt un peu plus chaque jour, et personne n'y peut rien! C'est insupportable!

Comment empêcher Marie de l'abandonner? Vers qui aller maintenant? Madeleine ne demande plus quand donc sa sœur guérira-t-elle, elle ne demande plus si elle guérira, elle ne demande rien car elle exige!

Madeleine a chaud, a froid, cherche çà et là l'introuvable réconfort à son inquiétude. Sa sœur loin d'elle, tout est déjà dépeuplé.

Marguerite laisse sa lecture. Elle a vu que Madeleine ne va pas. Après un bref signe à Jeanne, les deux complices se penchent sur la petite. Jeanne s'empresse de lui dire :

« Moi aussi, j'ai des malaises, parfois, les matins. Puis, ça me passe et je suis guérie. Ta sœur va aller mieux, bientôt, très bientôt. Ma belle Madeleine, je vous promets cela, à toi et à elle! T'en fais plus, elle s'en sortira »

Le sang de Marguerite ne fait qu'un tour. Peut-elle se fier à ce qu'elle a décodé sur les lèvres de Jeanne? Elle serre les mâchoires. Les joues empourprées, ses yeux fusillent Jeanne de reproches.

Pourquoi Jeanne fait-elle semblant? De quel droit fait-elle pareille promesse? Comment peut-elle affirmer cela sans rougir, mentir sans la conscience d'inventer un mensonge?

Oh! non, Marguerite ne croit pas que Marie ira mieux. Est-elle donc la seule à le voir, chaque fois qu'elle l'approche et que l'état de Marie l'inquiète ; chaque fois qu'elle sent rôder la mort autour de ce faible corps devenu trop grand pour le souffle de vie, quand elle demande au ciel de cesser les douleurs de l'une tout en allégeant celles à venir de l'autre?

Pourquoi Jeanne discourt-elle alors sur la vie, quand c'est de la mort imminente dont il s'agit? Pourquoi est-ce que ceux qui ont les oreilles et la parole feignent-ils d'entendre et de dire la vérité? Pire encore, est-ce que la petite Madeleine aura quelqu'un avec qui parler de son deuil?

Pleine furie, Marguerite pousse Jeanne. Elle se penche sur Madeleine et retient le visage de la petite entre ses mains. Elle cherche ses yeux dans les siens. Elle articule dans le silence le mot « mort » et, avec un mouvement affirmatif de la tête, elle indique que cette possibilité s'amène sérieusement.

Marguerite amène doucement le petit visage contre son épaule. L'enfant de treize ans raidit la tête puis, ses résistances font place à un désarroi. L'impuissance voisine le refus de la mort. Madeleine pleure. Marguerite suppose que cela la calmera. Pleurer un peu sert parfois à installer de la compassion entre soi et le problème.

Marguerite caresse les cheveux de Madeleine et lève les yeux sur Jeanne. Elle n'a pour elle que des réprimandes. Une conversation silencieuse soude leurs quatre prunelles. Jeanne sait qu'on lui parle d'erreur, de blâme, de déception. Elle se sent honteuse. Muette, elle réfléchit.

Jeanne apprendra que tout peut s'envisager, même les réalités qui paraissent les plus difficiles. Sait-elle seulement que se ruer pour protéger autrui accroit avant tout le désarroi de celui qui accourt?

C'est au même moment que dans la Sainte-Barbe la mort couvre Marie, étouffée par un dernier sursaut de son estomac, les côtes meurtries par la contention, le visage défait par l'ultime effort et un bouillon glissant sur son menton. La mort se pointe rarement d'élégante manière.

Aussitôt que s'en retourne sa vie, son visage est ravagé. Le grisâtre de sa figure fait peur. Ses yeux sont étrangement fixés derrière ses cheveux huileux. Marie coule entre sa paillasse et le plancher, un bras ballottant dans le néant, l'autre main contre sa tempe.

Madame Bourdon voudrait se recueillir sur la jeune fille mais elle renifle sans se concentrer sur ses prières. La dame est plus désolée que fervente, en ce moment.

Elle n'aime pas les injustices. Marie avait quinze ans! En santé jusqu'à récemment! Désireuse de peupler la Nouvelle-France! Elle demande au ciel de quelle manière annoncer la mort à la petite Madeleine.

Elle remonte sur le pont. Devant l'air grave de sa tante, Marguerite sait qu'en bas il se passe quelque chose. Elle descend.

Madame Bourdon vient vers Madeleine. Elle ne peut se présenter à elle sans une compassion au fond des yeux. Elle pose sa main sur l'épaule de l'orpheline. Un silence feutré accompagne son toucher. Madame

Bourdon voudrait être l'auteure d'une autre déclaration, plus joyeuse à dire et à entendre, mais elle n'a que la vérité à annoncer.

Bien qu'elle savait la mort imminente, la petite Madeleine nie ce que Madame Bourdon lui dit avec embarras.

« Non! » gémit-elle, en donnant un coup sec à la main qui tapote son épaule.

La tête de Madeleine tourne. Ce qui se trouve autour d'elle s'estompe. Une brume enveloppe Madame Bourdon. La lumière derrière elle est étrangement différente. L'enfant lève les yeux. Elle voit que les voilures du navire battent dans le même brouillard.

Madeleine tient à l'idée qu'elle fait un bien mauvais rêve. Elle cherche bêtement des coupables. « Non! Ma sœur me dit toujours au revoir! Vous mentez! » Désespérée, elle veut descendre là où sa sœur lui a parlé la dernière fois, la border, l'entendre dire que bientôt elle ira mieux et surtout, elle voudrait retrouver entre elles les clins d'œil rassurants.

Madame Bourdon la retient avec force et tendresse.

- Madeleine, Madeleine, mon enfant, attend! Non! Madeleine, attend, ne descend pas en bas maintenant. Madeleine! Je te demande de m'obéir!

Mais Madeleine n'écoute rien. Elle se dégage de celle qui tente de la retenir. Une colère la gagne, aussi forte que l'idée d'avoir été une criminelle absente du chevet de sa soeur.

Peut-être ne serait-elle pas morte? Peut-être Marie l'a-t-elle suppliée, implorée tandis que Madeleine était là, sur le pont, trop loin de celle envers laquelle elle avait des responsabilités? C'est la valse des reproches. Ils tissent serrée sa culpabilité.

Jeanne assiste Madame Bourdon. Elle tente de calmer la petite mais, avec l'énergie de sa peine, Madeleine leur échappe bientôt. La petite court vite. Dans son affolement, elle renverse une fille dans un tournant, Anne, qui tente en vain de la retenir.

Madeleine entre en trombe dans la chambre commune. Là, elle s'effondre.

Marguerite soutient la tête de Marie. Son geste calme ramène le corps sur la paillasse. Le respect de ses gestes démontre qu'elle emballe quelque chose de précieux qui se trouve derrière le corps de la malade. Marguerite touche Marie, non pas sa maladie.

Voir son aînée dans un corps qui ressemble à celui de sa sœur mais qui n'est plus habité par elle, finit d'écarteler le cœur de Madeleine. On lui aurait coupé un membre que sa douleur ne lui aurait pas arraché plus grand cri. « Non! Marie, non! Ne me laisse pas! ...ma 'maman Marie' ... » pleure-t-elle.

Autour de la paillasse, c'est la consternation, l'affolement, et bien peu de résignation.

« Quelle horreur! » s'écrie Perrine, en bousculant tout le monde pour avoir la première place.

Les filles entourent la morte. De grands regards perdus s'y accrochent, s'y oublient. La mort oblige chaque fille à s'arrêter sur elle-même.

Des mains retiennent les bouches consternées. On respire avec peine. L'air est compact comme si la mort l'avait emporté.

Un adieu fixé au bout d'un quai, le bras ballottant de Marie secoue sa main avec chaque vague. Madame Bourdon arrive près du corps et se signe de la croix avant de prendre la place de Marguerite. Elle allonge le bras de Marie. Ensuite, elle ferme les yeux et couvre le visage de la jeune fille.

Marguerite se soucie rapidement de Madeleine. Il faut accompagner celle qui vit. Elle lit dans les larmes de la petite le décompte de ses pertes des dernières semaines. Son pays, son père, sa mère, et maintenant, sa grande sœur.

Marguerite tente de prendre l'enfant dans ses bras, mais Madeleine s'en dégage avec rudesse. La mort est à ce point inacceptable que l'endeuillée rejette tout.

Hésitant entre l'impuissance et l'attente, la sourde choisit de rester tranquillement disponible. Elle comprend la situation. Ses mains posées sur son cœur, ses bras demeurent prêts à s'ouvrir à nouveau.

Ce respect attire la considération. Sous le regard de Jeanne, Madeleine court bientôt chercher réconfort au creux de l'épaule accueillante.

Le même jour, on se retrouve tous sur la place publique, au pied du grand mât. Voici l'heure d'ensevelir le corps de la défunte. On le fera à même ses couvertures souillées, après qu'une corde eut fait de Marie un saucisson serré. À bord, il faut se débarrasser des corps morts avant qu'une épidémie ne se charge de rendre tout le monde mourant. Sur les ordres du capitaine, on a transporté le cadavre sur le tillac, pont supérieur du navire.

Le regard de Madeleine guette le large ballot qui contient sa sœur bien-aimée. « Elle est là-dedans, elle est là-dedans » ne cesse-t-elle de répéter, en finissant par ne plus savoir ce qu'elle dit. Le rythme circulaire de la phrase récitée l'aide à se contenir. La répétition sert de petit garde-fou quand on est à tomber.

Toutes les passagères ont été convoquées sur le pont. Madame Bourdon organise des prières. Un mousse qu'elle guide porte une croix. Ave et silences circulent sur la musique des vagues. Le capitaine désigne le matelot à la joue déchirée pour attacher aux pieds de la morte une grosse pierre. Marguerite constate que le garçon manipule la mort avec aisance.

La petite Madeleine comprend subitement ce qui bientôt suivra. Elle tressaille, elle a froid. On jette le corps de Marie à la mer en même temps qu'un tison enflammé. La mer ouvre un petit rond, avale Marie, échappe quelques bulles. Plusieurs filles se détournent, Perrine la première, tandis que coule le corps.

Madeleine a ouvert grand les yeux et a perdu la voix. C'est Marguerite, la sourde et muette, qui lui prête un cri. Un long cri désaccordé qui hoquette à partir du plus profond de ses poumons. Marguerite donnerait tout d'elle pour épargner à l'orpheline ses souffrances, tout, même ce qu'elle n'a plus pour elle-même. Le moment est insupportable.

Les regards restent longtemps fixés sur les ondulations de l'eau. Marie a disparue, la mer s'est refermée sur elle. En surface, tout semble normal: les vagues, les moussons et le miroitement du soleil sur d'infinis diamants. La mer est menteuse. Hypocrite et menteuse. Combien de trésors précieux camoufle-t-elle, sans en laisser voir aucun indice? La mer est égoïste! Elle gardera Marie pour elle seule, laissant Madeleine orpheline.

Des mains du capitaine, Madeleine reçoit le coffre de voyage de sa sœur. Le protocole veut que le chef se tienne droit, le regard au loin, sitôt le coffre déposé devant l'endeuillée. L'enfant ne bouge pas. Elle fixe les fers cloués au bois, comme si le couvercle allait se relever et que Marie allait en sortir vivante.

Puis, Madeleine se rue sur l'objet et le couvre de tout son corps. Sa sœur lui manque déjà. La petite s'y oublie, agrippée à un espoir vain. Marguerite avance vers elle et la soulève.

Jeanne étudie les gestes de la sourde. Ce doux toucher voudrait dire que la route de l'une s'arrête et que celle de l'autre se doit de continuer.

***

La maison ambulante encaisse chaque vague, les prend une à la suite de l'autre, sans répit. Elle a comme tâches de défier le ciel, de mordre dans l'agitation, de rester haute et fière jusqu'au prochain quai.

La mer circule de chaque côté, par-dessous et par-dessus le navire. On craint que bientôt, il fendra. Tant d'eau! Tant d'eau sans autre espace pour reprendre son souffle que celui de s'imaginer se débattre, la bouche ouverte, au fond de sa froideur et de son obscurité. La mer, énorme et forte, la mer, écrasante, sombre et infinie.

« Regardez! L'eau passe par-dessus les voiles, elle inonde encore les étages!

- Elle laissera humides mes vêtements, mon butin! »

Les visages remplis de peur, les filles craignent le pire. Elles savent que la mer engloutit quand elle seule le décide.

Elles savent aussi que de la mer qui se calme, on doit soupçonner les prochains emportements. Jamais on ne doit se fier à son apparence tranquille. Chaque instant à bord d'une installation précaire est empreint de doutes.

Si au moins on était assuré d'arriver bientôt! Où donc est la Neuve-France, si neuve qu'elle n'existe pas? Au bout de quel chemin va-t-on trouver ce sol qu'on quémande désormais en faisant fi des Iroquois? Où est-il, ce pays qu'on implore uniquement pour signifier qu'on ne veut plus de cette mer? Ce navire accostera-t-il enfin, vieille bouteille égarée, tas de planches érodées, centaines de fantômes en souvenir de ses passagères? Où, quand sera-t-elle sous nos pieds, la Nouvelle-France?

La nourriture fraîche est épuisée. On a jeté les derniers légumes par-dessus bord. La chaleur et l'humidité avaient couvert de filaments la majorité des denrées. Les pruneaux, le riz et le sucre sont depuis longtemps des souvenirs. Reste à manger les pois secs, le poisson fumé, le biscuit du matelot, bien que la farine avec laquelle on le fabrique soit déjà pleine de coquerelles. Reste aussi la salaison, mais elle stimule une soif qu'on doit ensuite retenir à cause de l'eau immonde, pleine de larves et d'œufs de parasite. Aussi, boit-on l'eau sans la regarder et en se pinçant le nez.

On surveille les recoins du navire. Les rats et souris se multiplient, sans même qu'on ait la force de les chasser. On sait qu'ils grignotent ce qui ne leur appartient pas. Pourvu que ce ne soit pas ce qui restait encore de comestible.

Les jours passent. S'écoulent d'autres semaines. Les teints sont blafards, on ne se lève presque plus des paillasses, on attend la maladie ou la mort, en oubliant qu'on attendait le Canada. Dans leurs cerveaux troublés, jours et semaines s'embrouillent. Toutes sont ébranlées, même les plus costaudes, celles que la vie à la campagne semblait avoir prémunies.

La mort risque à tout moment d'entrer dans la Sainte-Barbe par une porte secrète, de se pencher bien bas pour saluer avant d'amener, dans son long manteau noir, son élue. Au moment de partir, la mort se redressera, cherchera à travers les vivantes où poser le regard, et elle dira lentement « à bientôt », en refermant la mystérieuse ouverture par laquelle elle était entrée.

On craint les épidémies à venir mais on sait très bien qu'elles couvent déjà. On sait, et ce savoir hante. Depuis quelques jours, on a jeté six autres mortes à l'eau. Des Filles du Roy parties peupler la Nouvelle-France; des filles de rien qui ne peupleront rien d'autre que le fond marin.

Pire que toute autre perte, il y a le deuil dans le cœur de Madeleine. Elle s'est étendue sur la paillasse de Marie, comme morte, comme elle. Parfois, le regard affolé, une urgence subite la tenaille. La jeune enfant étire alors le bras, elle ouvre le coffre de Marie, en palpe un morceau de toile. Elle caresse le petit ballot de sa sœur, fourre son nez dans un mouchoir de Marie, coule un doigt le long d'un lacet de Marie, enveloppe ses épaules du châle de Marie. Ensuite, elle noue une corde de jute sur l'utopique projet et referme le coffre. Elle reprend son chagrin, qui se trouve partout en dehors du petit paquet.

Sa peine est sournoise, elle capture la petite à chaque fois qu'elle allait ne plus y penser.

Marguerite a beau lui sourire, la toucher, l'enfant ne réagit pas. Jeanne à son tour essaie d'allumer son regard, lui décrire ce qu'elle imagine de Ville Marie où l'attend sa cousine, l'enfant ne réagit pas. Madame Bourdon use de tendre directivité, rien à faire. Personne ne sait, pour le moment, si à l'intérieur de Madeleine le coeur est gravement écorché ou définitivement cassé.

***

Claquements. Claquements qui reviennent. Les vagues se cassent contre le bois du vaisseau. Le navire craque. On ne sait si les bruits partent du fond de l'oreille, de la mer ou des cieux. Voici la plus grosse tempête jamais vue.

Le firmament s'était d'abord penché très bas pour avertir la masse de bois qu'éclaterait bientôt sa colère. Le tonnerre avait grondé. Ensuite, le ciel s'était associé à la mer pour recouvrir de pénombre le triangle flottant. Murs et planchers grincent depuis. Le ciel est infiniment fâché.

Sa violence arrive de partout. Les nuages noirs et les vagues en furie se battent pour contrôler le sort du navire. La mer est démontée. Les rafales du vent font tournoyer une menace que l'on sent toute proche, dans chaque roulement du tonnerre.

On prie, les regards immobiles pour tenir stable quelque chose. On annonce à Dieu qu'une tempête déchaînée a pris le navire. L'importante nouvelle est expliquée comme s'il s'agissait de quelque chose qu'Il n'avait pas su.

Le capitaine hurle des ordres que les vents emportent et perdent au loin. L'équipage travaille selon l'instinct et l'expérience de chacun. Les voiles sont indomptables ; les garçons s'épuisent à dresser le navire. Il s'abîme. Voilà que se rompt une galerie et que s'échappent quelques ballots, échelles et cordages! S'inonde du même coup ce qu'on croyait à l'abri. Où que l'on soit sur le navire, on reçoit des claques, des gifles, des coups. L'eau et les objets bousculent, arrachent, écrasent!

Dans les pièces communes, on ne peut refermer plus hermétiquement l'écoutille. On s'agrippe pour tenir debout sinon, on roule, comme un ballot de plumes. Les corps et les biens s'enlacent malgré eux, ils se frappent dans une violence qui n'est pas de leur intention. La fulguration zigzague dans les regards éperdus. Les cris deviennent inhumains.

On exige que chaque coup de tonnerre soit le dernier. Misérables, on ignore quoi faire de plus. On ne s'agenouille plus, on lève le poing pour attraper la fin du calvaire mais dans une autre secousse, on vole plus loin avec des blessures supplémentaires. Le corps sont couverts de sueur, de sang, de vomissures expulsées sans pudeur. Tous puent la viande qu'on débite de manière irrespectueuse.

Le bateau est perdu dans le brouillard. Se heurtera-t-on à des icebergs? Va-t-on couler? Va-t-on mourir pour qu'ainsi se termine la traversée de 1669?

Madeleine évacue une peine jusque-là retenue silencieuse. Elle déchire l'air d'épouvantables hurlements. Madeleine est en colère contre Marie, restée au fond des profondeurs de la mer, dans le noir et le froid. Elle crie, elle crie éperdument, propulsant hors de son cœur son désaccord face à sa mort. La petite est aux prises avec le souvenir de la couverture qui coule avec sa sœur, sa sœur!

Madeleine se tait. Et si elle en profitait pour passer par-dessus bord, voler sur la surface de la mer, plonger sur le corps mou de Marie, joindre sa mort à la sienne? Faut-il mourir, jeter l'ancre ailleurs qu'en Nouvelle-France?

Il faut trouver la sortie de la chambre sombre, ramper dans le va-et-vient jusqu'en haut, se traîner dans les vents et la pluie glacée, grimper en s'agrippant fort, puis, se laisser tomber dans la mer.

« Tiens bon, Madeleine! Tiens bon! » semble vouloir dire une poigne qui, dans l'obscurité, la retient de son mieux.

Qui fait ça? Qui la retient au moment où elle allait abandonner? Peut-être Madame Bourdon, peut-être Anne, Marguerite ou Jeanne, peut-être une autre fille, qui? Les longs cris de Madeleine redoublent d'agressivité. Ensuite, la jeune fille s'évanouit.

Au moment où tous sont certains d'y passer, sans que l'on sache pourquoi ni comment, la force de la mer rugit pour la dernière fois mais c'est pour relever le ciel à sa place. Le ciel se rassoit enfin dans le ciel et la mer se recouche enfin dans la mer.

On s'étonne de l'accalmie comme si jamais on ne l'avait implorée. On reprend subitement confiance en la suite du voyage, comme s'il y avait assurance qu'une seule grosse tempête était prévue à l'horaire de cette traversée.

Cette tempête aura servi à dégager des entrailles de Madeleine un peu du poison qui la ronge. La teneur des vents a pourtant failli ne pas suffire, mais au-delà de la souffrance, le désir de vivre est puissant.

C'est le décompte des pertes. En déliant doucement les membres on pense à celles qui ont eu moins de chance. Quelle fille, cette fois, la mort a-t-elle choisie?

Laquelle des rescapées découvrira à ses côtés une victime? Est-ce en se tournant à droite, à gauche ou en replaçant quelque chose? Quel débris? On n'aime pas la tâche de chercher autour de soi la mort que dans la pénombre on ne veut surtout pas apercevoir. « Enlevez-moi cette horreur de là! Mais faites quelque chose, pardi! » ne cesse de crier Perrine.

Le capitaine fait le point. Dans le brouillard, il craint que le navire ait été déporté vers le nord. On risque maintenant de sombrer en heurtant un écueil. L'homme ne reconnaît plus la route. L'équipage attend, tourné vers le maître.

Le visage du capitaine est grave. L'homme consulte ses instruments : la boussole et la boîte de l'aiguille aimantée nommée compas, un astrolabe, un arbalestrille, sorte de bâton gradué pour observer les latitudes du monde.

Sa main retenant le bord roulé d'une feuille rugueuse, son doigt suivant minutieusement un tracé dessiné à l'encre, le capitaine interroge longuement sa carte. Après avoir fait son idée, il convoque ses deux meilleurs matelots, dont celui à la cicatrice. Les hommes écoutent le discours du capitaine, qui accepte même quelques avis. À la fin, le vieil homme tranche.

Il faut redescendre et reprendre le couloir qui mène en Nouvelle-France. Faute de mesure exacte et continue du temps, parce que le sablier s'est renversé dans la tempête, seule l'expérience peut poser des hypothèses sur l'exacte position du navire et sur la distance parcourue. Le capitaine donne ses ordres, l'efficacité opère. « Demi-tour! Sud! ».

L'homme respire devant la mer détendue. La nature gronde, comme hurle le loup, au loin, pour qu'on n'oublie pas sa menace. Les derniers nuages noirs s'effilent et derrière eux, apparaît un grand trésor de lumière. Il faut plisser les yeux devant le ciel, tant aveuglante est sa beauté.

Les vagues jouent la volupté. Le bateau glisse solennellement sur un vaste escalier d'honneur, une promenade de quelques pas entre chacun des paliers. La mer impose un rythme, et le bal de la navigation se poursuit.

Madame Bourdon repousse un coffre qui la tenait prisonnière contre un mur. Elle masse son bras endolori par la pression de ce poids. Près d'elle, Madeleine gît. La dame ferme les yeux. Elle ne voudrait pas la trouver morte. Elle se penche sur elle en retenant son souffle. Elle dit, inquiète. « Madeleine! Madeleine! »

Elle a prononcé son prénom d'un ton impératif, comme pour chasser la mort advenant qu'elle aurait prise la petite. Madeleine ouvre les yeux! Madame Bourdon respire. Elle lève la tête et fait signe à Marguerite d'approcher.

Marguerite va border Madeleine sur une paillasse retournée. Dans le désordre, les objets ne sont plus à personne. La petite s'assoupit instantanément. Quand la peine dégage un coin en soi, c'est le repos qui s'y rue.

Morts ou vivants, les corps mous suivent le mouvement des flots. Les passagères sont cassées au fond du navire. Elles resteront longtemps inertes. Leurs forces semblent avoir été aspirées avec le retrait de la tempête.

Des heures passent. Les voyageuses vivantes reprennent leurs sens. Jeanne s'assure que Marguerite soit en vie. Marguerite était justement à guetter que Jeanne respirait bien.

On s'assoit tour à tour, on se masse un bras, une jambe et tant bien que mal on fait craquer ses articulations. On s'entraide mutuellement en offrant à sa voisine du support pour se relever ou encore pour s'étendre.

Les mortes dérangent la conscience. Il y en a plusieurs ; elles étaient les passagères les plus faibles. Tout le monde feint de les ignorer mais elles empestent l'esprit. On ne veut pas savoir que ça aurait pu être chacune ou tout le monde que la mort désigne. On ne veut pas non plus reconnaître sa voisine. On préfère croire que la mort loge dans des robes lourdes, pleines de quelque chose qu'on n'ait pas connu. On aimerait que les défuntes soient des étrangères pour que les émotions soient étrangères aussi.

On sort enfin les cadavres aux regards fixes et insistants. Tout le monde se regarde d'un air convenu. Il y a des émotions qui ne se cachent pas, même quand on se croit perdu. Il y a des émotions qui ne se cachent plus, surtout quand on se croit perdu.

Tôt le lendemain, Perrine s'écrie soudain, le nez levé sur Madeleine :

« Avec une telle tempête, ta sœur serait morte, de toute façon ! » Elle se détourne et se parle à elle-même, sans même avoir baissé le ton. « Au moins, elle n'empeste plus l'endroit. Quelle histoire ! » continue-t-elle, défenderesse de son seul confort.

« T'as bientôt fini Perrine ?

La voix part du fond de la chambre. C'est Jeanne qui essuie sa bouche.

- Tu mourras de la même chose ! Un cas réglé, un autre survient aussitôt ! » lance Perrine.

Jeanne a eu un malaise, comme à chaque matin. Elle sait que ce n'est pas uniquement à cause de la tempête que son corps est remué. Elle a maintenant la certitude d'être enceinte de son défunt mari.

Jeanne n'aime pas retourner dans son passé. La pensée devrait servir à faire ce qui est devant, et non à refaire ce qui est passé. Mais ce matin, devant l'inattendue constatation d'une grossesse, c'est d'abord le souvenir de son mari que la surprise ramène.

Son père l'avait mariée l'an dernier à un homme de dix-neuf ans son aîné. « S'il te répugne, ne le marie pas, Jeanne » lui avait-il dit. Il ne la répugnait pas. Il avait le corps trapu et le teint noiraud, mais il ne la répugnait pas. « Si tu ne lui trouves pas la qualité de bonté et celles d'être honnête et travaillant, ne le marie pas, Jeanne. » Isaac était bon, prévenant et travaillant. Auprès de lui, elle vivrait correctement.

Toutefois, Jeanne n'éprouvait rien devant Isaac, son mari. Ni la haine ni l'amour, seulement le vide. Isaac n'était pas impoli, il ne parlait pas inutilement, il ne la critiquait ni ne la méprisait, il faisait son travail de charpentier sans voler qui que ce soit. Il ne passait pas son temps à boire, il n'était pas impatient avec elle, non, il n'était pas un mauvais mari.

Le père de Jeanne avait eu raison de trouver en son ami un bon parti pour sa fille. Il le lui avait choisi avec le souci de la protéger. Elle avait accepté avec le soin d'honorer cette bonne intention.

Mais qu'il ne soit pas mauvais dans son regard ne rendait pas Jeanne intéressée à son mari, car elle ignorait alors qu'il fallait d'autres attirances pour se choisir une vie.

Le jour où elle apprit qu'il était mort, elle s'était fait une tasse de bouillon puis, rien. Rien, mais toujours cette grande peine pour ses frères qui lui furent enlevés par le même accident.

Partout autour d'elle, leur petit visage survenait avec leur rire plein la face rousselée. Ses petits frères... deux gamins de 13 et 14 ans, deux enfants avec du poil au menton, deux petits hommes qu'elle ne verrait pas vieillir.

Ils avaient placé une hache dans le gousset arrière de leur ceinture, puis ils étaient partis en jouant à se bousculer à travers les enjambées d'une course au plus rapide. C'était il y a quelques temps. Pour Jeanne qui s'ennuie d'eux, une éternité la sépare de ce moment. Ce jour-là du départ, Isaac les avait aussitôt suivis de son pas égal, collet relevé sur sa mâchoire. Il était parti sans emporter cette partie d'elle que ses frères prenaient toujours, ce coin de tendresse, espace de secrets banals, excepté pour celle qui les chérit.

Avant cet adieu, Jeanne avait tranché pour son mari un morceau de pain, qu'elle avait méthodiquement enveloppé dans un carré de lin, et elle avait ajouté un morceau de fromage, assez gros pour que ses frères le goûtent largement aussi. Elle avait ensuite mis dans le ballot de son mari une paire de bas bien propres et secs, tout comme elle l'avait fait un peu plus tôt pour chacun de ses frères.

Isaac était parti, elle s'en souvient, sans qu'elle ne coure à la fenêtre pour le voir s'éloigner. Elle était déjà en train de ranger les assiettes de ses frères lorsque Isaac s'était en vain retourné vers le rideau vide, déçu pour la dernière fois. Les assiettes serrées contre son cœur, ses frères manquaient déjà à la jeune femme.

Un soir de la semaine suivante, alors qu'elle reprisait en fredonnant la berceuse du temps où ses frères étaient tout-petits, ce soir-là la porte s'ouvrit et une voix essoufflée d'avoir trop couru lui annonça maladroitement l'affreuse nouvelle. « Les jeunes sont morts, enfuis sous les débris de la construction. Pardon Jeanne, on en est certain, ce sont tes deux frères. »

Comment ne pas annoncer le pire quand on a le pire à annoncer? Les mots du malheur coulèrent d'un coup sur elle. En les recevant, la jeune femme s'évanouit.

Ensuite, elle ne fit que pleurer, réclamer les garçons, accuser le ciel et la vie. Quelque chose d'égal traçait en elle un corridor droit et long, celui d'une douleur infinie.

Que ses yeux soient ouverts ou qu'elle les referme, Jeanne voit les poutres tomber sur ses frères, les piéger et les faire suffoquer, dans une torture dont elle ne cesse de regarder le scénario. Ils souffrent, ils crient, ils supplient que le poids soit retiré, ils saignent abondamment et la grimace de leur douleur prend toute leur innocence. Peut-être ont-ils dit « Jeanne! » avant de mourir sous les décombres de ce maudit bateau en construction? Elle veut voir sortir son prénom de leur bouche avant que cette bouche ne se torde dans la mort.

Lorsqu'on lui apprit, quelques jours plus tard, que le même sort avait été réservé à son mari, Jeanne s'était levée de sa chaise, s'était approchée de l'âtre où bouillait une marmite d'eau. Dans son regard éteint, la flamme jaune du feu dansa un moment. Puis, d'un naturel dégagé, Jeanne avait décroché de la crémaillère le chaudron d'eau bouillie et s'était lentement préparé à boire.

S'imaginer qu'Isaac avait peri dans les mêmes conditions que ses frères ne lui inspira ni horreur ni répulsion. Le pire serait de tourner contre soi l'indignation de n'y rien regretter. Son sentiment envers Isaac reste intact, que l'homme soit vivant ou qu'il soit mort : elle ne lui porte aucun intérêt.

La veille de son départ, elle se souvint de son mari dans le lit trop étroit de leur chambre. Il avait monté sur son corps, qu'elle fixa aussitôt dans les draps en se raidissant. Il s'était amené de manière calme, toujours honnête, égal à lui-même, avec le droit de la prendre, sa femme, et elle attendit que sur elle il eut enfin fini de s'encourager.

Il s'était retiré après avoir chuchoté à son oreille un « Jeanne! » qu'elle aurait préféré ne pas entendre. Elle refusait ce trop plein d'espérance qui propose la tendresse en retour. Les sentiments déposés sur les syllabes de son prénom n'avaient pas droit d'exister dans la bouche de son mari. Cette douceur devenait profanation. Un sacrilège qui porte gravement atteinte à cette chose respectable qu'elle accorde aux personnes qu'elle a profondément choisies : ses frères et tous les gens qu'elle aime, mais pas à lui!

Ce soir-là, Isaac s'était enfin assoupi. De sa moiteur qu'elle ne voulait pas contre elle, et de son odeur de laquelle elle n'était pas amoureuse, Jeanne s'était lentement dégagée. C'était toujours longtemps après son mari que dans le lit conjugal Jeanne s'abandonnait au sommeil.

Aujourd'hui, entre mer et monde, elle s'horrifie de voir qu'Isaac l'a suivie jusqu'ici. Elle porte un enfant de cet homme! Un petit noiraud, trapu, voudra la téter, l'embrasser! Elle l'imagine déjà, écho de son mari, la réclamant avec les meilleures intentions.

Isaac avait marié Jeanne dans l'espoir de créer sa famille. Il aurait été content de la venue de leur enfant. Isaac aurait été content... C'est lui qui aurait voulu tout cela, c'est lui qui voulait d'elle mais Jeanne, que veut-elle?

Elle dépose à plat sa main sur son ventre. Elle est étrange la sensation qu'en soi s'installe un personnage. Étrange de devenir une fabrique pour un morceau parti de soi et qui deviendra autre et lui-même. Jeanne aime-t-elle cette idée de donner vie à un orphelin conçu sans son consentement?

Elle comprime son abdomen avec grande force. Est-ce qu'avoir cet enfant la confinera à nouveau à faire face à Isaac? Est-ce péché de douter de vouloir ce bébé de lui? Une mère française et catholique ne peut questionner la maternité! Une femme envoyée pour peupler la nouvelle nation peut-elle mépriser son utérus ensemencé de vie?

Et puis, comment une femme sans mari, sans virginité ni argent, pourra-t-elle accoucher d'un enfant sans père et sans patrie?

Sa main empoigne la peau de son ventre. Elle aimerait que l'élan de son poing se permette de frapper dur et fort. Dans le silence de son secret, dans un recoin d'elle auquel nul n'a accès, Jeanne ne veut pas du tas de peau qui germe en elle. Elle ne veut pas de son mari qu'elle aurait dû refuser. D'un souvenir de lui, d'une prolongation d'Isaac à bercer, à nourrir, à aimer, elle n'en veut pas!

Le jour même, Jeanne est prise d'une forte fièvre. Sa santé commence dès lors à lui faire sérieusement défaut.

Chacune des nuits suivantes, Jeanne rêve de Isaac à qui elle ferme les bras, les jambes et la tombe. Était-ce là sa vraie réponse à la question de son père qui demandait si cet homme la répugnait?

***

Les passagères se soutiennent mutuellement pour aller chercher un peu d'air frais sur le pont. Le pas lent, le corps tremblotant, quelques-unes y parviennent encore dont Anne Langlois, qui lutte fort pour survivre. Chaque fois qu'elle passe sur le pont, Anne invoque une statuette de la vierge qui y a sa place d'honneur.

Là-haut, le capitaine ordonne aux matelots de retourner réparer la carène. Fatiguée, elle oblige à de fréquents calfatages. On redresse les voilures, on les augmente et on les diminue. Le vent oblige à multiplier les manœuvres et les bordées. Le voilier reprend doucement la bonne direction.

Les matelots se poussent à coup d'épaulée, le refrain sur les lèvres, prêts à rugir l'un sur l'autre à la moindre occasion de jouer. Madame Bourdon se demande où donc pêchent-ils leurs réserves de gaieté. Les jeunes gens semblent apprécier le risque de chaque moment de la traversée. Leur passion de l'aventure prévaut sur les conditions générales à bord.

Ils chantent à tue-tête, les yeux levés au ciel. Les garçons sont liés par des chansons grivoises que leur jeunesse et leur gaillardise encodent d'un vocabulaire marin. D'un mât à un autre surgit la suite des couplets inventés en riant fort.

Leurs bouffonneries font écho dans le long tissu des voiles. L'imagination est aussi fertile qu'est rapide le rythme des mots. Le matelot à la cicatrice est le meilleur de tous.

Les flots ont retrouvé le calme, et vogue le bateau vers la Nouvelle-France. De ce côté-ci de la tempête, la mer jure être toujours belle. Le désir de croire en sa promesse éternelle est grand quand l'eau prend devant soi l'aspect d'un tapis de velours.

Les filles faiblissent sous les montées de fièvre. Les pensées tressent des songes troublants. Devient confuse l'idée de voir s'unir deux rives. La Nouvelle-France est une fresque délayée derrière des hallucinations.

Au bout de quelques autres journées, éclatent enfin les couleurs de la joie. Du haut d'un mât, un mousse s'époumone en pointant droit devant.

« Terre!

Sa main tremblotante cherche à attraper le vide. Son cri retentit du mât à la cale.

- Terre! »

Il ne quitte pas sa mire. Heureux d'être le premier qui annonce la nouvelle aux autres. « Ha! Ha! Terre! » rit-il. Enthousiaste, il veut répandre sa joie « Vive le Roi de France! Vive Louis XIV! ».

Il distingue, au loin, des bruns et des verts fraîchement sortis d'un filet de brouillard. Une forêt flotte au bout de son doigt. C'est elle qui semble nager vers le navire. « Terre! » Il se hisse plus haut encore. De son perchoir, il ne voit qu'elle. Il sourit à la terre que bientôt il embrassera.

La brume fait disparaître ce qu'il regardait. Le jeune garçon étire le cou, fouille l'horizon. A-t-elle bien existé, est-elle encore là? Reverra-t-il la terre de l'autre côté de la circulation du brouillard? Il écarquille les yeux. Retenu par une seule main, il se protège du soleil avec l'autre. Le temps de quelques secondes, il aura dissipé son doute. On voit son visage sourire à nouveau. « Terre! » crie-t-il encore.

La grosse tempête avait miraculeusement transporté le navire près des bancs de Terre-Neuve. La providence a été bonne pour le Saint Jean-Baptiste et c'est Dieu qui aurait, du moins le croit-on, guidé le bateau dans sa déroute.

Les cris du mousse fouettent l'intérêt des voyageuses. Chacune veut distinguer ce que d'ici seul l'œil averti peut repérer. Une délivrance chante dans le cœur de tout le contingent. On préfère oublier qu'après Terre-Neuve, il restera un autre mois de navigation avant la première colonie.

D'ici là, à tout le moins, on pourra descendre sur cette côte. On se lavera, cueillera des fruits, profitera de l'abondance de morue fraîche et, si on en a le temps, chassera le gibier de poils ou de plumes. Terre-Neuve, c'est l'espoir d'entrevoir enfin l'autre bout du voyage!

Ce bonheur se propage aussi rapidement qu'une épidémie. La bonne nouvelle contamine bientôt tout le navire. Une bouffée de joie balaie les visages. Quelques filles entament spontanément une chanson de victoire mais elles l'interrompent presque aussitôt, coupables de fatigue. Leurs exclamations auréolent tout de même les voiles, faute des trompettes solennelles d'une cérémonie d'arrivée.

Le mouvement de gaieté allège certaines malades, mais il en épuise aussi plusieurs. Les filles les plus mal en point lèvent à peine la tête, essaient de dire quelque chose mais retombent, exténuées. L'épuisement empêchera ces passagères de se préparer à descendre. Les mieux pourvues apporteront une aide aux autres.

Jeanne ferme les yeux, bénit le ciel. « Terre! » susurre-t-elle, des larmes dans les yeux. Elle craint de mourir avant la colonie, encore assez consciente pour constater que ses forces diminuent dangereusement. Son front est bouillant. « Terre! »

Ce mot, que toutes répètent autour d'elle, se colle à sa fièvre. Sa tête tourne, son cerveau lui envoie des messages incohérents. Jeanne a perdu le contrôle de ses pensées. Elle pense qu'Isaac est brutalement arraché à la terre par le vent. Elle imagine leur enfant, qu'elle se voit en train de planter profondément dans une terre glaise. Ensuite, elle les voit gisants, et elle les enterre. Mais dans ce songe, on la punira. Bâillonnée, on la couvrira d'un argile qui l'immobilisera à jamais. « Terre ! »

Jeanne se réveille à demi. Elle est troublée par son cauchemar. Elle frappe son ventre et replonge dans son sommeil en poussant des gémissements. Elle grelotte. Son teint pâle surprend.

Marguerite la soulève tant bien que mal, lui offre une gorgée de vin puisque c'est là ce qui reste à boire. Elle éponge son front et la couvre d'une couverture, la plus salubre qu'elle ait dénichée. Son amie l'inquiète. Elle espère qu'elles arriveront ensemble à destination. D'ici là, chacun de ses gestes se ferat tendres. « Tiens bon, Jeanne! » semble-t-elle lui dire.

Jeanne ouvre à nouveau les yeux, sourit sans y mettre de conviction. Ses pupilles restent fixes, toute lueur vivante est difficile à percevoir. Jeanne, de sa main, fait signe à Marguerite de la laisser. Elle ne descendra pas. Ce nouvel échange l'a épuisée. Elle se rendort, entre rêve et lucidité.

Madame Bourdon fait signe à sa nièce d'aller sur la terre ferme. Elle-même restera sur le vaisseau pour veiller les filles malades. Elle économisera aussi des forces.

Près d'elle, Madeleine ressemble à un ange blanc. Son index traîne mollement dans sa bouche. L'insouciance traverse son front. Son corps recroquevillé rappelle celui d'un petit bébé. Dormir lui sert de refuge face aux événements.

Perrine bouscule tout le monde, impatiente. Elle enjambe la couchette de Jeanne, marche sur le doigt de Anne, se détourne à peine pour savoir qui elle a blessé. « Grouillez-vous, pardi! Ah! et puis restez là si ça vous chante, mais moi je vais à terre! »

Geneviève sort de l'hébétude lorsque quelqu'un l'attrape par le bras pour la soulever et la tirer hors de la chambre commune.

« On est arrivé, dis, on est arrivé chez les Sauvages ? » demande-t-elle.

Les matelots lancent les barques à l'eau. Encore énergiques, quelques-uns choisissent de nager jusqu'à la rive. L'eau vive stimule leurs ardeurs. Leurs cris de joie alimentent leur plaisir.

Les filles tiennent les côtés des barques pour le plaisir de sentir l'eau effleurer leurs mains. Plusieurs peuvent à peine s'asseoir et doivent s'appuyer sur leurs compagnes. Mais elles veulent descendre car elles s'étaient juré de retoucher le sol.

Elles débarquent en se soutenant, regardant leurs pieds se mouiller. Les filles se couchent sur la plage et ferment les yeux. La douceur du sable chatouille entre les doigts et contre les mollets.

Du haut d'une drisse, un visage cicatrisé rit tout seul. Le matelot hoche la tête et fige son sourire. Son regard plonge sur les passagères excitées. On ignore toujours ce que pense le jeune homme et surtout, quelle conclusion il inventera. Son sourire en coin assure que lui seul est maître de ses secrets.

En bas, l'urgence de liberté est encadrée de consignes précises : obligation de s'attrouper et d'user de la plus grande prudence. Nul ne connaît ce qui guette les visiteuses dans les forêts de cet espace inconnu. Défense de s'aventurer plus loin que la plage. D'anciens explorateurs ont déjà affirmé que celui qui s'aventure dans la forêt maudite devrait craindre que de la terre sortent des vapeurs qui y sont encloses, au risque de subir une corruption de tout son sang, puisqu'ainsi s'attraperait le scorbut! Reste l'endroit le plus sûr, la proximité des embarcations.

Sur la grève, une longue rangée de coquillages broyés étire une ligne parfaitement dessinée par les marées. Ce collier brille jusqu'à perte de vue et de souffle. La berge est gracieuse et puissante. Le ressac des vagues lisse la plage avec force et fermeté. L'eau se retire, revient, repart, toujours fidèle à la côte.

Quelques filles veulent faire trempette. D'abord prudentes à se mouiller, elles se lancent bientôt dans l'eau qui supportera le poids de leurs misères. Sentir la tiédeur de l'onde avancer sous les vêtements, poil par poil et centimètre par centimètre, est sans contredit la plus belle émotion vécue depuis longtemps. Sous le soleil estival, l'eau près de la côte réchauffe mieux que celle en haute mer.

Les filles plus dégourdies en profitent pour rincer un ou deux morceaux de linge, qu'elles ont pris soin de descendre du navire. Les autres, prêtes à profiter du moment infini, ne se soucient guère de ces précautions nécessaires.

Cette cure à terre les rassure. On profite du moment présent, d'un pur bonheur. Semblables à des baigneuses en vacances, quelques unes étendent leurs bras en croix pour attraper le vent doux.

Du haut de son perchoir, le matelot attend. Les ébats féminins ne l'attendrissent pas plus qu'ils ne le désintéressent. Il regarde le ridicule s'agiter. Il voit la nervosité côtoyer la naïveté. Il considère l'inutilité de tant d'éclat. Le matelot serre les mâchoires. Quelque chose l'agace. Il juge exagéré tout ce plaisir des filles. Ces plaisirs qu'elles obtiennent sans lui.

Là-bas, assis dans les barques, quelques membres de l'équipage lancent des lignes à l'eau. Les jeunes hommes rient fort car le poisson mord sans tarder. D'une barque à l'autre, on se lance les plus grands défis en embrassant chaque prise. On s'arrose à qui mieux mieux, on pousse des grands cris.

Durant ce temps, Perrine se rue sur des feuillages odorants, à la recherche de petits fruits sauvages.

« Ne t'aventure pas trop loin, Perrine! lui rappellent les autres. Perrine! Perrine! Reviens par ici! »

Le matelot dans la drisse les entend crier. Il a peine à contenir son idée de se porter volontaire, advenant que la rouquine s'enfonce dans le paysage feuillu. Il se demande, en souriant, comment il lui ferait payer la note de lui avoir montré le chemin pour revenir au navire.

Perrine est déjà de retour, sa première jupe débordant de petites perles rouges. C'est avidement qu'elle les enfourne, en se gardant d'en d'offrir à quiconque. Le matelot préfère être resté là-haut, balloté par les vaguelettes.

Quelques autres filles prennent le même chemin, le regard à terre. On entend l'exclamation de leur joie devant chaque trésor et, de l'autre côté de la rangée d'arbres, on voit onduler des tissus de couleurs. Elles reviennent des taillis après un moment, en riant et se partageant la récolte. Le matelot les observe toujours.

Quelques heures passent sans qu'on les voie. Le bonheur est à ce point intense qu'il mouille les yeux de larmes. On sourit en pleurant. Se rendre compte qu'on a été heureuse après tant de temps dans un sentiment contraire pèse lourd sur le cœur. Sur la plage, plusieurs tombent endormies.

Le bonheur, éphémère, pourrait ressembler à ces dernières heures. Des souvenirs de vie remontent à la surface. On avait oublié qu'avant la traversée on a déjà ri et joué. Ce moment servira à vivre la prochaine attente.

Le jour va baisser, il faut partir. Le bateau qui mouille au large ne cesse de le rappeler. Il surveille comme un phare, sautille en encaissant les vagues, impatient de naviguer.

Le capitaine annonce déjà le moment de quitter la grève. On tord les robes et les bas de son mieux, on agite les cheveux avant de replacer les bonnets. On se réchauffera en frottant ses frissons aux paillasses, oubliant qu'elles sont toutes imprégnées de l'humidité de la mer.

Heureusement que l'équipage a fait bonne pêche en jetant les lignes à l'eau. Le sang du poisson frais déjà répandu sur le tillac du navire promet que le prochain repas sera plus nourrissant que ceux des dernières semaines. La joie restera donc un moment après le retour sur le navire. Car après le bonheur, vient le désir de le prolonger.

On monte dans les barques pour refaire la distance séparant la rive du navire. Le retour vers la maison précaire se fait loin de la joie. Les filles restent silencieuses. Elles n'entendent plus que les baisers de détachement qui claquent sur le ventre des petites embarcations. Ils semblent venir de lèvres amères.

On entre dans la salle commune en forçant les yeux à trouver leur chemin dans la pénombre. On regrette déjà la lumière de la plage et la chaleur du sable. Ici, rien n'a changé. L'humidité est saisissante. Les voyageuses gagnent leur place sans enthousiasme.

On retrouve les misérables compagnes, incapables de se lever pour partager la fébrilité d'avoir touché à terre. Terrées au fond de l'odeur infecte, des grands yeux fixent les visages de celles qui racontent leur expérience. D'autres filles n'ont rien su de l'escale.

Le bateau reprend sa route.

Le capitaine est soucieux. Les côtes canadiennes signifie un danger, même pour celui qui connaît la navigation. On dit qu'on y est à risque de péril à cause du brouillard, des banquises et des roches. Tout explorateur craint que les brumes épaisses et les courants forts m'écartent les vaisseaux de leur route et les amènent se briser plus loin. Aux yeux de l'homme expérimenté, le fleuve a une réputation tout aussi mauvaise que l'océan. Le capitaine demande donc d'ajouter aux prières du soir celle d'être épargnés de ce nouveau danger.

Plus d'une autre semaine s'écoule. Les passagères se terrent au fond de la Sainte-Barbe, épuisées, affamées, frissonnantes. La fièvre s'est hissée à bord en même temps qu'ont monté les baigneuses.

Depuis la descente à terre, le silence fait craindre à Madame Bourdon que les grosses maladies couvent. En peu de temps, dysenterie, furonculose et fièvre putride attaqueront le navire. L'une se caractérise par les diarrhées violentes, l'autre encore par la poussée de pustules douloureuses sur le corps, enfin la dernière par la pourriture des membres. Le scorbut plane. Ces maladies, qu'entraînent la mauvaise nourriture et l'entassement de trop de gens, achèveront les corps affaiblis par les rudesses du voyage.

Madame Bourdon se promène à travers ses filles. Elle agite des plantes odorantes et diverses fumigations dans l'espoir de désinfecter le navire. Hélas, ses recettes ne gagnent pas sur la sévérité de la situation.

On craint que les corps ne tombent en pourriture. Au fil des jours et des nuits de souffrances, les plaintes deviennent semblables à des râlements bestiaux. Au delà des grincements du gouvernail, des vents et des mâts, on entend les supplications des filles qui se meurent. Les gémissements les plus intenses ne viennent plus de la coque fragile mais des implorations au ciel. Chaque matin et chaque soir, les matelots jettent à la mer d'autres corps inertes et refroidis. Impuissantes, il reste aux filles les larmes ravalées et la réclusion.

La peur avive la foi, mais la fièvre déformes les prières. On dit les mots sur la musique d'un cantique qui ondule avec les flots de la mer. Exaltations et douleur physique se chevauchent. On s'adresse au ciel en déplorant l'enfer de la situation ; on perd régulièrement le fil de l'idée et entre deux délires ; on ne sait plus à quel saint vouer la suite de la prière. Des voix enchevêtrées appellent des impasses. Elles lancent une piste qui mène à un nouveau dédale de voix, sans apporter le réconfort imploré. La fièvre a divisé la prière en plusieurs parenthèses et les cerveaux s'affolent de ne plus reconnaître d'anciens repères. On se rendort avant d'avoir retrouvé la suite de ce qu'on récitait.

La force d'Anne Langlois se rapproche d'une limite. La jeune fille n'a d'autre choix que d'imaginer Québec au bout du navire. Un sourire traverse parfois son visage. Anne s'est vue retrouver les siens.

Peu de passagères sont saines comme l'est Madame Bourdon, encore capable de circuler parmi ses filles. Elle replace une couverture ici, elle donne un peu de vin là, elle couvre le visage de cette autre fille qui n'a pas survécu.

Les passagères meurent avec un ultime secret, car la mort est le secret d'un être. Tous les derniers instants se ressemblent. On gémit faiblement, on inspire un long mirage inconnu, on balaye la place du regret de s'être trop battu. Les voyageuses partent dans la mort, à la toute fin heureuses de cesser de souffrir, et laissant volontiers à d'autres la vue de la terre à venir. Elles expirent avec le sentiment d'avoir essayé jusqu'au bout.

Perrine devrait être heureuse, ce ne sont que les poux et la gale qui l'affectent. Son bonnet est devenu une sorte de nid à insectes. Quant à son cou, ses aisselles, ses poignets, ses aines et l'arrière de ses genoux, ils sont pleins de lésions rougeâtres qui brûlent de vives démangeaisons, plus cuisantes encore durant la nuit. Avec ses ongles, Perrine transporte l'affection sur son corps, qu'elle gratte au sang. Les petits acarus de la gale creusent ainsi dans son épiderme d'autres galeries où pondre leurs œufs.

Parce qu'elle ne boit pas assez, Perrine a des migraines intenables. Elle dort à peine. Elle a maigri et tout ce qu'elle a encore d'abondant, ce sont ses plaintes. Ses gémissements accusent autrui d'être les responsables de ses malheurs.

« J'exige qu'on me donne un autre hamac que cette horreur, cause de mes insomnies ! »

La misère amène la personnalité à se dénuder pour se rapprocher du plus déterminant de soi-même. La haine demeure le sentiment le plus soutenant que Perrine connaisse. La jeune fille recherche de l'appui à droite et à gauche. Mais Marguerite ne l'entend pas et Jeanne, éperdue de fièvre, est trop troublée par le sort de son utérus. Quant à Madeleine, elle dort constamment. Anne Langlois, quant à elle, n'a pas de temps à perdre avec une fille comme Perrine. En échange de cette limite clairement établie, Perrine ne la sollicite jamais.

Perrine cherche alors l'aide de n'importe qui, donc de Geneviève. Son urgence subite est de replacer son hamac dans son cadre.

Geneviève, fille crédule et simplette, croira ainsi que Perrine s'intéresse. Sans estime ni opinion d'elle-même, enfin quelqu'un la définira ! Ainsi s'ouvrent en Geneviève les trop larges portes de l'idolâtrie.

« Fi ! L'indigne a quitté la place, ça sent meilleur ici lui dit Perrine.

- De qui parles-tu ?

- De la défectueuse, la bébête, la Marguerite, tu ne la remarques pas ?

- Je la connais peu, mais ton avis là-dessus m'en apprendra.

- Moi si, je la connais ! Elle vient de là où on entasse les vauriens, les bâclés et les balourds.

- Je ne lui ai jamais parlé… mais tu as sans doute raison.

- Ne t'en approche pas ! Sa maladie pourrait t'attaquer ! Tu t'imagines, atteinte de son impureté ? Devenir une égarée ! Enfermée à ton tour, seule en Nouvelle-France, sans mari ni maison ! Loin de tout, Geneviève, loin de tout !

- Arrête, j'ai peur ! …Continue, tu parles si bien !

- Si tu veux te marier en Nouvelle-France, Geneviève, tu dois être à ta place, comme moi, sans tare et accueillante.

- Elle fera comment, La bécasse, dans la colonie ?

- Elle ? La cloche ? Elle mourra seule dans son silence, comme le méritent les coupables. Pas de mari. Encore moins d'enfant. Pas de maison. Probablement prise par les Iroquois qui lui arracheront les oreilles, ses inutiles oreilles.

- Ah ! Ils arrachent les oreilles des sourdes, c'est vrai ? Je n'aime pas penser à eux !

- Penses-y maintenant plutôt que trop tard. N'approche jamais La bécasse, voilà mon conseil. Tu risquerais de le regretter à jamais ! Tu peux passer le mot aux autres… eh ! elle est où, là, La bécasse ? Tu vois bien qu'elle se sauve lorsque c'est le temps de m'aider ! Mais je la retrouverai, La bécasse, je te jure que je la retrouverai ! Elle apprendra bientôt qui je suis, la garce ! »

Pour appuyer son engagement, Perrine claque ses bottines contre le sol humide. Quelques courants d'eau jaillissent d'une petite mare et éclaboussent le matelas de Geneviève. Du haut de sa grandeur, l'égoïste feint de n'avoir rien vu. La jeune fille de famille déchue se considère assez occupée comme ça : organiser sa couche sans bonne, aller elle-même chercher sa nourriture, s'offrir une pitance infecte où chacune met ses mains aux plats sans les laver, partager son espace avec toutes les classes sociales et toutes les maladies, subir les instabilités de la mer, gratter ses démangeaisons intenables ! Quelques gouttes sur un matelas déjà humide? Perrine ne prévoit pas s'affliger des petits désagréments d'autrui. Elle répète :

« Je la retrouverai, La bécasse! Elle apprendra bientôt qui je suis! C'est une promesse, Geneviève, une promesse! »

Le lendemain, Marguerite quitte la pièce commune, comme à chaque jour, pour aller saluer la lumière du matin. En passant près d'un petit escalier, elle remarque une porte entrouverte de laquelle dépassent les rubans d'un bonnet. Étonnée et curieuse, elle approche.

Une poigne saisit aussitôt son bras sur lequel on tire. Dans le tournant de son regard, Marguerite croit voir une ombre féminine mais déjà, la porte se referme derrière elle tandis qu'un étau étrangle son biceps. Confuse, elle se détourne et s'épouvante : le matelot à la cicatrice!

Marguerite a peur d'avoir perdu les lieux sûrs. Elle ne réfléchit plus avec méthode. Il lui faut s'enfuir, mais le jeune homme colle une main à la figure effrayée de la jeune fille, y enfermant ses lèvres roses dans une grosse patte sale. Elle ne bouge pas et ne peut qu'avec peine respirer contre les doigts poisseux.

Dans la pénombre, le matelot mâchonne des mots entre ses dents tenues serrées. Marguerite n'y lit que de l'appétit. Cet homme est fait de mains charnues et de regards insistants. Elle doit à tout prix atteindre la porte, sortir de ce piège! Forcée de rester à respirer le danger, ses idées courent tandis que ses pieds restent vissés. « Au secours! » s'écrie son corps en détresse.

La figure du matelot reste secrète, à l'exception de son regard. Il a le visage à demi caché dans l'ombre, mais elle voit ses yeux briller de divertissement. La jeune fille tente de se défaire de la poigne qui la retient, en vain, elle est obligée à l'immobilité. Le mors resserre davantage, la condamnant à rester sage.

Maintenant, Marguerite ne le voit plus car l'homme a bougé. Pour passer dans son dos, il a facilement basculé par devant la jeune fille. La force physique du garçon est largement supérieure à la sienne. Une seule des mains du matelot suffit à lui comprimer la bouche, et une seule de ses jambes suffit à immobiliser les siennes. Il épouse le corps de Marguerite, et elle le sent, là, avec sa moiteur et sa dureté.

Elle se demandait si elle devait ou non mordre la main grasse lorsqu'il sortit de nulle part un couteau. Marguerite glace d'effroi. Haletante, ses jambes se détachent de son corps. Sa frayeur grandit encore.

Marguerite fixe la lame, plus effrayante dans la poigne solide du gaillard. Le garçon crispe ses doigts sur le manche.

Triomphant, il tremble de contentement. Le garçon dirige tout ce qui se passe. L'envie de la domination a pris sa raison. Il se plaît à serrer davantage sa fragile proie. Marguerite se soumet et il rit. Il appuie une joue dans ses cheveux que le bonnet, tombé par terre, a dégagés. Ils restent là, immobiles, matelot derrière et couteau devant, la jeune fille coincée entre deux lames.

Elle attend qu'il la tue. La découpe. La dépèce. Le manche solidement serré dans sa main, la lame finement aiguisée, cette pointe transpercera bientôt sa peau. Couteau-scie, tranchelard, éplucheur, grattoir, elle le voit les avoir tous choisis, les avoir entretenus frénétiquement, y couchant ses fantasmes les plus incisifs. Marguerite saura bientôt comment il dirigera la suite.

Le duel restera tout ce temps sous le contrôle du garçon, entre le malheur de l'une et la jouissance de l'autre, entre l'affolement de mourir et le pouvoir de la mort, entre les images à jamais imprimées et celles d'un désordre total.

Survient un bruit que lui seul perçoit et, fort inquiet, le matelot fait vite. Il la pousse brusquement dehors. Au pas de la porte, dans un geste inconséquent, Marguerite ramasse le bonnet qui n'est pas le sien.

De cet endroit pissant l'humidité et l'avanie, la jeune fille n'a pas tout ramené d'elle. Derrière la petite porte, elle a laissé ce que la traversée lui avait conservé d'insouciance. Elle y a perdu plus que son bonnet personnel. Elle marchera désormais comme une humiliée qu'on a coiffé d'une étiquette, affichant à tout le monde, et à elle-même, la perte de sa tranquillité.

Il lui faut reprendre ses sens, trouver un chemin qui mène loin de cet endroit, replacer sur sa tête un bonnet qui donne à toute jeune fille une tenue respectable. Ses jambes molles vacillent jusqu'à l'autre bout du navire, son cerveau leur passe des commandes qu'elles ont peine à exécuter. Marguerite trébuche, se relève, ne cesse de regarder derrière et d'y voir ce qui n'est plus là.

Pour Marguerite, rien ne sera désormais comme avant.

Elle monte sur le pont, redescend dans la Sainte-Barbe, s'allonge difficilement et se relève aussitôt, tourne en rond et pire encore, elle ignore qu'elle bouge autant. Son teint est plus blême que jamais. Sa tête est perdue dans un bonnet trop grand. Ses mains tremblent, son souffle est irrégulier et ses gestes, incongrus. Son regard rencontre une lame chaque fois qu'elle lève les yeux, une ombre s'approche d'elle chaque fois qu'elle tourne la tête, une masse sombre la suit où qu'elle aille sur le navire.

À quelques heures de l'événement, Marguerite n'a pas cessé d'halluciner. Elle voit encore une lame qui la charcute, elle sent une pression dans son dos, elle sursaute sur une cicatrice qui semble subitement se pencher sur sa figure, elle étouffe en pensant qu'une étreinte dégoûtante la garde encore prisonnière. Des gouttelettes de sueur perlent sur son front. Elle croit qu'arpenter la chambre commune pourra peut-être l'aider.

Elle ne fera que quelques pas. Marguerite va tomber. Sa tête se détache de la réalité, son corps ne tient plus sur ses jambes. Des étoiles noires dansent autour de ses mains et dans les craquelures du plancher. Des échos surviennent, des bruits ascendants et descendants, des sons en escalade comme le jour de la maladie, des sons si intenses que Marguerite appuie ses paumes sur ses oreilles. Elle se voit, au ralenti, plier les jambes vers le plancher souillé du navire. Sa coiffe est trop lourde pour elle. Son corps mou descend le long d'un muret. Marguerite s'est évanouie.

C'est Jeanne qui la relève. Elle a vu, de sa couchette, son amie s'écrouler. Elle réussit bravement à se lever et se traîner vers Marguerite. Étourdie, elle doit s'arrêter à quelques reprises, le regard obstinément pendu à son objectif. Heureusement qu'Anne Langlois arrive bientôt à sa rescousse sans qui Jeanne n'y serait jamais arrivée.

Jeanne tapote les joues de Marguerite et regrette de ne pas avoir d'eau fraîche pour asperger son visage. Derrières elles, Geneviève ouvre grand les yeux. Perrine recule d'un pas chaque fois que Jeanne, de sa voix faible, demande Madame Bourdon.

Au bout d'un moment, la responsable du contingent arrive. Elle partage avec Jeanne et Anne le poids de la pauvre Marguerite. On la traîne jusque sur une paillasse. Une crampe prend le ventre de Jeanne qui, à son tour, s'évanouit.

Perrine a rejoint Geneviève pour faire des constatations. Au contact de Perrine, la bourrique apprend à s'aviver. Jamais tant de questions n'ont monté à ses lèvres. « Ce bonnet, sur la tête de la Bécasse, ce n'est pas le tien, Perrine ? Regarde-le, hey, regarde-le donc!

- Mais, c'est mon bonnet, ça! C'est mon bonnet sur la tête de Marguerite!

- Tu le lui as offert, ton bonnet, Perrine, tu le lui as offert, dis?

- Pas offert! Ce bonnet sur sa tête est le mien!

- Elle te l'a volé?

- Hé!

- Tu crois vraiment qu'elle te l'a volé, Perrine?

- C'est le mien, c'est certain. Je n'en ai plus qu'un seul maintenant.

- Voleuse! Marguerite est une voleuse! »

Geneviève fait un mouvement en direction de Marguerite. Mais Perrine lui prend le bras et la retient. Un petit sourire relève le coin de sa bouche. La victoire est probable et la naïveté de Geneviève, certaine. « Laisse tomber, Geneviève. Ce bonnet, je le lui offre. Je le lui offre et tu en es témoin.

- Tu es une fille généreuse de pardonner un vol punissable.

- Je sais que j'aurais le pouvoir de la faire gravement punir pour son geste.

- Oh la-la! Perrine!

- Madame Bourdon n'avait-elle pas dit quelque chose, le premier jour, concernant les vols sur le bateau?

- Si, si! Attend que je me souvienne! … Elle avait dit, elle avait dit… mais qu'avait-elle dit?

- Elle a dit : « La punition en cas de vol est sévère sur le navire », c'est ça qu'elle avait dit!

- Elle l'avait dit, en effet. Qu'est-ce que serait la punition, Perrine?

- Jetée vivante à la mer, je crois. »

Geneviève agrandit les yeux et laisse tomber ses bras. Sa crédulité suspend son souffle. Trop d'air pénètre dans ses poumons et pourtant, la salle commune est étouffante. Elle porte à sa gorge sa main ouverte, pour mieux imaginer la jeune Marguerite asphyxiée.

« Tu ne diras rien, vraiment? demande-t-elle encore.

- Je lui laisse une chance, à La bécasse, même si elle n'est qu'une pauvre sourde et une idiote.

- Tu es vraiment généreuse, Perrine. Je le redis parce que je suis chanceuse d'être ton amie.

- Ah ! laisse-moi maintenant, Geneviève. Tu m'étourdis ! »

Perrine appuie son propos d'un geste las de la main. Elle sourit. « Le jeu est amusant », pense-t-elle.

Là-bas, Marguerite est ridicule, les joues pâles et la tête recouverte d'un grand tissu mou. Le sourire de Perrine s'élargit. Elle rit de l'espace disgracieux en haut du front de la sourde, entre sa tête et le chapeau. Elle se plaît à regarder la fadeur de son teint. Elle s'amuse à constater que Marguerite est beaucoup moins parfaite, moins désirable, trop mourante de peur, et elle se demande si le matelot en voudrait encore. Quelle bonne idée elle avait eue de faire une proposition au gaillard !

La veille, il l'avait regardée avancer vers lui, étonné et amusé, la laissant approcher en sachant que Perrine prenait là un risque qu'aucune d'elles n'osait au grand jamais prendre. La situation était parfaitement calculée. Le capitaine était à l'autre bout du vaisseau, la directrice du contingent plus loin encore, à l'étage en dessous. Le matelot avait savamment évalué le laideron qui coulait vers lui, comme un serpent. Perrine souriait peureusement sous son long nez et, sans ouvrir encore la bouche, lui demandait du regard quelque chose de malicieux. Que lui voulait donc la vilaine demoiselle ?

Il se permettait déjà de tout imaginer en attendant la suite, amusé par l'offre qu'il eut vite fait de se forger. Arrivée plus près de lui, oh ! surprise, Perrine avait lancé une pièce en sa direction, une vraie pièce qu'il avait immédiatement empochée. Pour lui, le jeu s'annonçait riche sur tous les plans.

Quelque chose allait panacher sa vie besogneuse, et il s'en réjouissait déjà. Depuis quelques traversées, il avait espéré un peu de distractions avec la présence nouvelle des filles, mais, contraint à la rudesse des ordres du capitaine, il n'en avait jusqu'ici que rêvé... bien que régulièrement, entre les corvées sur tout le pont, à grimper dans les mâts pour arranger les cordages tendus par la pluie ou amollis par le soleil, souvent, il les avait regardées le craindre. Quel agrément ce sadisme lui procurait ! Elles étaient tout autour pour qu'il les épie, ces demoiselles appartenant au Roy, celles qu'il fouillait du regard en s'occupant à raidir les haubans, à caler les mâts et à pomper pour assécher les cales. Des femmes sur un navire, ce n'est pas la malchance, mais une denrée rare et de belles perspectives, pour un marin comme lui !

Cette fille-ci, la toute orangée et ridiculement picotée, pupille du Roy de France, que lui voulait-elle, que lui voulait-elle à lui, le matelot, l'amoureux du danger en mer, celui qui rit le plus fort quand arrivent les bourrasques et quand l'odeur de la mort dépasse l'obscurité fétide ? Elle voulait sa complicité ! Et elle l'a bientôt eue, à un prix qu'elle s'est hasardée à payer. D'abord une pièce pour l'échange d'une promesse.

Le projet excita autant le matelot que Perrine.

Quelques jours plus tard, après s'être assurée que Marguerite fût coiffée de son nouveau bonnet, Perrine s'est longuement félicitée de son idée de croiser sa haine à la désobligeance du matelot. Sa devise : un coup de coude pointu pour un triomphe. Quand on préfère la victoire à la sensibilité, le moyen reste secondaire, et tant qu'elle a ses réserves de lances guerrières, Perrine se porte bien.

Elle gratte sa peau au sang. Les désagréments du voyage ne l'affaiblissent pas, trop occupée qu'elle est à haïr. L'amertume lui permet de prolonger le temps qu'elle reste debout.

D'humeur inhabituellement conciliante, ce matin, Perrine n'a proféré aucune menace à Jeanne. À moins que la pauvre Jeanne, d'épuisement, n'ait rien entendu des habituelles remarques de la rouquine.

À force de rendre sans ne plus rien prendre, Jeanne a maigri et elle manque de forces pour lutter contre les assauts de la traversée. Vomir est devenu son invariable coutume matinale. Rester faible toute la journée qui suit est son mode de vie. Ce matin, ce sont les effluves rances des salaisons et de l'eau croupie de la cale qui lui lèvent le cœur. Hier, c'était la fumée âcre du tabac des marins et l'incessant mouvement de torsion du navire.

Jeanne retrouve ses peurs du début de la traversée, sur le quai, quand elle tremblait devant la mer. Elle angoisse à l'idée que son ventre soit habité d'Isaac. L'acidité qu'elle rejette semble venir de cette amertume. Elle espère que ses efforts répétés feront monter très haut la boule de chair sanguinolente, la feront sortir d'elle, enfin débarrassée. Des gouttes d'une fine sueur perlent le long de sa figure amaigrie. Jeanne se tient le front et elle prie pour ne pas mourir de la même manière que Marie.

Quand elle ne pense pas à cet enfant, c'est l'idée de mourir sur le navire qui devient un spectre. Jeanne reconnaît la fin comme gagne en netteté un visage qui approche. Une mort lente la courtise, celle qui finit par convaincre que mourir sera heureux. Une mort sournoise et vendeuse de charmes qui deviendra tranquillement désirable et finalement, essentielle.

Elle aimerait qu'il lui reste assez de forces pour continuer de frapper son poing contre son ventre, se blesser encore jusqu'à ce que la douleur lui soit insupportable, frapper jusqu'à dépasser l'insupportable, se frapper encore, oui, jusqu'à saigner, saigner, saigner, et ne jamais amener Isaac en Amérique.

Perrine s'est accroupie derrière un tas de cordages et de mâts de rechange, un sourire épinglé jusque dans son regard, là où dansent des flammes les plus viles. Les éphélides sur ses joues deviennent des pointes de feu et sa bouche, tremblotante, fait un sourire pernicieux.

Perrine attend, gonflée de nervosité comme lorsqu'en tournant la manivelle d'une boîte à musique on attend qu'un lutin surgisse avec fracas et grimace. Son cœur bat à l'idée de gagner une bataille. Perrine tient à la gloire comme on serre contre soi un pain dur.

Elle sourit lorsqu'elle voit arriver Marguerite, tout apeurée de se présenter seule à la poulaine. Perrine glousse, passe près de s'étouffer. Elle se dandine en riant de tenir au bout de son regard le grand pouvoir de connaître ce qui maintenant va se produire. Pour la centième fois, elle lance un œil empressé à sa gauche afin de s'assurer que le matelot à la balafre y est bel et bien. Oui! Il est debout, appuyé contre quelques hauteurs des appareillages, désinvolte avec ses bras croisés et son œil de vautour. Perrine ne contient plus les coups qui cognent dans sa poitrine. Elle guette, rêvant à ce qu'elle a naïvement proposé au garçon en lui donnant d'autres pièces sonnantes.

Il l'avait interrogée du regard en fourrant le butin dans son ceinturon. Poussée par la haine, la jeune fille n'avait désormais plus peur devant ce matelot qu'elle avait hissé au rang de comparse, renfort à sa guerre, pleine poche de munitions. « La sourde, la même que l'autre fois avec le couteau. Voici une pièce pour toi mais cette fois, tu la violeras. »

Ces mots étaient sortis d'elle sans honte ni pudeur. Son idée était un débordement d'amertume et son action, un soulagement à sa tension. Perrine aima aussitôt le dépôt d'acidité sur sa phrase, et elle scella son pacte en sortant de son étui le montant proposé.

Le matelot avait levé un sourcil et étiré une commissure. Ensuite, il lui dicta un ordre d'un simple signe du doigt, obligeant Perrine à sortir tout son avoir. Perrine vida sa pochette devant lui tandis qu'il attendait, intimidant la vilaine du regard. Puis, il s'en alla. Perrine n'eut que le temps de lui dire « À la poulaine, quand elle s'y présentera seule! »

Marguerite eut bientôt grand besoin d'aller à la poulaine mais Jeanne, trop affaiblie, ne pouvait accompagner son amie. « Va…, va seule, Marguerite… Je, je regrette, je le regrette vraiment, Marguerite… » Jeanne avait difficilement prononcé sa phrase, trop souffrante pour articuler.

Il fallut à Marguerite un effort de concentration pour comprendre le message simpliste sur les lèvres de Jeanne. Elle avait si peur, si peur depuis la veille, qu'en aucun temps depuis elle n'avait quitté son amie. Terrée dans un coin de la chambre commune, tout habitée du drame sous le couteau, ne pouvant partager son désarroi, elle avait mis Jeanne au bout de son regard pour ne pas être seule contre le garçon.

Depuis des heures, la pauvre Marguerite voudrait que son urgence naturelle disparaisse d'elle-même. Elle refuse de s'écarter au-dessus des chaudières pleines de vomissures, qui éclabousseront ses mollets. Elle a aussi pensé uriner contre le mur, sur les planches souillées du vaisseau, mais elle a pensé à la fragilité de Jeanne et de ses autres compagnes qu'elle choisit de respecter.

Marguerite tremble. Ses yeux espionnent les allées et venues autour d'elle. Elle avale sa salive. Elle le doit, elle doit maintenant monter à la poulaine. Elle n'a plus le choix d'attendre.

Le bateau prend une vague et une autre. Sont secouées les marchandises sur le pont mais Perrine ne bronche pas, pas même pour rentrer ses ongles à travers son bonnet dans lequel des poux se chicanent entre ses cheveux. Elle détaille la timidité de Marguerite. Elle rit de son cou ridiculement coincé entre ses épaules et de sa démarche hésitante lorsque, guidée par sa vessie, elle avance à l'avant du navire.

Le lieu d'aisance est en plein vent et à fleur d'eau sous le beaupré. On y vient pour faire ses besoins, en toute indiscrétion et tout inconfort, car ce sont là les seules installations disponibles aux passagers. On y vient même quand le vaisseau tangue par grosse mer et qu'embarquent des masses d'eau. On y reste tant qu'on peut se tenir sans se faire emporter par une trop grosse vague.

Marguerite avance sur la pièce de bois située à l'extrême avant du navire, vers le trou qui donne au-dessus de l'eau. Elle s'arrête. Quelque chose a vibré, oui, la pièce de bois a dansé derrière elle. Son visage est convulsé par la terreur. Serait-il là? Aurait-il marché derrière elle et fait trembler les planches?

Marguerite se tourne et s'épouvante. Le matelot à la cicatrice est à quelques pas d'elle!

Vite, elle regarde la mer. S'y lancera-t-elle? Elle vacille, prête à s'évanouir. Le boum dans son cœur, le flou dans ses jambes et les cercles que suit sa tête lourde indiquent-ils qu'elle va s'effondrer?

Son prédateur ne bouge pas. Il la fixe tel un animal immobile avant d'attaquer. Elle voit sa langue épaisse lécher sous son nez. Elle remarque ce détail absurde qui s'imprime dans son cerveau. La nervosité retient n'importe quoi au passage.

Le matelot s'amuse à avancer de deux pas et reculer d'un seul. Il coince Marguerite dans le plissé de son regard. Le temps est une arme qu'il tient serré. Son regard sadique caresse la longueur de la planche qui les sépare, puis il remonte dans les jupes de la jeune fille tandis qu'elle, elle calcule le nombre d'enjambées qu'il reste encore entre elle et lui. Amusé, il feint de sauter sur elle. Un nœud se serre par-dessus tous ceux de l'estomac de Marguerite. Le garçon ricane dangereusement.

Elle voit dans ses yeux circuler le pouvoir de l'avoir capturée. Le sang de Marguerite quitte ses veines, il coule à ses pieds comme on perd sa virginité. Elle paralyse. Le garçon avance, il va bientôt l'attraper. Il est là, il avance encore, de plus en plus proche d'elle!

Perrine étire le cou, s'impatiente, cherche à voir de l'autre côté des obstacles. Les vagues sont fortes. La mer est encore plus onctueuse et pansue qu'il y a quelques minutes. Les vagues éclaboussent et nuisent à la voyeuse. Elle soupire bruyamment, gratte les lésions brûlantes qui ont atteint son ventre. Ce n'est toutefois pas cette infection qui l'impatiente.
« Ah! mais où sont-ils? Que se passe-t-il maintenant? »

Le petit jeu allait cesser de l'emballer quand arrive deux gros coups d'eau qui lui arracheront tour à tour un cri. Perrine tombe sur le dos, replace son bonnet en se relevant prestement, en profite pour gratter son cuir chevelu avant de reprendre son poste de garde. La suite de ce qu'elle guettait, jamais elle ne l'a vue.

Perrine n'a pas vu que Marguerite a courageusement profité de ces vagues pour semer le matelot. Elle n'a pas vu qu'elle s'est habilement enfuie en rampant, tandis qu'il se retenait dans la seconde vague. Elle n'a pas vu qu'il allait rattraper Marguerite et qu'alors elle lui mordit la main.

Elle n'a pas vu non plus le garçon insulté devenir colérique et changer de cible pour se ruer sur la voyeuse.

Le matelot saisit Perrine par le bras et, dans sa brusquerie, il la pousse entre deux hauteurs de cordage. Là, il la retient avec force parmi des débris sales et rugueux. Ses bras forts soulèvent Perrine, la rejettent, la lèvent à nouveau, font d'elle un ver mou. Les cris de Perrine sont aussi retentissants que le bruit des vagues, et le matelot frappe chacun d'eux à mesure qu'ils se présentent dans sa bouche. Il fait taire du même coup chacune de ses intentions de fuir.

Le garçon la mène et la malmène. Sa colère est plus grande que la mer et tous ses coups d'eau. Il secoue durement Perrine pour la contraindre à demeurer couchée. Il relève le pan de son vêtement et la prend contre le sol, retenant les élans de ses bras et de ses jambes jusqu'à ce qu'elle rue une dernière fois entre deux instants de douleur. Perrine a cessé de bouger.

Elle fige. Seul son cœur cogne plus fort que les claques.

Elle est une petite vague qui meurt avec une autre très lourde sur elle. Ses pensées galopent plus vite encore que l'étalon suspendu au-dessus d'elle. Toute sa vie est sur le bord de son cerveau, comme si c'était toute son enfance que le matelot venait pomper, toutes ses tristesses, tous ses doutes, toutes ses rages. Elle voit défiler sa vie de riche et son âme d'infortunée. Son honorable famille et son abjecte situation personnelle. Nécessiteuse, famélique, médiocre, tous ces noms que subitement elle s'adresse à elle-même ont le sens des injures que mouille le crachin du matelot.

Fille de Pierre Leclerq dit Dubélier. Fille masquée de faussetés, fille enterrée derrière son père, fille avec un nom comme le sucre recouvre le ver de la pomme. Fille évidée, un puits sec, fille cachée sous des faux-fuyants, l'âme nourrie de vents et de caprices, sans que son cœur n'ait bénéficié d'aucune chaleur nourrissante. Fille profondément négligée.

Perrine a grandi à coups de mirages sous les coups de poing de son père, à qui on obligeait ensuite à pardonner. Des volées de bourrades, de ceintures, de mots pleins de non-sens. Elle a vieilli sans que grandisse avec elle une maturité. Pierre Leclerq dit Dubélier fut son père, son professeur, son tortionnaire. Homme fortuné, séducteur, à la recherche du beau et de belles. Il était un homme enfant, homme violent, homme d'apparats.

Perrine a connu la menace de sa violence, les justifications de cette violence, les cadeaux après la violence, la peur que la violence ne recommence. Car elle recommençait. Plus fine, plus pernicieuse, plus vilaine. Plus souvent aussi. Les colères de son père pour un oui, pour un non, pour un caprice, pour une humeur qui a changé. Des colères que Perrine a bien apprises, teintées de violence envers autrui. Une moue, un peu d'argent, une urgence passagère, une sainte crise sans fondement. Des excuses de son père, le plus souvent prononcées par la bouche d'un valet ou par un cadeau sous un joli ruban puis, l'attente qu'il la retrouve un peu plus tard, peut-être au prochain repas. Elle pliait soigneusement sa serviette de table sur ses genoux, elle lui souriait comme si rien d'odieux n'avait eu lieu, elle jouait l'indifférence face aux sentiments de perte et lui, il jouait le même jeu, assis à l'autre bout de la grande table, caché par les hauts chandeliers et par un propos désassorti à la réalité. Cet instant mensonger était le seul où ils étaient ensemble, et Perrine y tenait plus que tout.

La fille de son père a intégré la violence, elle n'a ni découvert l'art d'être généreuse ni celui de créer de liens. Elle a appris à se placer en fille abusée, à crier à l'injustice, à prendre sans donner, à concocter des incidents majestueux afin de maintenir une image d'elle qui lui sert à s'inventer une valeur personnelle.

Le matelot a déguerpi mais Perrine entend encore les syllabes des mots de son mépris. Il est parti mais il est encore là, au fond d'elle, comme la souillure qu'il lui laissa juste avant de se retirer. Cet état est le même que celui de la déconsidération que Perrine connaît depuis toujours. L'œil enflé, la fente rouge sur sa lèvre et le flot saignant dans ses jupes ont-ils autant d'importance que la douleur de la lucidité?

Le viol s'est fait dans les règles d'un viol. Rapidement, sauvagement, dans un contexte d'inégalité. Perrine a donné sans le désir d'offrir, et en retour elle n'a rien pris. Perrine vient de se faire empaler le cœur d'un grand moment de conscience. Un moment de vérité comme jamais avant ce jour elle ne s'y était ouverte.

Elle est surprise par l'amertume dans sa gorge. « Fille de Dubélier, fille de rien? Je n'ai rien et ai-je seulement déjà eu quelque chose ? Je n'ai rien! Ni argent, ni autres moyens, ni liens, ni personne, ni même le don d'aimer. Je ne suis peut-être rien au fin fond de ce que ce matelot a pompé! » Pire que d'avoir été arrachée à son enfance, le viol a mis à jour une chose grave en elle. L'aveu.

Cet éclair a violé sa conscience. L'aveu la ramène à sa vie qu'elle se cache au prix de ne jamais s'attendrir. Mais vite il s'en est allé, loin du gong que fait habituellement sonner la vérité, le plus loin possible du risque des larmes. Surtout, ne pas s'arrêter.

Une main lui arrache presque la manche de sa robe, celle de Geneviève, terrorisée. Geneviève vient de prendre une rare initiative. Cet élan lui est venu grâce à ses derniers jours passés à côtoyer Perrine, à qui elle est désormais toute dévouée.

« Tire-toi! Tire-toi tandis qu'il est plus loin! » dit-elle.

Perrine regarde autour d'elle, voit des rouleaux de câbles, des ancres empilées, des planches de bois et, dans les yeux de Geneviève, l'horreur.

Perrine remet son bonnet et du même coup, son masque d'impertinence. Conditionnée à ne pas reconnaître le meilleur des partis, elle choisit d'ignorer la lucidité. D'un bond, elle se retrouve dans la Sainte-Barbe.

En quête de faire pitié, elle se jette sous une couverture. Elle se plaint d'un mal de reins, de l'œil, de ventre, de dents, en faisant fi de la terrible blessure de se savoir sans valeur. Ses plaintes, forts convaincantes, portent une grande violence.

« Il m'a cassé la figure, le salaud! Il m'a sauvagement attaquée, moi qui n'avais rien fait! J'étais par là, et puis hop, il m'a sauté dessus comme une bête sauvage! Il m'a enfoncée comme on cherche le fond des choses, le rat, l'ignoble personnage, il m'a souillée à jamais! J'ai très mal! Geneviève! Mais enfin, Geneviève, fais quelque chose! »

Geneviève pleure sans arrêt, ce qui la fait tousser abondamment. Elle piétine le sol, court à gauche et à droite, inefficace. Perrine lui a ordonné d'éponger son front. Geneviève se mouche avec la même manche pour revenir éponger à nouveau la figure de son amie.

Geneviève ignore tout d'un moment de recul en vue d'une action. Elle ignore que pour mieux avancer, on doit parfois simplement s'immobiliser, réfléchir. Des petits cris sortent de sa bouche qu'elle garde entrouverte, pendue sous son regard engourdi. L'oie de la basse cour se dandine à la recherche de ce qui gavera son hébétude.

L'idée de tout raconter à Madame Bourdon lui est fournie par Perrine, qui n'a pas cessé de crier. Tout le monde est pourtant accoutumé de repérer la dame à l'étage de la Sainte-Barbe ou à celui du pont. Mais Geneviève tient serrée sa tête entre ses mains en ne reconnaissant pas les repères coutumiers. Elle titube sans chercher.

La panique lui fait perdre son sens de l'orientation, même dans un petit endroit connu. Dans un temps qui lui semble plus long que celui de toute la traversée, Geneviève retrouve enfin la surveillante, devant laquelle elle s'amène comme le taureau dans l'arène. Des mots en pièces détachées sortent de ses idées. D'abord, elle crie sa torpeur. « Madame! Madame! Madame! Il était là, et elle aussi! »

Madame Bourdon la regarde sans comprendre. Prostrée dans son inertie mentale, Geneviève attend, hébétée.

« Mais, Geneviève, qui était là, de quoi me parles-tu? »

À travers des phrases décousues, Geneviève énumère quelques souvenirs de ce qu'elle a vu. « Le matelot, Madame! Fou dans son corps sur la chère Perrine, fou je vous dis! La tenait à bout de bras, lui donnait des coups. Est entré dans ses jupes, entre les tas de cordages, caché des hautes vagues, Madame! »

Madame Bourdon recule d'un pas, une main à son col. « Tu dis la vérité, Geneviève? » Geneviève faillit s'effondrer après avoir acquiescé.

Madame Bourdon se dirige vers la cabine du Capitaine.

La directrice du contingent a dignement franchi le seuil de l'appartement réservé au chef du navire. L'heure est grave. La petite porte de bois s'est refermée dans le silence.

Les ragots ont alors commencé. Le bruit court que seront nécessaires des boulets de fer pour punir le garçon. La rumeur veut que d'ici quelques jours le matelot coule à pic. Il mourra en pâture aux gros poissons ou, s'il est chanceux, par simple asphyxie de noyade. Chose certaine, le capitaine réagira, comme le ferait tout chef de navire pour les membres de son équipage dans d'aussi graves situations. D'ici là, le jeune homme a été mis hors de vue.

Une pluie froide ajoute à l'horreur des spéculations. Elle crépite comme on joue des ongles impatients contre le rebord d'une table de paris. L'attente d'arriver en terre ferme a été distraite par quelque chose. L'avantage est qu'on a tué un peu de temps.

Ce que toutes s'entendront à dire en guise de conclusion, c'est que la bataille sur un navire est inadmissible et que la présence des femmes y attire malheur!

***

Après avoir mouillé l'anse à Terre-Neuve, on avait poursuivi la route sans s'arrêter au poste de traite et de mission du Cap-Breton. Puis, le navire s'était dirigé vers Miscou à la pointe sud de la Baie des Chaleurs. Après avoir contourné Gaspé, pays des MicMacs, on était enfin entré dans l'estuaire du St-Laurent.

La route est heureusement restée sécuritaire et le navire stable. Depuis combien de temps? On ne sait plus, car personne n'a fait de sillons dans le bois depuis plusieurs jours.

Passés les dangereux bouillons d'eau et les tempêtes qui heurtent le navire, le capitaine est soulagé qu'aucun piratage n'ait eu lieu en mer. Il suppose que viendra bientôt la première colonie.

La vue sur le pont est magnifique. La terre a commencé à jalonner le paysage depuis que le bateau est entré dans le large canal. On dit qu'il y a de nombreuses portes d'eau qui entourent la belle Amérique. L'entrée royale du St-Laurent, clé de tout un réseau de rivières et de lacs, conduirait au cœur de l'immense continent tout fin prêt à être exploré.

Le capitaine regarde le vol des oiseaux qui montent et descendent dans un ciel qui semble leur appartenir. La lune éclaire le navire. Le chef de l'embarcation profite du silence. Pour lui, la vie à bord a ses grands plaisirs, comme cette satisfaction de côtoyer l'éternité. Il faut profiter de chaque spectacle à l'instant précis où il se dessine devant soi, il faut mémoriser les bons moments pour les visionner dans les temps de doute. La mer est forte et douce, immense et belle.

Le capitaine a souvent observé d'autres marins de sa souche, comme le garçon à la balafre, un inconditionnel amoureux de la mer, de ses vents ronds, de ses couleurs féériques. Il sait que ce matelot en est un véritable avec sa peau épaisse et sa joue qu'on jurerait tranchée dans un combat contre des corsaires. On dit d'ailleurs de lui qu'il est né dans une traversée, qu'on l'y baptisa Louis, et qu'il resta en mer depuis.

Sa mère lui avait donné naissance quelques jours avant d'arriver à Port Royal. L'Acadie, colonisée par la France depuis le début du siècle, attirait encore de nombreuses familles comme celle du petit Louis.

Sa mère mourut le lendemain, l'abandonnant à un père qui ne s'installa jamais en Acadie, car il choisit de naviguer. Louis passa toute son enfance de bras en bras et d'indifférence en négligence, sur des bateaux qui devinrent son seul milieu de vie. Fils juré de la mer, il la découvrit, l'aima, la fit sienne.

On dit de Louis qu'il ressemble aux vagues pour leur puissance et leur colère. Il a appris à se comporter comme la mer qui fait d'un obstacle une bouchée, qui jette son sel à la figure, qui reste insensible aux supplications. Louis aime le danger. Il saura toute sa vie se sortir des pires impasses.

Le matelot connaît la sentence pour avoir molesté un bien appartenant au Roy. Il sait que des sévices lui seront imposés par son supérieur. Ce risque immense, il l'a tout de même pris de manière volontaire.

Au moment où il a molesté Perrine, le garçon a pensé à son honneur, à son pouvoir et à son opportunité de se satisfaire. Mais il la brutalisa surtout parce qu'il ne pouvait supporter d'avoir été la cible d'une risée. Chaque fois qu'il y repensait, Perrine recevait une autre claque.

On a tenu le matelot menotté et bâillonné depuis quelques jours ; on l'a aujourd'hui monté sur le pont. On l'oblige à s'agenouiller devant la statue de la Vierge.

Le garçon attend la suite des événements. Personne ne devine les pensées qui se cachent derrière ses yeux fixés au néant. Le faciès atone, il relève le menton, il scrute l'horizon, et seuls ses cheveux dans le vent donnent signe de vie à son masque de fer. Il ne semble d'aucun repentir. C'est peut-être là ce qui dérange le plus.

De ses poings prisonniers, il tape le vide à petits coups secs et imperceptibles. Des mots ingrats émergent d'entre ses lèvres, retenues par le tissu du bâillon. « Un homme comme moi, le plus fort des matelots, le plus brave et le plus envié ne perd jamais contre une marée ! C'est moi, moi seul qui monte le plus vite tout là-haut dans les haubans, et cette pute du Roy a bien vu comment je monte haut. Je le lui ai montré, à la vilaine, et fièrement, surtout qu'on m'a vu. Mourir lancé en mer ? Fi ! je n'ai pas peur de cette sentence, je n'ai jamais eu peur d'être avalé par la masse noire. Je n'ai peur d'aucune violence. Et puis, je ne suis pas peureux, je suis un matelot toujours prêt aux plus grands défis de la mer »

Le capitaine s'en approche, pensif, menaçant. Il tourne autour du jeune homme. Il semble soucieux. Pour se donner un délai, il demande au matelot de se tenir debout. Ensuite, dans une montée de colère, il le frappe d'un grand coup de harnais avant de reprendre les cent pas autour.

Le silence s'est fendu dans les claquements du fouet. Ont claqué ensuite les talons de ses bottes sur le bois du pont. Mais à l'autre bout de la cravache aux lanières de cuirs, rien. Le matelot n'a pas bronché sous la pression de la douleur.

Vient un autre violent coup. Seul le vent du large siffle une plainte. Puis, le capitaine récite une importante règle de navigation :

- L'homme d'équipage pris à commettre un crime envers la propriété du Roy de France sera obligatoirement puni et c'est la mort qui le guette!

Le matelot reste impassible et secret, les yeux fixés à ceux de son supérieur. Son regard appelle le duel. Cet homme insubordonné impatiente le capitaine, qui le bat à nouveau, sans encore tirer un seul repentir sur le visage endurci. Il allait lui assener un autre coup lorsque son bras arrêta net avec une idée nouvelle. L'équipage et la poignée de passagères retiennent leur souffle. Le capitaine se tourne vers ceux qui attendent :

- En tant que Capitaine de ce navire, je sévirai pour le terrible geste de ce jeune homme de s'être attaqué à un bien de Louis X1V. Sa punition sera, à ses yeux, pire que la mort.

Un long « oh! » se répand sur la foule. Ensuite, personne ne respire. Des dizaines de bouches entrouvertes appellent la déclaration du capitaine. Le quai imploré depuis des mois se présenterait devant soi qu'on ne s'y ruerait pas avant d'entendre la suite.

Le capitaine réfléchit. Il veut être certain d'énoncer ce qui se doit. « Ce matelot indigne ne sera pas jeté en pâture aux requins, il ne se noiera pas du haut du pont de mon navire. Ce fils de la mer, ce fou de la navigation périra d'ennui et de douleur parce qu'il ne lui sera pas permis avant six longues années de remonter sur aucun navire. Je le laisserai en Nouvelle-France, contraint à fouler la terre, contraint à la cultiver, malheureux, loin de celle qu'il chérit tant, sa mer. »

Le matelot bâillonné articule ce qui pourrait être une insulte au capitaine. Ses yeux pleins de sueurs lancent des rayons d'une intensité haineuse. Il tente de se relever, mais un coup dans le ventre le fait tousser en se pliant en deux. Il s'agenouille et retrouve le silence. Le capitaine poursuit :

« Il sera enchaîné à la cale jusqu'à la fin du voyage et restera sous ma surveillance et mes ordres. Que ceci serve d'avertissement personnel à chaque homme de mon équipage! Qu'on amène le coupable! » ajoute-t-il au bout d'un dernier coup de fouet sur le corps que la détresse a amolli.

Louis pousse une plainte qui résonne sur tout le navire. Le pire coup ne sera pas venu du fouet mais du terrible verdict. La douleur que la sentence amène est plus intense que celle de tous les claquements du cuir qu'il aura reçus.

Après ce spectacle, le navire retrouve sa misère coutumière. Les corps n'en peuvent plus de grelotter. Les fiévreuses se compriment dans l'inconfort.

On a fait disparaître le garçon dans la noirceur de la cale. Toujours bâillonné et menotté, il est contraint de rester accroupi dans l'obscurité, loin des vents et de la vue illimitée.

Il résiste. Entre ses dents serrées par la rage et le bâillon, un mot échoue entre ses lèvres. Louis le prononce avec mépris. « Terre »

La terre! Cette terre qu'il déteste, celle qu'il s'est toujours refusé de fouler, terre maudite qui ensevelit les hommes, terre au manteau noir où couche la vermine des morts! Terre dure, dans laquelle il faut s'acharner à entrer la pioche. Terre banale, qui ne demande aucun défi pour se tenir debout sans tomber. Terre divisée en petites surfaces, qui confine à un petit carré de jeu. La terre est contraire à sa liberté!

Louis s'effondre derrière des larmes de rage. La solitude et la noirceur lui permettent d'exprimer sa vulnérabilité jusqu'à ce qu'une lueur finisse par poindre. Ses yeux prennent alors la force d'une idée prometteuse. Il lui reste son mépris envers Perrine, qu'il se plaît encore et malgré tout à traiter de pute du Roy. Ses poings se serrent davantage. L'énergie de la revanche amène un sourire malin à son visage, redevenu dur.

À deux étages au-dessus, Geneviève s'oblige à protéger Perrine du matelot. Ses yeux épient partout. Elle est incapable de ne pas rentrer la tête dans les omoplates sauf pour tousser, quand elle avance le cou comme une volaille qui caquète sans trop savoir pourquoi.

Perrine donne aussi toutes ses pensées au matelot, mais c'est pour le haïr. Son imagination élabore des histoires méprisantes et successives, celles qui lui servent d'éternelles fuites à son histoire personnelle. La faute se tiendra encore à l'extérieur d'elle, et Perrine sera blanchie. À force d'élaborer des plans de ce qu'aurait pu être la réalité, Perrine arrive au point de ne plus faire la différence entre ce qu'elle voudrait qu'il se soit passé et la vérité. Elle s'évitera encore toute culpabilité en nourrissant son sentiment d'injustice.

Marguerite se sent seule. Il ne lui reste que d'affreux hurlements dans ses oreilles. Ils la poussent dans une petite boîte où elle écoute, bien malgré elle, tous les bruits. Ses oreilles bourdonnent, crient, hurlent « La bécasse! La bécasse! » Cela lui vient à travers une fièvre affaiblissante. Marguerite n'a pas tout à fait compris ce qui se passa, un peu plus tôt, sur le pont. Elle n'avait pas la concentration nécessaire pour porter attention aux bouches qui parlaient.

Jeanne a mal au ventre. Des crampes pincent douloureusement dans le bas de son ventre. Des crampes régulières l'obligent à se plier en deux. Elle ne se lève plus. Elle ne soulève parfois qu'un peu le bras, avec l'intention de frapper encore son abdomen, mais sa main retombe mollement avant que l'idée ne poursuive son chemin. Ensuite, une autre attaque la fait grimacer. Madame Bourdon s'inquiète.

- Jeanne, tu es souffrante. Bois un peu de ce vin, ça te soulagera, du moins je l'espère.

Jeanne trempe ses lèvres. Le vin la dégoûte. Ensuite, elle fait signe de la laisser en se tournant péniblement sur le côté. Une autre contraction secrète l'a prise.

Madeleine se terre encore dans l'hypersomnie. Ce mécanisme de défense lui permet de se protéger, de vivre son deuil. Son corps ressemble à celui d'une enfant lovée au fond d'un berceau. Son souffle ralentit soulève à peine son vêtement. Madame Bourdon asperge un peu les lèvres de Madeleine. La petite les pince ensemble dans une moue. Elle sort le bout de sa langue, goûte un peu puis, dans une longue inspiration, elle se rendort.

Anne Langlois économise ses forces physiques car son corps l'abandonne lentement. Elle a placé une grande image au fond de son cerveau et elle la regarde. L'amour des siens est infiniment plus puissant que sa crainte de voir se casser une à une les ficelles de ses forces. Elle entretient des pensées les plus positives possible.

Anne Langlois regarde en direction de l'avenir. Elle ne cesse de penser à ce que sera sa vie en Canada. Elle voit tous les visages de ceux qu'elle chérit. Plus encore, elle invente les visages de tous ceux que sa lignée pourrait créer si elle-même reste en vie. Elle imagine ses descendants des générations à venir et ce jeu lui permet de rester courageuse.

Anne Langlois vise ainsi un avenir qu'aucun explorateur n'a encore pensé imaginer. Les enfants de ses enfants, et ceux de leurs enfants seront vivants, parce qu'elle aura elle-même survécu à la traversée de 1669. Ils vivront grâce à son effort personnel! Plus elle voit loin, plus Anne sait qu'elle arrivera vivante dans l'Amérique de sa descendance.

« Tu vas faire quoi, maintenant, Perrine? demande Geneviève en toussant et en postillonnant partout.

- Maintenant? Je vais redire que tout ça est la faute de Marguerite, celle qui m'a volé mon bonnet, celle que j'accompagnais généreusement sur la poulaine, celle à cause de qui ce mauvais sort me fut jeté.

- Tu le diras à Madame Bourdon, que tout ça est la faute de la Marguerite?

- M'en plaindre? Jamais! Je sais souffrir, moi, ma chère Geneviève, je sais prendre mon fardeau et m'en aller avec. Dans ma famille, celle des Leclercq dit Dubélier, nous savons être et faire, tu le sais ça. Dis, tu le sais, Geneviève?

- Je le sais, Perrine, tu as toute mon admiration!

- Tu meurs d'envie que je te raconte quelque chose sur ma famille, n'est-ce pas Geneviève?

- ..... heu probablement, oui ...!

- Voici. Dans ma chambre, à mon château de Paris, des jouets magnifiques décoraient toute la grande pièce. Ma bonne n'en finissait plus de les ranger pour moi. Beaucoup d'amies me visitaient chaque jour et nous mangions des gâteaux décorés de crème, assises à une longue table garnie de chandeliers. Mon père mangeait toujours avec moi, et son regard me portait tout son amour... et...et... »

Perrine s'arrête. Qu'est-ce que cette tristesse qu'elle éprouve?

« Et quoi, Perrine?

- Et...et...et il y a que tu m'énerves, Geneviève, avec tes questions! »

Geneviève tousse en se grattant le cuir chevelu. Sa poitrine s'est embarrassée. Sa toux se fait de plus en plus fréquente, presque familière. Une boule de feu traverse son dos à chaque fois qu'elle s'époumone. Geneviève souffre des bronches, à cause de l'humidité qui ne la tient jamais au sec.

Le lendemain matin, Perrine et Geneviève regardent passer par-dessus bord deux autres voyageuses qu'on y jette.

Madame Bourdon demande un second entretien avec le capitaine du navire. La rencontre a lieu dans l'office réservé au capitaine. Elle fut difficile. Madame Bourdon en ressort pensive et silencieuse. Que s'y est-il dit, encore?

La dame en noir va s'asseoir au fond de la Sainte-Barbe et balaie d'un œil lent et doux chacune des Filles du Roy. Il faudra sacrifier quelque chose d'important. Malgré qu'elle ait trouvé la meilleure manière de régler son problème, elle soupire bruyamment, prête à abandonner la partie. Un voile de lassitude couvre ses épaules.

Devant elle, ses protégées sont mal en point, découragées, mourantes. À travers elles circule la maladie, laissant la peur et l'impuissance dans le cœur de celles qui regardent mourir leurs compagnes. Des filles comme sa chère nièce sont terrées au fond de leur couchette, abattues et désespérées. Le geste grave de basculer les mortes par-dessus bord est devenu quotidien. Laquelle sera la prochaine? Ce fut d'abord Marie, puis la liste ne cessa d'allonger!

La responsable des filles essuie son front du dos de sa main. Elle se désole de tant d'impuissance. Le spectacle est devenu franchement intenable. Après plus de quatorze semaines en mer et un bilan de plusieurs dizaines de décès, la maladie attrape les filles une à une. C'est la catastrophe!

Madame Bourdon a chaud, bien qu'elle frissonne. Le navire est insalubre et la nourriture est presque complètement épuisée. Le dernier quart de farine a été défoncé il y a quelques jours, mais le pain qu'il fournit est nauséabond. On mange de nuit pour ne pas voir les vers. L'eau croupie et corrompue, qu'on qualifiait à tort de potable, n'est qu'un souvenir, et le vin tire à sa fin.

Elle se lève et fait quelques pas avec la houle, manque d'équilibre et se rassoit. La décision de débarquer les Filles du Roy avant la fin prévue du voyage est ferme. Le contingent approchera le plus possible des installations de Marguerite Bourgeoys, mais puisque chaque journée compte, ce règlement d'urgence doit être envisagé.

Conseillée et appuyée par le capitaine du navire, le plan a changé malgré qu'au port de France les désirs du roi étaient d'offrir à Ville Marie les filles de cette traversée. Madame Bourdon projette éventuellement de se rendre elle-même à la Cour pour justifier la situation.

Jamais l'accompagnatrice n'a vu pire. Durant le voyage de 1668, l'an dernier, le navire n'apporta pas autant de maladies graves et cela fit croire à tort que les malheurs étaient définitivement derrière soi. Ses amies de Québec, la mère Marie de l'Incarnation, la demoiselle Jeanne Mance et la dame D'Ailleboust avaient toutes cru au miracle. N'eut été de leur soutien et de la vocation de son couple de croire en la colonisation de la Nouvelle-France, n'eut été de vouloir personnellement que vive la France en ces terres prometteuses, il y a longtemps que la dame aurait abandonné son travail.

Le lendemain matin, la toux de Geneviève l'empêche de se lever. Recroquevillée dans ses hardes, elle tremble. Elle croit que le plancher du navire ondule. Elle le voit se tordre et faire valser les couchettes autour d'elle. Un craquement survient vis-à-vis son matelas. Le plancher va ouvrir! Des lames de brouillard traversent la pièce et s'amusent à danser autour de sa terreur. Est-ce la mer qui avance sur elle? Le froid l'emprisonne de milliers de fils givrés, les fils font des pattes, les pattes l'entortillent.

L'univers de la jeune fille rapetisse. Son jugement limité faiblit sous la force de sa fièvre. Elle plonge sous sa couverture humide et réclame Perrine.

« Perrine! » tente d'articuler ses lèvres engourdies et de crier sa voix rauque, entre deux quintes de toux. « Perrine, aide-moi, j'ai si froid! »

Perrine se gratte le cou. Le regard en pointe, elle dit, après un long soupir impatient :

« Je suis transie aussi, Geneviève, qu'est-ce que tu crois? Nous avons tous froid, et toute ma vie mon pauvre corps aura froid après cette traversée dans l'enfer humide! »

Perrine lève au ciel un regard intolérant. « Ne me dérange plus avec ton babillage, Geneviève, parce que moi, j'ai sommeil. »

Geneviève reste hébétée, pleine de reproches envers elle-même de ne pas avoir su parler au bon moment. Elle s'excuse :

« Perrine, pardon, …dors bien, je ne… je ne te …dérangerai plus » arrivent péniblement à dire ses lèvres grelottantes.

Perrine n'ajoute rien et Geneviève attend.

L'absence d'écho à sa bonne volonté la fait regretter l'erreur dont elle s'accuse. Cette erreur inconnue justifie amplement que Perrine refuse ses excuses. Geneviève reste repentante et sans mot devant Perrine triomphante et sans compassion.

***

Les virus se propageant, la gorge de Madeleine enfle et pique à son tour. La petite s'époumone dans son sommeil, plus vivante dans un ailleurs flottant que sur le navire voguant.

Elle étouffe de retenir sa peine, un simple mot, Marie, le nom encore coincé dans son œsophage.

Son sommeil déraisonnable la transporte dans un voyage difficile où, solitaire, elle affronte un épais brouillard. Dans son rêve, ondulent des voiles lourdes qu'épingle le vent. Toute seule face à l'ampleur de ce qui se trouve devant elle, la petite navigue debout, à la lame, tandis que l'océan embarque pour la faire échouer. Madeleine détermine mal sa position, elle dévie, elle dérive quand Marie n'est pas là pour tenir le journal de bord. Madeleine a beau s'aventurer sur la route de l'Orient, elle s'affole de ne pas comprendre latitude et longitude sur le plan de la route. La mort de sa sœur aînée est le tout premier événement qu'elle vit sans elle. Obligée de ne compter que sur elle-même pour la première fois de sa vie, elle ignore comment faire, comment vivre quand Marie ne navigue pas près d'elle!

Elle s'éveille à la fin du rêve, couverte de sueurs. Elle se tourne et se rendort. Dormir lui tient lieu d'ancrage, dormir la dépose quelque part, dormir encore lui permet d'éviter le chagrin.

« Madeleine, bois un peu, prend une bouchée, Madeleine, mon enfant… tu as encore fait un cauchemar »

Madame Bourdon s'est penchée sur elle. Madeleine ouvre faiblement les yeux. Un halo flou bouge autour de la directrice du contingent. Le tracé s'effile, part, revient. A-t-elle vu Marie devant elle? Elle se rendort, trop faible pour rester éveillée.

Marguerite sursaute de manière inaccoutumée. Chaque ombre dans la pièce et chaque mouvement induit par la houle la confine au guet. Elle ne dort plus. Elle passe ses nuits à imaginer des mains la trouver dans le noir et la lame d'un poignard avancer sur elle.

Depuis son cri, celui poussé quand on avait balancé le corps de Marie, une note râpe parfois sa gorge. Le son éraillé frappe bêtement contre ses cordes vocales. C'est un râlement inégal et plat, terne et rugueux, surtout très fragile et seul.

Jeanne n'aime pas le bruit étrange venant de la gorge de Marguerite. Elle lui lance des œillades craintives. Elle l'épie de loin.

Jeanne pleure en silence en pétrissant son ventre. Elle a avorté. Un filet de sang coule entre ses cuisses et fait une flaque dans le bas de son dos. C'est le sang du soulagement et de la culpabilité.

Une partie d'elle a rejeté le bébé. Une force a comprimé ses entrailles de femme. Son refus, né du désir d'éliminer Isaac, a été tel que Jeanne a remporté la victoire.

Mais sera-ce au prix de sa vie? Jusqu'à quand coulera le sang du combat? La jeune femme rendra-t-elle l'âme, à bout de forces et de sang, et dans un instant de solitude, viendra-t-elle ajouter à l'odeur rance du navire?

Les filles passent quelques autres longues journées entre la fin apparente et les cauchemars certains. Elles attendent sans savoir différencier le cylindre de la mort du roulis de l'Atlantique. Quand demain se lèvera, on saura laquelle d'entre elles la mort aura élue.

Malgré sa faiblesse, Anne Langlois est certaine que ce ne sera pas encore elle. Un autre jour, peut-être, mais pas aujourd'hui, ni demain. Pas maintenant! Il faut continuer à vivre!

Dans la cale, un souffle humain cherche de l'oxygène. Cloué à l'obscurité, le cœur du matelot bat plus vite qu'iraient toutes les rames d'une galère sous les ordres les plus fâchés.

Louis souffre d'être éloigné du plan d'eau. Sa souffrance est pire que les marques cuisantes laissées précédemment par les lanières cuirassées. L'espace infini et le vent salé lui manquent déjà. Il se sent dépouillé, aussi démuni que lorsqu'il sera là-bas, sur la terre qui volera sa liberté.

Louis est aussi très fâché contre lui-même. Il s'en veut d'éprouver autant d'impuissance. Il hait la défaite, lui qui jamais encore n'avait trouvé plus fort que lui!

Il relève la tête, raidit le cou. Il se masque d'austérité dans l'espérance de se calmer. Il se dit que cet accident de mer est certes un gros coup pour lui, il se dit encore qu'il a momentanément chaviré et pris eau, mais oh! non! il n'est pas un naufrageur! N'est-il pas un matelot? Il bravera la noyade! Une bouée le repêchera du naufrage. Cette bouée lui semble encore imprécise, mais Louis est toutefois certain d'une chose.

Son corps prend de la vigueur lorsqu'il y pense. Il se rappelle son serment de haïr Perrine pour toujours. Il se jure de se venger.

***

Un matin d'août, alors que pour les filles la fin du cauchemar est devenue vaine promesse, certaines que la limite en soi est irréparable, ce jour, quelque chose d'inespéré survient. Une colonie! L'île d'Orléans! Québec!

Des têtes lourdes se soulèvent des matelas, on affiche un faible sourire qu'un regard sans conviction laisse sur la figure, et on se demande s'il s'agit d'une autre hallucination ou si telle est la réalité. L'île d'Orléans? Québec?

Oui, Québec, autrefois un village appelé Stadaconé, en ce temps-là peuplé de centaines d'Iroquois regroupés dans des maisons longues. Québec, aujourd'hui comptoir de traite de fourrures depuis 1608. Du haut de son promontoire qu'est le Cap Diamant. Québec, point de ralliement missionnaire des Récollets dès leur arrivée, en 1615, de même que celui des Ursulines, depuis 1639. Québec, d'une part une Haute Ville née de la construction d'un fort sur le cap, et d'autre part une Basse Ville, avec ses bâtiments commerciaux blottis contre la grève.

Québec! ville dont le gouverneur Montmagny fera tracer, en 1636, des rues nouvelles ainsi qu'une première artère extérieure, le Chemin de Cap Rouge dit chemin St-Louis. L'homme est aussi l'instigateur de l'Église Notre Dame de la Paix et du Château St-Louis.

Québec!

Capitale officielle de la Nouvelle-France depuis 1663, lieu de la principale habitation où réside le Gouverneur Général de tout le pays. L'endroit reçut le nom de ville en même temps qu'un premier maire, Jean-Baptiste Le Gardeur de Repentigny. Québec, avec école et hôpital sous la gouverne des Ursulines et des Jésuites. Québec, la plus importante des colonies françaises en Amérique, actuellement peuplée de plus de 550 personnes.

Anne Langlois est prête à accoster bien avant que n'arrive le port. Elle a quitté sa paillasse, elle a noué correctement son bonnet, a pris dans ses mains le pan de son vêtement poisseux. Toute droite, elle attend, la respiration profonde et le cœur battant. À quelques minutes de débarquer, Anne Langlois est face à un grand bonheur.

Le roi lui a promis des vivres pour les huit premiers mois depuis l'émigration parce qu'elle vient honnêtement s'établir. Défricher, débiter, semer, récolter et se perpétuer, voilà ce qu'elle est venue faire en Neuve-France. Son objectif de participer à la création de ce pays lui permet d'oublier l'épuisement.

Anne n'a jamais cessé de s'encourager. Chaque soir elle a remercié le ciel de l'avoir épargnée de la mort pour un jour de plus, et chaque matin, elle s'est demandé de prolonger son souffle jusqu'à la nuit suivante. Pour Anne Langlois, savoir Québec au bout du navire est le comble du bonheur.

Plusieurs membres de sa famille l'espèrent. Dans quelques minutes ils la toucheront, plongeront leurs regards dans le sien, mélangeront leurs larmes de bonheur à ses larmes de soulagement. Comme elle, ils attendent ce jour depuis bien longtemps, bien avant le moment où le Saint Jean-Baptiste ne quitta le port de Dieppe. Le courage sera enfin récompensée! D'ici quelques instants, Anne Langlois leur montrera qu'elle est vivante, oui! Elle leur montrera qu'elle a su résister à l'épouvantable traversée de 1669!

Le navire approche Québec qu'un étrange silence semble recouvrir. L'immobilité de la ville est suspecte. Le calme s'étend jusqu'aux forêts, hissées derrière les murs de l'enceinte du fort, loin par-dessus le château St-Louis.

Le bateau avance lentement. Le cœur d'Anne bat fort. Le navire est presque immobilisé. Accourra bientôt une foule, sortie des maisons groupées au bord de l'eau, ou peut-être viendra-t-elle des autres habitations, celles montées sur le haut du vieux rocher? En tout, une centaine de mansardes forment Québec. Dans l'une d'elles, Anne est attendue.

De là-bas, le capitaine voit courir quelques personnes sur le quai, les bras affolés, tandis que des rameurs font glisser deux barques, à toute vitesse. « Il se passe quelque chose d'irrégulier, ici » dit-il.

Tout le monde a le souffle court. Les arbres qui ombragent les habitations semblent ouvrir grandes leurs ailes pour couver toute la place. Les oiseaux se sont tus. Le navire lui-même semble retenir la danse des vaguelettes autour de la coque.

Quoi qu'il se passe, Anne Langlois veut débarquer. Elle marche jusqu'à Madame Bourdon, elle chancelle et se reprend, va encore tomber, mais elle se fouette comme un cheval à dompter. Anne ignore ce qui se passe sur Québec, mais elle refuse d'abandonner si près du but!

« J'ai promis de te descendre à Québec, Anne, je sais. Mais tu dois comprendre qu'on ne sait ce qui se passe ici présentement »

Le sang de la jeune fille ne fait qu'un tour. Aucun danger n'est plus important que son arrivée auprès des siens! La colère monte dans ses yeux. Elle jure de se battre jusqu'au bout.

Elle est comme un animal prêt à tuer par désespoir. Prête à se jeter à l'eau et à se laisser flotter jusqu'à la rive, Anne attend, les yeux sur les canots d'écorce qui glissent vers le navire.

Ils sont à peine immobilisés qu'Anne et quelques autres filles se retrouvent empoignées et rapidement expédiées au fond de la petite embarcation. Anne n'a que le temps d'un bref regard d'adieu à Madame Bourdon que la voilà tapie dans une barque. On la couvre d'une couverture. Est-ce pour la cacher ou pour la réchauffer? Elle ne sait pas, car elle ne sait que deux choses : il faut vivre et il faut faire vite!

« Vite, dépêchons-nous, qu'ils ne nous attrapent pas! Leurs grosses malles resteront à la cale. Partons d'ici! Vite! » entend-elle.

Sur le quai, une Ursuline fait les cent pas dans sa longue tunique noire. À peine les barques accostées, elle saisit les filles qu'on fait descendre. Un groupe de personnes aide la religieuse à monter à bras-le-corps les voyageuses épuisées. Sans galanterie et sans égard, on les mène de force jusqu'à l'habitation fortifiée. Vite!

« Les filles sont mourantes, ma Mère »

Marie de l'Incarnation ajoute à ce constat : « Je vois, mais qu'elles ne s'inquiètent pas, on les soignera sitôt qu'elles seront en sécurité ».

Anne Langlois n'en peut plus. Des étoiles circulent autour d'elle. Elle a le sentiment d'avoir tout donné. Anne ne décide rien. L'amène-t-on vers la chaumine des Ursulines ou vers une maison fortifiée à la Place Royale?

Elle ignore ce qu'il adviendra d'elle après que les gens qui la traînent auront pris une décision. Ses genoux ne la portent plus mais il faut lutter! Elle a refusé de mourir sur le navire, elle doit se battre encore, se battre jusqu'au bout! « Ne pas mourir avant d'avoir revu les miens » se répète-t-elle, à demi consciente.

Le petit groupe a passé sans s'arrêter devant la mansarde des Ursulines. Érigée sur le port, elle est à deux pas de l'activité la plus prospère de la Nouvelle-France, le commerce de fourrure. On préfère conduire les filles jusque là-haut, où elles seront plus en sécurité.

Anne comprendra plus tard que l'enceinte du fort fut nécessaire car en ce jour, en Québec, les Iroquois rôdaient.

Québec, encore sous la menace des Agnés, est une ville que le massacre guettait ce jour-là, malgré le retour à la paix. On avait su, de bonnes sources, que des Iroquois avaient le plan de s'amener aujourd'hui même sur la ville. Voilà pourquoi depuis ce matin, ce ne sont point les voiles Françaises que guettent les colons du haut du Cap Diamant.

La peur au ventre, les gens de Québec se préparent au pire. Les scapulaires de la sainte Vierge sont exposés et les invocations sont populaires. Quand ce n'est pas pour se protéger des risques d'épidémie qui arrivent avec chaque bateau, on s'en sert pour éloigner les Iroquois.

« Capitaine! Capitaine! Les Iroquois, Capitaine, regardez! »

La lunette d'approche collée à son œil, le capitaine juge de la situation. Là-bas, il distingue une longue flamme et une foule pressée. Heureusement que l'agitation se situe à l'autre extrémité de la ville, laissant aux filles qu'on vient de débarquer le temps de gagner la maison du gouverneur.

« La navigation réserve toujours des imprévus » dit le capitaine.

- Comment pouvait-on savoir que le contingent ne devait pas, en ce jour précis, approcher la côte? questionne un matelot.

- On a quand même eu de la chance d'arriver à temps! » commente un autre membre de l'équipage.

Un vent de panique balaie maintenant Québec. Des cris semblent couvrir la ville entière. L'écho de tirs d'arme retentit.

Le Capitaine donne ses ordres.

« Poursuivons notre route, il est dangereux de nous arrêter ici plus longuement. » Il regarde Madame Bourdon, les mains ouvertes pour montrer son impuissance.

Le bateau glissera doucement devant la ville, imitant le silence d'une promenade tranquille par un bel après-midi passé sur un canal français. Sous des ombrelles qui protègent du soleil, des filles endimanchées porteraient à leurs lèvres le verre d'une boisson rafraîchissante en se réjouissant devant les beautés du paysage. À leurs pieds, des flots endormis par l'insouciance de l'été et, sur leur visage, des sourires épanouis adressés à la rive.

Non, Québec ne les accueillera pas. Le navire quitte la place sans faire de bruit, comme on s'éloigne de la cache de l'ours en espérant ne pas l'avoir réveillé.

La prochaine colonie s'appelle Trois-Rivières. Où sinon débarquer les filles, sachant que les Iroquois sont autour de la capitale? Où? Dans le néant qui longe la grève? Les déposer au bord de la forêt, sur le sable de la rive ? Les passagères requièrent des soins et rarement, en ces endroits, apparaissent quelques toits de chaumières isolées. En dehors des trois forts officiels, il n'existe aucune fortification contre l'imprévisibilité iroquoise.

Madame Bourdon et le capitaine sont un moment sans mot, la déception inscrite sur leur visage. Seuls leurs regards se croiseront parfois en sourcillant. Chacun cherche comment conjuguer efficacité et survie.

Ensuite, ils entament une conversation sur cette menace iroquoise qui plane sur Québec, Trois-Rivières et Ville Marie.

« La tactique de guerre indienne est l'attaque surprise. Les Jésuites le disent comme ceci depuis une dizaine d'années : les Iroquois viennent en renards, attaquent en lions, fuient en oiseaux. Les Sauvages attaquent donc de manière isolée ; ils bloquent les passages ; se dissimulent dans les bois ; capturent le bétail ; détruisent les moissons ; tuent et repartent doucement, dit le capitaine.

- Leur but est bel et bien de chasser tous les Français de la vallée laurentienne ?

- Oui, Madame! Il paraît que les Iroquois sont prêts aux pires guerres avec Ériés et Algonquins, qui se sont liés d'amitié avec l'ennemi français. Semble-t-il qu'on se fait rôtir mutuellement.

Leurs territoires sont envahis par des religieux qui insistent pour apporter la Bonne Nouvelle en plantant des bois croisés. Robes noires et colons blancs s'approprient gratuitement ce qui, depuis toujours, appartient aux Sauvages. Mais le peuple de cette terre ne s'empresse pas de se mettre à genoux quand on insiste pour transformer leurs pensées, leurs manières de faire et de se vêtir. Leurs codes et leurs idées sont différents. La colère s'exprime différemment selon chaque clan.

« Avec le temps, cette colère a pris une ampleur insoupçonnée. Aux habituelles techniques iroquoises s'ajoute dorénavant l'armement à la manière française! » avance le capitaine.

Périodiquement, les Iroquois ont parlé de paix en sachant qu'on les prendrait au mot, car leurs stratagèmes réussissent à chaque fois. C'est alors qu'ils en profitent pour réorganiser leurs forces avant la reprise des hostilités. À chacun sa manière d'exercer le pouvoir.

« La Nouvelle-France voudrait tellement faire la paix avec les Iroquois afin de rétablir les commerces et favoriser l'installation des nouveaux venus! » lance Madame Bourdon.

Posséder est la manière française de conquérir, conquérir est la manière d'obtenir le pouvoir, donc de s'enrichir.

« Se lier dans des échanges avec les Sauvages, prendre les devants en allant apprivoiser le peuple pour enrichir la France et obtenir, en retour, tous les fonds nécessaires à s'établir... il semble que ce soit là les formules gagnantes à adopter. L'évangélisation et le commerce vont de pair dans une Nouvelle-France dépendante de l'Europe pour les vêtements, les outils, le vin, l'eau-de-vie et les commodités. En retour, on espère un jour enrichir la France avec les richesses des mines de fer, de cuivre, de plomb. On rêve d'exporter de la résine, de la farine, des légumes, du poisson, du bois et des huiles... Il faut donc que la France peuple ses colonies de manière rapide et régulière. Pour ce, elle a offert, il y a deux ans, les secours de l'armée et depuis ...elle offre des filles à marier que j'aurais aimé voir débarquer en meilleure santé, dit Madame Bourdon en désignant la Sainte-Barbe.

- Le travail des soldats du régiment de Carignan a été fort courageux et bénéfique. On a presque totalement réglé le fléau iroquois, et la population peut commencer à respirer. Si elles se développent, les colonies seront un jour autonomes.

- Croyez-vous vraiment que ce jour arrivera, capitaine ? » termine celle qui est restée tournée en direction des mourantes. « Ces filles étaient pourtant destinées à renforcer la colonie »

Le capitaine reste pensif avant d'affirmer, comme s'il se parlait à lui-même : « Je préfère néanmoins ma vie à bord de ce navire que celle fixée aux terres »

Il n'est pas sans penser au matelot Louis, contraint à des mesures sévères.

Québec est maintenant loin derrière.

Il est des choix déchirants qui obligent à refuser une solution en reportant un moment de bonheur. Passer outre les bâtiments de commerce qui regorgent de nourriture fraîche et de lits confortables, laisser derrière soi la chaleur, l'aide, les marchandises, soins et opportunités, les cabarets et les alcools pour choisir de continuer d'avoir faim d'être secourues a beaucoup exigé des voyageurs nécessiteux.

Les quatre à cinq jours qui séparent Québec de Trois-Rivières semblent à eux seuls constituer les longueurs d'une autre traversée. Madame Bourdon éponge les fronts en sueurs. La petite Madeleine a un visage de plâtre. Geneviève crache le sang. Cachée sous sa couverture, Marguerite continue d'être terrifiée.

« Ma pauvre nièce, cette traversée t'a terriblement troublée, n'est-ce pas ? Tu crains la maladie, tu crains la mort autour de toi, je sais, je sais tout cela… » dit celle qui ignore le principal motif de la peur de sa nièce.

Incapable de faire part à sa tante de ses vraies inquiétudes, Marguerite se contente de lui offrir un sourire faible. Malgré qu'elle constate que le matelot est loin de sa vue, mais où donc, elle ne le sait pas ; la jeune fille reste anxieuse de le voir surgir à tout moment.

Marguerite se préoccupe aussi des respirations de Jeanne. Elle calcule le temps qui sépare chacune de ses inspirations. Elle voit lever et descendre de manière irrégulière le vêtement de son amie. Elle s'en inquiète.

Elle voit aussi des taches rouges qui souillent sa couverture. Marguerite ne comprend pas ce qui est arrivé, mais elle se sent responsable de voir à ce que Jeanne vive jusqu'à son arrivée. Son guet obligé lui donne à croire qu'elle est l'unique responsable de ce qu'elle surveille. L'effort que demande cette surveillance l'amène à râler de plus belle. Les sons qu'elle émet continuent de terrifier Jeanne.

Perrine irrite sa peau jusqu'au sang. Son infection généralisée lui donne une fièvre nouvelle. Cela ne l'empêche pas de geindre. « Québec, Trois-Rivières, quoi d'autre encore ? Personne ne s'occupe que je sois attendue dans une colonie ? Mourons donc sur toute la route des épices, tant qu'à faire ! »

Madame Bourdon est lasse. Assise sur une paillasse abandonnée, elle ferme les yeux. À combien de filles aura-t-elle encore protégé la vie d'ici Trois-Rivières ? Lesquelles de ces filles mourantes verra-t-elle sortir vivantes du navire ?

Elle se lève et reprend son service de soignante, apaisant l'une et l'autre par une gorgée de vin, un encouragement, un oreiller replacé, une bouchée de ce qui se trouve peut-être encore le moins malsain à manger.

Mais pendant que l'humidité tue en bas, il y a tout là-haut, sur le pont, le capitaine capable d'admirer le spectacle des formes et des couleurs. Il respire à pleins poumons. Il sourit. Le grandiose se trouve dans la nature.

De chaque côté du fleuve sont couchées des terres planes, très belles et basses, bordées d'une fastueuse chaîne d'arbres. Le bordage est le plus souvent un chemin de sable rouge orangé, une longue flambée aux courbes harmonieuses et définies. Contrairement aux fleuves de la France, le fleuve de ce pays est un fort large canal. Le chef du navire prend des notes pour ses souvenirs.

Les heures et les jours s'écoulent. Au-delà de toute espérance, aux bouches d'une rivière sous le scintillement des feuilles, Trois-Rivières est là.

Deux îles longues et chargées d'arbres divisent une rivière en trois branches. C'est ici, sur une de ces îles qui avancent dans le fleuve, que Jacques Cartier présenta les Sauvages à la civilisation européenne. C'est ici qu'à partir de cette date et jusqu'en 1665 se tint le principal rendez-vous entre Blancs et Indiens pour traiter des fourrures.

Depuis quelques temps, grâce à l'arrivée des soldats du régiment de Carignan, le contrôle des fourrures est devenu moins strict et surtout moins dangereux. Trois-Rivières connaît enfin la tranquillité après avoir vécu dangereusement entre de brefs intervalles de paix.

L'équipage s'active. Le capitaine allait demander où se cache le matelot Louis quand il se rappelle la pénitence qu'il lui a lui-même imposée. Ce garçon turbulent lui manquera.

Le bateau accoste vis-à-vis le Platon, sorte de promontoire sablonneux. On lève la tête. Sur la modeste colline qui procure une sécurité relative, un large fossé creusé dans le sable protège une palissade de pieux. Érigée en 1651, cette fortification a été élevée pour protéger la colonie contre les assauts des Iroquois. Des billes de bois, effilées aux deux extrémités et plantées à deux ou trois pieds dans la terre, tiennent aussi une plate-forme où marchent chaque nuit les braves défenseurs de la colonie.

On prépare les canots. Les gens de la place accourent déjà sur la grève. Ils sont surpris de voir arriver la civilisation française. Ils espèrent des nouvelles des leurs et de leur chère patrie, ainsi que des ravitaillements divers. «Qu'on aille à la cale chercher le matelot! Qu'il aide à descendre les chaloupes et les passagères malades!» ordonne le capitaine.

Quelques minutes plus tard, Louis apparaît sur le pont, aveuglé par la clarté mais décidé à garder la tête haute. Les dents serrées, il attend les ordres de son supérieur.

« Tu vas décharger les bagages du navire et ramer un canot jusqu'à la grève. Tu reviendras ensuite au navire jusqu'à ce que tout ce que je dirai soit à terre. Toi, fais avec lui » ajoute-t-il en désignant un autre matelot, en lequel le capitaine a grande confiance.

Louis laisse ses yeux plantés dans ceux du capitaine, le temps qu'il y fasse passer un message. Puis, il s'exécute en fixant l'étendue d'eau.

Un grand frisson agite le corps du jeune homme. Il sait que ce sont là ses derniers moments sur le navire. Il regrette que ses pas marchent pour la dernière fois sur la carcasse bercée par les flots. Lui manque déjà celle qu'il aime.

Il ralentit le rythme de son travail pour mieux profiter du moment. Le matelot a pleine conscience de l'adieu. Tout ce qu'il voit, sent, touche et entend, il le retiendra dans le coffre de sa mémoire. S'il n'était pas orgueilleux, il laisserait paraître sur son visage un peu de la beauté de ce qu'il retiendra. Mais c'est dans une parfaite maîtrise de lui-même qu'il prend en lui ce berceau sous ses pieds, cet horizon à hauteur du pont, cette odeur, et encore ces bruits familiers. Le triste moment est à lui pour toujours. « Quelqu'un s'occupera-t-il bientôt de mon bagage personnel ou faudra-t-il que j'aille moi-même le chercher à la cale? »

Perrine a crié en sortant de la Sainte-Barbe. Sa voix a monté tonner dans l'oreille de Louis. Sa petite voix nasillarde, haut perchée et pleine de mépris, cette voix a cogné droit contre les hautes parois de la colère du matelot.

Il lève sur Perrine des pupilles lourdes d'impatience. Ses yeux fusillent la silhouette de la rouquine qui, menton relevé et moue dédaigneuse, aborde la terre trifluvienne de sa manière coutumière. Le jeune homme serre les poings. Il aurait fait un pas vers elle si, dans un effort inouï, il ne s'était efforcé de refouler son élan.

« Perrine! »

Geneviève est ahurie.

C'est à la vue du matelot qu'elle a pris peur et crié. Ensuite, la pauvre reste muette et toute niaise, le regard aussi égaré que son cri.

Le matelot ne bronche pas. Dents et poings serrés, ses yeux pointus visent Perrine. Là, devant lui, respire la cause de ses pires malheurs.

À Trois-Rivières, l'instant est plus grave que solennel. Tout le village est maintenant descendu sur la grève. Il se compose d'une poignée de Français, des hommes, femmes et enfants et, plus loin, quelques Amérindiens à demi nus, l'œil étonné, qui retrouveront vite leurs tentes en écorce de bouleau soutenues par des perches de cèdres.

Il n'y a pas de tambours, pas de feux d'artifice ni de feu de joie, pas non plus de messe avec le Te Deum, un vieux cantique d'action de grâces et de louanges qui ponctue tout succès. Il y a le seul spectacle des passagères malades, ni lavées ni changées de linge, trempées par l'humidité, la sueur et la fièvre, brisées par la fatigue et la malnutrition. On les sort lentement. On le fait avec le respect silencieux que l'on garde en conduisant la mort au cimetière.

Trois-Rivières est un petit carré où se blottissent une église et la maison du Gouverneur, ainsi qu'une trentaine de chaumières, dont quelques granges communes pour favoriser l'entraide. Toute construction est enfermée derrière les murs de la palissade, sauf quelques rares maisons qu'on a bâties à l'extérieur de l'enceinte et qui sont protégées par un moulin, à quelques pas du mur. Quelques canons y montent aussi la garde, la bouche vers le fleuve. À cent pas des habitations, le pays n'est qu'une grande forêt vierge.

On souhaite pour Trois-Rivières qu'à force de foi et de bras elle réussisse à s'ancrer dans le temps.

La région est un beau pays plat avec plusieurs rivières qui entrecoupent des terres que bordent des prairies. L'endroit est riche d'animaux, surtout des caribous, des élans et des castors, sans compter le poisson. Au contact des autochtones, Champlain a découvert un trésor insoupçonné qui deviendra la base d'un commerce : la fourrure de castor.

En raison des avantages économiques et stratégiques que représente l'emplacement, Champlain envoya le sieur de Laviolette fonder le poste de traite de Trois-Rivières, qui deviendra aussitôt le centre économique de la Nouvelle-France. La fourrure y étant très abondante et d'excellente qualité, et couvrant plusieurs autres aires de l'Amérique du Nord, on n'a pas tardé à se tourner vers cette richesse. Les coureurs des bois vinrent donc volontiers faire le commerce à Trois-Rivières. Le trésor velouté devint la richesse convoitée par les Européens qui firent rapidement de la fourrure une grande mode.

Une ligne humaine se forme sur la grève. Elle prend bientôt le chemin de la palissade, protectrice du petit village.

Les filles aptes à faire une heure de plus sur le fleuve monteront bientôt dans des barques à destination de la rive sud. D'autres seront dispercées dans les familles des habitants d'ici.

Les gens de la place aident à transporter les Filles du Roy, la plupart incon scientes. Certaines arrivent à faire quelques pas lorsqu'on les soutient de chaque côté dont Perrine, qui traitera ses aides comme valets.

« Attention où vous m'amenez à mettre les pieds, imbéciles, ce caillou a failli tourner ma cheville! »

La voix de Perrine étire un long fil entre le pont du navire et les limites de Trois-Rivières. Ce vacarme ondule au-dessus du groupe pour le suivre, tel un écho.

Outre le tapage produit par les commentaires condescendants de la rouquine, on avance dans un pur silence. Point n'est besoin de verbiage quand la situation parle d'elle-même.

On ne descend pas le courrier puisque aucun n'est adressé à cette terre sur laquelle on n'avait pas prévu s'arrêter. On cueillera quelques lettres avant de quitter Trois-Rivières et elles feront la suite du voyage à bord du navire. Devant les grosses poches qui sentent la morue et qui arrivent et repartent avec les flottes, les colons de chaque bout du monde éprouvent tour à tour un bonheur inestimable. Dans quelques mois, c'est aux ports français qu'on les débarquera pour distribuer les réponses à des messages bouleversants.

« Le plus pauvre village de France a meilleure mine que cet endroit » Perrine compare Trois-Rivières aux bords de la Loire avec ses tons pastels, où l'on chante l'amour et la beauté des temps libres. Elle se dégage brusquement de ses aides et lève le menton en direction du village. « Fi! La France, elle, compte quatre cent cinquante milles bons Parisiens! Cet emplacement n'est-il qu'un vulgaire magasin de peaux mortes! » Elle continue : « Oh! Ce lieu d'horreur ne ressemble en rien à mon pays! C'est à jurer que c'est cette terre-ci que Dieu donna à Caïn! »

Perrine s'époumone. Tout ce qu'elle voit lui sert de prétexte à s'indigner. La rive est bientôt couverte de son fiel. « Et qu'est-ce que ces insectes qui me piquent à travers ma robe? »

Soudain, la jeune capricieuse se rétracte. Le Capitaine est solennel et droit. À son bras, le matelot à la joue tailladée. Menotté, il tient son regard sur l'horizon.

Dans un discours officiel, le capitaine explique le contexte de cette arrivée imprévue.

« Peuple et terre de Trois-Rivières, nous vous savons gré de nous accueillir, nourriture et soins appropriés, notre navire ayant été empêché de s'immobiliser en Québec à cause des humeurs iroquoises. Je vous présente Madame Bourdon, ainsi que ses protégées, toutes Filles du Roy de France. Je vous présente aussi mon équipage dont ce matelot, qui vous fera un homme à bras à partir de ce jour, son comportement à bord ayant été punissable pour les six prochaines années. Repartiront dans quelques semaines mon équipage, le courrier pour la France, ainsi que toute personne qui se devrait de voyager. Resteront désormais sur cette terre et y seront soignés : la directrice du contingent, Madame Bourdon, les nécessiteuses, ainsi que ce matelot ! Au nom de Louis XIV, au nom du Roy de France ! »

***

deuxième partie

NOUVELLE VIE

Décembre 1669. Port de Dieppe. Droit et fier d'être enfin de retour au bercail, le Saint Jean-Baptiste encaisse les vagues de la Manche, après que les audacieux projets de Louis XIV l'eurent conduit en terre nouvelle puis enfin ramené à la France.

Ses voiles sont fatiguées, ses bois usés, ses ponts défaits, mais son énergie et sa résistance l'ont miraculeusement gardé sauf du grand péril. Le navire est rentré à temps, avant que les gels de décembre ne retiennent dans l'étau de froidure tout aventurier imprudent.

On a sorti les deux poches contenant le précieux courrier. On les a traînées jusqu'à une barque où elles attendent, pansues, qu'on les ouvre pour en savourer les messages.

C'est là tout ce qui importe aux yeux gourmands des parents de Marie et de Madeleine, venus dans l'espoir d'y trouver une lettre de leurs filles. Leurs pupilles fauchent le large. Y aura-t-il des traces de leurs petites ? Comment les repérer à travers le tumulte qui nuit à leur recherche ? Vite ! Là-bas, peut-être ? Non ! Là, plutôt ! C'est par-là ! Leurs yeux courent plus vite que leurs jambes qui font des milliers de pas inutiles.

À travers le brouhaha du quai, leur empressement a enfin repéré les ballots de jute rance qui avancent dans un canot. Ils y plantent jusque là-bas un regard suppliant, comme si de la grève ils pouvaient déjà y lire quelque chose. Ils ne quittent plus des yeux l'emballage.

La petite embarcation prend une éternité à atteindre le quai. Ce temps avive leur impatience comme si durant l'attente, les missives risquaient de changer de propos et l'avenir d'altérer le contenu des sacs. Mais c'est leur cœur que l'attente altère, pas l'enjeu de leur attente.

Un peu plus tard, un garçonnet présente aux parents anxieux une lettre qui sent le poisson. « Pour vous, M'sieur Dame, du pays lointain. » Ils l'arrachent des mains du messager avec la hâte amoureuse qui permet tout. Émus et tremblants, ils se penchent sur l'écriture de Solange, qui a prêté sa main à la parole de la plus jeune de leurs filles, Madeleine.

Jamais le couple n'était revenu si près du quai depuis le printemps dernier, quand la mer prit le navire emporta leurs deux filles. Les parents ont tenté d'occuper leur esprit à faire semblant de ne pas penser à elles, mais ils avaient beau choisir cette manière de survivre, chaque jour au fond d'eux leur absence était cruelle. Aujourd'hui c'est sur le même quai de Dieppe qu'ils vivent l'urgence de les retrouver, là où il y a plus de huit mois ils se vidaient de leur courage.

« Mes bien chers parents, je vous écris avant que ne reparte pour la France le Saint Jean-Baptiste qui accostait enfin, il y a près d'un mois maintenant. Nous avons été soulagées de retrouver la terre ferme, la verdure et l'eau fraîche à boire. Une respectueuse famille m'héberge à Trois-Rivières, là où se tient un important poste de traite entre Québec et Ville Marie. Leur lit est bon et ils sont gentils de m'apprendre à manier le mousquet en cas d'attaque iroquoise, encore occasionnelles en dehors de la palissade. La famille accueille aussi quelques autres filles dans ma condition, pour quelques mois encore, tout au plus. Demain, je rencontrerai un groupe d'hommes célibataires qui attendaient le navire depuis longtemps. J'espère qu'on me trouvera assez robuste pour résister au climat et à la terre de ce pays.

« La vie est plus paisible qu'en France en ce moment, mais elle est très difficile à cause de tout ce qu'il y a à pourvoir pour survivre. Je me préoccupe aussi de savoir à quoi ressemblera l'hiver et on dit ici qu'aucun Français ne pouvait l'imaginer aussi glacial.

« Je dois user de toutes mes forces pour vous avouer enfin que la traversée a été dure pour toutes, et certainement pour ma chère sœur, votre fille, Marie. Je dois vous annoncer que d'où elle est, votre fille vous protègera et veillera sur vous comme sur moi. Vous comprendrez que je suis triste de vous parler en ces termes. Je n'ai pas eu le courage de vous écrire sa mort avant ce jour et pourtant, même après plus de trois mois sans elle, cela me soit encore affligeant. Je vous prierai de me pardonner cette triste nouvelle. Je dois retrouver mes forces car bientôt je me marierai, puisqu'il faut que je sois en sécurité pour l'hiver.

- Votre fille qui se souvient de vous, Madeleine. »

La main du père glisse dans celle de sa femme tandis que son autre main donne la feuille au gré du vent. La missive peut descendre dans le bassin sans fond pour rejoindre l'injustifiable destin de leur fille aînée.

Sur la plage de Dieppe, la lettre tournoie comme se croisent les plus grands déchirements aux plus vives contritions lorsqu'on apprend l'irrecevable. Le malheureux papier fait quelques bonds sur les vaguelettes ; il semble ensuite reprendre élan, retombe aussitôt, et se dépose dans une lenteur mortelle.

La mort de son propre enfant est pire que la mort. Ne pas avoir le pouvoir de faire durer cet ange qu'on aime, qu'on veut et qu'on a cru immortel, est pire que toute autre fin de voyage. À cause du doute. Le doute d'avoir été imparfait.

Les parents fixent la mer, l'haïssent et la bombardent de questions, lui ordonnent de comparaître comme si Marie pouvait en revenir à force de semonces. Ils en ont long à étendre sur le dos de l'Atlantique.

Un silence descend sur le couple. Tout le rivage perd de son charme, car après la mort d'une enfant chérie la beauté n'a plus d'écho. Ce rivage et cette eau seront à jamais le rappel de son décès.

Contre la mer il vaut mieux être en colère pour ne point sentir le blâme qu'ils s'accordent, coupables qu'ils se savent d'avoir donné leur fille à des flots meurtriers. Derrière cette agressivité se gravent déjà les remords maudits. Les je-n'aurais-jamais-dû côtoient les je-resterai-à-jamais-impardonnable.

Le désespoir des parents de Marie trouvera une fragile consolation. Leur raisonnement leur servira de mince renfort. « Madeleine est vivante. Nous pouvons nous réjouir de cela » souffle la mère. Elle essuie sur la joue de son époux une trace mouillée.

C'est sur les conseils de son hôte, Solange, qu'au début septembre Madeleine se décidait enfin à donner des nouvelles à ses parents. Ce soir-là, à la lumière de la petite lampe, sa pâleur donnait à penser qu'elle ne passerait pas Noël. L'ombre de la flamme dansait au fond de ses yeux, deux fosses creusés à même son visage.

Solange l'installa sur une paillasse, près de la chaleur de l'âtre. Elle surveilla la malade tout en écrivant pour elle. Le plafond noircissait à mesure que la fumée de l'huile y montait.

Elle trempa le bec d'une longue plume dans l'écritoire en ivoire ayant appartenu à son mari, tué il y a plus de quinze ans lors d'une vive attaque iroquoise contre Trois-Rivières. Au moment de cet affront, Pierre Boucher et quelques quarante-six hommes réussirent à vaincre une armée de plus de trois cents Iroquois sur le promontoire de Trois-Rivières. Le siège dura trois mois, du début juin 1653 jusqu'à l'assaut final de la fin août, lorsque par terre et par eau les Iroquois arrivaient de partout contre les défenses de la colonie. On chassa les Iroquois à coup d'arquebuses, dans les bruits de trompettes et de tambours. Le mari de Solange dut malheureusement y laisser sa vie, comme quelques-autres.

Si Trois-Rivières était alors tombé, la colonie aurait été perdue. C'est en l'honneur de cette victoire, qui se solda par une trêve, qu'on nomma Boucher gouverneur de Trois-Rivières. Quant à la veuve, elle continua à se battre à la mémoire de son mari car dès ce moment, elle décida qu'il ne fut pas mort en vain. La femme robuste, dans tous les sens du mot, s'engagea dès lors à développer la petite colonie. À chaque fois qu'elle utilisait l'écritoire en ivoire pour les choses importantes qui servent cette cause, elle sentait son mari là, tout près d'elle, et elle savait qu'il approuvait son action.

En ce début septembre 1669, il fallait faire vite. Le bateau qui avait amené les filles de la dernière traversée repartira avec les grands vents du lendemain. « Tes parents ont besoin de savoir que tu es vivante, Madeleine! Ils doivent savoir, tu dois les en informer! » avait dit Solange, en levant les bras. Sur le mur de planches derrière elle, un ombrage trapu imita le geste de la grosse femme.

Une bûche avait projeté un tison, comme pour appuyer le dire de celle qui avait parlé. Solange se leva de sa chaise et, de la pointe de sa chaussure, écrasa la petite lueur enflammée.

« Mais pour Marie, hein! Pour Marie? Je les ferai mourir de chagrin!

- Ils doivent savoir aussi, ma pauvre enfant. Le cœur d'une mère se doute, de toute façon… »

Solange rapprocha la chandelle et entreprit d'écrire la lettre, en retrempant plusieurs fois la plume dans le petit vase. De temps à autre, elle mettait ses yeux dans le noir de la pièce pour aligner ses pensées.

Prise du sentiment d'être concernée par la progéniture de toutes les mères de l'Ancien comme du Nouveau Monde, Solange s'adressa secrètement à la maman des deux émigrantes. D'une terre à l'autre, son écriture tissa un long cordon qui relie les femmes dans la solidarité.

Quand elle eut fini d'écrire, elle lut la missive à haute voix et Madeleine la signa d'un X tremblotant. Elle la relut une dernière fois. À la fin de la lecture, Madeleine s'était assoupie.

Les jours qui suivirent l'envoi de la lettre, Madeleine sembla gagner quelques forces. Se savoir à nouveau rattachée à ses racines consolida sans doute ses ressources personnelles, celles qui lui permettront de retrouver sa voie.

***

Le jour de l'arrivée du navire à Trois-Rivières, à la fin de l'été 1669, Marguerite est conduite avec les autres chez Solange, là où toutes les femmes de la colonie se regroupèrent pour s'improviser soignantes. « Cette fille se meurt! Dépêchez-vous! » Deux femmes l'allongent sur une paillasse près de l'âtre, prenant soin de soulever sa tête d'un oreiller.

Tout le monde s'agite autour des malades. On fait boire à la sourde une tisane aux propriétés vitaminiques, une recette apprise des vieilles huronnes. Les Amérindiens connaissent plus de mille végétaux pour soigner les leurs. Cette décoction-ci s'obtient par le broyage de l'écorce et des feuilles de thuya. Elle produit normalement des miracles.

« Prévenons le scorbut! Qu'on la guérisse par l'annedda!

- Donnons-en donc à toutes. Évitons de contaminer tout Trois-Rivières!

- Hey! Ne parlez pas d'épidémie, ça risquerait d'attirer le malheur! »

De grands spasmes raidissent les bras et les jambes de Marguerite, qui se bat contre la fièvre. On s'empresse de retirer ses vêtements que l'humidité a collés à sa peau sale et meurtrie. Ses trois jupes sont détrempées, tant la modeste, la friponne que la secrète. Son corsage est déchiré et c'est un petit mouchoir noué qui tient lieu de décence sur son cou dénudé.

On trempe une guenille propre dans de l'eau de pluie, précédemment réchauffée au-dessus du feu de l'âtre. On lave Marguerite avant de lui passer une chemise fabriquée de la culture du lin. On prend soin de chausser soigneusement ses jambes de longs bas de laine. On surveille que ses jambes ne deviennent grosses, dures et tachetées, et on vérifie sa dentition.

« Je le répète pour la troisième fois : comment t'appelles-tu, jolie demoiselle? Tu as une langue ou sinon un rat du navire l'aurait-il mangée?

- Ohé, petite française! Tu ne dis rien?

- Jeune fille! Jeune fille, répondez! Est-ce de l'effronterie, de la gêne ou est-elle simplement sotte, cette fille-là? »

Madame Bourdon accourt au chevet de sa nièce.

« Elle ne vous répondra pas, Marguerite est sourde et elle a cessé de parler depuis longtemps.

- Sourde? Vraiment?

- Une sourde envoyée par le roi de France pour peupler la colonie ?

- Une sourde débarquée chez nous, à Trois-Rivières, c'est vrai ?

- Aura-t-elle des enfants sourds aussi ?

- Mais non ! Puisqu'elle ne trouvera pas mari, celle-là, c'est certain ! Fi ! Qu'est-ce qu'une sourde vient faire jusqu'ici ! »

Madame Bourdon ne s'occupe pas de leur donner des explications, bien que l'impatience la gagne face aux propos plus graves encore que ne l'est l'état de sa nièce. Elle secoue un oreiller, retape des couvertures, et elle dit :

« Vous pouvez aller vous rendre utiles auprès d'autres filles, maintenant. Je vais m'occuper de celle-ci.

-Je vous donne un coup de main, Madame Bourdon »

Solange a parlé.

La grosse femme se faufile jusqu'à Marguerite. Les autres s'effacent en chuchotant entre elles. « Je suis Solange, mon enfant. Nous allons tous t'aider à retrouver tes forces. »

Solange regarde Madame Bourdon. « Elle ne sait vraiment pas ce que je dis ? »

- Laissez-lui d'abord le temps de se calmer. Ensuite, chaque fois que vous lui parlerez, soyez assurée d'être bien en face d'elle, qu'elle voit votre bouche. Ma nièce est très vive, elle vous comprendra et elle communiquera avec vous »

Marguerite frissonne. Son visage est tordu de douleur. Son corps crispé rend difficiles les manœuvres des soignantes. « Approchons-la encore de l'âtre, la chaleur ne l'atteint peut-être pas assez », suggère Solange.

Dotée d'une seule cheminée, la maison est certes humide mais sa construction exiguë augmente les chances de la chauffer. Les fenêtres, bouchées avec du mica, laissent filtrer une lumière qui donne à tout le monde un teint jaunâtre.

« Marguerite est fiévreuse depuis des semaines. Son regard est habité d'une terreur que je ne lui connais pas. J'espère que ce n'est pas sa raison qui a le plus mal supporté le voyage »

Madame Bourdon regarde la petite, l'air plus que découragé. Elle signe rapidement son front de la croix et elle répète le même geste sur le front de la jeune fille. Dans un souci de l'encourager, Solange lui tapote l'épaule.

Mais elles sont vite dérangées.

« Madame Bourdon, vous pouvez venir ici ? » La dame soupire. On requiert son aide pour abreuver une des filles. Il y a tant à faire chez Solange en ce jour du débarquement !

Est-ce que les tâches ne finiront jamais ? Quand sa fatigue est trop grande, Madame Bourdon remet en question ses raisons de faire tout ce travail. Elle sait que ce sont des signes qu'elle est fatiguée. Immobile au centre de la pièce, elle se masse d'une main les reins et de l'autre l'arrière du cou.

« Prenez un siège, Madame Bourdon, n'abusez pas davantage de vos forces » Solange a l'habileté de repérer tout ce qui se passe en sa maison.

- Vous avez raison, j'ai sans doute besoin de me refaire.

Solange approche de l'âtre une autre paillasse. « Après tout, vous êtes en droit de recevoir le même soin qu'elles ! » Elle attise le feu en ouvrant et fermant plusieurs fois les deux palettes d'un soufflet, retenues par une bande de cuir.

Le pas feutré, une femme de la colonie approche de la couchette de Marguerite. La méfiance dans son regard indique clairement sa pensée : la surdité amène la démence !

Marguerite fait craindre la curieuse. Elle sursaute et recule, cherchant de l'assurance à travers le regard des autres.

Quelques femmes approchent à leur tour, le cou tendu. Se souvenant des gestes posés par un chirurgien itinérant, elles ne tardent pas à faire une proposition.

« Dans le cas de la sourde, il faudrait faire une saignée pour que sorte le méchant de son corps. Levons-la pour la couper ! » Des femmes assoient Marguerite sur un banc de bois. Mais d'autres ne trouvent pas bonne l'idée.

« Non, non, non, pas assise, couchée ! Cette fille doit simplement se reposer, elle ira mieux dès demain !

- Non, non ! C'est ainsi qu'on a vu faire le chirurgien Louis Pinard, vous ne vous souvenez donc pas ? »

On lui tapote les joues chaque fois que Marguerite referme les paupières. « Hé là, ma p'tite damoiselle, on ne dort pas, hé ! »

- Couchée! Couchez-là, pardi ! reprennent les autres.

- Est-ce qu'on peut laisser un peu la sourde et venir par ici, il y en a d'autres à soigner, vous savez! » s'écrie une soignante.

Les femmes s'affairent çà et là parmi les nombreuses malades. On distribue à boire et on lave les filles, on brûle des vêtements et on met à sécher des hardes propres près de la cheminée.

Durant ce temps, de l'autre côté de la protection de la palissade, le Saint Jean-Baptiste monte la garde comme un guerrier usé mais fort de ses victoires. Le soleil qui miroite autour du navire montre que l'eau le porte sur un plateau d'or.

Le bateau est ridé d'une vieillesse prématurée. Ses voiles amollies coulent sur ses bois. Le sel a rongé ses flancs, usé ses formes, décapé son éclat. Le navire demande réparations après quatre mois à encaisser les caprices du temps.

On finit de sortir les bagages de la cale. On remplit les barques et on rame une dernière fois jusqu'à la rive. On y lance les sacs et malles humides.

Les bagages enfoncent le sable de la grève. Le geste de les larguer symbolise l'accomplissement. La grande promenade se termine ici, sur cette rive d'Amérique.

Les malles et ballots négligemment alignés ressemblent à un long corps tombé à la limite du voyage. Ils forment une chaîne désordonnée, sale et détrempée, à l'image des filles qui débutent leur longue récupération au centre des habitudes des gens de la place.

Ce soir, le soleil se couchera sur les coffres. Demain, quelques-uns trouveront preneuses. Quant à ceux ayant appartenu aux disparues, ils attendront encore dans le silence. Ils resteront sur la grève quelques jours de plus, pareilles à des orphelins patients.

Après eux, ce sont les bêtes encore vivantes qu'on descend à terre. La traversée a été dure pour elles aussi. C'est l'énergie du désespoir qui a gardé vivantes celles qui respirent encore.

On a débarqué quelques bœufs et chevaux, dont plusieurs sont blessés et malades. Un chien ne semble pas prêt de se remettre de son voyage. Les dernières poules sont mortes ; un mouton gît.

Le cheptel de la Nouvelle-France s'enrichira de peu en 1669. On tiendra compte de la santé de chaque animal avant de le remettre aux personnes jugées fiables pour s'en occuper. Ainsi, si meurt la bête, on ne tiendra personne responsable de l'avoir mal soignée et aucune amende ne sera appliquée.

La dernière embarcation avait semblé complètement déchargée quand soudain, un bout de tissu trouvé sous un banc part en direction de la rive sablonneuse. Un bras musclé l'a balancé dans un geste négligé. La brise souffla dans le silence de l'étoffe. Deux longs rubans suivent sa forme molle.

Le petit cerf-volant part en voyage dans le vent, en dessinant des tournants et des détours. Sans raison, le carré fleuri atterrit à l'écart, dans les herbes hautes. C'est avec féminité et douceur que la petite voile improvisée se pose délicatement, à l'image même de sa propriétaire. Sur la rive de Trois-Rivières, quelques quenouilles sauvages sont désormais coiffées du bonnet de Marguerite.

La journée de l'arrivée aura été un moment éprouvant pour la colonie trifluvienne. On est partagés entre la crainte et l'enthousiasme face aux filles qui s'installent chez nous.

« Sont-ce des filles à tout le moins recommandables ?

- Tant pis : elles sont filles à marier !

- Mais leur vertue, leur santé ?

- Elles sont parfaites ! Un peu maigrichonnes pour la plupart, mais avec le grand air d'ici, elles trouveront vite de jolies rondeurs ! »

On a aussi débarqué un matelot triste et en colère. Sous le regard du capitaine, le condamné tombe à genoux sur sa nouvelle terre. Une fine poussière de sable l'embrume en même temps qu'une bouffée d'amertume. Le matelot entend encore le capitaine affirmer : « sa sentence sera pire que la mort ! »

Un serment monte aux lèvres du garçon. « Je suis né sur un bateau, j'en porterai à jamais les racines. Juré ! Craché ! »

Ses yeux piquent comme lorsque les sels marins assaisonnaient son regard, quand mer et cieux mordaient sa figure exposée à tous vents. Louis se retient de pleurer.

Jamais il ne s'est protégé des tempêtes ; au contraire, il a toujours ouvert la bouche pour offrir son visage aux milliers de coups cinglants. Sa vie consiste à maîtriser les dangers de la navigation! Chaque fois qu'il a crié dans les grands vents, ses forces couraient loin, plus loin que l'horizon.

Cette grève en bordure de l'eau est ferme, mais elle lui semble bien peu solide pour porter tous ses rêves ; son sable est doux, mais combien étouffant! Ailleurs que sur l'eau, où trouvera-t-il le bonheur?

Ses yeux s'emplissent de larmes. On dirait que toute l'Atlantique s'y gonfle pour se déverser par deux petits orifices plissés. Lui, pleurer? Où sont donc passées ses résistances face au danger? Car n'est-il pas en danger de mourir de chagrin, plus grave danger encore que lorsqu'il balance son bonheur du haut d'une drisse? À ne jamais se protéger de la tempête, peut-être finit-on par ne plus savoir comment lui survivre, le jour où la détresse se présente sous un autre habit. Louis est désemparé.

Le temps passe. Le jeune homme fait les cent pas sur le bord de la grève. Il regarde danser sa vie sur l'eau… toute sa vie, qu'avale l'horizon! Naviguer est tout ce qu'il possède. Maintenant, il n'a plus rien!

Et s'il se cachait? S'il montait à bord du vaisseau la veille du départ? S'il se confondait aux marchandises vers la France? Il gratte ses cheveux à travers sa tuque que des petites bestioles habitent. Et s'il achetait le silence d'un autre matelot avec l'argent reçu du laideron?

Mais le sourire qui a momentanément éclairé sa figure tombe. Non, cette solution n'est pas la meilleure car elle ne porte pas assez de vengeance. Il baisse les épaules et se met à pleurer.

Il pleurera ainsi jusqu'à ce que sa prochaine idée le surprenne. D'un coup, ses yeux deviennent brillants d'espoir. Il sourit à demi. À moins qu'il ne devienne coureur des bois, chasseur de bêtes à fourrures, batailleur d'Iroquois?

Ses yeux se noient à nouveau. Non, puisque c'est la mer qu'il aurait aimée. Il lui faut trouver autre chose.

Il creuse un petit trou dans le sable avec sa chaussure. Levant les yeux en direction du village il se jure, la moue sur les lèvres, que l'exploration de cette terre ne l'intéressera jamais. Il n'avancera pas à l'intérieur de la palissade. Il restera plutôt sur la grève, le regard accroché à la danse des vagues, le seul endroit en lequel il a confiance.

Après avoir pensé cela, il change d'avis. Son regard fait un bref aller-retour vers le village. Le matelot respire un grand coup. Ses bras redeviennent forts, ses jambes capables de le soutenir. D'un bond, Louis relève les épaules. Cette fois-ci, c'est de malice que ses yeux brillent.

Il lui faut retrouver Perrine.

Il quitte la grève et il entre d'un pas ferme dans l'enclos du petit village. Il entend au loin des exclamations. Une des maison semble en plein tumulte.

« Non! Non! Pas assise, couchée!

- Mais laissez-là donc dormir, pardi! »

Les disputes lui indiquent une direction à prendre à travers les premières maisons. Les pas du garçon creusent des traces dans l'étroit chemin de sable et de pierres qui relie la trentaine de cabanes de bois.

Hautes d'un étage, les maisons ne se distinguent par aucun luxe particulier. Certaines possèdent une pièce, d'autres deux, et toutes ont un grenier et un appentis. Des terrains vacants espacent les bâtiments montés sur la terre sablonneuse.

On regarde passer l'étranger en arrêtant le travail en cours. Certains Trifluviens avancent un peu, d'autres préfèrent épier de loin. Tous observent les gestes du nouveau venu.

« C'est bien le matelot en punition, qui est là?

- Il a l'air tout en forces!

- Tant mieux! Ça nous fera des bras de plus pour défricher Trois-Rivières »

Le matelot est attiré par une maison où tonnent des désaccords. C'est en pensant que la petite rousselée est peut-être à cet endroit qu'il enjambe un porc dans le chemin tortueux. La boue fait glisser son pied, mais Louis danse et se ressaisit à temps.

Le jeune garçon s'est vite imaginé sur le pont d'un navire, convaincu que nulle embûche n'aurait mis son équilibre en danger. Il plante ses yeux dans ceux des curieux qui l'ont vu.

« C'est un gaillard, le jeune homme! » chuchote quelqu'un.

Sur le côté de la maison, trois femmes de la colonie s'affairent autour d'une marmite qu'elles ont assise sur un feu à ciel ouvert. Elles préparent la sagamité, une purée nourrissante composée de maïs, plante indigène qu'elles délayent dans du lait.

Les Français n'ont d'autres choix que d'apprendre des nouvelles manières de faire, puisque leur survie en dépend largement. Les Sauvages amis sont leur source d'un savoir nouveau, et c'est ainsi que la colonie de Trois-Rivières intègre lentement les habitudes alimentaires amérindiennes.

Dans quelque temps, on servira aux filles des produits de la chasse et de la pêche, comme le chevreuil et le saumon. Mais en ce jour d'arrivée du contingent de 1669, les voyageuses ne réussiront de toute façon qu'à tremper les lèvres dans un peu de purée et d'eau de pluie car malgré l'accueil de la terre ferme, le mouvement houleux continuera pour quelques jours à balancer les corps malades.

« Entrez, jeune homme, entrez! La porte est ouverte! Elles sont plusieurs là-dedans! » crie l'une des cuisinières, qui agite dans la marmite une pelle de bois à manche long.

Louis étire un sourire, aussi sournois qu'édenté. Il entre d'un pas engagé, comme si c'était sur le pont de son propre navire. Son regard assuré balaie la pièce. Il pointe bientôt du doigt une des filles, Perrine.

Madame Bourdon se redresse sur la paillasse où elle s'était étendue. Elle accourt tandis qu'il dit « M'dame, je viens voir la jeune fille qui est là »

Madame Bourdon reste devant lui pour bloquer accès à ses protégées.

« Perrine dort. Tu as un message pour elle, matelot?

- Un message? » Il plante son regard dans les grosses poutres du plafond.
- Oui! Dites que je reviendrai demain, quand le soleil sera à midi. Dites-lui aussi qu'est venu Louis pour elle, celui que bientôt elle épousera. »

Son sourire fait un trou dans sa figure et Louis passe sa langue dans le néant qui se trouve entre ses dents noircies. Madame Bourdon le regarde, étonnée. Elle revoit Geneviève, toute niaise et tout agitée, l'informer d'une altercation entre les jeunes gens. Se seraient-ils réconciliés? Étaient-ils devenus amoureux et c'est pourquoi le matelot se serait arrangé pour fuir le navire?

Cette visite la surprend plus qu'elle ne la bouleverse, mais la dame organise rapidement son raisonnement. Les filles sont ici pour se marier, que ce soit aux soldats du régiment de Carignan ou aux hommes de la colonie. Le matelot étant devenu colon légitime a droit, comme tous les autres, de courtiser une Fille du Roy. Il paraît aussi que celui qui ne se marie pas rapidement vit la conséquence d'être privé de chasser. Elle soupire.

Cette manifestation inattendue n'ajoute rien de significatif à tout le débordement, pourvu que chaque fille trouve bientôt mari, obtienne le cadeau du roi et peuple la colonie!

« Je ferai le message. Maintenant, sors, que les filles reposent. Et puis, dis à la Sauvagesse, dehors, de te donner de quoi boire et manger » murmure-t-elle en le chassant, protégeant surtout le sommeil de celles qui se sont assoupies à travers les mouvements de la place.

Sur la pointe des pieds, Madame Bourdon se penche sur Geneviève pour replacer sa couverture, que Perrine lui a soutirée en dormant. Elle pose ensuite son index en travers de ses lèvres pour ordonner au matelot le silence. Son autre main fait un dernier geste impatient de le chasser.

Sur le pas de la porte, face à toute la maisonnée, le jeune fanfaron pique un clin d'œil en direction de Perrine, qui se trouve profondément endormie. Marguerite prend pour elle-même ce regard encouragé.

Son souffle se coupe. Elle cherche à voir plus précisément, de l'autre côté des tabliers des femmes affairées autour d'elle. Elle croit l'avoir vu, l'a-t-elle réellement vu, oh! le matelot à la cicatrice, il est venu jusqu'ici!

Elle cache sa figure en tenant serré sa couverture. Elle a chaud et elle frissonne, mais elle se pelotonne en endurant son mal, pourvu que le matelot ne la remarque pas! Son corps entier tremble sous la pression.

Couverte jusqu'au bord des cils, Marguerite risque un œil peureux. Elle ne veut pas trouver le garçon, mais il lui est impératif de savoir s'il y est encore. Elle est incertaine qu'il ait vraiment quitté la maison. Elle maudit sa surdité de n'avoir rien compris. Où est-il maintenant? Aurait-il passé le pallier? Est-elle prise au piège? La cherchait-il? Il lui a bel et bien lancé ce clin d'oeil, venu jusqu'à elle. Elle était pourtant calée au fond de sa couche, l'innocente, et mal camouflée, en plus! Et lui, reviendra-t-il encore à la nuit tombée? Saura-t-elle à temps qu'il est là?

Son doute est immense. C'en est trop! Ce malheur frappe en plein cœur de sa récupération. La santé de Marguerite ne pourra désormais reprendre de la vigueur parce qu'elle sait que le matelot a accès à la maison de Solange. Molle comme morte, elle enfonce son corps dans le foin piquant de sa paillasse.

Elle sursaute. D'étranges cris émergent de ses lèvres. La jeune fille veut se lever, mais sa peur a fait de ses jambes du coton.

« Mais qu'est-ce qu'elle a, votre nièce ? » appelle Solange.

Madame Bourdon accourt à nouveau au chevet de Marguerite. Impuissante, elle lui parle tout de même doucement. « C'est terminé, c'est terminé maintenant Marguerite. La traversée est finie, tous les dangers de la mer sont écartés, repose donc ! »

Mais son regard effarouché fouille encore la pièce. Le souffle haletant, la jeune fille cache sa figure de ses mains en faisant de son corps une petite boule tremblante. Marguerite est trop agitée pour reconnaître sa tante. « Regarde mes lèvres, Marguerite, lis sur elles ce que je te dis ! Mais qu'est-ce que tu as ma pauvre nièce ? Froid ? Faim ? Peur de mourir ? Tu ne mourras pas, ma petite, tu vivras »

- Alors, on la fait ou pas, la saignée, comme on avait vu faire le chirurgien itinérant ?

- Non ! Pas de saignée ! Et j'ordonne qu'on cesse d'en parler »

Madame Bourdon tranche la question. On ne tranchera pas l'intérieur du coude de sa nièce.

Elle annonce : « On laissera dormir cette fille, qui se trouve être ma nièce et sur qui je veille personnellement. Je réussirai bientôt à retrouver une communication avec elle. J'en prends sur moi toute la responsabilité. Qu'on me fasse signe à chaque fois qu'on aura peine à la comprendre ! À chaque fois !

- On dirait une possédée ! avance une des femmes.

- Vous faites comme a dit Madame Bourdon, et que ce chapitre de la saignée soit définitivement clos ! Cette enfant est sourde, et c'est tout ! » Solange finit de trancher le débat.

Marguerite fixe sa tante. Derrière son regard traqué, un faible sourire indique qu'elle l'a reconnue. Elle agrippe le bord de sa jupe et tient serré dans son poing le tissu.

Madame Bourdon pose sa main sur la tête de Marguerite. Son geste est rassurant. Elle a la profonde certitude que sa nièce n'est pas démente, elle le jure avec toute sa tendresse.

La force de la poigne de Marguerite faiblit. La jeune fille s'apaise un peu.

Toutes les femmes continuent de s'affairer dans l'hôpital improvisé. On craint pour la vie de Jeanne. Avorter lui a fait perdre beaucoup de sang.

Elle respire à peine.

Son délire la rend étrange aux yeux des autres. Elle apeure qui ne la connaît pas. Elle ne semble regarder personne et reste là, le regard éperdu, à balbutier des phrases décousues.

« Cette fille a les yeux égarés d'une sorcière !

- Que dit-elle dans ses rêves éveillés ? Entendez-vous ce qu'elle raconte ?

- Elle parle de garçons. Les siens ? Ceux de quelqu'un d'autre ? Elle en nomme un : Isaac.

- Regardez, regardez-la donc sourire en pleurant !

- Combien d'autres folles ce navire a-t-il amené chez nous ? »

Madame Bourdon demande un peu de compassion.

« Cette fille est une personne calme, un peu secrète mais très courageuse. Son état actuel ne dépend que de son épuisement. Qu'on l'aide donc à retrouver ses forces, qu'on le fasse loin du drame ! » dit-elle avec fébrilité.

Les femmes dévisagent Madame Bourdon, comme si elles attendaient la suite. Heureusement qu'on l'a connue avec la traversée de l'année dernière et qu'on a en elle une confiance aussi totale qu'on en a une envers la femme la plus écoutée du village, Solange.

Madame Bourdon a raison. Chacune reprend son ouvrage en déplorant ne pas recevoir Jeanne avec des services médicaux semblables à ceux de la France. Mais on lui offrira tout de même ce qu'on a, soit des connaissances appuyées sur des croyances et sur l'espoir qui nous anime.

D'abord, on réchauffe des morceaux de laine, qu'avec précaution on place sur le ventre de la malade. Ensuite, on imbibe une compresse d'huile camphrée, qu'on applique en remplacement de la laine, le temps qu'on la réchauffe à nouveau. On a couché Jeanne sur le ventre, et on prie. Solange questionne. « Cette femme a-t-elle accouché d'un enfant sur le navire ?

- Non, personne n'a eu d'enfant durant la traversée »

Madame Bourdon ignore les détails de la situation personnelle de Jeanne.

« Je soupçonne qu'elle ait perdu, c'est aussi ce que vous croyez, Solange ? » suppose-t-elle après un moment. Cette fille n'était pas de la Salpêtrière, je l'ai ramassée sur la grève. On dit qu'elle est veuve. »

Toutes les femmes de la pièce s'intéressent à l'histoire. Les ragots sont alléchants quand on est longtemps sans nouvelles à grignoter. Madame Bourdon les laisse écouter en attendant d'elles de la compréhension.

À travers une divagation où elle essaie cent fois de se redresser, Jeanne veut joindre la conversation, dire qu'elle a oh! heureusement perdu Isaac. Elle essaie de crier sa douleur, de pleurer sa faiblesse. Mais on la fait taire, on la retient de force au fond de la paillasse de foin. Elle retourne à son sommeil troublé.

Dans son rêve, Jeanne voit Marguerite à qui elle supplie de sortir des décombres ses frères souffrants. Elle rêve qu'elle hurle de toutes ses forces, elle hurle sans qu'aucun son ne sorte de son cri! Et puis, sa sourde amie reste impassible, à moins qu'elle ne soit indifférente? Jeanne crie encore, encore, elle tend les mains, désemparée. Son cœur est écorché devant l'immobilité de Marguerite qui se lèvera enfin, toute lenteur, pour avancer en direction… d'Isaac!

Jeanne bouge en rêvant. C'est la catastrophe! L'incompréhension de Marguerite fait sortir Isaac des ruines et elle le ramène par la main, jusqu'à son épouse. « Non, Marguerite! Non! Mes frères, mes frères plutôt! Sauve d'abord mes frères! Sauve mes frères, Marguerite! Pas lui! »

- Que raconte cette pauvre fiévreuse? » Les femmes épongent le front de Jeanne. Elles tentent de calmer ses mouvements inutiles ; elles espèrent que la nuit étendra sur elle un peu de paix. « C'est bien la sourde, cette Marguerite que la jeune femme appelle? Qu'on l'amène donc près du lit! »

Madame Bourdon court chercher sa nièce, qu'elle traîne jusqu'au chevet de la délirante. C'est le corps raidi que Marguerite avance, le bras tiré par la volonté de sa tante. La main de Marguerite arrive près du lit de Jeanne bien avant ses jambes, qui refusent d'avancer.

Toute agitation autour de la sourde fait office d'ombre du matelot. Elle le sent, le voit, et le fait apparaître chaque fois qu'elle le crée dans son imagination. Il pue la méchanceté! Jumelé aux attaques et ondoiements qu'elle invente, ce qu'elle a vu sur le pallier de la porte l'a chavirée. Car elle l'a vu, il était là dans ce refuge, c'est pour l'attraper qu'il a débarqué du bateau, il est venu jusqu'à elle, il a trouvé où elle loge!

« Qu'elle approche, qu'elle approche donc de Jeanne! » quémandent les femmes, impatientes.

Madame Bourdon propose la même chose. Elle tire la main de sa nièce et Marguerite approche sa figure de celle de Jeanne. Ce sont des yeux vides et lointains qui, de part et d'autre, se regardent. On se reconnaît avec difficulté.

Non, ces yeux ne sont pas ceux de Jeanne avec la chaude flamme de sa complicité. Marguerite a peur de cette immobilité qui sent la mort. Elle tremble. C'en est trop. Elle recule. Elle se battrait jusqu'à l'évanouissement pour ne pas être retenue là. Avec on ne sait quelle force, elle retourne se recroqueviller dans sa couchette.

Entre Jeanne et Marguerite quelque chose se fragilise. Chacune se trouve trop bouleversée pour s'épancher sur l'autre. Chacune aurait un impératif besoin du support de l'autre, et certainement chacune n'a rien à offrir en échange.

L'épuisement altère leur confiance réciproque. De cette méfiance naît la fin de l'inconditionnel. Le doute qui en résulte ouvre la porte à l'intolérance car l'amitié agonise quand elle ne prend ni de donne.

Jeanne poursuit son cauchemar. Isaac la tire et la pousse vers leur maison, une cabane de glace où des vents froids traversent les murs. Dans un coin noir, il y a deux cercueils où sont exposés ses frères. Debout entre les deux boîtes de bois, Marguerite est là, tout sourire malicieux. Elle rit! Elle rit aux éclats de tous les malheurs de Jeanne! Elle rit jusqu'à taper dans ses mains en faisant la fête ; elle saute jusqu'à ce que se ferment et se scellent les cercueils des enfants! Jeanne entend ses frères taper et taper encore leurs poings contre le bois du couvercle. « Au secours Jeanne, au secours! À l'aide Jeanne! » supplient-ils. Jeanne regarde son amie. Marguerite sourit méchamment. Ce sourire est celui de Perrine.

La surdité de Marguerite devient pour Jeanne une source d'irritations. Pourquoi son amie est-elle différente? Pourquoi Jeanne s'est-elle liée d'amitié avec une personne qui ne la comprend pas? Pourquoi cette amitié existe-t-elle?

« Qu'on sorte Jeanne de son sommeil et qu'on laisse Marguerite dormir. Ne dérangeons plus ma nièce. Le voyage l'a beaucoup plus affectée que je ne le croyais. Madame Bourdon soupire et s'assoit.

- Madame Bourdon ne devrait pas avoir à redire ceci. Qu'on réveille l'une, qu'on endorme l'autre, et qu'on passe à autre chose! » ajoute Solange, soucieuse de lui apporter son support.

À l'autre bout de la pièce, quelqu'un est en proie à une crise de nerfs. Assise sur son matelas, les joues cramoisies, les poings crispés et les longs vers de ses veines étirées rampant sur son cou, Perrine chicane :

« Mais est-ce qu'on peut enfin se rendormir dans cette cabane de bonnes femmes ? Hé puis, elle n'est qu'une sourde, la Marguerite, de toute manière ! »

Perrine s'allonge mais elle se rassoit avant que quiconque n'ait eu le temps de réagir. Dans le même cri qui quémande le calme, elle ajoute : « Fermez toutes vos clapets, que je me repose ! Mon visage se doit d'être frais et dispos pour les rendez-vous qu'on m'organisera bientôt ! »

Seule Geneviève glousse.

Tout le monde se regarde. Perrine vient encore de se faire connaître. La grosse Solange riposte. «On est assez affairées comme ça, pas besoin des commentaires d'une pouilleuse »

Une femme présente à Perrine une tisane de couleur jaune, faite de fleurs de tanaisie. Elle regarde le liquide avec dédain.

« C'est contre les puces, allez, bois » lui dit-elle.

Perrine soupire bruyamment, trempe à peine les lèvres et rejette le remède indien. Pour faire dos à tout le monde, elle se tourne du côté du mur.

« J'ai mal à la gorge ! dit Madeleine, d'une voix faible.

- Qu'on prépare à celle-ci un liquide à base d'échinacée ! » ordonne Solange.

Le brouhaha continuera jusqu'au soir.

Le lendemain, Madame Bourdon se penche à l'oreille de Perrine et lui chuchote quelques mots. Son regard s'enorgueillit dès l'instant où elle apprend la nouvelle. Vite, des coups de pieds font voler sa couverture.

Perrine juge que sa journée débute à merveille. Prétentieuse, elle s'exclame sans se soucier de déranger le sommeil des autres filles. Avec suffisance elle crie : « J'ai été réservée pour un rendez-vous ! Hey ! Le premier rendez-vous entre toutes m'est adressé à moi, Perrine Leclercq dit Dubélier, fille de noblesse française. »

Devant le peu d'intérêt que son propos suscite, elle enchaîne. « Vous n'avez pas compris : on a reconnu ma noblesse dès mon arrivée ! Partout, on sait maintenant de quelle souche je proviens ! »

Une seule voix prend la peine de répondre :

« Tu crois vraiment que tes hardes sales et usées t'ont fait te distinguer ? » Solange a parlé. Immigrée depuis les premiers contingents, cette femme en a vu d'autres.

Revenues tôt chez elle afin de prêter main forte, les femmes de la colonie rient entre elles. Perrine pique Solange d'un regard qui ne lui fait pas peur. En lui lançant un savon du pays, Solange ajoute : « Lave-toi un peu afin qu'à ton grand rendez-vous, tu ne sentes point le petit navire ! »

Certaine que c'est Solange qu'elle punit, Perrine boude le savon et sort.

Quelqu'un l'imite et la suit dehors. Perrine a encore abusé de la crédulité de Geneviève. Lasse de ce seul public mais tenant à en conserver un, Perrine lui désigne une chaise adossée à la cabane de bois.

Accourent aussitôt quelques petites filles Sauvages et curieuses, qui ne comprennent pas à moitié la langue de Perrine mais qui observent ses gestes de grandeur. Elles restent bouche bée et leurs yeux se suspendent dans le vide de son propos.

Sans égard pour les peaux rouges autour d'elle, Perrine aiguise se lance de manière orgueilleuse dans un monologue passionné. « Les hommes de ce pays m'ont repérée et reconnue, et certainement que Madame Bourdon fait passer les gens de ma classe avant les autres pour les rendez-vous galants. À moi le premier choix d'un mari ! Je vais le prendre riche et beau. Il sera un homme influent dans la réorganisation de la Nouvelle-France. Je marcherai à son bras et nous serons bien en vue dans la haute bourgeoisie. »

Geneviève sourit bêtement et applaudit. Son admiration pour Perrine est sans borne. « Et tu nettoies bien mes bottines, surtout ! » ajoute Perrine, daignant lui porter une forme d'attention.

Geneviève frotte de plus belle. Munie d'une vieille brosse de poils de porc, elle crache pour la centième fois sur le cuir français dans l'espoir de redonner luisance à ce qui est définitivement usé. « Allez, Geneviève, mieux encore ! » s'écrie l'autre.

Durant ce temps, Perrine tient son petit miroir et replace le volant de son bonnet. Elle soupire bruyamment en levant le nez. « Comment ose-t-il être en retard à un rendez-vous avec mademoiselle Leclercq dit Dubellier !

- Le courtisan viendra quand le soleil sera au plus haut dans le ciel, Madame Bourdon a dit que c'est là le second message qu'il a laissé, dit Geneviève, tout essoufflée.

- Brosse donc, toi, babillarde! Allez! » ordonne Perrine.

Le chemin sablonneux devant elles s'anime. Des curieux veulent aborder les filles débarquées la veille. On s'attroupe. Des ménagères tenant un bébé dans les bras, des maris surveillés par elles, des enfants tirant les longues jupes foncées de leur mère, et des jeunes célibataires tout sourire. Convaincue qu'il s'agit de sa cour personnelle, Perrine se croit au paradis. Devant son accueil souriant, on avance pour la questionner :

« C'était comment, la traversée, sur vot' navire ?

-Infecte, monsieur ! Infecte, je vous dis! Nul valet et nulle chambre privée pour ma personne!

-Ah! Vous êtes la fille de qui donc ?

-Vous ne me reconnaissez pas ? »

Tous se regardent. Devrait-on connaître cette jeune personne, habillée d'un luxe aussi usé que les tissus rugueux que portent les autres, l'allure plus hautaine que noble ? Tout le groupe hoche la tête.

« Non!

- Mais qu'est-ce que ça signifie! Je suis la fille de Pierre Leclercq dit Dubellier, pauvres gens! dit Perrine en se levant pour qu'on la voie mieux.

- Connais pas cet homme, et toi mon ami ?

- Connais pas non plus… et toi ? »

La question a fait le tour. Tout le monde hoche la tête. Ce nom leur est inconnu. Certains commencent à quitter les lieux.

« Vous êtes tous des ignorants, alors! Mais qu'est-ce que ce pays de sous-culture, à la fin ? » s'écrie Perrine, insultée.

Solange apparaît derrière elle, aussi vive qu'une eau de printemps. Elle parle clairement, en sortant le savon de la poche de son tablier.

« Ce pays, c'est chez nous, Perrine. Et tu n'y es qu'une fille à marier. Allez, rentre un peu qu'on lave tes poux. »

Tout le monde éclate de rire.

« Oh! Combien cette traversée a dû être difficile, mes amis! » dit un Trifluvien en se tournant vers l'assemblée.

- Quand on est face à cette prétentieuse, on se demande si aimables sont les autres!

- Oh! quelles futures épouses auront nos hommes de la colonie! »

La moquerie est générale. Rageuse, Perrine entre dans la maison, les talons aussi bruyants que la porte qu'elle claque.

Geneviève reste dehors. Un gros garçon benêt a entrepris de lui faire la conversation. Température d'il y a deux semaines passées, hauteur des choux cette année, soupe au pois mangée hier midi, et nombre de pots d'eau-de-vie que son frère a bu dans sa vie. Le garçon détermine déjà leur prochain rendez-vous.

Choquée par l'attitude de Perrine, Solange doit s'occuper. Dans l'attente de reprendre ses esprits, elle secoue vigoureusement un petit balai, fabriqué d'un faisceau de branchages et de poils de porc. Puis, elle lève les yeux au ciel et elle entre à son tour, en refermant derrière elle.

« Ben quoi? » dit Perrine.

Solange bouscule une chaise en la plantant fort contre la terre. Elle se contente de lancer à Perrine un regard intolérant. Pour éviter de l'attraper, Perrine se tourne du côté de Madame Bourdon :

« Il s'appelle comment, déjà, mon prétendant?

- Louis, il s'appelle Louis, je te l'ai déjà dit, Perrine »

Mais Perrine aimerait étaler ses avoirs et acquisitions. Elle s'écrie « Moi, Perrine Leclerq dit Dubellier, je rencontre aujourd'hui mon mari, Louis Sieur de l'Amérique! » Elle pose savamment son pied droit devant le gauche et elle étire un pan de sa toilette, avant d'ajouter « Vous direz à cet homme que je le rencontrerai dans un jardin. Je refuse qu'il me voie ici, dans cette triste mansarde. »

Les bras croisés, Solange la regarde, exaspérée. « Que cette mauvaise fille s'arrange donc! » pense-t-elle.

Madame Bourdon veut contenir l'exaspération, qui risque fort de se généraliser. Elle propose :

« Va l'attendre dans les jardins de l' « abitation » du gouverneur, sur le Platon. Et envoie-moi Geneviève, elle sera utile à Solange, par ici. Je te rejoindrai sous peu, si les malades me le permettent »

Madame Bourdon est épuisée. Elle continue malgré tout de s'affairer autour des alitées. Elle se demande déjà si elle aura la force d'aller surveiller le couple. Une autre longue respiration lui donne la sensation d'un tremblement au creux de l'estomac. Perrine l'énerve, Marguerite, Jeanne et Madeleine l'inquiètent. Après le voyage, le brouhaha qui s'ensuit demande beaucoup à sa santé et à ses cinquante-cinq ans.

À l'extrémité du village, sur la terre entourant l'habitation du gouverneur, Perrine s'installe sur le tronc d'un arbre abattu, en se préoccupant que sa manière de faire soit parfaite. Elle tourne le corps vers le vent du fleuve afin que sa rousse chevelure ondule un peu sur les rebords de son bonnet.

Elle ferme les yeux et rêvasse en souriant. Elle revoit les châteaux où fourmillaient ses bonnes et valets, tous ses jouets et l'envie des autres petites filles. Elle ressent la toute-puissance de ses rêves d'enfant gâtée. L'homme qu'elle mariera sera celui du pouvoir et de l'opulence. À son bras elle deviendra une grande dame. Une dame magnifique! Le mariage la transformera et rachètera tout ce qu'elle n'est pas. C'est son père qui en resterait pantois, à la grande table, au dîner, et c'est lui qui maintenant languirait, de l'autre côté du chandelier.

Pour s'éviter de sombrer dans la tristesse, Perrine se penche pour cueillir quelques fleurs sauvages avec l'intention d'enjoliver son corsage.

C'est en arrachant une brindille que Perrine constate qu'elle est inclinée devant une paire de galoche de garçon. Son cœur bat fort.

Elle lève les yeux sur une culotte brune et fatiguée, puis sur une chemise de toile recouverte d'une veste d'étoffe. « Ce garçon n'est même pas de la noblesse » pense-t-elle, déjà déçue. Furieuse, elle lève la tête jusqu'à la figure du jeune homme.

Son cœur cesse brusquement de battre.

Les fleurs glissent de sa main. Elles vont s'étioler contre le sol, se brisant de leurs tiges.

C'est Louis qui interrompt le silence tandis que Perrine, estomaquée, fixe le mouvement de la couture sur sa joue.

« C'était ton idée. Ferme ta gueule parce que c'était ton plan que celui du viol. Tu t'es fait prendre, c'est tout, et c'est parce que je suis malin. Maintenant, écoute-moi bien, la Rouquine »

Louis fait une pause. Il prend plaisir à voir languir la jeune fille. Pendue à ses lèvres, le clapet entrouvert, elle attend l'annonce d'une sentence.

« À ton tour de vivre l'instant du condamné, dit le matelot avant de poursuivre. Tu deviendras ma femme parce que tu m'as enlevé ma vie de matelot et que je prends donc la tienne. On sera quitte »

Perrine retrouve subitement ses sens. Grandes sont ses aptitudes dans les conflits.

« Oh! Non! » lance-t-elle, sur un ton qu'elle aurait voulu plus indigné que stupéfié.

Le matelot éclate de rire.

« Tu trouveras bien à changer d'idée! Tu me supplieras bientôt d'être ton mari, mademoiselle Leclercq dit Dubélier! » fait-il, le bec pointu pour imiter une prononciation propre à la noblesse.

« Ne salissez pas mon nom!

- Mais, tu es déjà souillée, la Rouquine! Ha! Ha! Tu es déjà salie, tu l'as oublié? »

Satisfait de lui, le jeune homme quitte l'endroit en ne se retournant pas. Son pas léger marque sa victoire. Certain qu'elle le regarde s'éloigner, il lève la main. Ses doigts battent l'air de quelques salutations entendues.

« Salaud! » entend-il derrière.

Cela le fait sourire.

La jeune fille est aussi abattue qu'outrée. Elle se sent étourdie. Elle se lève et marche sans aller nulle part.

Ses pieds lui semblent comprimés dans les profondeurs d'une terre lourde, quand pourtant ils avancent comme à leur habitude. Perrine marche en direction des maisons du village. Il lui semble que de grosses pelletées de sable coulent sur elle. Le sable comprime ses pieds et ses chevilles, qui perdent leur liberté. Ses bras engourdissent aussi. Tous ses mouvements sont patauds et lents.

Elle passe devant des maisons et des champs qu'enlace la forêt. Son regard est absent.

Elle n'aime pas se sentir aussi seule et c'est pourquoi elle appellera sa colère. Pourquoi est-elle si lente à venir? Le fiel n'a-t-il pas toujours été son arme de délivrance contre ce qui menace de la figer?

Une querelle commence enfin à bouillonner en elle. Sur sa figure monte le feu d'une haine bénie. Perrine frappe ses joues chaudes de ses paumes. Une bienheureuse bouderie l'envahit, parfaitement accompagnée d'une litanie d'arguments. Pour les alimenter, Perrine revoit les moments les plus tragiques de la dernière scène. Son soulagement est aussi grand que le sont ses instincts de guerrière.

Geneviève arrive en courant.

« Et alors, et alors, ce Louis? demande-t-elle, tout essoufflée.

- Ah! Ferme ta gueule, Geneviève! Laisse-moi! »

C'est à grandes enjambées que Perrine l'abandonne pour entamer le chemin boueux qui relie les cabanes de bois. Sa bouche forme une ligne droite et impénétrable. Une barre tranche son front. La cadence de son pas laisse supposer que sa marche pourrait durer des heures avant que ne se manifeste une fatigue.

Mais le village de Trois-Rivières est petit. Soit que Perrine aille du côté du fleuve en descendant « la grande rue qui va à la rivière », soit qu'elle la remonte pour prendre « la grande rue qui va à l'église », et qu'elle revienne sur ses pas par « le chemin qui va entre le fort et la clôture » Indécise, Perrine se ceint de ridicule en tournant plusieurs fois sur elle-même.

« Perrine! Perrine! Geneviève dit que tu vas te marier bientôt, Perrine? Assez vite pour avoir la dot du Roi, assurée dans les quinze jours du débarquement? » lui demande-t-on dans le village.

La pauvre Perrine ralentit sa course. Elle inspire profondément. Elle a peine à sortir de son hébétude. Il lui faut reprendre son assurance, comédie exige. Les paroles du matelot claquent dans sa tête. L'orgueilleuse chancelle une dernière fois avant d'accrocher à sa figure une fausse joie. Elle s'entend mentir:

« Ce fut une… une agréable première rencontre, et… et vous pourrez dire à tout le monde que c'est moi qui ai obtenu le tout premier rendez-vous entre toutes les Filles du Roy qui ont traversé l'Atlantique en l'an 1669.

Mon prétendant a eu le privilège de recevoir mes attentes, et probablement que nous ... nous reverrons, à moins que demain il y ait foule pour moi, et qu'un autre engagement ne me soit proposé ! »

Plutôt que de se rassembler autour de celle qui cherche les honneurs, les gens chuchotent entre eux. Ils lancent à Perrine des regards furtifs et des sourires pleins de rires contenus. Geneviève a rejoint le peloton. Elle est la seule qui lui restera fidèle.

« Ah ! Geneviève ! Ton sourire niais fait fuir tout le monde autour de moi ! » chicane l'orgueilleuse.

Ce sourire niais, Geneviève le rendait à un gros garçon qui la fixait, l'air amoureux.

Quelques journées passent. À l'intérieur des cabanes, des immigrantes réussissent à s'asseoir sur leur paillasse. Les tisanes vitaminées qu'elles boivent sont efficaces. Une grosse marmite fait bouillir de l'eau de pluie dans un mélange de savants feuillages au-dessus du feu de l'âtre. L'odeur d'un printemps amer flotte dans l'air de l'automne. Une grosse huronne sourit gentiment en brassant le mélange, le poing sur la hanche.

Devant cette corpulence, Madeleine pense à Marie. Madeleine dort et mange, mange et dort. On la sent triste mais elle reprend des forces.

Son jeune âge et sa situation inspirent à Madame Bourdon un mouvement de protection. Pour celle dont la défense des filles ne se limite pas au navire, la fragilité de Madeleine incarne le bon travail à finir. Cette fille s'en sortira. Elle se le jure, et un immense espoir l'habite. Plus faible devient Marguerite, plus forte doit être Madeleine. Si Marguerite meurt, Madame Bourdon ne pourra se le pardonner que si Madeleine vit.

Les saignements de Jeanne ont diminué mais son teint demeure indécis et plat, plus livide que le gris de la tourterelle qui roucoule quelque part au loin.

« Non mais, ça gémit toujours sans arrêt, ces bestioles ? »

On entend Perrine par-dessus le cri de l'oiseau.

Jeanne est porteuse de secrets. On se demande de quelle nature est le tourment au fond d'elle. « Peut-être que l'enfant qu'elle a perdu était tout ce qu'elle avait d'un amoureux resté en France ? Peut-être refera-t-elle la route vers la France pour retrouver cet amant ? À moins qu'elle ait été fille de joie dans les rues de Paris et, désespérée de se retrouver enceinte, elle se serait embarquée ? » Tant de mystère autour de Jeanne ! Les spéculations sur le passé de sa vie forcent à hésiter sur l'avenir de la jeune fille. Forte et fragile, cette fille qu'on considère honnête, intrigue. Une chose fait cependant unanimité. Jeanne est songeuse et affreusement seule.

Les semaines passent. Les filles reprennent vie, sauf une seule. Marguerite. Personne ne peut encore assurer qu'elle survivra à toutes les émotions et conséquences de la traversée. Marguerite est très malade.

Alitée tous les jours suivants son arrivée, elle ne participe en rien à son nouveau milieu de vie. Elle baigne dans une immense fatigue qui, jour après jour, rapproche tout le monde de l'épouvante. La pauvre va-t-elle bientôt manquer de forces, va-t-elle mourir ?

Le rétablissement de Marguerite est nécessairement lent depuis que la jeune sourde s'oblige à sonder la porte du refuge. Chaque fois qu'elle voit s'abaisser la clenche de fer, chaque fois qu'ouvre la lourde porte de bois, chaque fois que l'ombre d'un soulier fait un pas, le cœur de Marguerite cesse de battre et ses jambes amollissent. Isolée dans une profonde terreur, elle attend que le matelot à la joue entaillée la tue. Docilement accrochée à l'histoire survenue sur le navire, elle guette la suite. Elle sent encore dans son cou son haleine fétide. Elle sent une poigne l'obliger à rester sans bouger. Elle est reliée à lui par le fil de la peur. Ce fil donne à son agresseur les rênes de la situation.

Les soignantes de la jeune fille s'inquiètent. Elle ne s'alimente que très peu, et son sommeil ne semble jamais profitable.

« Elle ne prend pas de forces, la sourde, on dirait. Et puis, pourquoi n'aime-t-elle pas notre nourriture ? demande l'une d'elles.

- Si au moins elle pouvait nous dire quelque chose ! » se désole Jeanne.

Un soir, Trois-Rivières est transpercé par un long cri. « Il y a quelque chose qui fait mourir la sourde ! La sourde se meurt !! »

La terreur est générale. On s'affaire autour de la mourante. L'idée de la mort est lourde de sous-entendus. Quand la maladie progresse sur quelqu'un de la colonie, la mort cesse immédiatement d'être une simple éventualité qui concerne autrui. Elle devient une menace personnelle et directe chez tous les bien portants. La peur d'être attrapé par le mal guide les actions guérissantes. Chacun devient aux prises avec l'idée obsessive que c'est sur son propre corps que courra bientôt l'infection menant à la mort.

Personne ne connaît encore la suite des événements, mais tout le monde l'invente secrètement. On voit d'ici l'éclatement de la maladie dans toute la colonie, une progression saisissante et des décès journaliers. On imagine déjà tous les corps qu'on porte le jour à l'église, et que le soir on inhume ensemble. « Qu'on purge la sourde ! » Chacun y va de sa suggestion, non pas dans le but d'éloigner Marguerite de la mort, mais pour s'en éloigner soi-même. « Qu'on la saigne enfin ! » « Si on ne fait pas attention, on comptera plus de morts dans le cimetière que de vivants dans l'enclos du fort ! »

Recroquevillé sur ses quelques rues, le fort où éclate une maladie la propage à la population comprimée en ses murs. L'espace clos assure certes la défense et protège les forces de la ville, mais encore, il emprisonne, multiplie et aggrave toutes fièvres en épidémie.

En traversant le village, le cri d'alarme devient bientôt l'annonce de ce qui pourrait advenir. Typhus ? Variole ? Grippe ? Fièvre maligne ? Quelle autre épidémie désastreuse ? Tant que la mort ne l'attrapait pas, Marguerite n'était qu'une grande malade de la dernière traversée ; mais le jour où la mort l'approche de très près, les regards sur elle changent.

Par-dessus le brouhaha et la panique, une voix ferme tranche le débat.

« Non ! Personne d'autre que moi ne touchera à ma nièce ! Si elle doit mourir, elle mourra sans qu'on la vide de son âme.

- À moins que les sourdes n'en aient pas ? » Le commentaire de Perrine est entré dans la pièce en même temps qu'elle. Elle regarde autour d'elle. Son plaisir est de vérifier l'effet de ce qu'elle espère avoir provoqué. Quand le besoin d'attention est un trou béant au cœur de soi-même, la recherche d'impacts fulgurants est sans fin ni prix.

Madame Bourdon ne se laisse pas distraire par les propos insipides. « Pourquoi perdre ses forces à porter attention à ce qui tue encore plus misérablement que la mort elle-même ? » se dit-elle. Elle retrouve aussitôt ce qu'elle-même était à dire. « Marguerite recevra l'extrême onction, sans autres soins que ceux qu'elle reçoit déjà. Je la lave, je lui donne à boire des tisanes, je la berce. Si Marguerite doit mourir, ce sera sans autre acharnement. » Le ton sur lequel elle a affirmé cela ne donne d'ouverture à aucune autre négociation.

Quelques minutes plus tard, un Récollet signe le front bouillant de la pauvre fille. Il a ouvert une petite jarre contenant l'huile bénite et allumé une chandelle, symbole catholique de lumière éternelle.

La tête de Marguerite est penchée vers l'arrière. Son teint est gris. Quand le pouce du prêtre dessine la petite croix, ses yeux suivent faiblement le geste sacré qu'il pose sur elle. Sa respiration est faible et irrégulière.

La pièce commune est devenue un endroit de prières et de chuchotements. On a placé la paillasse de Marguerite sur la table et on assiste à sa mort dans le plus grand respect. Tout le monde pose sur la jeune fille un regard à la fois curieux et intrigué, distant et poli. La maladie d'autrui donne à ressentir d'étranges contradictions. Celle d'approcher et celle de fuir.

Madame Bourdon seconde sa nièce en se disant qu'elle a fait pour elle tout ce qu'elle devait et pouvait, selon ses croyances et connaissances. La petite main molle entre les siennes lui rappelle combien la vie est fragile. La dame sort son mouchoir.

Elle s'agenouille et prie encore pour celle qui entend la mort lui faire signe. D'interminables heures passent. Un moment intense précède toujours un adieu définitif. Tante et nièce échangent des mots importants par le regard. S'assoupissant parfois, puis reprenant ensuite entre ses lèvres des bribes d'une prière, la dame reste au poste malgré son abattement.

Au moment où une lueur perce la noirceur sur le village, le lendemain matin, un fin triangle de lumière se lève sur la pièce. Il éclaire les visages de Madame Bourdon et de sa nièce. Dans l'âtre, le feu crépite doucement.

La dame se réveille en sursaut. Elle regrette cette absence. Car le temps à dormir n'est pas un temps à profiter du vivant de sa nièce. Près d'elle, la malade ne bouge pas. Madame Bourdon la regarde tendrement. La valeur de la vie devient saisissante lorsque derrière elle s'agrandit l'ombre de la mort.

Le faisceau de lumière matinale donne à Marguerite le corps d'une enfant endormie. Quelques souvenirs passent sur le visage attristé de Madame Bourdon. Elle imagine sa nièce ouvrir les yeux, comme s'il s'agissait d'un matin ordinaire. Dans des signes démontrant son appétit, la jeune fille accepterait de sa tante un morceau de pain trempé dans du lait. Ensemble, elles rangeraient ensuite la cuisine. L'absence de mot les rendrait encore complices dans le regard. Une autre journée s'annoncerait pleine et vivante.

Madame Bourdon se penche sur sa nièce. Elle dépose sur sa joue un baiser, celui qui devient tendre à cause de la conscience d'une occasion qui ne se représentera guère. Lui dire au revoir est peut-être la dernière chose qu'elle doit maintenant accepter de faire pour sa nièce.

Au moment de se retirer, elle croit voir la poitrine de Marguerite se soulever, puis redescendre lentement. Est-ce une illusion? D'espoir et d'inquiétude, elle regarde à nouveau. Elle voit Marguerite bouger un doigt, un autre.

À son grand étonnement, elle la voit recommencer encore, encore. Elle prend la main qui a bougé. Marguerite respire de plus en plus profondément. Madame Bourdon épie ses mouvements indécis. Elle inspire elle-même à grands poumons dans l'espoir d'inciter sa nièce à en faire autant. Elle bénit la vie qui agite la faiblesse de la malade.

Plus tard, Marguerite bouge son bras, et on entend enfin de longues et franches respirations emplir ses poumons. Elle respire comme au premier jour de sa vie. Elle ouvre lentement les yeux. Elle regarde sa tante. D'abord lointain, son regard traverse une zone imprécise puis, il se rapproche. On dirait qu'il vient de l'autre bout d'un long chemin sur lequel la jeune fille se serait égarée. Dans une grande tendresse, la tante appelle le regard de sa nièce jusqu'à ce qu'un vrai contact circule enfin entre elles. Un sourire illumine faiblement la figure de la jeune fille. Une bouffée pastel teinte un peu le haut de ses joues.

La nuit n'aura pas emporté Marguerite! Elle est vivante!

Toute joie, Madame Bourdon n'ose quitter sa nièce pour aller réveiller Solange. Elle ne veut perdre aucun instant de l'immense soulagement qui tient serré son cœur. Rompue de fatigue et déchargée de son deuil, elle éclate en sanglots.

Réveillée par ses pleurs, Solange approche et tapote l'épaule de celle qu'elle croit endeuillée. « Venez, c'est terminé, venez vous reposer maintenant » dit-elle, lui signifiant de se retirer.

Entre deux sanglots, Madame Bourdon parvient à articuler « Regardez! Ma nièce respire. Marguerite vivra! »

On asperge ses lèvres sèches d'un peu d'eau bouillie et sucrée. Marguerite sourit à Madame Bourdon. Oui, Marguerite vivra.

***

« Madame Bourdon! Faites-moi rencontrer un autre garçon, pardi! Octobre avance! »

Perrine est furieuse. Il lui faut impérativement rencontrer un mari. Que personne ne la requiert comme épouse l'agace bien au-delà de tout! Loin d'estimer qu'elle dérange par ses manières d'être, elle impute à autrui ses insuccès.

« Et puis, j'en ai assez de me nourrir de la foutue purée de Sauvage… la… la sagamité de poisson au goût de merde! D'autant que je vis ici dans une cabane minuscule et sans lumière, qui fait pauvre et province! Je suis de la haute, moi, je ne me contente pas de si peu!

- Attention à ton propos, Perrine, la met en garde Madame Bourdon. « N'oublie pas qu'avec l'approche de l'hiver, tu es chanceuse d'être accueillie par une famille de la colonie.

- Vous ne comprenez donc rien! Je ne peux tout de même pas me marier à n'importe qui, comme celles qui choisissent d'épouser quelques barbares Algonquins, qui ne connaissent rien des politesses de Versailles! »

Occupée à carder la laine, Solange riposte. « Tu fais immédiatement taire ton petit démon parisien, Perrine. Tu vois, pauvre capricieuse, avant qu'un homme veuille se faire ton mari, il faudra que tu apprennes à te comporter comme on fait là avec le cardage : te peigner le caractère et te démêler grossièrement les fibres pour te rendre bien plus moelleuse! »

Inspirée par Solange, une autre femme prend la relève. « Et comme les étapes de la confection d'un vêtement tiennent sur plus d'une année de travail, fais vite avant d'avoir des cheveux blancs, Perrine! »

Les femmes rient. Ensemble, elles entament le chant des étapes du cardage :

« Tondre mouton avec de longs ciseaux! ;

laver à la rivière ou à grand chaudron d'eau! ;

étendre au soleil et sécher! ;

écharpiller et carder! Eh! Eh! Eh! »

Les complices reprennent leur travail. Perrine fulmine. Marguerite ne saisit pas toute la conversation, mais le plaisir de celles qui taquinent Perrine la fait sourire.

Enveloppée d'un chaud lainage, elle est assise dans la berçante, près de l'âtre. Elle boit une tisane bouillante et observe le travail d'équipe. L'une des femmes arrive du grenier avec les denrées que l'on tient loin de l'humidité tel la farine, le sucre, les céréales ainsi que les pois et les haricots. Une autre s'attable pour la confection des galettes de blé. Une autre encore suspend à la bonne hauteur la crémaillère pour que la cuisson des biscuits soit parfaite.

Par la fenêtre de papier parcheminé, Marguerite distingue des hommes au travail. L'un d'eux répare la grande clôture qui a bâillé, l'autre rapproche de la maison quelques brassées de bois sec. Dans la boutique, plus loin, un autre travaille le cuir des mocassins, avant de s'attaquer à tresser des raquettes. Le soleil est doux et bon. Un vent secoue des draps, noués à une branche dénudée de toutes feuilles.

Un autre mouvement causé par des rires ramène la sourde dans la pièce principale de la maison. Madame Bourdon a peine à retenir un sourire complice des autres femmes. Elle parvient tout de même à dire : « Tu te marieras, Perrine, sois patiente. »

Perrine est furieuse. Ses narines pompent bruyamment. Elle veut rencontrer un mari, et que ce matelot aille enfin au diable! Pourvu que quelqu'un d'autre se présente, bien qu'elle ait déjà rencontré un nommé Michel, peu après ce maudit Louis.

Quelques jours après avoir rencontré le matelot, Perrine avait effectivement été convoquée à un autre rendez-vous. C'est que jusqu'au Cap-de-la-Madeleine et même jusqu'à la rive d'en face, le mot circule à travers les bois que des Filles du Roy ont débarqué. Soldats et colons s'empressent de marcher et ramer vers le populaire comptoir de traite. On offre d'abord des rendez-vous à celles dont la santé a le mieux résisté à la traversée. Durant ce temps, les autres récupèrent et augmentent leur chance de se marier.

La gentillesse coutumière de Perrine eut vite fait de faire fuir le garçon qui demandait à la connaître. Quelques minutes suffirent pour clore l'entretien.

« Pardi, ce que vous êtes gros! Entre le bœuf et vous, au champ, la différence sera mince! »

Elle avait posé sur lui un œil sévère, l'examinant de haut en bas à la recherche de la laideur. La moue facile, elle demanda : « Quel âge avez-vous donc, monsieur, cinquante ou soixante ans? »

- J'ai trente ans, mademoiselle, répondit l'homme, tout insulté.

- Vous êtes de la noblesse? Parce que moi, je le suis, et je tiens à conserver mon rang »

Elle garda la moue. Nul indice qu'elle avait devant elle un officier de régiment. Pas d'étoffe fine, pas de boutons argentés ni de boutonnières ornées de fil d'argent. Pas de baudrier orné de franges de soie. Elle détourna la tête. « J'aurais préféré que vous soyiez à la fois bel Italien et officier du Régiment de Carignan. Tant pis pour vous.

- Je ne vois pas en quoi il est important de vous préciser maintenant que je suis Michel, premier fils de Jean Godefroy et de Marie Leneuf, une Fille du Roy débarquée en 1636. C'est grâce à mes parents que débuta l'histoire humaine française de Trois-Rivières. Est-ce assez noble pour vous ? »

Perrine se croisa les bras. Elle fixa le garçon en relevant un sourcil et dit :

« Vous possédez un domaine confortable ou vous vivez dans une cabane de pauvres, comme tous les gens d'ici ? »

Le garçon se leva. Il retrouva vite chapeau et porte.

« Je ne suis certainement pas celui que vous espériez, mademoiselle. Au revoir.

- Mais attendez! Fils du couple qui débuta l'histoire humaine de Trois-Rivières, c'est mieux que rien! Attendez!

- Au revoir mademoiselle, dit-il, le pied déjà dehors. Au revoir à vous Madame Bourdon. Je reviendrai rencontrer quelqu'une d'autre bientôt »

Toute furie, Perrine s'élança à ses trousses.

- Connard! Connard! » cria-t-elle jusque devant la maison.

Le jeune homme croisa quelques passants et passantes qui lui firent des sourires convenus.

Un petit vertige avait forcé Perrine à s'asseoir. Elle tenait son front d'une main et agrippait le vide de l'autre. Enfin, elle se ressaisit. Elle regarda vite autour d'elle à savoir si on l'eut vue, avala sa salive et pointa le nez. Pleine d'orgueil, elle replaça ses épaules dans sa robe, puis elle fureta nerveusement pour retrouver la ferrure de la porte. Sitôt rentrée, elle fit semblant que rien ne s'était passé.

De longs bâillements l'avaient ensuite tenue jusqu'au milieu de l'après-midi. « Cet homme me fatigue » pensait-elle.

Perrine ne s'attarde pas sur les changements de son corps. Elle sommeille facilement et est prise de nausées depuis quelques jours.

Sitôt réveillée le lendemain matin, Perrine releva d'une main le long pan de son vêtement de nuit et de l'autre, elle appuya fermement sur sa bouche. D'urgence, elle bouscula tout le monde et courut vomir contre un bâtiment près de la maison.

« Hé là! Perrine! Tu ne fais pas cela dans le jardin, hé! »

Le jardin est un grand carré circonscrit, avec de grandes tranchées creusées autour des légumes, des herbes, de l'orge et du blé. Selon l'adage, seuls les plus chanceux y ont aussi des arbres fruitiers, plus hauts, donc plus près de Dieu.

À l'intérieur de la maison, c'est la cacophonie.

« Perrine est malade! » dit Jeanne.

- Aurait-elle ramené une maladie du navire? questionne-t-on partout dans la pièce.

- Est-ce que toute la colonie y passera aussi? s'inquiète-t-on.

- Il faut en parler à Solange et à Madame Bourdon! »

On s'affole.

« Solange! Solange! Madame Bourdon! »

On regarde Perrine revenir dans la pièce, les joues roses et tout sourire. « Voilà, je me sens vraiment bien maintenant. Hier, c'était la même chose. Je ne suis pas malade, vous voyez bien! »

- Tu n'es pas malade, mais bien pire : tu es enceinte, Perrine! » annonce calmement Jeanne.

Perrine se rue sur celle qui a supposé l'horrible idée. Elle tire et défait la tresse de Jeanne qui, en se garantissant, bouscule un pot de chambre, dont se fêle l'anse.

« Fais donc attention! s'écrie Perrine. Tu sais fort bien qu'il faille attendre le printemps et le prochain navire avant d'avoir un autre pot de commodité! Et puis, je ne suis pas enceinte. Je n'attends pas d'enfant! Que jamais personne ne répète que je suis enceinte, vous m'entendez? »

Mais il est trop tard. Toute la salle commune a déjà entendu Perrine crier ce que Jeanne avait dit doucement.

Affolée, la rouquine sort de la maison. Elle court dehors, tête nue, enterrant tous les bruits du village, elle crie partout :

« Je ne suis pas enceinte, vous entendez ? Non ! Je ne suis pas enceinte ! Que personne ne dise que je suis enceinte, parce que ce n'est pas vrai ! »

Hors d'haleine, Perrine avance à travers les rues étroites. Elle enjambe les mares de boue et les déchets disséminés par les vents.

Tout le village de Trois-Rivières la regarde passer, un œil désolé et un autre rempli de reproches. Après chaque série de petites maisons resserrées les unes contre les autres, Perrine court de l'autre côté des champs et elle recommence à crier. « Je ne suis pas enceinte et que personne ne dise que je suis enceinte, parce que ça serait mentir ! »

Perrine rentre enfin, essoufflée et les joues en feu. Elle s'assoit à la table, sort du petit tiroir de la table une fourchette.

« Va te reposer, Perrine, ce n'est pas l'heure du repas. Je crois que tu t'es emportée »

Madame Bourdon la prend par les épaules. Elle questionne Solange du regard. Celle-ci hoche la tête, en se grattant le cou. La moue de la grosse Solange désapprouve ouvertement la situation. Ses paroles n'auraient pas besoin d'être mais incapable de se retenir, elle marmonne tout de même : « Ce n'est pas en niant ce qu'on est, que ça nous change ! » Elle ajoute pour elle-même « Quand on pense que le bruit commun dit que c'est à passer aux mains des Iroquois que vient la démence ! Fi ! Il y a certainement des cas pires que celui de mon mari ! » Solange prend le balai et se met vigoureusement à l'ouvrage.

On installe un matelas près de l'âtre. Perrine s'allonge, le souffle soudainement coupé, l'air de celle qui vient de s'apercevoir de quelque chose. La jeune fille pleurera en silence pour le reste de la journée.

Dans le cabaret, quelques heures plus tard, on boit, on chante et on musarde. On parle habituellement des belles filles dont on rêve ou de celles qu'on a vues circuler mais aujourd'hui, les hommes pestent contre Perrine. Au centre de la conversation, Louis crâne.

« La Rouquine, quel sale caractère !

- Moi, j'ai eu affaire à la Rouquine, et puis pffit! commente Michel Godefroy.

- Si terrible que ça? demande un autre.

- Pire encore! dit Louis en avalant d'un trait la bière de sa chope d'étain.

- Pas un homme d'ici n'en voudra, de celle-là! Ha! Ha! »

Les hommes fêtent la gloire du pouvoir. Ils ont grand besoin de femmes mais ils se gardent, entre eux, de montrer quelque romantisme. Ils font croire qu'un choix délibéré les guide encore, et pourtant! La colonie manque encore dangereusement de filles à marier.

« Moi, je dis que je peux la dompter! »

Les têtes se tournent vers Louis. Quelques sourires bavent dans la bière. Les regards questionnent le matelot.

« Alors, le matelot, tu la dompterais, la Rouquine?

- Qu'on me paye un autre pot et je raconte! »

Louis attrape la tenancière et retient ses grosses hanches entre ses mains. Il l'attire à lui mais elle se dégage et continue son travail en riant. Elle revient bientôt, le cabaret chargé de pleines chopes.

« C'est la bière que produit Madame la belle-mère de Pierre Boucher! Le pot de cette boisson saine et nourrissante vous coûte six sols, goûtez-moi ça!

- Allez, raconte, le matelot! Raconte donc! s'impatiente un petit gros.

- Ce sont les Sauvagesses que tu préfèreras, Louis, n'est-ce pas? lance un autre homme en riant.

- Les Sauvagesses, oui! Certainement que je les aimerai, moi, les Sauvagesses! » s'amuse à crier Louis.

Il sourit dans sa bière. Il lève son verre à son plan et continue :

« Écoutez-moi ça : la Rouquine était déjà ma femme, sur le bateau. Oui, oui, ma femme, vous avez bien entendu! » Il prend une autre gorgée. « Mais... il est bien vrai que je préfère les Sauvagesses, ajoute-t-il en titubant. Que tous les hommes d'ici se le disent : La Rouquine ne peut se marier à aucun d'entre vous!

- Et pourquoi, hein! Pourquoi donc? » Accoudé au bout d'une table, un homme saoul a ouvert un œil.

« La Rouquine ne peut se marier à aucun d'entre vous pour les deux raisons suivantes, mon bon ami. (Louis hoquète). D'abord parce qu'elle a été ma femme sur le bateau, et ensuite parce qu'elle a un sale caractère, que moi-même je corrigerai! Ha! Ha! Allez, encore à boire!

- À boire! À boire! »

Perrine éprouve le même malaise tous les matins. Incapable de se faire discrète, elle se plaint et tout le monde s'en trouve éclaboussé de quelque manière. Un matin, elle ajoute : « Vous voyez bien que je ne suis pas en état de faire mes tâches! Je ne peux ni racler le jardin ni étendre le linge à sécher dehors! Et puis, gratter les carottes me donne de nouvelles nausées! » Se tournant vers Geneviève, Perrine rajoute : « Il y a eu quelques vomissures qui ont taché mon vêtement de nuit, tu nettoieras mon col, là, et puis là aussi, sur ma manche. »

Geneviève avance le nez vers le dégât. Intervient promptement Solange, à l'autre bout de la pièce.

« Tu ne trouves pas que tu exagères un peu, Perrine?

- Vous n'auriez qu'à vous trouver un moyen semblable de vous alléger, au lieu de perdre votre temps à me jalouser! »

Solange fonce droit sur Perrine, qui s'écrie aussitôt :

« Attention! Quand vous vous tenez devant moi, je risque de ne pas me sentir bien! »

Solange tente de se ressaisir.

« Alors sors donc prendre l'air! Il n'y a rien comme les grandes bouffées d'air pur pour faire passer le venin! » D'un geste de la main, elle chasse Perrine de la pièce commune. « Allez! Ouste! Allez, allez! »

Au même moment, sans même prendre le temps de frapper, une femme du village entre chez Solange.

« Solange! Solange! On a besoin de vous! La voisine est en travail et il faudra tout votre savoir pour l'aider à accoucher!

-Je viens, je viens! »

Puis, la grosse femme réfléchit. « Attendez ! Je dois rester ici à cause de la sourde et de la petite Madeleine, à qui il faut jeter un œil. Je ne les confierai certainement pas à Perrine, elle me les achèverait! » ajoute-t-elle en haussant le ton pour qu'on entende jusque dehors.

Solange dit : « Voilà ce qu'on va faire. Je demande qu'on amène la voisine ici, dans ma maison ! Et puis, on y sera mieux installées, de toute façon. »

Solange a déjà commencé à aménager un petit espace près de l'âtre. La maison se trouve bientôt envahie. Les matelas des filles jonchaient déjà le sol, on circule à travers les rangées de vêtements mouillés cordés pour sécher, des chaudrons cuisent et réchauffent le prochain repas, de l'eau est à bouillir au-dessus du feu. À tout cela s'ajoutera une femme en travail ! C'est la cohue. Un tricot commencé par ici et du pain à lever par-là, un peu de laine à carder sur un coin de la table et des chandelles qu'on coule plus loin à l'autre bout du même panneau de bois. Un regard pour se rassurer de l'état de Marguerite. Et puis, son nom lancé pour tout et pour rien : « Solange ! Solange ! » Chaque fois, la grosse femme se retrousse les manches et attaque l'ouvrage.

Marguerite ne dort pas. Bien qu'elle se porte mieux, on doit encore lui apporter un soin particulier. Le repos est sa seule occupation.

Mais tant de va-et-vient autour d'elle l'empêchera de se reposer. Lorsqu'elle ferme les yeux, elle voit des ombres circuler de chaque côté de son calme et elle repense inévitablement au fantôme, le matelot.

Solange vient près d'elle avec un peu de tisane, que continue de préparer une vieille Huronne à l'intention des dernières filles débarquées. Elle lui dit doucement, les lèvres bien en face du visage de la sourde :

« Bois encore de ça, ma p'tite, c'est ce qui finira de te sauver. Je sais, ça ne goûte pas le vin de Paris, mais bois, ça t'aidera à ne jamais plus couver la fièvre. »

Solange tourne la tête par-dessus son épaule et crie : « Ça me prend quelqu'un pour sortir les pains du four, dehors ! Et puis, qu'on amène la future mère par ici, près de Marguerite ! »

- Si l'enfant vient au monde si près de la sourde, est-ce qu'il ne sera pas sourd lui aussi ? demande quelqu'un.

- Je la touche bien chaque jour moi-même, sans que ça m'empêche d'entendre de telles superstitions ! Entre nous, c'est plutôt l'autre, là-bas, que je préférerais ne plus jamais entendre ! »

Solange a montré Perrine, tout offusquée que quelqu'un de la foule ait malencontreusement marché sur le bout d'une de ses vieilles bottines.

« Non mais, vous savez sur le pied de qui vous piétinez, ordure ? »

Solange secoue la tête.

« Ne vous occupez pas d'elle! » crie-t-elle à celle que Perrine insultait. « Et répliquez donc à Perrine qu'il lui reste encore un autre pied pour danser! »

Solange s'amuse, malgré que l'heure soit à l'agitation.

Mais il faut faire vite. Solange doit accorder à la nouvelle venue toute l'attention nécessaire. Elle installe la femme en douleurs sur une paillasse qui touche celle de Marguerite.

La parturiente est à ce point préoccupée par sa propre condition qu'elle ne semble voir personne, bien qu'elle cause constamment. Les moments de grande frayeur donnent parfois un sans gêne étonnant. La femme se plaint, tantôt dans la douleur, tantôt dans la colère.

« C'est bien à cause de mon mari, ce salaud, si je souffre autant en ce moment! Je souffre, pardi! Non mais, qui, hé! qui donc entre lui et moi a le ventre gros comme le cercle du moulin sur le sol de Trois-Rivières, hé? Entre lui et moi, qui? Qui va mourir écartelée à cause de ce salaud? »

Heureusement qu'elle bénéficie des gestes assurés de Solange. Elle l'allonge fermement et tapote son épaule. « Chut! Chut! Ça va, ma petite dame, ça va »

Marguerite cherche à comprendre pourquoi il y a autant d'agitations autour de cette énorme femme. Elle prend un temps d'observation avant de comprendre qu'il s'agit des étapes de la naissance d'un enfant. Elle évalue la prudence de Solange, sa patience et sa rapidité qui la gardent maître de la situation.

Marguerite est fascinée. Les heures qui suivent l'éduqueront. Elle voit les grimaces de la future mère, ses jambes repliées et ses efforts à pousser. Elle lit la douleur sur son visage, et la peur aussi. Elle remarque le sang qui noie de rouge linges et vêtements. Elle remarque encore les manipulations, l'eau bouillie, les frottements, le couteau sous la flamme, les lanières de tissu, les changements de posture. Elle ressent les sentiments de la détresse et de la détermination qui circulent dans la pièce.

La naissance se déroule dans un calme relatif, jusqu'à la sortie de la tête. Une panique prend soudainement les gestes de Solange qui s'affaire devant l'enfant légèrement bleu. Se trouve-t-il en danger de mort? Marguerite sait que Solange fera encore tout ce qu'il se doit pour libérer la vie.

Quelques minutes plus tard, le bébé boit au sein de sa mère. Il est sauvé! Marguerite, épuisée comme si c'était elle qui avait donné naissance, se permet enfin de dormir. Elle se tourne vers Madeleine, qui dormait durant tout ce temps.

***

L'ambiance est quotidiennement animée dans le petit cabaret du village. Aujourd'hui, l'excitation est à son comble quand le capitaine du navire y fait son entrée. Il pose un regard grave sur chaque homme et se dirige droit sur Louis.

Le matelot serre les dents. Cet homme l'a trop sévèrement puni, voilà son idée. La peine de mort aurait été moins contraignante que le drame dans lequel il l'enferme injustement. Son capitaine le sait autant que lui.

La bière et l'eau-de-vie coulent parfaitement bien sur sa déception, ce qui aiguise ses humeurs. Face à face, les deux hommes se fixent dans un jeu du plus fort. Quelques commentaires chuchotés viennent de nulle part. « Casse-lui la gueule, allez, vas-y donc ! »

Mais le matelot ne bouge pas, du moins pas encore. Il ne l'a pas décidé. Il chérit trop la liberté pour se laisser influencer. Il mesure les risques.

Le capitaine demande au matelot de sortir à l'extérieur du bâtiment. Quelques curieux les suivent pour encourager la bagarre qui guette les deux opposants.

Entre le moment où le matelot a enjambé la chaise qu'il enfourchait et celui où il passe le palier de la porte, un fol espoir saute de joie au fond de ses attentes. Peut-être le capitaine a-t-il reconsidéré la sentence et changé d'avis ?

Mais cette joie fait place à une déception lorsqu'il entend : « Ne crois surtout pas que je te reprends sur le navire pour le retour en France. » Louis arrête net de marcher et attend. Il serre les mâchoires. Ses poings blanchissent. Les deux hommes franchissent la porte, des curieux aux trousses. Le capitaine pivote aussitôt, et il allonge le bras vers un vieil Indien.

« Je te présente Capitanal »

Un colosse offre à Louis son visage atone. Les hommes se fixent durant assez de temps pour que chacun mesure la force de la personnalité de l'autre. Sans laisser le regard du matelot, le Sauvage baisse et relève le menton en guise de salutations.

Ses cheveux longs et droits sont enduits de la même graisse que celle qui recouvre tout son corps. Aucun moustique n'importune l'homme resté sans bouger. En sa compagnie, tout semble s'arrêter. Le temps, le tumulte, et peut-être cesse-t-on de ressentir la misère.

Le capitaine continue. « Capitanal est le grand sage de sa tribu. Il a longtemps été le chef des Algonquins, un groupe d'indigènes vivant de notre Platon de Trois-Rivières jusqu'à l'Outaouais. Je lui ai parlé de toi. Il accepte de t'enseigner quelques rudiments de la terre, afin de t'aider à te préparer à l'hiver. Profite de ses conseils, tu en auras grandement besoin. » Et il ajoute, après un bref silence « C'est là ce que je peux faire pour toi, matelot. »

Louis baisse les yeux et pioche le sable du bout de sa galoche. Le temps qu'il boude le capitaine, il feint de ne pas s'intéresser à son visiteur. Il lève parfois les yeux pour s'assurer de sa présence, mais il retourne aussitôt à sa fausse préoccupation.

Sa colère prend toute la place de sa réflexion. Accepter un entretien avec cet homme signifie ouvrir les bras à la terre. Louis a besoin de réfléchir. Son agressivité l'en empêche. Il pose les yeux partout, sans se concentrer. La patience de l'Amérindien, elle, semble sans limite.

Louis est troublé. Apprendre à se comporter avec la terre serait essentiel puisque tous le disent. Mais personne ne se doute de l'abîme dans lequel cela le confinera.

Il suppose que la survie doit primer. Il lève les yeux sur l'homme à la peau rouge et, sans jamais sourciller, leurs quatre prunelles s'entrecroisent durement. C'est Louis qui ferme les paupières le premier. Capitanal a enfin reçu ses salutations.

Le capitaine laisse les hommes pour aller boire un coup à l'intérieur du cabaret, là où seuls les Français ont l'autorisation de pénétrer. Un conflit concernant l'eau-de-vie et les indigènes a récemment éclaté entre Mgr de Laval et le Gouverneur.

Depuis quelques années, l'eau-de-vie est tantôt interdite, tantôt tolérée, et elle soulève de très vives disputes. L'avantage d'en offrir aux Sauvages, c'est qu'ils sacrifient alors facilement leurs fourrures aux Blancs. Mais cette même boisson les pousse aussi à des excès punissables, en plus de les empêcher de s'occuper de la chasse à venir! D'un autre côté, leur couper toute eau-de-vie aura comme conséquence de perdre les affaires avec les indigènes qui se tourneraient vers les comptoirs des Grands Lacs, c'est-à-dire vers la concurrence anglaise.

Les Sauvages, quant à eux, ne veulent traiter qu'avec ceux qui offrent de l'alcool en échange de leurs plus belles peaux. Ils assurent leur fidélité moyennant de l'eau-de-vie, fidélité qui sert bien aux amis français pour obtenir, en plus, de la viande d'orignal, des raquettes, des couvertures, des mitasses...

C'est ainsi que pour le moment, on limite le liquide aux Sauvages mais en ne les en privant certainement pas. Juste un peu plus loin dans le même village, un autre cabaret leur est réservé et leur sert joyeusement tout l'alcool qu'ils réclament!

Capitanal est demeuré solidement campé dans une posture de dignitaire. Son corps est droit, fier, sa peau est cuirassée par les vents. Son visage tatoué de rayures est hermétique et semble imperturbable. L'homme ne laisse rien deviner de son intention.

Quelque chose de franc anime toutefois le visage du peau-rouge. Voilà sans doute pourquoi les Trifluviens se sont alliés Capitanal et ses hommes depuis fort longtemps. Un grand échange dans la façon de se nourrir, de circuler, de se vêtir et de penser s'est bâti entre les peuples. Louis sait d'instinct que cet homme est grand.

« Chose première, j'enseigne comment fabriquer ta hutte temporaire. Souviens-toi que par froid mordant, tu iras chercher ta chaleur hors de ta hutte, chez un voisin mieux installé. Sois bon avec un voisin de ta cabane, car vous ne serez qu'un seul homme sur nos terres gelées. Ta hutte sera utile en attendant d'abattre érables, pins et chênes, de les débiter en rondins et de les rouler à l'écart pour monter ta future cabane de bois équarris. Tu calculeras une douzaine de lunes pour faire ta cabane de bois »

Louis est attentif. L'homme devant lui le fascine. Chaque idée de l'Indien est d'une ultime importance. Son propos est épuré. Ses images attirent l'attention de Louis. Les mots choisis obligent de les respecter. Il semble qu'ils ne sortiront qu'une seule fois de la bouche qui parle.

Après son enseignement théorique, Capitanal remet une bonne hache au matelot. « Viens apprendre avec les mains »

Les deux hommes marchent loin dans le bois, la hache à la poigne. « Tu tiens bien la hache, de cette manière. La hache est aussi dangereuse que les grands vents qui arrachent les voiles de ton navire »

Le sang du matelot ne fait qu'un tour. Un cri à l'intérieur de Louis demande au maudit vieillard s'il sait au moins de quoi il est question sur un vaisseau. Comment ose-t-il insinuer qu'il connaît la navigation en hautes mers, tout autant qu'il sait comment cultiver les basses terres? Louis ralentit le pas, le temps qu'il décide s'il saute ou non sur son compagnon. Arrogant, il se voit l'agripper par la chevelure, le scalper, pourquoi pas?

Mais il se retient. Sa main resserre le manche de la hache. Louis accélère le pas.

Il déteste laisser le contrôle à quelqu'un d'autre. Il refuse le rôle de l'apprenti. Il refuse cette impression d'être aux yeux de ce Sauvage, un idiot, débarqué bêtement sur une terre. Sur un navire, il saurait facilement épaté l'indien! Mais ici, sur terre, il ne sait rien. Rien, sinon qu'il la déteste!

L'Algonquin observe les feuilles des arbres et il écoute le cri des animaux. Il annonce : « Le Grand Esprit enverra bientôt de la pluie »

Une ondée trempe les deux hommes quelques minutes plus tard.

Le lendemain, Capitanal amène Louis aux abords de sa hutte personnelle, qui se situe plus loin, dans le bois d'en haut. Le vieux s'installe au milieu de tous les autres Sauvages. Il plante ses yeux sur la figure de Louis et s'adresse à sa communauté. Son enseignement est bref et concis, comme ses paroles de la veille. « Michabou le Grand Lièvre nous dit de regarder la hauteur des nids ; de voir la couleur des lièvres ; d'observer la persistance des fruits sur les branches des cormiers. Sont là tous les indices des débuts et de la longueur de l'hiver à venir. La leçon dit ceci : soit qu'on vive son hiver, soit qu'on y survive tout l'hiver »

Dans le fond d'une hutte entrouverte, une femme accroupie natte des joncs plats pour une couverture. Près d'elle, un enfant nu qu'elle semble délaisser. De temps à autre, elle lève les yeux sur Louis, un sourire timide dans le fond de son regard. Ses longs cheveux de jais miroitent dans la flamme, l'unique confort de la place. Le calme sournois de la demoiselle saisit Louis. Le discours de Capitanal devient flou aux oreilles du garçon.

Il doit faire un effort pour retirer ses yeux de la Sauvagesse. Au loin, il en voit d'autres, seins nus sous leur couverture, les mêmes longs cheveux noirs et droits.

Un parfum se dépose pour toujours dans les narines de Louis. Celui des peaux chamoisées à la fumée, une technique indienne qui assure leur conservation contre la moisissure. Cette odeur lui sera à jamais synonyme de volupté.

Le matelot a mille distractions. Les huttes d'écorce et de peaux et les manières de vivre des Amérindiens l'étonnent. En dehors du navire et de la mer, tout un autre monde vivait sans que Louis ne s'en doute! Capitanal poursuit son enseignement sans cesser de le fixer.

Le troisième jour, l'homme à la peau rouge montre à Louis les techniques de semences et de labours.

« Tu répètes la leçon, matelot.

- Le blé semé entre la fin avril et la mi-mai et recueilli en septembre, c'est ça? Et puis, quoi encore, les choux semés au début mai, qu'on replante fin juin et recueille fin octobre. Dis, ce ne sont pas là des affaires de bonnes femmes? »

Capitanal continue son enseignement. Patient, il lui explique que ses premières pousses seront le maïs, les haricots et les courges, comme les cultivent les Amérindiens. Avec l'éventuelle vente d'œufs, de bois et des produits de la ferme, Louis pourra acheter un bœuf afin d'extirper les grosses pierres et les souches de son jardin. Grâce à des roues fabriquées de bois, de beaux sillons droits se dessineront dans son petit potager. Mais le matelot l'interrompt :

« Je ne vivrai pas assez longtemps sur la terre pour en arriver là, Sauvage. Je suis un matelot, moi.

- Il faut vivre chaque jour avec le grand soleil, nul ne peut choisir le sens des vents tout autour, matelot.

- Ça veut dire quoi, ça?

- Nul ne sait ce que l'avenir pour lui sera. Apprends quand le message passe, peut-être demain tu seras heureux de savoir »

Louis lève un sourcil en direction de son étrange compagnon. Sa sagesse agace et attire. Comment cet indigène qui ne connaît pas la mer autant que lui, comment cet être né hors de l'Europe et si loin de Paris, peut-il avoir un propos aussi riche?

« Souviens-toi au moins de ceci, matelot : le porc sera l'animal qui donnera à tenir tout l'hiver. C'est grâce à la graisse, au lard et au saindoux »

Louis hausse les épaules. Les mystères de la vie à terre ne l'intéressent guère. La terre le démotive de tout ce qui l'entoure, y compris de sa propre survie.

Capitanal passe encore un long moment avec le matelot, mais il se taira davantage qu'il n'insistera à l'intéresser à sa nouvelle vie. Il le quitte ensuite avec la suggestion de se revoir, au besoin. « Ma cabane tout en haut, la tienne vers le bas. Plus bas encore, c'est le village. »

Il se tait puis ajoute « Toi avoir examiné nos femmes. J'ai vu cela. »

Capitanal entre son regard dans celui de Louis. Rien n'indique si sa pensée est favorable à ce fait.

Ensuite, il s'en va. Ses pieds nus foulent le chemin de terre battue, sans qu'ils ne semblent se blesser aux racines ni aux roches. Sa large silhouette se confond à la force du paysage. Ses épaules sont la cime d'un arbre et ses pieds en sont le tronc. On dirait que c'est la nature qui lui sied de vêtements, que les couleurs vertes, brunes et ocres servent de décorum au maître absolu.

Toute lenteur, l'Amérindien se tourne et salue Louis une dernière fois. Il disparaît ensuite dans l'épaisseur de la forêt.

***

Madeleine a repris de la vigueur depuis le soir où elle avait écrit une lettre à ses parents. On décide qu'il est temps pour elle de faire des rencontres en vue de se marier. Face au fait qu'elle soit très jeune, il importe à mesdames Solange et Bourdon de savoir qui vient courtiser l'enfant.

« Et moi? On ne m'organise rien? jalouse Perrine.

- C'est que personne d'autre n'a demandé à te voir, Perrine, explique Madame Bourdon.

- Il faudrait idéalement que tu partes avant l'hiver! » ajoute Solange, les poings sur les hanches.

Perrine se tourne illico vers Madeleine. « Tu n'avais pas encore été sollicitée, c'est vrai? Quelle tristesse! Tu ne crains pas d'avoir été mise de côté par tous les hommes du Canada? » Elle arrête ses questions et attend des réactions.

Solange avance d'un pas, lourd d'une furie. « Madeleine était physiquement malade, c'est fort différent! Tandis que d'autres … » Son silence reste plein de sous-entendus. Perrine hausse les épaules.

Les prétendants de Madeleine avaient été amenés par Solange et les rencontres furent supervisées par Madame Bourdon. On a secoué le petit tapis sur lequel on place deux chaises en face à face. On attise le feu dans l'âtre et on s'assure d'avoir assez de mèche pour bien s'éclairer. On voit à ce que ce coin de la maison ne soit pas trop passant, excepté pour le chaperon, il va sans dire.

Les dames sont soucieuses d'aider la petite à faire un bon choix parmi les candidats. On lui recommande un garçon fort de ses bras et le cœur travaillant. S'il avait aussi des talents ou de la beauté à ses yeux cela serait inouï, mais la santé et la vaillance devraient être les atouts garants.

La majorité des garçons viennent de l'imposant régiment de Carignan, commandé par le marquis de Salières. Ces hommes avaient été recrutés en Savoie et dépêchés en Nouvelle-France en juin 1665. Des mille deux cents soldats venus défendre les colonies contre les attaques iroquoises, quatre cents décidaient de rester pour s'établir dans les colonies au moment où le régiment quittait le pays, en 1668. De ceux-là, certains s'établirent à Trois-Rivières et dans les environs. Habillés du justaucorps marron doublé de la rude étoffe blanche et grise, coiffés de feutre noir à calotte basse et à large bord, équipés d'un baudrier de cuir retenant une courte épée et une baïonnette à manche, les voilà droits et fiers! Certains d'entre eux demandèrent à rencontrer celle que l'enfance quittait à peine.

Malgré le feu qui crépitait dans l'âtre, il faisait froid le jour des présentations. Le souffle d'une interminable plainte chuchotait contre les volets mal fermés de la maison. Quelques feuilles tourbillonnaient dans le vent. À chaque bourrasque, les arbres se dénudaient un peu plus. Ils rappelent que l'hiver viendra vite et qu'il faut unir mari et femme pour s'entraider.

Madeleine avait remonté sur ses épaules son châle fatigué par la traversée, qu'elle avait précédemment lavé et suspendu devant les flammes. Son bonnet retenait ses cheveux tressés. Le tissu vert s'harmonisait parfaitement à ses yeux. Le moment fardait ses joues. On en voyait le rose quand Madeleine se tournait vers l'éclairage de la petite lampe à l'huile de loup marin, suspendue près d'elle. Une petite gêne la tenait par en dedans.

Ils étaient cinq à avoir choisi Madeleine. Cinq sur les cinq hommes à être venus la rencontrer. Elle s'était fait d'agréable compagnie, une manière apprise par ses parents. Elle les considéra avec sérieux, justice, politesse. Mais elle avait aussi imité Marie dans une joviale phrase d'accueil. «Vous voilà fort élégant, mon cher monsieur, serions-nous aux portes de dimanche? »

Gênée, elle reprit aussitôt sa manière personnelle de faire, celle qui revient naturellement après l'emprunt à un être aimé. « Euh! asseyez-vous, je vous prie. » Un furtif regard entre elle et Madame Bourdon lui fit comprendre qu'elle devait rester elle-même. La dame posa sa main sur le meuble à la grossière, simple et sans décoration savante, et sourit au garçon qui entrait dans la pièce. Ce moment suffit à Madeleine pour se retrouver.

Les hommes étaient reçus un à la fois. D'un des panneaux de la grosse armoire de pin, Madame Bourdon sortit deux gobelets d'étain, et du long tiroir du bas, le carré d'une nappe brodée. À côté de la table commune, sur un petit banc, la dame s'occupa à diverses tâches, dont tourner la manivelle du moulinet, agiter la batte beurre dans la baratte de bois, faire chauffer la pièce de fonte du fer à repasser.

À leur arrivée, tous les garçons avaient eu en commun de questionner chaque recoin de la pièce, de se racler la gorge, et de bouger les épaules dans leurs vêtements. Chacun s'était présenté avec la gentillesse et la gaucherie de celui qui ne veut pas manquer sa chance. « Bonjour mam'zelle », avait dit le premier. « Dites, est-ce que ce bonnet, qui vous va plutôt bien, fait partie du lot que contient la dot du Roy? »

Étonnée, Madeleine avait regardé l'homme sans répondre, puisque déjà il avait enchaîné. « Est-ce qu'à votre avis chaque fille recevra la dot selon des délais raisonnables ou si, comme on entend raconter, le Roy néglige ses promesses ? La dot, la dot du Roy ! Vous connaissez ! Le baril de viande salée, quelques armes, onze écus bien comptés qui valent cinquante livres ! Cinquante ! Et pour vous, la belle, le présent soldé par le trésor royal : mouchoir de taffetas, aiguilles, ciseaux, bonnet, lacets, peigne, paire de bas, paire de gants… Je suis là pour profiter de tout ça, pas vous ? »

Madeleine examina le garçon en tentant de découvrir ce qui se cachait derrière ces petites phrases et toutes les suivantes, pleines de la même intention. « Hier soir au cabaret, on a dit que le navire devant la ville contenait peut-être quelques coffres non réclamés. Aviez-vous saisi l'occasion d'en descendre un de plus, chère demoiselle, vous qui me paraissez futée ? … On pourrait s'y enrichir de belles surprises, qui sait ! … »

Il fit une grimace à la manière de celui qui concocte une grande prise. Il roula ses jointures dans ses mains. Le petit silence qu'il laissa au bout de sa phrase permit de croire qu'il était sérieux. « Vous saviez que depuis le 5 avril 1669, les familles qui ont jusqu'au nombre de dix enfants vivants nés en mariage, se voient payer, en deniers, une pension de 300 livres par an ? »

Madeleine détourne le regard, mais le garçon tente encore de retenir son attention. « Et 400 livres pour ceux qui en auront douze ! C'est l'intendant Talon qui l'a promis ! »

Cet empressement face à l'argent ne retint pas positivement l'attention de la jeune fille. Cette manière de voir en la traversée le seul appât du gain donnait à croire que pour cet homme, rien d'autre à ses yeux n'eut une valeur. Le visiteur emplissait la pièce de quelques compliments, soit, mais tous semblaient un montage vers d'autres préoccupations, certainement plus passionnées. Et puis, le garçon sautillait nerveusement sur son banc, se croisait et se décroisait la jambe comme lorsque quelque chose démange.

Sa précipitation ne séduit pas la jeune fille. Lorsque fut écoulée l'heure de la rencontre, Madeleine savait qu'elle ne choisirait pas ce jeune homme pour fonder un foyer et partager le reste de sa vie.

Le second arriva, un costaud au teint gras et luisant. Sitôt rentré, il macula le plancher de ses bottes boueuses. Madeleine fixa les traces entre le paillasson et la chaise de bois, où il s'était assis sans encore parler, et même avant qu'on lui offre le siège.

Cherchant à concevoir ce qui pourrait intéresser Madeleine, le garçon leva une botte, puis l'autre, et gigua quelques pas au sol. La boue de ses bottes alla s'étendre plus loin sur le plancher. Le jeune homme jamais ne s'en est soucié. Un sourire niais coupait son visage en deux rondeurs distinctes. Ses joues tout plein la face tremblotaient autour de ce sourire.

Il cessa de fixer la pièce pour dévisager Madeleine. L'embarras de la jeune fille se prolongea quand le garçon, le regard effrontément planté sur elle, se mit à rouler jusqu'à sa gorge un éternel reniflement. Il avala ensuite la grosse gorgée. Le regard de Madeleine s'arrondit. Un petit silence se déposa par-dessus sa surprise, le temps qu'elle se croise les bras en reculant un peu, comme on fait pour se protéger d'être salie.

Le garçon haussa les épaules en regardant encore partout autour de lui. Il s'occupait de banalités, à croire qu'il ne fut pas au courant des motifs de sa visite. Jamais il n'a remarqué la surprise qu'il provoque devant autrui.

Il avala bruyamment ce qu'à nouveau il avait reniflé. Pour arriver à contenir son malaise dans l'absence de bruits autre que ceux qu'il crée lui-même avec son nez et ses bottes, le jeune homme se moucha contre le revers de sa main. Ce fut ensuite cette patte humide qu'il présenta à celle qu'il venait courtiser. « C'est quoi vot' prénom, déjà ? » furent ses toutes premières paroles.

Madeleine fixa la trace luisante et largement étendue. Elle fit quelques aller-retour entre cette main et ce nez, gras comme le reste de la figure ronde. Cette rusticité ne la séduisit en rien. Elle entendait au loin sa mère s'exclamer : « Votre mouchoir, votre mouchoir mon brave ! »

La jeune fille posa sur Madame Bourdon des yeux interrogateurs, tandis que le chaperon levait justement un sourcil.

La chose se régla rapidement. Entre Madeleine et Madame Bourdon, personne ne répondit au « ben, y a quoi ? » du garçon qu'on a rapidement remercié.

Lorsqu'il fut parti, Madame Bourdon secoua vigoureusement la fourche de fer dans la marmite où cuisait la viande du repas du soir. Elle avait à cœur que la petite Madeleine trouve un bon parti. L'éprouvante traversée et tous ses deuils pourraient ainsi avoir servi à quelque chose !

Il fallait que la dame se raisonne, sans quoi ce seraient ses humeurs qui traduiraient sa déception. Pour aider sa patience, un sourire convenu la garda complice de Madeleine durant tout le repas suivant.

Le troisième prétendant avait parlé, parlé et parlé, cherchant à détecter lequel exploit de lui séduirait Madeleine. Elle-même comprit rapidement qu'il voulait avant tout étaler ses nombreux savoirs.

La jeune fille bâilla à plusieurs reprises. Elle se secoua et tenta de s'introduire dans le monologue du garçon, qui continuait d'être son unique point de mire. « Mon grand-père était un des commis de traite qui séjournaient sur ce site de Trois-Rivières dès l'été 1615… Ma grand-mère fait la meilleure soupe au maïs blanchi, vous savez, une recette que ma mère maîtrise parfaitement elle aussi… Dans mon régiment, j'ai été le premier à goûter la citrouille apprêtée sous les cendres à la manière amérindienne. Vous avez déjà goûté, vous, la citrouille? Bien sûr que non, comme tous les gens trop fraîchement débarqués, vous ne connaissez rien de rien… Elle n'est pas assez haute la crémaillère de cette cheminée, là devant nous, malgré ses nombreux crans pour suspendre les casseroles… J'ai tué moi-même le castor de mon chapeau, il est bien n'est-ce pas? Vous l'aimez? … »

En peu de temps, Madeleine connaissait mille détails plus ou moins pertinents concernant les préférences et les supposées qualités du garçon, sans rien apprendre de lui sinon qu'il a très envie qu'on le trouve merveilleux. « J'ai acquis mon justaucorps en gagnant un pari contre un bourgeois, soit celui du premier qui fait voler son chapeau de feutre entre une barque et une autre, sans qu'il ne tombe à l'eau. C'est bien payé n'est-ce pas? … Mademoiselle, je crois que vous devriez porter votre bonnet d'un vert plus pâle et, si vous m'épousez, je vous trouverai un tissu approprié, puisque dans mes voyages, je sais bien faire le troc, tant celui auprès des Français que des Sauvages. Vous me croyez, j'espère, lorsque je vous apprends cela? Au fait, je vous ai dit que j'ai moi-même tué le castor de mon chapeau? »

Jusque-là assise dans un coin de la grande pièce, Madame Bourdon observait Madeleine. Voyant son ennui et son incapacité à placer un seul mot, la dame se leva. D'un pas décidé, elle marcha les longues planches de bois, et alla reprendre la tasse de bouillon des mains du garçon.

« Holà! Je n'ai pas eu le temps de prendre une seule gorgée, tant de choses passionnantes j'ai à apprendre à cette demoiselle! Attendez! Il fallait bien que mon savoir la sorte de l'ignorance! » s'empressa-t-il de dire.

Sans dire un mot, Madame Bourdon se tourna vers Madeleine et tendit la main vers son breuvage, que la jeune fille rendit sans hésitation. L'entretien venait d'être interrompu.

Le pauvre homme a tout de même parlé jusqu'à ce que la porte se referme, étirant le cou et allongeant le nez, tentant de vendre son tout dernier espoir avant d'abdiquer. « Je sais manier la faux durant la fenaison qui se fait à la fin juin, et je sais que sitôt après, se font les moissons! »

Mais la séduction ne se limite pas à énumérer des connaissances sur des actions décousues. Et puis, la séduction s'intéresse à l'autre, elle ne le disqualifie certainement pas.

La soirée se passa dans le silence. Madeleine a gardé le regard au loin. Elle ne dit rien, mais Madame Bourdon devinait de quoi se composaient les préoccupations de la jeune fille.

Le lendemain, un autre jeune homme vint la rencontrer. Madeleine avait ouvert la porte avec énergie, le garçon était entré la tête basse. Il avait fixé le plancher, soupiré maintes fois, tripoté le bas de sa veste dans l'attente que la providence amène sur ses lèvres un extraordinaire moment à partager. Sa vie semblait faite de virgules, de points de suspension et de silences qui retiennent le souffle de toutes ses actions. Le pauvre garçon fut devant Madeleine comme on attend que quelque chose d'extérieur à soi décide d'une suite à venir. Jamais aucune partie de lui n'eut l'idée d'initier quelque chose de personnel durant la durée de leur rencontre.

Le prenant un peu en pitié, Madeleine l'aida de son mieux à lui faire dire quelque chose pour qu'il reprenne confiance. Elle aborda quelques éléments, comme l'endroit d'où il provient et ce qui l'amène et le retient à Trois-Rivières. Le pauvre ouvrit à peine la bouche et, quand il réussit à le faire, les mots culbutaient les uns par-dessus les autres, comme on glisse et on se reprend sur un terrain cahoteux.

Il bégaya sans que personne ne comprenne ce qu'il disait. Ensuite, il soupira en baissant les épaules, l'air d'un petit garçon malheureux qu'on a puni.

« Au revoir, Monsieur » avait enfin dit Madeleine, après avoir laissé dans la pièce plus d'une heure à cette présence gênante.

Quand il fut parti, elle dit :

« Je n'ai rien su. Il ne m'a pas fait confiance!

- Ne te sens pas coupable, Madeleine. Il était un petit garçon avant de te rencontrer! »

La jeune fille attendit le dernier prétendant, découragée et inquiète.

« Nous organiserons autre chose avec le Gouverneur, Madeleine. À moins que tu choisisses de revoir quelques-uns des jeunes gens que tu as déjà rencontrés ? »

Madeleine étire une commissure, contrariée. Madame Bourdon poursuit. « Tu te marierais idéalement avant l'hiver, tu le sais... Ma chère petite Madeleine, j'éprouve une compassion particulière envers toi, et je tiens personnellement à ce que tu ne souffres pas de ce pays où vivre seule tue toute femme... mais jamais nous ne te laisserons tomber, crois-moi ! » ajoute la dame, pleine de tendresse à l'égard de la situation de sa plus jeune protégée.

Elle rappela à Madeleine que l'hiver demande trop à faire pour qu'une femme reste sans mari. Il faut prévoir ouvrir la route, se prévaloir de combustible et puis, il y a l'hostilité du sol gelé et les maisons à renchausser, sans compter les animaux à débiter et l'outillage à entretenir. C'est le cœur gros que Madeleine rencontra Abel.

Il entra le corps droit et le sourire franc. Il se présenta avec un projet en poche, soit celui d'une maison de colombages et de pierrailles, qu'il achevait d'ailleurs de bâtir sur un coin de la terre familiale à défricher, là où son frère et sa femme s'étaient aussi installés. C'était un garçon dynamique, capable de la regarder droit dans les yeux et de lui sourire avant de reprendre son sérieux. Il était un peu maigrichon, mais courageux. « Je veux me marier et avoir des fils qui m'aideront à la terre. Je veux que chaque jour en soit un de promesses. Je suis prêt à prendre soin de ma femme et de mes enfants, comme l'a fait mon père, en France, avec nous. Ma maison est certes modeste, mais elle sera heureuse. »

Surprise, Madame Bourdon laissa son ouvrage et dévisagea le jeune homme. Le rouet attendit tandis qu'elle regardait Madeleine par-dessus la grande roue de bois. Elle vit que ses yeux souriaient enfin. Cette fois-ci, la responsable n'interrompit pas l'entretien, au contraire, elle laissa les jeunes gens se courtiser encore un long moment.

Quelque chose de tendre avait rempli la pièce. Assise à l'écart, Marguerite le perçu sans tarder. Le sourire qu'elle fit à sa tante en observant le couple ajouta au soulagement de celle-ci.

C'est ce jeune homme que Madeleine choisit de revoir, se doutant que l'attirance soit exactement ce serrement au cœur avec le petit trouble que l'autre sème en soi. Ils laissèrent quelques jours passer, et Abel se représenta devant Madeleine qui reprenait chaque jour un peu de couleurs.

« Je suis heureux que votre santé soit meilleure! » s'exclame-t-il, réjoui que le teint de Madeleine perde un peu de sa lividité.

« Un peu encore et on m'amenait à l'hôtel de Notre-Dame de la Pitié, au Cap-de-la-Madeleine.

- Plusieurs amis soldats de mon régiment y ont été bien soignés par le chirurgien résident, Félix Thunage. Mais tant que vos forces vous permettront de nous marier bientôt et de fonder foyer, je reste heureux.

- C'est loin de Trois-Rivières, le Cap-de-la-Madeleine?

- Oh! à une bonne heure de rame, toujours selon les vents »

Madeleine arrêta de parler. Elle est bel et bien au cœur d'une forêt dense et chargée. On s'y sent confiné, englouti, pris au centre de milliers d'arbres qui cernent et écrasent les lopins de terre. Il est étrange de s'y voir enfermé de tous côtés dans une poigne forte qu'on desserrera petit à petit, au fil des efforts de la défricher.

Madeleine leva son regard au-dessus des toits. Elle vit la ligne de pieux qui entoure la limite du village. Au-delà de ce cercle, elle se perdrait dans le labyrinthe des sapinages et des feuillus plantés serrés, où nichent peut-être encore des Iroquois. Heureusement qu'Abel la courtise et l'épousera. Il sera ses parents, sa famille, son pays. Il sera son point d'ancrage, il sera désormais sa vie.

Abel la regardait avec le sourire franc d'un homme heureux. « Attendez Madeleine, j'ai quelque chose pour vous! »

Il court dans le terrain voisin et revient bientôt les bras chargés d'une grosse sphère. Madeleine le regarde avancer, mi-intriguée, mi-rieuse. Ce garçon la fait rire. Mille surprises se cachent à travers ses gestes.

Abel pelotonne le gros globe dans sa veste. Les bras pleins, il avance, souriant.

« Qu'est-ce que vous tirez là, comme un bœuf?

- Voici une citrouille, Madeleine. Il en pousse ici chaque automne. Celle-là n'avait pas encore été cueillie. Demandez à Solange de vous faire goûter à sa chair lisse et orangée!

-Une quoi? Ah! oui, une citrouille! » Madeleine se souvient du prétendant qui se vantait d'en avoir goûté avant elle. « Je parie qu'on peut en manger cuite sous les braises! »

Abel reste pantois. Cette réflexion le séduit. Un élan amoureux apparaît entre deux instants ordinaires. La passion aime l'ébahissement qui permet de croire que l'autre est parfaitement identique à tout ce dont on avait rêvé avant son arrivée dans notre existence.

Abel épie autour de lui. S'assurant que Madame Bourdon est occupée plus loin, il s'élance sur Madeleine. Il attrape sa fiancée, la fait tournoyer, la lève à bout de bras et la fait pivoter encore. Ils rient en surveillant du coin de l'œil.

« Hum … Hum … » entendent-ils venant du côté de la maison. Solange est debout, amenant deux chaises.

Madeleine s'empresse de s'installer sur l'une d'elles, droites et foncées d'un treillis de paille de blé, que Solange, sans mot dire, a adossées contre la maison. Abel, un peu gêné, pose un pied sur un des barreaux planés de la chaise voisine. Il s'assure que Madeleine n'a pas froid, et il poursuit :

« Nous nous installerons sur ma terre. C'est l'endroit où j'avais d'abord élevé un campement, le temps de défricher un coin de terrain et de m'installer. J'ai gardé des arbres de manière stratégique parce que je soupçonne le boisé de protéger du froid. Le pire travail est peut-être fait maintenant, c'était celui d'abattre les arbres et de rendre le sol cultivable. La construction de mon habitation et des meubles va bon train, vous savez ! D'ici la fin de l'hiver, j'aurai aussi vu à fabriquer quelques instruments comme la baratte, la huche, la carde… mais peut-être est-ce que je vois trop grand ? »

Son enthousiasme, lui, est grand. Quand il parle de son avenir avec Madeleine, Abel se transforme en une boule d'énergie. Entre deux souffles, il continue :

« Je divise la maison de l'avant à l'arrière, ce qui donne deux pièces principales, soit une de chaque côté. Pour bien les chauffer, il suffit d'installer un foyer à chaque bout de la construction. C'est comme s'il s'agissait d'une cheminée à cheval sur chaque extrémité du pignon. On les voit déjà, hautes et larges, logées dans les murs des pignons latéraux. » Il sourit et poursuit encore :

« Notre rencontre me donne beaucoup de cœur au travail, vous savez. Chez moi, dans ma maison, ce sera heureux ! Dans quelques semaines, à la mi-décembre, accepterez-vous de vous marier… avec moi, je veux dire ? » Cet enthousiasme séduit le cœur de Madeleine.

La regard de la jeune fille verse dans celui d'Abel. Les paroles courageuses du garçon lui donnent de l'assurance. L'amour emprunte maints visages. Est-ce nécessairement celui de l'amour?

« J'accepte, pour sûr que j'accepte! » dit-elle, se demandant si Marie lui conseillerait de faire le même choix.

Pour s'éviter la petite gêne amenée par l'instant d'intimité, Madeleine remonte son châle et questionne encore : « On dit que l'hiver est très froid par ici, plus froid que ne l'est celui de chez nous, en France. Est-ce vrai?

- C'est la démesure de l'hiver qui fait l'hiver d'ici. Sa longueur, sa froideur… (il soupire) on dirait que le froid de ce pays n'est réellement compris que par celui qui le souffre un jour. »

Devant la mine déconfite de l'immigrante, le garçon s'empresse de poursuivre. « Heureusement qu'il y a toujours l'espoir d'un printemps à venir!

- Mais comment, dites-moi encore, comment l'hiver se manifeste-t-il ici?

- D'abord par le gel du sol et sachez qu'ici, le sol gèle à pierre fendre. Ensuite, le temps se calotte et apparaissent les premières neiges, celles qui ne s'accumulent pas encore. Au début décembre, les bordages de glace sont déjà larges sur les cours d'eau, et c'est le mois où le fleuve va prendre tout entier. Les neiges sont alors fréquentes et elles deviennent stables. Le froid prend racines sur toute la nature, et les bêtes et les gens recherchent les sources de chaleur. En janvier et février, la rigueur de l'hiver s'accentue par les vents, les tempêtes, les poudreries. La neige est partout, souveraine. Les poussières de neige forment des dunes au sol. Chaque matin, on jette dehors la neige qui s'est accumulée près de la porte et des fenêtres, à l'intérieur des maisons. Mais il y a enfin mars, qui ramènera lentement un ensoleillement bénéfique, malgré que la neige reste encore jusqu'à la mi-avril… »

Abel s'arrête et regarde sa compagne. Il dit « Comparé à la France avec son rythme saisonnier mieux réparti, l'hiver ici prédomine. On s'y prépare toute l'année, Madeleine, toute l'année, je vous dis.

- Oh!

- Oui, ici on se prépare à l'hiver toute l'année… Mais n'ayez crainte, j'ai la tête pleine d'idées pour vous y adapter plus facilement. Dès mon premier hiver passé ici, j'ai compris qu'il faut plutôt accompagner la nature que de s'entêter à la contourner »

Madeleine sourit. Ce garçon la rassure. Mieux encore, son courage la contamine et soudain, la fiancée ressent en elle un élan d'énergie. Elle s'imagine dans le même mouvement que son futur mari, elle se voit à ses côtés, brave et audacieuse, comme lui.

« Et quelles sont-elles, vos idées à ce sujet, cher Abel ? » Elle a relevé la tête, lui posant la question comme on lance un défi.

Le garçon s'installe à contresens sur la chaise. Il pose son avant-bras sur la traverse de bois, et y appuie le menton. Sa figure se remplit de ses yeux pétillants.

Il dépose son regard au loin pour énoncer ses plans de survie. Les mots sortent de ses lèvres comme un chant surgi d'un chœur, confiant en toutes les paroles proclamées. « Il faut prévoir et comprendre l'hiver d'ici. Il faut observer et agir dans le sens de la nature. J'ai pensé… »

Les yeux d'Abel cherchent laquelle de toutes ses réflexions il nommera la première. Ses idées se bousculent sur l'étroit chemin de sa bouche souriante. Son enthousiasme veut tout expliquer ! « Je pense fermement que l'absence de porte et de fenêtre du côté nord de la cabane donnera une chance de mieux conserver la précieuse chaleur, plutôt que de la perdre inutilement. Je continue : Avec de la mousse, il faut aussi mieux boucher les fentes et les espaces entre les rondins. J'aimerais aussi être celui qui découvrira comment isoler le feu, comment l'enfermer pour qu'il réchauffe sans les grands courants d'air que provoque l'âtre. Il doit certainement y avoir un moyen d'éviter de rôtir d'un côté pour geler de l'autre ; un moyen pour que les flambées ne laissent pas une glacière à l'autre bout de la pièce. Voilà ! Et je cherche aussi un moyen d'enchausser la fondation. Je trouverai quelque chose pour votre confort, Madeleine, c'est promis. »

Abel se lève, tient à bout de bras la petite chaise et fait quelques pas de danse.

« Maintenant, il me faut aller bûcher pour avoir de quoi chauffer longtemps d'avance. Le bois de chauffage est ce qui permet de triompher du froid. Comprenez que j'ai constaté autre chose aussi : brûler le bois trop vert génère de la fumée et de la suie. Cela semble aspirer l'air. Le bois sec sert bien mieux, et c'est le temps, le temps seul qui l'assèche »

Abel a poliment salué Mesdames Bourdon et Solange et a lancé un clin d'œil discret en direction de sa douce. Madeleine le regarde s'éloigner.

« Soyez prudent sur les eaux du fleuve, Abel ! » s'époumone-t-elle, soudainement prise de peurs.

Madeleine craint l'eau depuis le plongeon de Marie. La route du jeune homme lui paraît longue avant qu'il n'atteigne la terre ferme de la rive opposée. L'immersion du corps de sa sœur est un bruit qui résonne pour toujours en elle.

Madeleine se secoue et entreprend de ramener les chaises derrière la maison. De ce garçon, elle préfère penser à la vigueur de ses coups de rames. Elle préfère le savoir vivant et amoureux.

Abel marcha en se retournant plusieurs fois, le cœur léger et le pas gambadant. Il traversa le village en quelques enjambées et mit son embarcation à l'eau. Il rama avec force en s'accrochant à l'urgence de faire progresser ses travaux, puisque ceux-ci préparent l'arrivée concrète de sa future épouse.

Il toucha l'autre rive en un rien de temps. Les distances sont courtes quand le chemin menant au cœur est ouvert !

***

L'automne a couvert Trois-Rivières de grands courants d'air frais. Les jours ne cessent de raccourcir et les nuits frisquettes obligent à faire osciller une petite flamme dans l'âtre. Chaque nuit, la bise est plus fraîche qu'elle ne l'était la veille. L'hiver se sert de l'automne pour s'amener progressivement.

Le petit matin de ce jour est bon. La nature a été lissée sur une toile qu'un grand maître aurait parfaitement irisé de reflets. Il a agencé la réalité à des couleurs tendres et laiteuses et une paix a surgi du tableau.

La rosée monte rencontrer le soleil d'automne. De ce croisement flou se dégage une sérénité. La nature dénudée de tout apparat ramène à l'essentiel. La paille qui habille les champs de teintes sobres finit de couvrir la campagne d'harmonie. L'alignement rigoureux des tas de foin, soigneusement enserrés dans de la corde, scelle le pacte de la saison des moissons.

On sait que le temps clément tire à sa fin. On en retient en soi la douceur, que l'on conserve sous un couvercle hermétique, auprès d'autres souvenirs. Bientôt, l'hiver. Trois-Rivières deviendra un petit bocal de givre.

Un jeune homme de Trois-Rivières est monté sur la palissade, Jean. On dit de lui qu'il est étrange. Jean intrigue les gens qui vivent autrement de lui. On l'a éloigné pour s'empêcher d'être confronté à la différence. Le garçon préfère aussi ce recul.

Jean observe le ciel au-dessus de l'autre rive. La pluie qu'on a eu un peu plus tôt tombe peut-être là-bas, sous le gros nuage foncé. Les tourtes qui défilent en grand nombre colorent de bleu le ciel d'automne. À voir leur nombre cette année, les tourtières seront nombreuses sur toutes les tables de l'hiver prochain. Jean se promet de tendre ses filets sur le lot qui défile en bande depuis les immenses champs de nidification du nord.

Le garçon de vingt ans promène son regard sur la paix couchée devant lui. Le temps est bon. Une douceur enrobe la colonie. Le fleuve étendu sous l'horizon semble à jamais endormi.

Jean aime regarder vivre ses voisins pour le simple plaisir de s'asseoir et de prendre le temps. Là-bas, il y a un homme, auprès de quelques chèvres et moutons. Par-là, un enfant arrose un plant importé de France, appelé pommes de Rainette. Tout à côté, une femme cueille des épices et des herbes soignantes, prêtes à être séchées. Sur le fleuve, une flottille est garnie de ballots de fourrures. Devant le village, quelques Jésuites s'adressent à des Sauvages. Plus loin, des hommes ont pêché l'anguille qu'ils installent à sécher sur de longs montants de bois. Plus tard, on la boucanera. Jean ira en échanger quelques morceaux contre des choses qu'il aura fabriquées. Une petite peau trappée, un bout de bois sculpté, qui sait.

On croit que Jean est étrange, mais peut-être n'est-il que solitaire. Né de la lignée de Louis Hébert, premier colon à s'établir en Québec, en 1617, il a hérité de sa famille l'amour de la solitude et le courage devant les épreuves. Comme son grand-père, il courait dans les bois, traînant à son col hardes et provisions. Il y a un an, sa course mena Jean à Trois-Rivières où il dut s'arrêter afin de ménager sa hanche et sa bonne jambe, et reposer l'autre. Jean est boiteux.

Il s'est construit une cabane plus à l'est, à l'écart des autres, et en dehors de la palissade puisque la menace iroquoise serait maintenant écartée. Il intrigue les gens du village, mais on respecte sa réserve. On l'a un moment épié de loin, mais on a vu qu'il est bon travaillant et qu'il vit semblablement aux autres. Il mange le poisson du fleuve, coupe son bois et se chauffe, tue pour se nourrir et se vêtir. Habile, il fabrique mille choses avec des riens de la nature, trouvés ça et là sur son chemin. Il troque ses bricolages contre des ressources dont il a besoin. On le croise occasionnellement dans le village, les mains dans les poches, le pas inégal.

On dit de Jean qu'il parle peu depuis le jour où il eut très peur en tombant nez à nez avec un Iroquois. Mais on a inventé l'historiette pour pouvoir s'expliquer son côté ermite. Trouver un motif rassure, s'expliquer le comportement des autres favorise l'acceptation, et accepter autrui permet de continuer plus paisiblement son chemin.

La rive de ce côté semblait libre, lorsque le regard du garçon attrape une petite tache colorée posée sur le dessus des quenouilles. Il plisse les yeux, cherchant à comprendre la nature de ce qu'il a trouvé. Il descend de la palissade où il s'était d'abord assis pour regarder le fleuve et peut-être, de loin, repérer autour du village quelques filles fraîchement débarquées.

Jean se rapproche de la rive, la poigne sérieusement agrippée à son couteau de chasse. Ce qui pourrait être une petite bête tremblote au gré du vent. Curieux de comprendre, le jeune homme approche encore. Qu'est-ce que cette chose-là, toute frémissante?

Un bout de tissu défraîchi pend bientôt au bout de sa main. Il examine sa trouvaille, mi-surpris et mi-heureux. Voici un bonnet de bonne femme! Il hausse les épaules et l'objet prend le chemin de la poche de son pantalon.

***

Perrine fulmine. Solange tient son regard dans l'autorité du sien.

« Je te répète qu'un homme t'a demandé en mariage, Perrine! Tu vas donc très bientôt l'épouser et enfin quitter ma maison.

- Me marier avec cet homme qui se meurt de m'épouser? Fi! Je prendrai un jour mari de mon rang!

- Celui-ci est pourtant très noble!

- Noble, le matelot à la figure tailladée?

- C'est certainement noble de sa part de vouloir d'une fille comme toi, c'est ce que j'en dis, moi! »

Solange se lève d'un pas décidé. Elle attrape le tisonnier et remue les bûches sous la longue tige horizontale qui cuit le rôti. « Et j'ajoute que ce jour dont tu parles, il est trop loin de notre patience à toutes, Perrine.

- Je veux me marier à quelqu'un d'autre, moi!

- Mais à qui d'autre, pardi! Tu n'as pas encore remarqué que personne ne veut de ta suffisance? Pauvre Perrine!

-Tous les hommes voudront bientôt m'épouser! C'est que leurs canots ne les ont pas encore amenés jusqu'à Trois-Rivières, voilà! »

Solange prend une grande respiration. Sa patience a des limites. Elle place son commandement dans le regard prétentieux de Perrine. Elle articulera lentement chacune des prochaines syllabes. « Tu quittes ma maison d'ici une semaine, Perrine.

- Une semaine!

- Une semaine et pas un jour de plus.

- Vous êtes une grosse garce, Solange! Une connarde! Je déteste votre maison, de toute manière! Je déteste votre nourriture. Je déteste vivre avec vous toutes! »

La jeune orgueilleuse laisse traîner son bras sur la table, en la raclant. Quelques pièces de vaisselle tombent et volent en morceaux.

Mais les bras de Solange sont les plus forts. Elle prend Perrine par la taille et la fait voler au-dessus du sol. La jeune fille atterrit franchement sur une grosse malle, et le pouf produit par son fessier en témoigne de la raideur. Le propos fâché de Solange résonne dans toute la pièce.

« Cette maison, mademoiselle la capricieuse, cette maison elle est la mienne et tu n'y es que visiteuse. Tu n'y es plus la bienvenue, Perrine, et que cette expérience te serve à apprendre la charité envers les autres! »

Mais les apprentissages ne se font que lorsque l'on veut bien apprendre. Perrine lève le nez sur Solange. Le regard qu'elle lance à la dame convainc tout le monde qu'elle n'est pas prête aux changements.

Marguerite essaie de comprendre ce qui se passe. Elle gesticule, impatiente. D'une part, elle s'exaspère du comportement de Perrine et d'autre part, elle se demande quel élément lui a encore échappé et lui donnerait la solution à ce qui risque toujours, pour elle, de devenir une énigme. A-t-elle lu « matelot » sur les lèvres de Solange? Mais est-ce là le bon mot? Aurait-t-elle plutôt dû lire « bateau »?, « château »? « ragot »? Elle a aussi lu « mariage », de ça, elle en est certaine. De tous les gestes énervés de Solange, elle comprend précisément que quelque chose urge.

À l'autre bout de la pièce commune, une fille laisse son tricot et demande : « Qu'est-ce qu'elle a encore fait, la Perrine? Pourquoi doit-elle partir d'ici?

- Ce qu'elle a encore fait? Je vais le dire, moi, ce qu'elle a encore fait! Elle a d'abord soulevé le couvercle de fonte qui couvrait mon pâté à cuire, et avec le bout d'un balai elle y a jeté des cendres, pour le rendre immangeable! Ensuite, je l'ai vu insérer son index dans le petit trou de mon châle de laine, qu'elle tripotait, mine de rien, jusqu'à ce qu'elle le brise davantage. Regardez-le, regardez le grand trou dedans, maintenant! »

Des « Oh ! », des « Ah ! » fusent de tous les coins de la maison. Des yeux curieux sur le châle de Solange font ensuite le tour de la pièce jusqu'à Perrine, qu'on enlignera sévèrement. Solange a raison. Cette fille est insupportable et définitivement insensible aux autres. Quelqu'un doit enfin faire quelque chose!

Solange s'emporte : « Nuire au bien d'autrui, nuire au bien collectif, alors qu'on a toute une colonie à mettre sur pieds! Qui est cette fille, pardi! Vous savez que Monseigneur de Laval a rédigé, il y a deux ans, une liste de jours fériés, eh bien moi je dis qu'il aurait pu ajouter quelques jours de congé de plus, pour nous reposer d'une telle enfant gâtée!

- Vous proposez quoi, Solange : 'La Sainte-Perrine', peut-être? »

Madame Bourdon vient d'arriver. C'est pour détendre le climat qu'elle crée un rire général. Même Solange y passera un peu de sa frustration.

Le mardi suivant, Perrine et Louis s'unirent dans le mariage.

Le notaire Ameau les reçoit brièvement. Étant donné le nombre élevé de mariages à célébrer ce jour-là, les choses se dérouleront plutôt rondement.

Cogne et cogne le cœur de Perrine, énorme tambour derrière le cordonnet croisé de son corsage. Des coups de sang sur ses tempes et dans sa poitrine font sautiller le volant de son bonnet et le lin de son vêtement. Les tissus battent la mesure sans qu'elle ne parvienne à calmer sa nervosité.

Elle courbe les épaules, essayant de se cacher. Les sauts continuent. D'inquiétantes questions dans le fond de ses yeux pincent ensemble ses petits sourcils roux. Un sillon creuse à jamais une tranchée au centre de son front. Elle a peur!

Perrine fixe la bouche du notaire, dont les lèvres rouges échappent des paroles importantes. Les mots du notable sont expulsés de chaque côté d'un filet de salive qui court jusque sur ses petites dents. Sa langue presque brune vient parfois appuyer sur la rampe d'un émail jauni. Ses lèvres s'immobilisent quelques fois, le temps qu'il retrouve ses points de repère dans les papiers alignés sur la table devant lui.

Perrine s'occupe d'examiner le petit tas de peau chiffonnée qui pendouille sous le menton du notaire. Chaque fois que bouge sa tête grise, le dépôt s'agite. Elle cherche un moyen de détourner son attention de son mariage. Il lui faut se détacher de cet instant sordide sans quoi, elle s'évanouira.

Elle se concentre sur cette gorge. Elle imagine le notaire comme une quelconque volaille qui avance, en faisant balancer de gauche à droite une peau descendue sous son menton. Bientôt, elle voit plusieurs autres coups de tête nerveux, des mouvements saccadés, des caquètements désordonnés. Elle voit le notaire picorer et se chicaner avec les autres. Toute la basse-cour assiste à son mariage!

Perrine réussit à délaisser la cérémonie en cours. Se tenir à distance de la peur retarde le moment de sombrer. Malgré tout son effort, la jeune fille est consciente du sautillement de son vêtement de lin sur son cœur de haine. Elle porte la main à son cou, essayant de camoufler le mouvement incessant.

Près de Perrine, Louis se tient droit. Ses lèvres sont cousues en une ligne avare, qui met en évidence la large cicatrice de sa joue. Sa bouche avance parfois dans le pointu d'un pincement. On peut y lire de la satisfaction.

Le garçon est certainement comblé d'enlever à Perrine sa liberté. Une flamme joyeuse danse au fond de son œil. Le matelot se fait justice quand est châtiée pour toujours celle qui lui a fait mal.

En aucun temps il ne regarde sa nouvelle épouse, pas plus qu'il n'écoute les propos sur leur alliance. Il semble plutôt dans l'organisation d'un long périple, comme s'il était sur une mer tourmentée, au moment où se rabat un rideau de nuages dans le grand ciel et que naviguer devient un immense défi. Un bel orage s'annonce et le matelot est heureux. Il sera le capitaine, le maître à bord, celui qui a le pouvoir d'infliger toutes les sentences.

Le regard de Geneviève va de la chevelure rousse à la joue tailladée. Son affolement est plus grand que sa compréhension de l'impact de ce mariage. Geneviève est secouée de grands spasmes. Elle ne se résigne pas à voir les jeunes gens côte à côte. Des sueurs plein son front, ses jambes en coton, elle détaille le couple nouveau.

Après que le notaire se soit tu et qu'elle ait encaissé le coup de coude de Solange, Geneviève approche pour la signature du témoin. Elle prend la plume et trace la première moitié d'un X. C'est Solange qui doit ajouter son nom au-dessus des tremblements de son geste raté. « Geneviève, pauvre enfant, tu es si blanche, sors prendre une bouffée d'air! » lui chuchote-t-elle.

La jeune fille allait sortir quand le notaire appela les suivants, puisque d'autres couples s'unissaient ce jour-là. « Quelqu'un d'autre encore ici pour se marier? »

Le bras de Geneviève lui fut presque arraché.

« Oui! Je marie cette fille aujourd'hui »

Les yeux de Solange sortent de sa figure. Au bras d'un gros garçon benêt, Geneviève est debout, devant le notaire. Solange tente un geste pour reprendre la pauvre, mais en vain. La main qui la retient est celle d'un garçon décidé.

Sans trop comprendre ce qui lui arrive, à peine capable de se tenir encore debout, Geneviève consent, et le garçon est heureux. Il lui fallait se marier pour avoir des vêtements chauds pour le prochain hiver. Son épouse lui confectionnera une écharpe de laine et une ceinture pour fermer son vêtement d'extérieur.

Geneviève a un sourire. Pareille à Perrine, elle a trouvé mari. Elle ne se souvient plus du prénom de ce garçon, et sa mémoire chercha jusqu'au moment où le notaire leur demanda de signer.

« Pierre et Geneviève, signez le bas de cette feuille. Vous êtes mariés. Là et là, que signent aussi vos deux témoins. Il y a témoins pour ces jeunes gens? Quelqu'un d'autre encore ici pour se marier? »

Louis a déjà quitté la place, le pas décidé. Perrine ne sait pas si elle doit aller à ses côtés, le suivre loin derrière sans savoir où il va, ou simplement rester là, dans l'embrasure de la porte de la maison du Gouverneur. Quoi qu'il en soit, un lien la relie désormais à l'homme qui s'en va.

Elle avance tout de même un peu. Étourdie, elle se penche sur le bord du chemin tapé. Cette fois-ci, son malaise n'a rien à voir avec le fait qu'elle attende un enfant.

***

Jeanne se lève et circule selon son gré. Elle ne fait plus de l'évanouissement un état quotidien. Crampes et fièvres se sont apaisées, ses saignements ont complètement cessé.

Jeanne se nourrit, dort, et se mesure à la convalescence de ses compagnes du voyage. En observant Marguerite, elle est heureuse de son état. Marguerite a beau avoir repris vie, sa fragilité demeure et Jeanne a peur de ce qui aurait pu être son propre sort.

Elle regarde celle qui a été sa complice de la traversée. Une pitié remplace lentement l'amitié.

Marguerite est définitivement trop menaçante pour celle qui a besoin d'aller vers l'avant. Jeanne se convainc qu'un lien mutuel doit être égalitaire et de forces équitables. Elle se convainc que de ne pas pouvoir se faire entendre de Marguerite ajoute à la source de ses frustrations. Elle se convainc que leur complicité aura été un échange dans la souffrance. Voilà des raisonnements de poids!

La raison de son éloignement est-elle la peur d'être influencée par l'inaction de Marguerite? Si Jeanne se laissait séduire par la passivité, celle qui s'organise secrètement une autre vie ne pourrait jamais trouver les forces d'aller vers ses propres aspirations! Mille arguments logiques enterrent parfois une seule vérité profonde.

Jeanne offre un peu d'eau à Marguerite, qui la refuse. « Il te faudra t'accrocher à quelque chose, Marguerite! Mais à quoi? » demande-t-elle doucement. Jeanne caresse mollement le front de la plus faible, mais Marguerite, sensible à la distance de l'autre, se dégage de cette amitié devenue blessante. Elle détourne le regard.

Elle est triste. Jeanne ne voit plus leur langage comme étant des fenêtres sur la communication, car elle le voit comme un mur! Leur lien est divisé depuis que les mots de l'une ne s'accordent plus à ceux de l'autre. Marguerite est seule.

Jeanne sort du côté du potager. Les derniers légumes viennent d'être cassés pour qu'on les conserve. Entre des sillons de terre sèche, on a oublié quelques longues feuilles jaunies que le vent finira par emporter. Elles iront se défaire plus loin, pour se mêler à la terre. Jeanne soupire.

Une solitude surplombe le jardin, comme si le temps s'était précisément arrêté au-dessus du grand carré. Quand elle voit l'endroit dévasté se figer contre l'horizon, Jeanne se dit qu'il y aura une éternité entre la pause que prend la terre et le moment où elle se recréera. Voici le début de l'attente. Ce ne sera qu'après un interminable délai que prendra fin cette soumission.

La brise tournoie. Jeanne raidit ses épaules sous son châle. Il faudra bientôt s'encabaner, faute de vêtements adaptés aux rigueurs de la saison froide.

Là-bas, le vent fait virer les quatre bras du moulin sur la tour qui semble vouloir prendre son envol. Le cône de bois qui sert de calotte au moulin vibre jusqu'ici.

Jeanne distingue les murs circulaires de bonne épaisseur, les pierres des champs scellées de mortier, la longue poutre fixée à son cône pour en assurer une rotation facile, et elle se dit que le colosse de Trois-Rivières est fiable. Ses ailes fendent le vent à la recherche d'une vitesse régulière. Grâce à Jacques Leneuf de la Potherie qui rénova l'ancien moulin, celui-ci tourne sur la colonie depuis 1661 afin de favoriser la survie des Trifluviens.

Jeanne souhaite que la dure saison avance avec autant de vigueur que tourne ce moulin.

***

La forêt de l'Amérique est une terre infinie. Louis marche loin devant Perrine, sa hache dans une main et un pic dans l'autre. Dans un sac retenu à son épaule par une lanière de cuir, tiennent une petite jarre de graisse, une bonne poche de farine et une autre de haricots. Le plus précieux de son bagage provient toutefois de deux pots de grès attachés à son ceinturon. Ce sont deux pots porteurs d'un liquide magique que Louis avait découvert peu après son débarquement. Le joli clapotis de l'alcool marche avec lui. Le jeune homme est impatient d'en goûter à nouveau le liquide.

La route paraît longue jusqu'à la hutte, un petit abri de branchages organisé tant bien que mal par Louis. Il fait froid. Le vent d'octobre saisit déjà dans le dos. « Ce que ce pays est glacial! Et tous ces bagages à transporter!

- Tu la fermes, ta gueule, la Rouquine? »

Louis a crié sans se retourner. Il accélère le pas. Il a beau être plus loin, la voix nasillarde de sa femme enterre quand même la musique de l'eau-de-vie. Il se penche pour éviter une branche. Il sourit en entendant Perrine se chicaner ensuite avec elle.

Pour se venger de son déficit devant les nombreuses enjambées jusqu'à son mari, Perrine tire fort sur la vache dont on l'a mise responsable et qu'on a chargée de ses affaires. Autant l'une que l'autre rouspète, et Louis s'amuse à les comparer.

Bien qu'elle ne soit qu'à une ou deux chandelles de marche, la colonie leur semble infiniment loin derrière eux. Au creux de ce bois, les autres humains disparaissent, pour ne plus exister. Le couple avance, Louis résolument en tête.

Faite d'ombres et de densité, la forêt assèche la gorge des visiteurs non initiés. Elle annule toutes croyances fanfaronnes de pouvoir aisément la maîtriser. Sans autres repères, la seule ressource sur laquelle compter devient soi-même. L'humilité courtise alors les faiblesses.

La chaîne décousue que forme le groupe est une minuscule couture dans un immense tissu vert et brun, tout encombré de branchages. De temps à autre, la forêt s'ouvre comme une fenêtre sur le bord d'une éclaircie. Les jeunes gens continuent leur route.

Sans le dire de cette manière à son mari, Perrine a peur. Elle pose sa main sur le nœud qui attache son bonnet. Sa main tient son ruban, sa peur tient sa gorge, son orgueil tient son sanglot. Tout ce qu'elle réussira à faire sera de se plaindre. Elle maugrée contre le froid, contre ses conditions de marche, contre sa frustration de se retrouver dans l'épaisseur des bois, vers une maison qu'elle n'aime pas découvrir. Sa véritable défaite est de se savoir pour toujours l'épouse du matelot Louis.

« Hé là! Tu te tais, j'ai dit!

- Je me tairai quand j'arriverai à cette maison.

- Maison? Ha! Ha! Plutôt une concession sur laquelle il y a un château seigneurial et des dizaines de dépendances! Tous tes valets devraient d'ailleurs bientôt venir à ta rencontre! » crie Louis, la main en porte-voix pour s'assurer que Perrine ne manquera pas un mot de son sarcasme.

Perrine soupire bruyamment. Elle frappe sa main contre sa hanche. Elle frappe à répétition son poing, et ce geste lui évite de pleurer.

Dans sa brusquerie, Perrine apeure la vache, qu'elle conduisait déjà difficilement à travers le chemin cahoteux. La poule encagée au flanc de la grosse bête perd des plumes en caquetant. Louis se moque de la misère de la rouquine. Il feint de ne pas s'en occuper, mais cette ignorance aura le fâcheux pouvoir de fixer ce qui énerve tant.

La jeune mariée échappe bientôt la majeure partie de son bagage. Quelques morceaux de vaisselle enveloppée dans des vêtements, une boîte à chandelles et une casserole en fer-blanc, une écumoire et deux écuelles à oreilles roulent contre les troncs d'arbre.

« Ne casse rien, la Rouquine, sinon tu auras affaire à moi »

Les poumons haletants, les yeux hors de sa figure, Perrine lui lance des éclairs d'impatience. Elle aurait souhaité que son insolence coutumière camoufle son essoufflement. En vain.

Louis la regarde ramasser le butin. Il rigole. Son regard vainqueur appuie son ironie. « Mais qu'est-ce qu'ils font, tes valets, ils ne viennent pas faire à ta place? Je vais leur couper tous leurs gages, moi! Et le cou, tant qu'à faire! » Un grand rire suit cette menace d'une violence à peine camouflée.

Leur longue marche se poursuit, sans autre mot. Ils avancent dans le silence de l'ombre que les arbres découpent autour d'eux. La végétation est partout le long du chemin étroit.

La solitude devient tout ce que le couple partage. Au bout d'un moment, Louis arrête devant une bute de branchages recouverts d'écorces. « Voilà!

- C'est …ça, la maison ?

- C'est ça, oui. Et c'est parfait. » Louis s'éloigne, laissant là la jeune mariée et sa désolation.

Restée bouche bée devant son nouveau cauchemar, Perrine laisse lentement la lanière qui la relie à la vache. Ses yeux sont deux grandes fenêtres au-dessus de sa bouche, une porte oubliée. D'ordinaire la première à faire valoir ses humeurs, aucun son n'exprime son étonnement.

Devant elle, des pieux minces, enfoncés dans le sol battu, forment un minuscule carré. Les murs et le toit sont faits de branches de conifères, grossièrement tressées. Perrine baisse la tête. C'est à la fois pour ne plus voir et pour entrer par la seule ouverture de la hutte. L'humidité lui prend la peau. Elle dépose son bagage sur le sol et, prise de longs frissons, elle cherche ses respirations.

Dehors, Louis retire de son sac les deux pots d'eau-de-vie qu'il avait eus en échange d'une belle peau de castor. Il prend une grande lampée d'une jarre déjà franchement entamé et il crie :

« La princesse devra bientôt sortir de ses appartements parce qu'il faut transformer cette maudite forêt en foutue terre arable ! »

La veille, Louis s'était rendu au cabaret du village avec ce qui lui restait de peaux de castor dans son sac.

Il avait d'abord eu la prévoyance de tuer quelques bêtes, tout ça avec une vague idée de se couvrir lorsque viendrait l'hiver, que Capitanal lui présentait d'ailleurs comme étant horriblement froid. Le Sauvage avait été bon d'en aviser son protégé, mais celui-ci n'a pas longtemps cru en ces prévisions de froidures, certainement exagérées par des petites natures non habituées à la mer.

Brandissant la fourrure d'une bête, morte dans un collet que la veille il lui apprenait à installer, Capitanal avait dit à Louis : « Quand les frissons prennent la peau de l'homme, il faut ajouter celle-ci à la sienne » Louis avait haussé les épaules. Les branches pliées qui se détendent au passage de l'animal ne l'intéressent pas autant que les cordages qui distendent les voiles.

Le goût de l'eau-de-vie était bon dans le gosier de Louis, et il passa l'automne à échanger des peaux contre ce liquide, beaucoup plus savoureux qu'est attrayante l'idée de se réchauffer l'hiver venu.

Le cabaret est un endroit où tous apprennent à marchander, Louis le premier. Établi à Trois-Rivières par Madame de la Potherie, l'endroit est fragile au désordre. Coups de hache, coups d'épée et de couteau sont choses courantes lorsque les affaires ne vont pas dans le sens de celui qui l'entend.

« Comment, mais comment donc ? Il en coûte normalement qu'un seul pot de vin pour

une telle peau de castor ! Et c'est du Sauvage ou du coureur des bois que j'achète la peau, pas du matelot français, pardi ! crie un homme à Louis, qui lui propose une affaire louche.

- Là, c'est l'inverse, je te dis. Je veux deux pots de vin contre cette peau.

- Tu affirmes que c'est là un castor d'hiver, tu as bien dis un castor d'hiver, hein ! »

L'homme titube en examinant la fourrure. « Dis-moi, le matelot, comment as-tu pu, l'hiver dernier, tuer ce castor du haut de ton navire, hein ! Hein ! Menteur ! C'est un castor d'été que tu as là ! Cet homme ment ! » criait-il.

Louis savait fort bien que son castor en était un d'été. Il savait que ce castor ne valait qu'un seul pot de vin, puisque la bête d'été est reconnue comme étant de moindre beauté.

Mais l'homme qui veut boire en trouve le moyen.

Habitué de sauter haut et de se retenir dans les tempêtes les plus virulentes, Louis avait saisi à bout de bras celui qui fait pourtant deux fois son poids. Il fit de lui un tonneau en le culbutant de deux tours, comme il sait le faire en pleine tempête en tournoyant les voiles. Un ! Hop ! Deux ! Hop !

Louis attrapa ensuite les deux jarres de vin et il sortit, non sans lancer ladite peau de castor sur la tête du pauvre abasourdi, tant par tout ce qu'il a bu précédemment que par sa virée en l'air. Des applaudissements mêlés à des cris d'injures fusaient de partout.

« Tu seras jugé, le matelot, jugé par la justice ! lança un bon ami du pauvre homme, allongé par terre.

- Laisse, hec ! laisse-le… hoquète le malheureux. Cette eau-de-vie, je l'avais réduite avec l'eau de la rivière… hec ! et il s'endormit, benêt, souriant.

- C'est à cause de tels désordres reliés à l'alcool, maudit matelot, que Pierre Boucher quittait Trois-Rivières il y a deux ans ! » tempêta encore l'ami.

Tous se souviennent du capitaine du bourg et de ses capacités de communiquer avec les Indiens chez qui il avait partagé la vie durant quatre années de sa jeunesse. Riche d'avoir appris la langue de diverses tribus qui vivent au nord des grands lacs, d'avoir observé leurs coutumes, mœurs et caractères, pas étonnant qu'on ait fait confiance à Pierre Boucher et qu'il sut agir brillamment à titre d'interprète et d'agent de relations indiennes, de même qu'en plusieurs engagements vers la signature de traités de paix.

Pierre Boucher avait vu à ce que chacun des colons de Trois-Rivières s'habilite au tir et que tous se munissent d'une arme à feu. Il a divisé les habitants en trois ou quatre escouades afin de hâter l'achèvement de la palissade. D'ailleurs, celui qui se désengageait à travailler à la construction du mur se voyait enlever sa concession. Grâce à ce mur contre l'ennemi iroquois, il ne prit que deux ans pour que Trois-Rivières se concentre en quelques rues au bord de l'eau.

Le travail de Pierre Boucher fut à ce point efficace qu'en 1661, il fut de ceux qui seront choisis pour aller plaider la cause de la Nouvelle-France devant Louis XIV. S'ensuivirent les expéditions de soldats.

Dans la forêt, Louis crie :

« Hé, la Rouquine! J'abattrai maintenant cet arbre. Si tu t'avances là où il tombera, l'arbre cognera lourdement ta cervelle de princesse déchue! »

Il fait celui qui s'amuse. Au fond de sa gorge, l'alcool donne à son rire une sonorité grasse. Louis imbibe son gosier d'une autre lampée et se remet au travail, le cœur presque joyeux.

Le temps a passé avant que Perrine ne pense à chercher quelques morceaux de bois sec pour allumer un petit feu. Elle entreprend d'aménager l'intérieur de la hutte, mais son manque d'initiative est flagrant. Consacrer du temps à la haine rend expert à haïr, tandis qu'ailleurs, le talent attend.

Une heure plus tard, du petit cercle de pierres au centre de la hutte tente de naître une première flamme. Dehors, elle entend crier.

« J'ai faim, moi! Tu as pensé cuisiner quelque chose de bon, au moins? »

***

La neige pourrait arriver d'un jour à l'autre. Trois-Rivières ferme définitivement les volets. Blotti sur lui-même, le village ressemble à un serrement d'épaules sous de grands assauts de vent.

On fait boucherie dans la première semaine de décembre. On tue une partie du cheptel en vue de provisions pour l'hiver. On le fait aussi parce que nourrir toutes les bêtes en temps froid relève de l'impossible. On a invité le voisinage et on en profite pour présenter les jeunes gens. On amènera à Jeanne un autre prétendant. Fera-t-elle encore quelque promesse qu'elle annulera?

Il est arrivé à Jeanne, la semaine dernière, de se rendre devant le notaire et de se rétracter. « Non! Je ne peux pas! Pardon monsieur. » Le sang dans ses veines bleuit. Ses yeux devinrent aussi foncés qu'un ciel de nuit. Son visage défait exprimait à quel point elle venait de l'échapper belle.

Elle avait ramassé ses jupes et était sortie en courant, suivie de ses témoins. Par-dessus ses lunettes, le notaire l'avait regardé s'enfuir. Il soupira et dit, en haussant les épaules : « Très bien, aux suivants! Quelqu'un d'autre ici pour se marier aujourd'hui? »

Quant au jeune homme dont Jeanne ne se rappelle déjà plus le nom, il devint furieux de devoir recommencer à chercher une épouse, d'autant que son permis de chasser et pêcher lui serait retiré à moins, bien sûr, qu'il n'ait un autre projet de mariage d'ici deux semaines.

Le mot court que Jeanne fait perdre du temps aux hommes à marier. Personne, toutefois, ne se doute des attentes de Jeanne. Celle de Ville Marie, celle d'aller rejoindre sa cousine Catherine, celle de quitter la colonie de Trois-Rivières pour se rendre auprès de Marguerite Bourgeoys!

Jeanne connait les rudesses sur un navire. Elle a très peur de voyager à nouveau. Depuis la grande traversée, elle sait exactement ce que signifient les proverbes « Si tu veux apprendre à prier, va sur la mer » et « Louez la mer, mais tenez-vous sur le rivage »

Elle se rappelle les quartiers malodorants d'un navire, le campement des passagers à l'arrière du bâtiment, les installations dans des cadres lacés avec du bitord et sur lesquels on a jeté de vieux matelas, les animaux vivants à proximité de nos pas, que l'on voit et sent de l'autre côté des planches, et puis, les vers dans la nourriture, le manque d'hydratation causé par les vomissements incessants… Jeanne en sait déjà trop sur le verbe voyager. Pour achever sa crainte, elle ajoute les risques d'attaques iroquoises et d'intempéries! Aura-t-elle le courage de partir à nouveau?

Malgré tout, Jeanne chérit le projet de remonter le fleuve pour atteindre la limite de l'Amérique exploré. Elle laissera venir le printemps, et peut-être son idée prendra-t-elle racines.

Le premier jour de boucherie, on tue le porc. Les hommes en font la saignée, le vident d'abats et l'ébouillantent. Les femmes en font le boudin, les saucisses et elles serviront le foie au souper. Le deuxième jour, on le prépare pour la conservation. On tue ensuite le bœuf, dont la peau sera traitée. Avec le cuir on fera éventuellement des harnais et des chaussures. Enfin, avec la peau du veau qu'on a abattu, on fabriquera le haut des bottes. Tout le village travaille en commun.

Aujourd'hui, on présente à Jeanne un autre garçon, sur qui elle lève à peine le regard et continue sa corvée. Depuis qu'on l'a planté là devant elle, la jeune fille brosse de plus belle une peau à tanner. Le visage de Jeanne est dur, ses lèvres sont sans sourire ni mots agréables à offrir. Elle travaille avec raideur et efficacité. L'hiver sera long, difficile, ennuyeux.

Dans un effort de civilité, elle lève les yeux sur l'homme qui attend, prêt à tout accepter. Elle n'aime pas son nez aquilin ni ses yeux creux qui la questionnent. Elle n'aime pas ses mains rêches ni sa manière de laisser ses bras ballants.

Mais lorsqu'elle ne regarde que sa stature, quand elle plisse un peu les yeux pour ne pas le voir nettement, une chaleur gagne son cœur las. Elle imagine ses frères, leur voix, leur manière de bouger dans les vêtements que pour eux seuls elle a amoureusement confectionnés.

Une tristesse l'assaille. Elle a peine à avaler sa salive, doublée par l'envie de pleurer. Son souvenir et son ennui semblent se rencontrer au niveau de sa gorge et comprimer tout l'espace situé entre sa tête et son coeur. Jeanne tente de se ressaisir en continuant à trimer dur, sans toutefois mettre sa concentration sur le travail.

Ses gestes prennent une telle raideur que la lame effleure la peau de son doigt. Un long cri surgit de la douleur de cette petite coupure. C'est un cri aigu qui vient d'une brûlure souterraine, beaucoup plus profonde que sa blessure apparente. Le prétexte de ce cri libère aussi des larmes de désespoir.

« Puis-je vous aider, mademoiselle Jeanne ? » Ce fut pour lui la première occasion de s'adresser à elle. Ce sera aussi la dernière car le jeune homme n'aura jamais de réponse, excepté ce qui pourrait ressembler à un sourire de remerciements.

Jeanne laisse là son ouvrage et un jeune homme désarçonné, qui ne peut soupçonner la montée de souvenirs qu'il a provoqués. Il fait une brève salutation de la tête, les yeux pleins de l'espoir qu'ils se revoient, le cœur plein de la déception qu'ils ne se soient jamais rencontrés. Son malaise est palpable et prend ce qui lui reste de charme.

Jeanne n'a rien vu. Cet homme n'existe pas. Seule son ombre rappelle ses frères bien-aimés. Elle s'attriste de ne posséder d'eux que des souvenirs diffus.

Elle va derrière la maison, asperge son visage d'un peu d'eau froide du baril qui a recueilli la dernière pluie. Le regard qui ne sèche pas, elle se berce contre les planches de la maison. D'une part, il y a ses frères collés sur sa vie ; d'autre part, il y a ce village sans intérêt sous ses pieds. Comment rendre son existence plus douce à son cœur, à son âme ? Survivre tout l'hiver, jusqu'au prochain navire, voilà tout ce qu'il lui reste d'espoir. Sa décision est maintenant prise.

Ses esprits retrouvés, elle retourne à sa corvée. S'aperçoit-elle que le garçon l'a déjà quittée ? Il fut le dernier à qui elle fut présentée.

« Du matin au soir, je ferai des corvées ! Je ferai ce qu'on voudra, mais par pitié, qu'on n'insiste pas pour me marier ! dit-elle à Mesdames Solange et Bourdon, quand elles furent seules.

- C'est bon, c'est bon, Jeanne ! Ce que tu proposes convient pour la colonie »

Solange regarde Madame Bourdon. « Donnons-lui la tâche de transmettre aux enfants quelques rudiments scolaires, qu'ils ressemblent un peu plus à nos petits Français. »

Les colons ont le souci qu'une éducation convenable soit dispensée aux Trifluviens. Toutefois, Trois-Rivières n'étant encore qu'à ses premiers balbutiements à cause de sa difficulté d'installation, l'école n'avait pas encore fait partie des priorités. Bien sûr, les immigrantes devenues mères enseignent parfois à leurs enfants ce qu'elles ont appris en France et des instituteurs religieux donnent aussi des leçons aux plus doués. Il y a aussi des maîtres ambulants qui distribuent, à l'occasion, des bribes de lecture et d'écriture et, dans ses loisirs, le notaire Séverin Ameau se fait maître d'école depuis 1652. Malgré que tous le considèrent le premier maître instituteur de la ville, cette bonne volonté ne suffit pas.

« Je pourrais apprendre aux enfants la lecture, l'écriture, peut-être même le calcul !

- Tu n'auras qu'à les traiter comme s'ils étaient tiens, Jeanne!

- Mieux encore, je les traiterai comme j'ai choyé mes petits frères, madame. (Elle hésite.)

-Quoi d'autre, Jeanne?

-Voici. Lorsque le printemps sera venu, je me rendrai encore plus loin dans le ventre des terres.

- Ville Marie? Auprès de Marguerite Bourgeoys? Reprendre le bateau? Comme tu es secrète, Jeanne!

- Je ne veux plus de mari, plus d'enfant, je veux autre chose pour ma vie! Je rêve de ce qu'on m'a appris du principe de Marguerite Bourgeoys. Voilà, cette femme dit que l'école est une préparation à la vie, la vie en est une à la mort, et la mort est un passage à la vie de l'éternité. Là-bas, Madame Bourgeoys apprend aux petites filles la civilité et la bienséance en leurs gestes, en leurs paroles et en leurs actions. Lire, écrire, calculer avec des jetons, coudre, faire des travaux divers et des ouvrages manuels. Je sais aussi que Monseigneur de Laval approuve l'œuvre des filles séculières de Marguerite Bourgeoys. On dit même que l'évêque rêve de les transformer en religieuses mais pour cela, je ne crois pas me sentir appelée. Par contre, pour retrouver ma cousine Catherine et pour œuvrer auprès d'elles, je sais que je le veux »

Solange n'écoute plus, tant elle rit aux éclats. Ni l'une ni l'autre entre Madame Bourdon et Jeanne ne sait encore pour quel motif. Quand enfin elle reprend son souffle, les larmes de rires sur les joues, Solange dit, entre deux hoquets :

« Apprendre aux filles la civilité et la bienséance en leurs gestes, en leurs paroles et en leurs actions! Ce programme est taillé pour Perrine, c'est moi qui vous le dis! »

***

L'automne assombrit la nature et la guide vers un enterrement. Feuilles, jardins, lumière, toutes les forces de l'été agonisent et la terre se replie lentement dans la terre. L'automne baisse la mèche d'une lanterne pour rabattre la teinte des cieux et des champs. Bruns, pailles, glaises, l'automne voile la réalité pour amener la terre vers un long sommeil. La prochaine écuelle de fraises des bois est à une éternité d'ici.

Tous les Trifluviens tirent vers eux le coin d'une couverture chaude. Le quotidien oblige d'accepter que le froid ait déjà volé la manière de vivre. Un frimas tenace engourdit graduellement l'atmosphère, les aliments et les alentours, et va s'en prendre à la peau hmaine. Les préoccupations des colons de la Nouvelle- France ne seront bientôt plus celles de construire joyeusement mais de protéger sagement.

La nature est puissante et elle est tout aussi imprévisible. Tout l'automne durant, la santé de Marguerite sera chancelante selon les jours, la chance, les obstacles et les faveurs. Force et faiblesse se battent dans des élans de fièvre.

Pareille à la terre qui avance inévitablement vers l'hiver, Marguerite a compris qu'elle n'a d'autre choix que de donner son accord à la nature. Sa santé ira du côté de son cours.

***

La fiancée d'Abel était à la fenêtre bien avant le moment du troisième rendez-vous. Dans les carreaux, un papier opale et mince filtre sa vue. De l'autre côté de la fenêtre parcheminée, Madeleine distingue des ombrages qui bougent sur un long filet de lumière. Chaque ombre humaine vient frapper son cœur d'un grand coup.

Une neige tombe joyeusement sur Trois-Rivières. C'est la toute première neige de l'hiver, celle qui marque le moment solennel. Terre et eaux disparaissent sous une carapace uniforme. La neige transforme le paysage en désert blanc, tandis que les joues de Madeleine, elles, prennent le rosé de la fébrilité.

Abel se leva tôt et travailla tout sourire ce jour-là, le sifflet entre les lèvres et le pas dansant. Enfin arrivée la mi-journée, il pressa le pas. Aidé de son frère, il déposa son canot d'écorce au bord de la rive et leva les yeux.

Le jeune amoureux rame plus vite que jamais. Il y a là-bas sa jeune Madeleine, qui l'attend. Cette seule idée le fait joyeusement pagayer sur les eaux entretenues jusqu'à ce que les glaces barrent le fleuve. Et puis, il faut faire rapidement! Leur rencontre est prévue avant que la brunante n'empêche de se reconnaître.

Abel cogna énergiquement ses jointures contre la porte de bois et c'est Madeleine elle-même qui vint ouvrir. « Oh! Vous êtes tout couvert de blanc!

- L'accumulation de neige m'impressionnera toujours, en ce pays! » dit-il en secouant ses épaules par des petites tapes du bout des ongles. « Pouvons-nous sortir un moment, mademoiselle Madeleine? » Abel regarde Madame Bourdon, attablée avec Solange. L'une des femmes épluche les légumes du lendemain, tandis que l'autre reprise l'ourlet défait d'une vieille couverture.

Après les recommandations d'usage et la dernière couverture installée sur ses épaules, Madeleine rejoint son fiancé.

« Nous n'avons que quelques minutes. Après, vous entrerez boire un bouillon chaud »

Ils marchent autour des cabanes, un peu gênés mais heureux de se revoir. Une neige muette tombe avec obstination sur Trois-Rivières. Le ciel penché est un immense saloir au-dessus de la ville, déjà toute cloutée de hautes tuques blanches.

Les gros flocons semblent savoir exactement où se poser. Ils font la course, rappelant une ruée d'élèves à la sortie de l'école, jusqu'à ce qu'ils s'arrêtent enfin, sans plus bouger, comme le ferait l'écolier qui se déclare gagnant à la ligne d'arrivée.

Entre les jeunes gens, ce moment est d'une grande pureté. Et comme la pureté appelle généralement les plus profondes confidences, Abel dit :

« Madeleine, on dit que vous avez perdu votre sœur dans la traversée ? »

La douleur de la perte traverse le visage de Madeleine. Elle pose ses yeux sur l'eau du fleuve.

« Hélas, oui. Elle s'appelait Marie. Elle était mon aînée et ma meilleure amie. Parler d'elle au passé me torture le cœur »

Le vent prend les paroles de Madeleine et les fait tourbillonner autour d'eux. Abel s'abstient de parler. Son silence est en lui-même sa plus respectueuse communication. Au bout d'un moment il dit :

« Le voyage est difficile, tant pour ceux qui quittent que pour ceux qui sont quittés, quelle qu'en soit la manière »

Madeleine fixe le vide, les cils blancs et le regard livide. Elle ne dit mot. Quelques souvenirs viennent se déposer dans la pince de son demi sourire. Elle réfléchit à haute voix :

« Je pleure Marie plus que l'Europe. Elle était mon pays, mes racines. J'avais une si grande confiance en elle que jamais je n'ai prévu qu'elle me laisserait seule sur le navire, et ensuite seule sur cette terre, non, jamais… »

Abel s'exclame aussitôt :

« Vous ne pouviez savoir, ni l'une ni l'autre ne le pouviez d'ailleurs ! Ma chère Madeleine, pour ceux qui arrivent de l'autre côté des difficultés, il y a d'autres joies possibles. Et vous, vous êtes arrivée ! Et puis, vous n'êtes plus seule… »

Il cesse de marcher et prend ses yeux dans les siens. Entre eux, le chemin est ouvert. À part la course de quelques flocons, rien ne brise la ligne directe de leurs regards. Il ajoute :

« Moi, Madeleine, moi, je suis là… »

Le garçon fait un pas de côté. Il se penche et plante sa main dans la neige fraîche. Il cueille et secoue quelques longues brindilles sèches, qu'il assouplit en les fouettant encore contre sa hanche. En un rien de temps, il les tourne en les tordant pour donner à la gerbe une forme ronde. Il ramasse ensuite quelques vieilles fleurs sèches qui dépassent encore de la neige, et il les fixe à la couronne.

Se tournant vers Madeleine, il dit simplement :

« Voici pour votre grande sœur. Que cette couronne lancée à l'eau lui tienne lieu de sépulture et que les cieux l'accueillent ! Venez ! » Il lui tire le bras et s'élance jusqu'au fleuve.

Madeleine court, sa couverture comme un drapeau derrière elle, un hoquet de joie et un autre de misère au fond de sa gorge. Arrivé là où il avait prévu conduire le couple, Abel prend la couronne avec ses deux mains, l'offre silencieusement au ciel, puis il la lance de toutes ses forces dans l'eau glacée. Elle virevolte dans le vent pour ensuite effleurer les rouleaux de vagues.

Des larmes dans les yeux de la jeune fille brouillent la petite flotte ronde, qui danse un peu, le temps de saluer Marie. Puis, le St-Laurent la prend et l'avale définitivement.

Un rideau de paix est suspendu au-dessus de l'horizon. Le fleuve devient une immense bouche avec des milliers de petites lèvres en prières. Une quiétude enveloppe le couple de silence.

Abel reprend la main de Madeleine et les jeunes gens restent immobiles. Il souhaite que Marie puisse finir de mourir et que Madeleine puisse continuer de vivre.

Ensuite, Abel replace la couverture sur les épaules de sa fiancée. Pour en finir avec la tristesse, il lance le défi du premier arrivé à l'artère principale, baptisée rue Notre-Dame. Les jeunes gens remontent la pente en riant.

Tout essoufflés devant leur tasse de bouillon chaud, ils parlèrent de la France et de leurs origines. Une lumière nouvelle habite le regard de Madeleine. Il y a des semaines qu'on ne l'a vue aussi légère.

Solange et Madame Bourdon échangent des regards convenus. Ce garçon inspire à Madeleine le meilleur avenir. Le jour même, on prendra le rendez-vous pour signer les papiers officiels devant notaire et pour passer à l'église à la mi-décembre.

Mais toute douleur quitte rarement le cœur d'un seul bloc ni ne le quitte rapidement. Même quand un bonheur contraste avec l'émotion difficile, la souffrance prend le temps de rester lourde, peut-être est-ce pour obliger qu'on la respecte.

Quelques heures avant de se présenter devant le notaire, Madeleine se recueille face au fleuve. L'eau agitée a la couleur de sa tristesse. Voici le gris de sa peine. Madeleine se marie aujourd'hui sans partager ce moment, ni avec Marie ni avec ses parents.

Des sanglots ont longuement secoué ses épaules. Toute l'impuissance du monde atterrit sur ses treize ans. Sa sœur et ses parents lui manquent, pire qu'une peau qu'on soulève, tire, déchire et arrache d'elle. L'insuffisance que créent les deuils laisse l'enfant dans le dénuement le plus cruel.

Sans ramasser sa couverture qui volait derrière elle, elle grelotte, les cheveux dans les larmes et le cœur dans la misère. Les vieilles questions reviennent. Pourquoi Marie ne l'a-t-elle pas suivie jusqu'en Canada? Pourquoi elle-même n'est-t-elle pas morte comme sa sœur? Pourquoi est-elle si seule?

Mais les pourquoi sur la peine ne réconfortent pas. Le cœur n'a pas besoin de la brusquerie des explications logiques qu'ils amènent, car il n'a besoin que de bercer les réponses que lui seul enfantera lentement. Laisser finir jusqu'au bout chaque note de la douleur est la seule assurance que la triste musique finira par s'arrêter.

Madeleine pleura longtemps.

Quand la jeune fille fut arrivée au bout d'un dernier sanglot, les vents s'adoucirent et un grand silence monta du fond d'elle. Là, elle crut entendre claironner sa sœur, lui indiquer quoi et comment faire. Étonnée, elle écouta. « Va Madeleine, prend Abel pour mari et cesse de regretter le passé. Tu peux le faire, je sais que tu peux vivre en Nouvelle-France en te fiant à tes propres perceptions devant Abel. Fais ce que nos parents nous ont recommandé et réalise ce que nous avions ensemble accepté de faire : peupler la Nouvelle-France! Allez! Aies de nombreux enfants et que ta première fille se prénomme Marie! »

Madeleine promena un lent regard sur l'horizon, des étoiles de larmes dans les yeux. Elle profita de ce moment d'accalmie pour respirer profondément. Il était encore trop tôt pour qu'elle réalise que la voix qu'elle croyait entendre était sienne.

Madeleine avait pris de sa grande sœur le plus bel héritage qui soit, celui d'être habité de ses meilleures intentions. La petite transporte ainsi en elle une force apprise de son aînée. Cette précieuse présence constitue pour elle-même ses meilleures dispositions. Ce fut la mort de Marie qui donna à Madeleine cette capacité de savoir compter sur elle-même. De petite fille sauvagement dépendante de son aînée et affreusement mutilée par sa mort, elle pourra ainsi avancer seule sur le chemin de sa vie. Au moment où elle cessa de chercher sa sœur en dehors d'elle et où elle commença à entendre Marie la guider de l'intérieur, ses forces prirent de vraies racines. Cette maturité nouvelle lui offrit une attitude que jamais elle n'avait été capable d'adopter avant le décès de sa sœur chérie.

La souffrance veut qu'on la laisse être totale et qu'on apprenne d'elle, sans quoi, elle nous reprendra dans un prochain détour jusqu'à ce que la leçon de vie soit apprise. Alors seulement on pourra la regarder partir, dans le silence d'une promesse à soi-même.

Madeleine s'était courageusement rendue au rendez-vous notarié. Elle a regardé Abel droit dans les yeux, a pris la plume dans le même élan volontaire et sa main traça, sur la feuille rugueuse et épaisse, un X d'une légèreté délibérée. Quelques témoins de cette journée de décembre 1669 signèrent dont Madame Bourdon, définitivement rassurée du sort de sa plus jeune protégée.

Dans la maison de Solange, une foule se rassembla avant que ne parte les tourtereaux. On chanta fort et on parla sans arrêt. La règle des adieux est encore le tumulte, la démesure et la précipitation.

Quelques femmes prirent Madeleine à part. Elles lui parlèrent brièvement d'enfantement et lui offrirent la couverture d'un berceau. On lui fit ensuite cadeau de farine, de sel, de sucre, et de quelques carrés de tissus. Madeleine sait bien cuisiner. Solange et Madame Bourdon lui ont généreusement donné des leçons de base, en plus d'autres conseils concernant le tricot, la broderie, la couture et le tissage.

Des hommes ont apporté quelques peaux de castor, un morceau de gibier, quelques volailles et des raquettes. Madeleine reçut ensuite les cinquante livres promises, ainsi qu'une marmite et une crémaillère du Roy. Tenant dans ses mains une sorte de racine d'un brun rougeâtre, Madeleine se tourna vers Solange pour demander :

« Qu'est-ce que cela, Madame ?

- Ce sont des topinambours, mon enfant ! » Devant l'interrogation de la jeune fille, elle expliqua : « Ce sont des légumes parents aux tournesols. Tu en feras pousser en cassant régulièrement les germes et tu les conserveras plus longtemps dans un endroit frais. Tu en mangeras la tige, bouillie. C'est d'aspect tordu mais tu verras, c'est bon et c'est nourrissant ! »

Attendrie, la grosse femme renifla discrètement et ajouta encore. « Bonne route, ma petite Madeleine.

-Et de grâce, protège ta santé, mon enfant ! » n'a pu s'empêcher de recommander Madame Bourdon.

« Nous nous reverrons à Noël, mon mari me l'a promis » dit Madeleine, dans un sourire qu'elle veut confiant.

« Tu peux avoir confiance en cet homme, ma petite ! » chuchota Madame Bourdon à son oreille.

Au moment de partir vers l'autre rive, Abel place le coffre de la jeune mariée dans la charrette, à côté duquel il dépose respectueusement celui de Marie. Il lève la tête et constate qu'arrivent, par le nordet, des nuages lourds et plombés.

« Il faut faire vite, maintenant. Les vents se sont grandement levés et ils risquent d'empêcher d'avancer. Il faut partir avant que le froid ne prenne trop de piquant »

Madeleine regarde le coffre de Marie. Ses pensées viennent de retraverser le temps. Se bercent candidement ses souvenirs dans son sourire figé. Si elle eut été vivante, sa grosse sœur aurait piétiné la neige en quelques pas de danse, puis elle se serait avancée sur les visages de chacun, claquant des baisers sur toutes les joues qu'elle trouverait dans le tumulte de sa gaieté. Elle aurait ensuite fait voler ses bras au-dessus de sa tête, jusqu'à ce que la charrette devienne invisible. Pour le reste du chemin, elle se serait occupée de la jeune Madeleine, la couvrant de la meilleure fourrure à la moindre bourrasque de vent.

Abel lui touche doucement l'épaule pour sortir Madeleine de ses pensées.

Ensuite, le jeune homme fait avancer le bœuf. Les pattes calent dans la neige profonde et l'animal se méfie. La charrette veut s'asseoir sur ses arrières. Abel ne se décourage pas. Il pousse de toutes ses forces et relève enfin le chargement. Les hommes accourent. On dirait qu'ils sortent de nulle part derrière les tourbillons blancs.

Le vent emporte maintenant tout ce qu'on crie. Les mots virevoltent et peut-être vont-ils se coller à la neige qui tombe, formant des messages à l'intérieur des flocons. Le jeune marié est décidé à traverser sur l'autre rive. Il oblige l'animal hésitant à obéir aux ordres et à avancer. Il hausse le ton par-dessus les grands sifflements du vent, et il secoue les harnais pour que l'animal se décide.

Les bourrasques tournoient, rendant chacun des gestes difficile. Quand l'hiver est devant le fleuve, le corps fait face à une bataille. La rudesse des vents tire les muscles par derrière. On a beau tenter de retenir les capuchons et les cols, faire quelques pas devient une obstination contre la saison rude. Hypocrites, les vents ne laissent aucun alibi ; ils ramassent et lissent tout, balayent même les traces fraîches derrière soi.

Par-devant le groupe, Madeleine tire sur la lanière de cuir tandis que derrière, son mari soulève de son mieux la charrette. Quelques hommes tirent et poussent aussi pour aider le couple à faire faire des pas à l'animal. Bien décidée grâce aux encouragements d'Abel, la délégation clopine jusqu'à ce qu'enfin on atteigne le fleuve. Là, quatre Sauvages les attendaient dans leurs habits de peaux, le corps généreusement enduit de graisse.

On avance la charrette le plus loin possible de la grève et on la décharge pour transférer dans deux toboggans l'ensemble de son contenu. La neige et les vents rendent les manœuvres difficiles. Même les marchandises les plus lourdes semblent prendre leur envol. Quand tout est prêt, les Sauvages commencent à diriger l'équipage sur les glaces et Madeleine est prise d'une grande peur.

Bien qu'on la distingue d'ici, l'autre rive sera longue à gagner. Dans les conditions qu'elle voit comme très dangereuses, Madeleine voudrait ne pas s'engager sur l'eau gelée. Elle regarde Abel. L'hésitation insiste dans ses yeux. Et s'ils mouraient tous, éparpillés sur le fleuve, les yeux fixes derrière un frimas blanc ? Et si, au milieu de la couche givrée survenait un courant d'eau que personne n'avait prévu ? Et si le froid pénétrant obligeait de revenir sur nos pas, sans que tous en soient encore capables sans en mourir, épuisé de froid ? Muni d'une perche, le Sauvage le plus expérimenté a déjà pris les devants. Madeleine agrippe Abel.

Le soleil de la mi-journée cire et lustre l'étendue gelée qui entoure le petit groupe. On avance lentement et péniblement, en contournant les grosses pointes de neige que dessinent les rafales. Madeleine garde la tête baissée, essayant de protéger son visage des gifles du vent et des gerçures douloureuses. Elle craint de ne reconnaître ni ses propres pas ni ceux des autres, ni sa destination ni d'où elle vient. Elle se cale dans la fourrure dont on l'a recouverte. Le vent froid en dépeigne le velouté, dans tous les sens à la fois. Pour se rassurer de sa peur que la glace soit incertaine, pour arrêter de s'imaginer enlevée par le vent et pour s'aider à se diriger dans l'inconnu, Madeleine se dit que le bras qui lui retient l'épaule lui offre une bienveillance similaire à celle que lui offrirait Marie. Cette pensée demeurera sa lueur jusqu'à ce que le petit groupe atteigne l'autre rive.

***

Quelques jours plus tard, au coucher du soleil, des têtes sont penchées au-dessus de Marguerite, qui dort en chien de fusil dans un lit court. Les femmes de la colonie cherchent comment mieux favoriser sa santé. On expérimente, on observe et on questionne.

Aujourd'hui, on a essayé quelque chose de différent. On a sorti la malade de sa paillasse et on l'a couchée dans un lit court car, dit-on, les lits longs sont ceux destinés aux morts. Puisque le sommeil ressemble à la mort, on n'aime guère l'effet que prend alors celle qu'on veut voir guérir.

« Voyez comme Marguerite est frêle ! Regardez-moi ce corps complètement noyé dans les draps !

- L'épaisseur de la peau, voilà ce qui empêche de geler l'hiver. Comment fera-t-elle pour survivre ici ?

- Et pour défricher, tirer, pousser ? Pour semer, arracher, récolter, nettoyer ?

- Et sourde en plus ! Personne ne m'a d'ailleurs expliqué pourquoi, pourquoi donc le Roi envoie-t-il une sourde pour peupler la colonie ?

- Elle va casser, elle va mourir ici, c'est certain ! »

Une des femmes ajoute encore :

« Nous la garderons tout l'hiver pour la gaver, la pauvre ! Peut-être au printemps aura-t-elle retrouvé la santé ?

- Chut ! Taisons-nous, elle se réveille.

- Elle nous entend ?

- Mais non, elle n'entend pas : c'est une sourde, la Marguerite ! »

C'est une sourde. Rien qu'une sourde, la Marguerite.

Ces mots, Marguerite les a vus des milliers de fois sur les lèvres des gens de l'autre continent, une conspiration peureuse lovée dans leur souffle émoustillé. C'est une sourde ! Voilà la sourde !

La sourde, avec ce la accusateur, comme si elle avait délibérément choisi son état malheureux. Aux yeux de ces femmes, elle est la sourde, une tarée qu'on désigne parmi des méritants satisfaits d'être exclus du problème. Marguerite aurait-elle joué à la courte paille, mais avec des brins de chance et de mérite d'une longueur inégale aux autres ? Et tant pis. Elle est La bécasse, elle est la chose sans entendement, l'oreille dure, elle est la sourde. La sourde. Une étiquette solennellement apposée. Rien de plus que sourde quand le problème devient entièrement elle, sans plus d'égard à tout ce qu'elle est d'humaine autour de sa surdité.

Marguerite referme les yeux. Elle voudrait ne pas entendre sa différence, mais elle l'écoute par en dedans chaque fois que sa fragilité prend le pas sur ses espoirs. Elle croyait qu'hors de la France, toute cette misère n'existerait pas! Mais elle n'a qu'à voir l'expression des visages penchés sur elle, qu'à lire quelques-uns des mots sur leurs lèvres, qu'à sentir dans leurs regards la pitié et la peur, pour retourner dans le silence de sa peine.

Marguerite alterne entre mieux-être et rechute de santé. Un chancre ronge les meilleures parties d'elle. Elle se sent aussi vulnérable que sourde, accablée de jugements, avec un matelot aux trousses.

Elle pense à lui et ressent une grande faiblesse. Elle craint continuellement que le garçon tourne le loquet de la porte, l'ouvre lentement, avance sur elle avec son horrible sourire et sa joue tailladée, et qu'il la trouve là, mollement étendue. Elle craint qu'il profite de sa fragilité. Elle craint ne pas savoir à temps qu'il s'approche d'elle, et ne pas pouvoir bouger assez rapidement. Elle craint tout ça, autant qu'elle a peur qu'aucun mari ne la choisisse à cause de sa pâleur et de sa différence. Est-ce que tous les garçons confondront oreille dure à cœur de pierre?

Marguerite tourne le dos à la pièce. Elle accroche son regard à la clarté jaune donnée par le papier de la fenêtre. Dehors, la lune fait sa ronde coutumière. Elle guette, l'œil grand d'inquiétudes. Marguerite soupire. Elle revient à l'intérieur de la pièce pour fixer une lampe à la graisse d'ours. Cette lueur ne donne pas d'autre choix que de revenir à soi, dans une ambiance intimiste.

Elle pense à Madeleine qui est partie, déjà mariée, et Marguerite la considère chanceuse. Perrine aurait eu des courtisans elle aussi, a-t-elle cru comprendre. Un mariage pour bientôt, à moins qu'il ait déjà eu lieu, a-t-elle lu l'autre soir sur les lèvres de Solange. Et puis, si elle n'est pas encore mariée, où donc serait la rouquine qui ne manque à personne? Marguerite pense à Geneviève qui a aussi quitté la maison de Solange. Peut-être est-ce au bras du gros garçon, celui avec lequel elle l'a vu, par la fenêtre, un jour où elle fut assez bien pour s'asseoir dans la berçante? Et puis elle pense à Jeanne, qui a recouvré sa santé mais qui, elle ignore pourquoi, ne semble être pressée de se marier.

Ainsi va le décompte pour toutes les autres filles accueillies par Trois-Rivières. Mais pour Marguerite, pas de mariage. Pas de bonheur pour la différente des autres, la sourde.

Sourde!

Sa réflexion est un instrument de torture sur sa plaie. Mais quand on n'a rien à entendre, on a tout son temps pour entendre en soi les discours qui circulent. On entend à la fois celui qui construit, et l'autre, celui qui défait la santé globale.

Marguerite étire le cou. Elle se demande à quoi ressemble le village où elle a débarqué la saison dernière. À l'exception de la grande pièce de la maison, elle n'a encore rien vu de Trois-Rivières. Le logis de Solange tient lieu de la même prison que lui avait servi le navire. Il est un autre espace restreint. Logis, navire, tous semblables au petit enclos en dedans d'elle, que sa surdité ne permet jamais de dépasser.

Autour de Marguerite, deux femmes chuchotent.

« Lorsque viendra le chirurgien itinérant, penses-tu qu'il la lui fera, la saignée qu'on aurait peut-être dû lui faire dès le début ?

- Malgré qu'elle aille parfois mieux ?

- On sait tous que la saignée et la purge sont les remèdes à tous les maux !

- Sais-tu qu'il y a des chirurgiens qui mettent leur science médicale au service d'une industrie pratique et florissante : la fabrication de l'eau-de-vie ! Tu crois qu'on devrait lui en faire boire ?

- Je ne sais pas. On serait peut-être mieux de demander conseil à sa tante.

- J'ai bien hâte de revoir l'étui curieux qu'il avait, le chirurgien de l'été dernier, avec ses pincettes et ses sondes, ses pots d'onguents suppuratifs et de térébenthine, ses fioles petites et grosses !

- En attendant, qu'on m'aide à faire boire la sourde. Sa tante m'a confié le soin de lui redonner de la tisane de la Huronne.

- Elle ne se mariera jamais, celle-là, c'est certain » répète-t-on en hochant la tête.

Par un matin glacial, on constate que l'hiver a définitivement débarqué chez soi durant la dernière nuit. On pellette dehors la neige qui s'est faufilée par les rebords des fenêtres et au pas de la porte. Le vent siffle fort dans les cabanes. La flamme du feu semble s'amuser à lui répondre en lui envoyant une grosse main orangée et molle. On sait que le froid et la neige sont là pour de longs mois à venir.

La poudrerie a d'abord fait disparaître la rive opposée. Ensuite, disparut la largeur du fleuve. Enfin, on perdit de vue tout Trois-Rivières, à la seule exception de l'endroit où les plus braves tentent encore de tenir pied. Les vents soulèvent les longues capes faites de couvertures. Ils arrachent du même souffle la force d'avancer. On coule la tête dans les épaules et le nez dans le menton. À cou court, on avance sans plus regarder les arbres qui ploient sous la force du vent. Même les plus grosses branches se déchaînent sous l'emprise des rafales, qui donnent à la forêt toutes sortes de physionomies. L'hiver domine et on lui voue totale obéissance, puisque ses hurlements enterrent désormais toutes supplications humaines.

La tempête est pourtant d'une indécente beauté. La nature a encore eu recours à la courbe pour tracer ses différents visages. Le paysage est une sculpture majestueuse, façonnée dans le mouvement le plus passionné.

Il neige. On ne sait plus si les flocons descendent ou s'ils remontent le drap bleu du ciel. Le vent semble les enjouer. Les petits ronds glacés inscrivent partout des grands tourbillons de leur folie spontanée. On dirait qu'ils arrivent en groupe devant soi, disent bonjour et bonsoir, repartent à la hâte pour taquiner ailleurs. Et lorsque le vent souffle plus fort, la neige forme d'immenses cercles blancs. Les maisons fléchissent comme des silhouettes prosternées. Le temps allié à la tempête a fait des habitations des figures joufflues, enroulées serré dans le ceinturon blanc. La chaîne de cabanes se prend dans le fond de neige, résolue à se laisser peigner et repeigner des même cercles lissés par les vents. Des arcs de voiles blancs couvrent les maisons, jusqu'à la moindre encoignure. C'est l'hiver, du haut de sa dignité.

La petite colonie de Trois-Rivières n'a pas été épargnée. Dans la nuit précédent le vingt-trois décembre 1669, la neige escalada les maisons. Elle grimpa sur le village enfoncé dans une blancheur aveuglante. Au petit matin, sortie pour lancer dehors les pelures de pommes de terre, Marguerite regarde au loin en se demandant si la neige atteindra un jour la hauteur de l'église. Dans son pays d'origine, jamais le ciel n'a autant soupoudré une nature morte.

Il y a là-bas des enfants qui jouent à glisser sur un énorme amas de plaisir blanc. Escalader une butte enneigée leur demande plus de forces que de labourer tout un champ de blé. Ils rient, ils se bousculent à qui mieux mieux, et ils recommencent encore. Ils ne pourront jouer que peu de temps à cause du froid et du vent qui obligent à rentrer pour se réchauffer. On séchera alors leurs bas et mitaines de laine sur une petite corde au-dessus de la cheminée, pour les refiler ensuite à la fratrie, qui attend son tour.

Marguerite les regarde. Elle espère que l'hiver prochain, elle sera dans la neige en train de s'amuser avec eux. Son visage devant les enfants heureux devient heureux aussi. L'espoir vient, l'espoir repart et peut-être un jour, l'espoir l'habitera-t-il définitivement.

Sa confiance est probablement plus fragile encore que ne l'est sa santé. Ses croyances guident sa route, son aller vers l'avant, ou sinon son retour vers l'arrière. Par le simple désir de jouer dehors l'an prochain, Marguerite sent déjà dans son corps monter toute l'énergie de cette pensée.

Deux silhouettes viennent au loin, leurs couvertures emportées le vent, leurs mains retenant leurs capuchons. Il y a des barbes de glace qui pendent à leurs cheveux. Ils font des petits pas, le regard fixé droit devant, les jambes raidies et empêtrées par leurs raquettes. Personne ne s'aventure nulle part aujourd'hui, excepté s'il y a nécessité.

Vient un homme et derrière lui, une femme. Ils arrivent de la même direction mais pourtant, ils ne semblent point s'accompagner. Aucune parole, aucun regard, même quand le chemin trop enneigé fait quasiment perdre l'équilibre, chacun reste inconnu à l'autre.

Le couple approche. Marguerite raidit le dos. Ce n'est plus le froid qui la cloue sur place. Elle recule contre la porte, les yeux sur le garçon.

Est-ce bien lui qui se dessine à mesure qu'il avance? Non, peut-être pas. Elle devrait d'ailleurs cesser de le voir partout.

Elle le distingue pourtant de mieux en mieux. Se dirige-t-il par ici, à la maison de Solange? C'est lui! Oh! mon Dieu! Il faut qu'elle se cache! Le matelot! Il s'en vient : droit sur elle!

Marguerite cherche la clenche de fer. Ses mains engourdies par le froid la saisissent difficilement. Ses tremblements maîtrisent le loquet plus difficilement encore. Elle échappe le plat de bois qui a servi à amener dehors les épluchures. Il restera là. Elle le reprendra à la fonte de la neige, au printemps prochain. Si seulement il ne l'a pas tuée.

Elle entre en catastrophe, mouille le plancher en tournant en rond sur elle-même. Des traces! Ne pas laisser de traces sans quoi, il suivra ses pas et la trouvera! Il faut se déchausser. Elle enlève ses galoches. Du pan de sa couverture, elle tente d'essuyer les indices laissés par terre.

Solange accourt.

« Marguerite, qu'est-ce que tu fais, pour l'amour du ciel ? »

Solange saisit la jeune fille par les épaules, l'assoit sur une chaise de babiche, la secoue. « Tu trembles! Aurais-tu pris froid? Pauvre enfant, pauvre enfant fragile! »

Son corps est mou. Seule la poigne de Solange permet à son dos de ne pas se courber. Marguerite ferme les yeux, résignée. Il lui reste les bras forts de Solange, sa corpulence et son audace pour faire reculer le matelot. Elle est peut-être sauvée. La grosse femme la tient solidement, lui ouvre les yeux de ses pouces qu'elle a placés au coin de ses tempes. Marguerite la regarde sans lire ses paroles qui parlent de désolation.

Elle voit Solange lever la tête en direction de la porte et crier quelque chose. Elle voit la clenche de fer bouger, elle voit la porte s'entrouvrir et l'ombre d'un pas avancer. La scène se déroule aussi précisément que dans ses cauchemars.

Elle connaît la suite. Il avancera sur elle, tout sourire il sortira le long couteau. Il laissera la lame sous sa gorge. Marguerite perdra son bonnet en voulant s'en aller. Le garçon la retiendra si fort qu'elle fermera les yeux, résignée. Elle sera aussi muette que sourde et ensuite, sa peau fendra sous la lame en même temps qu'elle sentira une douleur, toujours plus aiguë.

Solange présente un gobelet de tisane à Marguerite. Le plancher bouge. Des points noirs flottent devant les deux invités. Marguerite boit. Ses yeux restent fixes, droit devant elle, prêts à tourner à l'envers. Le liquide la ressaisit.

Près de l'âtre, Perrine tape du pied. Elle est essoufflée, impatiente, le nez rouge et mouillé.

Où est le matelot? Marguerite regarde tout autour, elle le cherche, trop nerveuse pour le repérer. Enfin, elle le voit, dans le coin là-bas, semblant ignorer tout le monde, tapotant ses épaules de ses larges mains. Comme Perrine, il a froid et comme elle, il ne s'occupe que de se réchauffer. Mais pourquoi le matelot et Perrine sont-ils là, que font-ils ensemble, que lui veulent-ils, que va-t-il se passer maintenant?

Solange prend Marguerite par les épaules. Elle articule lentement « Ça va mieux, ma petite? Ça va maintenant? » Le visage de Marguerite reste atone.

Marguerite ne sait pas si c'est à cause de sa faiblesse ou si elle comprend la réalité, quand elle lit encore sur la bouche de Solange « Alors, les jeunes mariés, c'est ce vent d'hiver qui vous amène chercher refuge chez moi ? »

Mariés ?

Mariés !

Elle secoue la tête. Le choc la sort de sa torpeur.

Marguerite détaille Perrine et le matelot. Leurs visages sont pâles et étirés, malgré le piquant dehors. Ils ont froid, ils ont faim, ils viennent quêter un peu de bonheur chez la généreuse Solange. Marguerite sent tout à coup le danger écarté. Elle n'apprécie pas leurs présences, mais ils ne lui feront aucun mal. Il n'y aura aucun couteau. Aucune douleur. C'est terminé.

Solange parle pour que Marguerite comprenne. « Ils sont venus pour les quelques jours entourant Noël. Ils resteront fêter ici. » Mais Solange se tourne parce que le matelot a ajouté quelque chose. Marguerite veut savoir la suite.

« Non ! Pas moi ! Je ne fêterai rien ici. Donnez-moi encore un peu de chaleur et je repars.

- Crétin ! Pars donc, c'est ça ! » Perrine a conclu l'affaire.

Plutôt que de profiter de la chaleur sur son corps endolori, le matelot repart illico. Manteau ouvert, les deux mitaines dans une main nue, c'est à peine s'il remit ses raquettes.

Perrine déverse son impuissance dans de longs cris « Fi ! un peu encore et il va me contraindre à faire bouillir mes mocassins pour en mâcher le cuir ! Cet homme ignore tout ! Il ignore comment on va survivre jusqu'à la fin de l'hiver ! »

Perrine allait continuer quand Solange intercepte son cri. Elle ne peut supporter tout autre remarque pointue venant de la petite bouche dédaigneuse.

« Jeune fille, si tu veux rester ici jusqu'à Noël, tu te fais agréable dès maintenant, on se comprend ? » Oui, Solange s'est clairement fait comprendre. Pour la première fois, Perrine ne riposte pas. Sans doute est-ce parce qu'elle a trop froid.

Le reste de la journée se passe dans la magie des jours qui précèdent la fête de la nativité. La maisonnée de Solange se gonfle des parfums nostalgiques de la tradition française. La débrouillardise a aussi sa place puisqu'on cuisine à l'européenne, mais on modifie les recettes selon les ingrédients disponibles et la rudesse du climat d'ici. On fait pareil avec les chants. Les chansons de France sont adaptées aux conditions de vie du Canada. On explique aux enfants les modifications et on rit.

En cette avant-veille de Noël, l'âtre fait plus que réchauffer la maisonnée et cuire les mets. Le vingt-quatre décembre autour de la cheminée offre au cœur toute la chaleur dont il a besoin pour oublier que la colonie est isolée dans le néant de l'Amérique.

Les filles décorent les biscuits et des garçons du voisinage amènent le sapin. Solange aligne les plats, nettoie et planifie ce qu'elle a encore à faire.

« Perrine! Arrête de tripoter toutes mes affaires et puis, va plutôt au caveau chercher des marinades.

- Vous n'avez qu'à demander à Marguerite! Pourquoi est-ce qu'il faudrait que ce soit moi qui me déplace et retourne me faire geler dehors?

- Ce sera toi, parce que c'est à toi que je le demande, belle égoïste.

- Mais moi, je suis encore transie de ma longue marche!

- Tu es arrivée quand ce poulet commençait tout juste à cuire, et le voilà maintenant hors du feu. Pas de discussion, allez! Couvre-toi et va vite au caveau! Tu trouveras des cornichons, des langues de porc et des œufs marinés sur la petite tablette au mur, parmi les pots divers. Tiens, emporte cette chandelle pour mieux y voir »

Perrine prit le temps de se lever lentement, de solidifier deux fois plutôt qu'une les boucles de son bonnet, de retirer quelques flocons de mousse de la couverture, de l'aligner parfaitement à ses épaules, de se pencher et de chausser les mocassins. Elle feint ensuite d'avoir de la difficulté à ouvrir la porte. Voyant que personne ne s'en soucie, elle trouve le bon angle de la clenche de fer, et sort. Dehors, le froid l'oblige à accélérer le pas. Elle grogne jusqu'au caveau.

Heureusement qu'on a construit proche de la maison le petit bâtiment ventilé et recouvert de tourbe. De cette manière, l'endroit obscur reste facilement accessible et garde les aliments au frais, autant l'été que l'hiver. Le plancher est divisé en carrés, où sont enfouis les légumes. Les carottes sont conservées dans le sable fin. On a placé les poireaux dans la terre noire, les œufs dans la sciure de bois et le persil dans le sel. Au plafond, on a suspendu les denrées à sécher, comme les oignons et les fines herbes.

Chaque jour de l'année, Solange surveille les aliments, beurre salé, pommes, farine et autres, qui sont malheureusement exposés aux insectes et à la moisissure. Elle voit quotidiennement à apprêter ce qui va se gâter. L'hiver, elle surveille les redoux.

Perrine tend la main sur le premier pot de marinades. Ils sont fièrement alignés avec les gelées de bleuets et de rhubarbe sur une tablette au mur.

Elle le tient serré tandis que la méchanceté de son plan passe dans ses yeux. Elle penche la tête et sourit en regardant sa main qu'elle ouvre lentement.

Glisse lentement au sol le premier pot. Il se casse. Perrine regarde le dégât et recommence. Elle voit tomber le second pot, qui se brise en cognant le sol. Le troisième vivra le même sort, mais parce qu'il ne s'était pas cassé, elle le ramasse pour le lancer fort contre le mur du caveau. « Dommage! » dit-elle en soupirant.

Ensuite, Perrine saisit n'importe quel pot pour le rapporter à Solange.

À son retour, Solange ne dit pas un mot. Elle la laisse se déshabiller et placer le pot bien en évidence au centre de la table. Du coin de l'œil, elle voit Perrine attendre une réaction, qui ne viendra pas. Solange est futée, elle se doute de quelque chose. « Qu'a-t-elle encore manigancé? » pense-t-elle.

Mais elle ne manifestera aucune contrariété qui risquerait d'offrir à Perrine la jouissance de la voir s'emporter. Elle fait un petit signe à Marguerite, qui s'est aperçu que Perrine a ramené du caveau le mauvais produit.

Le vingt-quatre décembre se passa encore dans le brouhaha. Solange voit à ce que tout soit fin prêt pour la veillée. Quelques heures avant de se rendre à la messe de Noël, quand le soleil d'hiver était encore à son meilleur, le quai de la colonie devint le point de guet pour voir venir Madeleine et son époux, Abel. Petite marque noire au centre de l'espace enneigé, leur toboggan tiré par des chiens a lentement pris forme jusque de ce côté-ci de la rive. Là, une foule joyeuse s'assemble, tandis que circule le mot : « Venez! Venez tous! Abel et Madeleine arrivent de l'autre rive pour fêter Noël de ce côté-ci! »

De petits cris d'impatience fusent à mesure que le traîneau grossit. On a hâte d'embrasser leurs joues fraîches et d'avoir des nouvelles des jeunes mariés!

Lorsqu'ils patientent, les bons sentiments s'étoffent.

« Ils ont tenu leur promesse! Ils reviennent passer Noël auprès de nous! »

Quelques trifluviens s'inquiètent :

« Oui, ils revenaient selon que le fleuve serait assez pris de froidure.

- Vite qu'ils arrivent et se frictionnent devant l'âtre chez Solange!

- Vite! Et que la glace soit solide jusqu'à la rive, pardi! »

On fait de grands gestes en direction du fleuve, on sautille et on danse, tant pour se réchauffer que pour manifester la hâte.

Pourtant, la vue de tous les braves dans le froid suffit à prouver à Madeleine qu'elle était attendue. Du centre du fleuve, l'écho de ce joyeux tintamarre vient réchauffer les cœurs exposés aux vents cinglants.

Dans le toboggan indien, le jeune couple se tient sans bouger. Madeleine craint que les trop grands coups de leur joie soient une clé pour ouvrir les eaux cadenassées sous les patins du traîneau. Il ne faut surtout pas prendre le risque de faire craquer la glace, qu'on dit incertaine durant tout décembre!

Mesdames Bourdon et Solange ont manqué à Madeleine, malgré que deux seules semaines s'étaient écoulées depuis son mariage. La nostalgie ne tarde jamais à venir chez celle que le dernier deuil affecte encore.

Sur la rive sud, les maisons sont plus rares et isolées, les prochains voisins se situent loin à l'autre bout des terres espacées. La population est dispersée. Le mouvement de la colonisation est lent à s'étendre de ce côté du fleuve.

Abel avait construit la maison à côté de celle de son frère aîné, sur la terre paternelle. Pour Madeleine, l'apprivoisement mutuel n'avait pas encore soudé ses liens avec sa belle-famille. Habituée à la formule chaleureuse de sa sœur Marie, elle recherche les unions de grand roc. L'histoire entre Madeleine et la famille de son mari n'avait pas encore révélé, du moins à ce jour, cette force profonde, garante et opportune. Il faut laisser à cette chaleur le temps d'être possible, puisqu'elle ne se commande pas.

Les moments difficiles de la traversée de l'Atlantique avaient aussi eu un impact positif que personne ne prévoyait. Celui de la solidarité. Entre Madeleine et son groupe, des liens d'attachements s'étaient étrangement tissés autour de la même misère. Lorsqu'elles se revoient, quelque chose de puissant unit les passagères au delà de leurs mots et de leurs silences. L'affection mutuelle prend parfois racines dans l'adversité.

Les cris de joie s'accentuent. Seule Madame Bourdon fait preuve de sérénité. Elle attend, imperturbable, les yeux sur le toboggan qu'offre l'horizon.

La grande dame tient l'équipée dans son regard. Sa concentration reste au-dessus du bruit de tous les éclats de vie. Non sans empressement de saisir la main de la petite Madeleine, c'est dans la modération qu'elle savoure les retrouvailles. Aucun cri ne la distrait de ce moment important.

Madame Bourdon avance sur la rive jusqu'à ce que la glace risque de lui faire perdre pied. Quelques instants plus tard, ses bras se referment sur Madeleine. Elle la réchauffe en lui frottant le dos et les mains, avant de l'embrasser.

« Dieu soit loué, vous êtes enfin traversés! » chuchote-t-elle ensuite à l'oreille d'Abel.

Le soir même, on enjambe la neige de décembre dans un étroit chemin qui oblige à marcher en raquettes, l'un derrière l'autre, jusqu'à l'église de Trois-Rivières. Les vents forts décoiffent la nature et hérissent le duvet sur la peau emmitouflée. L'humidité glaciale insiste jusque sous la capeline et les plus épaisses couvertures. La nuit de Noël aux abords du fleuve fouetté de vents inspire les chaudes accolades des meilleurs sentiments. On prend le temps de s'envoyer la main et de se crier bonsoir, en sautillant.

Pour se rendre à l'église, on longe le chemin qui va entre le fort et la clôture. Le lieu de culte surplombe fièrement les maisons des colons. L'église est située tout au bout de la rue Saint-Pierre, rue qui a emprunté son nom à Pierre Boucher parce que s'y trouve sa résidence. Érigée en 1655, Boucher y habita jusqu'à la fin de 1667, année où l'homme et sa famille partirent pour sa seigneurie de Boucherville.

Trois-Rivières avait eu une chapelle dans l'enceinte du fort, vers 1634. Puis à l'été 1649, année de la première commande de pieux pour ériger la palissade destinée à protéger les familles et maisons en cas d'assaut, le mari de Madame Bourdon signait le contrat pour la construction d'une église, sur le même site. La même année, le seigneur Jacques Leneuf de la Potherie engageait les services d'un maître charpentier de Québec pour construire un moulin à vent sur le Platon, tout près des ruines du fort construit par Laviolette, en 1634. En 1650, un autre bâtiment religieux sera érigé. Quatorze ans plus tard, en 1664, les Jésuites ayant quitté Trois-Rivières pour s'installer à leur habitation de la rivière Faverelle au Cap de la Madeleine, on décide que le bâtiment leur appartenant est devenu trop petit pour la population trifluvienne. Le 16 mai, le lopin de terre est concédé par Monsieur de Mésy et Monseigneur de Laval, afin d'y bâtir une église de bois et un presbytère, d'y faire un cimetière et un jardin. Cet autre temple est construit sous l'œil du maître charpentier, François Boivin.

Le froid fait courir Madeleine et son époux jusqu'à l'église. Une messe chantée en cantiques les attend. Vite, les amoureux rejoignent les autres couples, peut-être d'abord moins pour prier que pour se réchauffer en se cordant dans le banc. Heureusement qu'on a recouvert le sol de paille pour qu'à genoux, les fidèles ne ressentent pas trop crûment le froid.

Le soir de Noël 1669, Madeleine chante dans la petite église de Trois-Rivières. Nul orgue de bois, comme il s'en trouve une depuis quelques années à l'église de Québec, ne rend la mélodie heureuse et pourtant, elle l'est. La voix de la petite Madeleine s'élève comme elle l'aurait fait, courageuse et tout en forces, dans la grande cathédrale de Paris!

Oh! sa peine est sournoise, et elle l'attaque généralement au moment où elle croit que tout va mieux. Ses larmes d'une inépuisable tendresse surgissent alors d'elles-mêmes, entre deux accalmies. Mais Madeleine sait se ressaisir et se tourner vers de meilleurs pensées. En quête d'une tranquillité, elle a réfléchi sur sa vie.

De ce qu'elle est, il y a d'abord le morceau qui vient de l'autre bout de l'Atlantique, en France. Ce sont ses origines, son enfance, ses parents. C'est l'important morceau du fond, la base qui tient sa tendre émotivité. Le second morceau est quelque part dans le bel et terrible océan ; il est un modèle de gaîté et de savoir-faire, comme seule une grande sœur peut l'offrir en battant le sentier devant soi. C'est le beau morceau charnière qui a offert à Madeleine le goût des liens vivants et du respect de l'autre.

Enfin, il y a cet autre morceau de sa vie à ses côtés. Abel lui offre un lien encore sans histoire, mais Madeleine y puise déjà de la force et de l'espoir. En cet inconnu dans la fin vingtaine, Madeleine a confiance. Une confiance née de l'à tout prix résolument tourné vers la vie.

Leurs yeux se croisent, aussi débordant de promesses qu'ils sont plein de questionnements. Leurs lèvres articulent l'automatisme des mots dictés par la prière, mais le cerveau pense à autre chose. Qui est l'autre près de soi? Qui est cet être à qui sa vie est désormais liée? La nativité et la sainte famille inspireront-elles les naissances pressantes de leur union nouvelle? Le pardon des offenses inspira-t-il de tolérance les rudesses de la vie dans la colonie? Et puis, ne pensons pas à toutes les fantaisies qui entourent l'essentiel. La tâche de rester en vie en Nouvelle-France est trop lourde pour questionner les replis de l'âme. La survie demande déjà plus que toutes les forces! Vivre et se multiplier pour continuer à vivre, voilà l'essentiel.

D'un commun accord, Madeleine et Abel prient en silence.

La nuit de Noël a une odeur particulière. Elle sent la chaleur humaine des embrassades, elle sent aussi l'abondance de la nourriture préparée avec bonté. Ventres et cœurs se galbent donc généreusement. Noël accroche au ciel des étoiles et à l'âme de la sérénité.

Dans la grande maison de Solange, le violoneux demande une pause, le temps de boire un coup et de reposer ses bras fatigués de sautiller avec la note. Il couche son précieux instrument et il se fraie un chemin à travers la parenté, les voisins et les amis, jusqu'à la table des victuailles et des eaux-de-vie. Des petites tapes sur l'épaule remercient son talent. Le musicien s'incline gaiement et à droite et à gauche. Il distribue des sourires de bonne fierté. Il lève ensuite le regard sur le crucifix, se signe de la croix et se lance trois petits verres dans le gosier.

La table est bien garnie. Au cœur d'une nappe tissée attendent des pâtisseries à l'écorce de citron et d'autres à la cassonade. Il y a aussi des pâtés à la viande de porc. On a même des biscuits au sucre, le vrai sucre provenant des Antilles, celui qu'on fait venir par la France. Il y a des pots de groseilles vertes, des rôtis fumants, et des boules de pain.

À l'autre bout de la pièce, les gens continuent de chanter, même sans la musique. Gigue, quadrille et cotillon prennent d'assaut toutes les jambes. Le même plaisir relie tous les regards, éclaire toutes les figures.

Mais il faut faire attention aux réjouissances! Les prêtres les surveillent, comme les lectures et le théâtre. À peu près rien n'échappe à leur vœu de voir chaque colonie pratiquer la religion de manière parfaite. Hors du carême presque perpétuel, sont cachés les scandales et les péchés! On dit que les dévots deviennent parfois même des espions! S'en trouverait-il jusqu'ici, au cœur d'une aussi petite colonie, dans la maison de Solange?

« Amusez-vous tous! crie-t-elle. La musique est sans danger pour la foi et les bonnes mœurs. Et que nous fasse encore danser les airs de ce violon! » On approuve la grosse femme en cachant un petit rire, la main sur la bouche, les yeux brillants.

Un filet de brume surplombe la grande pièce de la maison. Les pipées des hommes et l'humidité de l'assemblée en sont responsables. Le gibier sur la broche et les pâtés qui tiédissent sur la grosse pierre devant l'âtre dégagent une chaleur aussi.

Tout le monde est fier. Les hommes ont pris soin de se tenir devant le plat de cuivre du bassin à barbe où ils se sont savonné le visage avant de le raser. Les femmes les plus chanceuses se sont confectionné une nouvelle coiffe savamment taillée dans un tissu, durement économisé. Les étoffes arrivent rarement de France et la pénurie rend attrayant le moindre bout de tissu.

Dans un coin, un beau conifère dégage un parfum frais. L'arbre étant de trop grosse dimension pour la pièce, on en a coupé des branches qu'on utilisera pour la fabrication de remède contre le scorbut. Le sapin de l'Amérique est d'une grande beauté! On l'a joyeusement décoré de quelques pommes rouges et de bougies, qu'on a vite éteintes à cause des risques d'incendie.

Dehors, le froid et la neige chantent et dansent aussi. L'hiver craque autour des éclats de rire de la maisonnée heureuse. Une fumée haute et fière sort de la cheminée de chez Solange, cette femme pleine d'ardeur qui organise le regroupement de toutes les occasions importantes. Les esseulés y trouvent chaque fois de la camaraderie, et les protégées du Roy peuvent peut-être y faire des rencontres.

On tape du pied, on tape des mains, est-ce pour chasser la France? Voudrait-on, pour un seul soir, ne pas ressentir la nostalgie de la famille d'origine? Qui sait, un jour viendra peut-être où chaque immigrant de la vallée du St-Laurent aura sa propre histoire originaire d'ici, sa propre souche solidement enracinée, le propre lien qui permet de ne pas souffrir d'un arrachement de sa terre natale?

Les yeux de Madeleine pétillent. Elle sourit. Abel la regarde échanger des confidences avec Madame Bourdon, les mains de l'une dans celles de l'autre.

Abel repense au visage inquiet de Madeleine, le jour du mariage. « Il serait si généreux de ta part, Abel, de me ramener voir tous ces gens de la traversée, le soir de Noël! » Elle avait levé son minois vers lui, et il y lut une telle insistance qu'il comprit vite que rien d'autre ne lui importait pour être totalement heureuse auprès de lui. Abel promit sans même hésiter, espérant secrètement l'indulgence du fleuve d'une rive à l'autre.

Le jeune homme n'a d'yeux que pour son épouse. Le garçon se promet de tout faire en son pouvoir pour que, jour après jour, le bonheur habite le coeur de sa belle.

Il se gonfle les épaules. Il espère que l'an prochain, lui et sa femme seront avec le premier de leurs fils pour les réjouissances de Noël. Ils fêteront peut-être cette fois-là chez son frère et sa belle-sœur, en compagnie des voisins les plus proches.

Jeanne s'est installée dans un coin. Sa présence attire aussitôt de nombreux enfants. Leurs cris aigus retentissent à travers les claquements de talons des danseurs et les notes du violoneux. Leurs bras empressés se lèvent, et Jeanne voit se secouer les petites mains énergiques qui se proposent au jeu qu'elle a initié. « À qui son tour, maintenant ? » demande-t-elle, le sourire amusé.

La jeune fille retape la mince couche de farine dans la grande assiette plate. Le jeu qu'elle a inventé devient vite populaire. De son doigt, elle trace de belles grandes lettres, en faisant répéter une leçon d'écriture aux enfants. Celui qui peut nommer cinq lettres consécutives sans se tromper a droit à une bouchée d'un délicieux biscuit.

Marguerite regarde partout. Malgré les quelques kilos qu'elle a repris, son corps dessine encore dans sa robe les pointes de ses épaules, de ses coudes et de ses genoux. Le jour approche où son visage gardera définitivement une teinte rosée.

Il est réjouissant que Marguerite puisse se tenir debout, hors de sa couchette, même entre les repas. Ce soir, il a été bon de la voir sortir pour la première fois et se rendre à l'église. La voir à la veillée avec les autres permet tous les espoirs.

Perrine exprime son impatience à travers de multiples soupirs. Elle est préoccupée. La rouquine avance ses épaules dans un mouvement pour quitter sa chaise. Mais elle se ravise. Trois secondes passent. Elle va à nouveau pour se lever, mais elle reste dans le balancier d'une autre hésitation. Elle gratte son nez. Quelques autres secondes passent.

Elle n'a cessé de fixer quelque chose, à l'autre bout de la pièce, et elle contient mal sa pulsion de se lever. Les yeux de Perrine retiennent, là-bas, un bonnet.

La jambe de Perrine sautille sous ses jupes. Ses doigts pianotent contre le bout de son nez. Le temps passe et ses yeux ne cessent de fixer la coiffe de Marguerite, assise plus loin, dans le grand cercle que forment des chaises au fonds de babiche.

La solitude de Perrine est immense, en ce soir de Noël. Elle ne partage en rien la liesse qui donne un sourire sur chacun des visages, heureux d'être rassemblés.

La danse et les chansons ne l'intéressent pas. Cette fête de Noël non plus. Le ridicule sapin pailleté dans le coin ne lui donne aucune envie de porter attention à ce moment, d'autant que les autres le considèrent précieux. Elle passe la main sur sa joue, encore meurtrie par les coups reçus récemment.

« Quoi? Enceinte? Garce! Tiens, voilà! »

Paf! Elle n'avait pas vu venir la main ouverte et forte d'un élan décidé. Les grosses jointures de Louis ont claqué contre l'os de sa joue, lui tirant instantanément la plainte d'une douleur. « Aille! » Un second coup retentit aussitôt. Il toucha n'importe où entre son nez et sa chevelure décoiffée. « Tu la fermes, oui? »

Elle s'était caché la figure dans les mains, mal protégée, cherchant son souffle. « Joyeux Noël! » Un troisième coup avait résonné.

Celui-là fut plus difficile encore et ce n'est pas uniquement parce que la peau sur sa joue demandait grâce. La résonance de ce troisième coup appela en elle tout un constat de misère. Perrine revit sa vie violentée. L'agressivité recommence, se continue, se perpétue, malheureuse histoire sans fin.

Elle entendit partir son mari. Il avait attrapé quelques affaires en critiquant. « T'avais qu'à pas te faire grosse! » Ensuite, il remonta le bois, raquettes aux pieds. Perrine l'entendit maugréer contre l'embarras et l'inconfort de marcher avec elles, tout activé par sa colère d'être ralenti par la hauteur de la neige. Elle se soulagea qu'il soit enfin plus loin.

Perrine n'avait pas bougé durant plusieurs minutes, se berçant sur elle-même, les doigts tapotant sa meurtrissure, grelottant autant de misère qu'à cause de la froidure de leur cabane rustique. Un souffle glacé transperce son cœur.

En ce soir de la fête Noël, les humeurs de Perrine n'ont encore rien d'agréable. Au fur et à mesure que sa taille devient plus ronde, la rancune de Perrine ne s'affine certainement pas. Et puis, sa joue lui fait mal. Sa joue blessée fait écho à la haine qui la tenaille par en dedans. Le visage de Perrine est un poing crispé. Il trahit une douleur plus grande que cette contention.

La jeune fille se lève d'un coup de sa chaise, comme on ose malgré soi un mouvement longuement planifié. Elle marche jusqu'à Marguerite. Elle s'assoit sur la chaise d'à côté et, tête baissée, elle fixe ses bottines que Geneviève a obligatoirement cirées.

« Marguerite, Marguerite, Marguerite…. » Perrine se balance, les bras croisés. Elle ferme les yeux et baisse le ton, pour que toute la salle reste sourde à sa déclaration. Seule avec son imagination, seule dans sa vie de toute façon, Perrine ouvre à Marguerite une page jusque-là tenue secrète. Quelques mots. Un chapitre. Une confession. « Le bonnet que tu portes, c'est le mien, Marguerite. Il y a mes initiales dans la couture intérieure, que tu ne sais lire, mais qui sont là, en attente, comme si j'allais reprendre ce qui m'appartient. Mais je ne le reprendrai pas. Je t'ai donné mon bonnet pour te coiffer de mon mépris. Tu n'en sais rien, mais c'était moi, moi, Perrine, qui avait tout organisé avec le matelot. Tu serais surprise d'entendre cela, n'est-ce pas, pauvre sourde! Vaut mieux que tu sois sourde, peut-être. »

Perrine se tait. Les yeux fermés, elle attend d'être frappée. Mais ne recevant pas de claque, elle continue. « Est-ce que je te demande pardon, Marguerite? Oh! Je ne crois pas. Je ne sais pas demander pardon. Je ne sais pas, parce que jamais je ne pardonne moi-même à personne. Et puis, tu es déjà vengée, pauvre bécasse, vengée par nul autre que mon mari, le maudit matelot. Il me bat, l'ignoble personnage! » Perrine caresse sa joue enflée.

Les chants de Noël recommencent joyeusement, contrastant avec la confidence haineuse. Perrine ne les écoute pas. Rien ne peut entrer en soi lorsqu'en sens inverse, jaillit la source la plus profonde.

Elle continue. « Je ferme mes yeux, je ne regarde pas ce que je dis. Je ne veux rien voir ni rien savoir de toi, et toi tu n'entends rien. Alors autant préciser encore que sur le bateau, je suis celle qui avait organisé ce viol. J'en reparle non sans une certaine fierté, d'ailleurs » Elle fait une pause.

« Cela s'accumule au reste de mes précieuses offenses! Je ne sais qu'offenser, Marguerite! Oh! une offense de plus, une de moins, quelle est la différence quand on est encore loin d'être devant saint Pierre? Tu sais que de mes offenses, je suis à la fois très fière…et très mécontente? » Les yeux toujours fermés, Perrine éclate d'un rire sadique. « Pour elles toutes, ces offenses, je reçois des coups cinglants aujourd'hui, … et depuis toujours, d'ailleurs. Je n'ai probablement pas fini d'endurer, et puis, j'aime haïr, tiens. C'est comme ça et c'est parfait. Comme l'affreuse cabane qu'est ma maison et l'affreux mari qui y vit avec moi! Ce que mon père m'a cent fois manifesté, mon mari me le redit aujourd'hui… »

Un grand rire général interrompt la litanie de ses aveux. Prise pas surprise, Perrine ouvre les yeux et voit l'assemblée s'amuser sur le dos de la fausse note de l'un d'eux. Elle attend, peureuse, d'être enfin certaine que personne n'a ri d'elle. Puis, elle se tourne vers Marguerite mais à ses côtés, ne berce maintenant qu'une chaise vide!

Perrine raidit le dos. Elle n'aime pas ressentir le terrain mou dans lequel l'émotion de son aveu était en train de la faire glisser. Son long nez relevé, elle se ravise. Sur son meilleur ton de mépris, elle s'adresse à la chaise que Marguerite vient à peine de quitter :

« T'as enduré pire que la bécosse au jet d'eau congelé, quand tu étais sur la poulaine du navire, hein! la sourde? Maudite infirme, maudite sourde, maudite bécasse! »

Marguerite a fui Perrine. Elle a couru, sans même regarder où elle allait. Elle a ouvert la porte, est allée vers n'importe quel danger, pourvu qu'elle repousse celui-là. La voilà adossée contre le mur glacé de la maison, dans le froid et la noirceur. Elle grelotte. Elle ne bouge pas, car avant de s'occuper du froid sur sa peau, elle doit se préoccuper des questions brûlantes sur son cœur. Doit-elle douter ou croire en l'aveu qu'elle a lu sur les lèvres de Perrine?

Marguerite chancelle. Elle n'a pas les réserves suffisantes pour guerroyer. Sa tête et son corps n'ont pas fini leur récupération. Elle grelotte et le petit châle jeté sur ses épaules ne lui garantit pas la chaleur nécessaire contre le piquant d'une nuit de décembre.

La nuit de Noël fait toujours danser la peau de frissons à cause du coucher retardé, des danses dans la sueur, de la foule étouffante, des souvenirs dans la gorge, et de toutes les habitudes bousculées. Pour la sourde, s'ajoutent les frissons de la peur de ne pas parfaitement comprendre les aveux sur les lèvres qui bougent.

Seule dans la nuit, giflée par les épines du vent, hantée par le propos de Perrine, Marguerite sent en elle-même un long mouvement l'amollir, puis descendre dans ses jambes. Autour d'elle tournent les murs de la maison.

La pauvre se tient le front, penche la tête. Elle revoit les lèvres de Perrine et le matelot à la poulaine. Le vent transperce sa robe jusqu'à imprégner ses os. Des points noirs dansent devant ses yeux. Marguerite agrippe le rebord de la fenêtre, mais sa main dérape sur la glace. Peut-on mourir, à la fois molle et raide d'être congelée?

Elle allait tomber dans le banc de neige, mais une main forte la rattrape. Un torse solide la prend contre lui. La jeune fille ouvre les yeux mais ne distingue rien. La chaleur de l'autre corps l'aidera à regagner un peu de lucidité.

Son visage rencontre celui d'un garçon. Cette figure ne lui est pas totalement étrangère. Elle a déjà vu cet homme, oui, elle l'a vu. N'est-ce pas ce jeune homme qui la regardait sortir de la messe de Noël?

N'aimant pas se retrouver dans la foule, Jean s'était assis à l'arrière de l'église. Comme à son habitude, il examina de loin les personnes et les lieux. Les pèlerins étaient cordés serrés. Une buée sortait de leur bouche. Plusieurs se croisaient les bras en les frottant vigoureusement avec leurs paumes. Quelques jeunes couples se regardaient en souriant. Un vieillard dormait dans la chaleur de sa pelleterie. Un bébé pleurait tandis que sa mère tentait de le rendormir en le berçant contre son épaule.

Jean remarqua un visage qu'il n'avait encore jamais vu dans la colonie. Son regard devint prisonnier du calme qui émanait de cette jeune fille. Il n'avait cessé ensuite de l'observer.

Elle était coiffée d'un grand bonnet. Une couverture enserrait ses épaules. Elle restait droite, presque immobile, et toujours auréolée du même calme parfait. À côté d'elle, les vêtements d'une femme, qu'il ne distingue pas d'ici. Elles communiquent rarement ensemble, sauf dans un geste ou deux, qu'elles seules semblent d'ailleurs comprendre. C'est sans voir ni écouter les autres mouvements dans l'église que Jean a fixé le minois de la demoiselle. Cette jeune personne l'interpelle.

De toutes les Filles du Roy rassemblées, celle-ci avait quelque chose de différent. Frêle, oui, mais solide d'une forte sensibilité. Un grand calme, une profondeur, une sorte de triste solitude.

À la fin de la messe, il sortit le premier pour attendre qu'elle passe devant lui. Il fit semblant de lire les avis placardés sur la porte du lieu de culte. La poignée de pèlerins n'en finissait plus de circuler! Un vent glacé infiltrait ses vêtements, mais Jean restait patient, sans broncher. Enfin, elle apparut, remontant une seconde couverture sur celle qu'elle portait déjà.

Au bras d'une femme plus âgée, celle que Jean sait être la responsable des demoiselles sur le navire, la fille avançait lentement. La même paix habillait sa démarche et son visage. Et ses yeux, ses grands yeux dotés d'une vivacité particulière, ses yeux qui invitent à les attraper, à y plonger, à s'y perdre. Ses yeux prenaient tout.

Cette fille étudie, elle veut comprendre. Ses jolis yeux se poseront-ils sur lui? Liront-ils sa surprise et sa fascination?

Sur le pas de la haute porte de bois, elle passa juste devant lui. Une sorte de chaleur rendit Jean confortable malgré sa gêne. Le garçon appela à lui le regard fascinant. Il fallait qu'elle le lui accorde!

La jeune fille posa sur lui un regard luisant et chargé de sens.

Jean l'a tenu le temps qu'un battement de cils l'assure qu'il ne rêvait pas et, contrairement à ses habitudes d'homme reclus, il a souri au visage. La jeune fille a baissé les yeux, mais Jean eut le temps d'attraper un demi sourire, venu jusqu'à lui avec une belle cordialité.

Le voilà tout heureux de conserver à l'intérieur de lui un morceau d'elle. Le contact a été de trop courte durée, mais le plus important, c'est qu'il eut lieu.

Jusqu'à ce qu'elle disparaisse, il a regardé sa silhouette foncée se courber dans l'effort d'avancer contre les vents. Cette personne qui ne boite pas lui ressemble. Voilà un jeune homme étonné d'avoir vu son propre reflet, lui qui jamais ne s'était senti semblable à quelqu'un d'autre.

Il marcha ensuite jusqu'à sa cabane, le cœur aussi heureux que le pas dandinant. L'image de la jeune fille l'accompagna le long de son chemin. Déjà, il planifiait de la revoir.

« Qu'avez-vous, M'amzelle? Voulez-vous que je vous aide à rentrer? » Les vents sifflent aussi fortement que montent les chants dans la nuit de Noël. Jean n'obtient pas de réponse. La jeune fille ne répond pas mais elle le regarde, de la même manière qu'à la sortie de l'église, quelques heures plus tôt. Il en est d'autant troublé.

Au même moment, Madame Bourdon entrouvre la porte. Un nuage de buée entoure son visage inquiet.

« Qu'est-ce que ma nièce fait dehors, par un froid pareil? dit-elle en couvrant Marguerite d'un autre châle.

- Je suis passé devant la maison, elle était là, prête à s'évanouir! »

Le jeune homme parle fort à cause des vents qui emportent partout et nulle part son explication.

« Merci jeune homme, crie à son tour Madame Bourdon. Sans vous, elle se serait probablement blessée en tombant... vous, vous n'entrez pas fêter Noël avec les autres? »

La dame tire sa nièce vers l'intérieur, sans trop attendre la réponse.

« Non, non, … je continue mon chemin. Joyeux Noël, Madame »

Devant ce qu'elle perçoit comme une hésitation du jeune homme, Madame Bourdon explique :

« Marguerite quittait la maison pour la première fois, ce soir, depuis l'arrivée de son contingent.

- Joyeux Noël, mademoiselle Marguerite! » risque le jeune homme, en cherchant éperdument ses yeux.

Le regard auquel il s'abreuve montre qu'elle a compris les mots qu'il a dits. Le même demi sourire revient sur les lèvres de la jeune fille. Cette fois, elle n'est plus un rêve.

Jean sautille joyeusement, bien que ce soit péniblement que ses jambes inégales marchent dans les chemins enneigés. Le vent fort le pousse dans l'autre sens, mais Jean résiste.

C'est la première fois qu'il quitte les maisons regroupées en se retournant à plusieurs reprises. Il rêve de l'endroit où il a parlé à Marguerite. Il le regarde comme si ce fut un lieu béni par sa présence. Les yeux de Jean s'accrochent au bout du toit sous lequel dormira la jeune fille. On dirait que c'est ce bout de planches qui lui procure de la joie, on le dirait parce que tout ce qui a trait à Marguerite le rend heureux.

Il marche à travers l'étendue du long espace venteux qui relie cette maison et la sienne. Lorsqu'il est assuré que personne ne le voit, Jean se met à danser! De toute sa vie, jamais le boiteux n'avait encore osé cela! Ses pas spontanés tapent la neige bien au-delà de la largeur du petit chemin.

« Elle s'appelle Marguerite! La dame est sa tante! Elle n'était pas sortie depuis l'arrivée du navire, à la fin de l'été dernier. Elle ne serait donc pas mariée! Marguerite, son nom est Marguerite! Espérons qu'elle n'est pas promise! Marguerite… le plus joli nom est certainement Marguerite! »

Jean est heureux. Un vent glacé coule dans son dos mais une belle chaleur habitera longtemps sa poitrine. Jusqu'à ce jour, il ignorait ce que représente l'attirance envers une autre personne. Depuis Marguerite, il sait.

Il s'endort en cherchant un prétexte pour retourner à la maison où loge la Fille du Roy. Cette nuit, dans ses rêves, il a cherché le meilleur plan. À la fin de la nuit, il en conclut que ce plan devra être à son image. Simple et honnête.

Réveillé tôt, Jean se lève en titubant. Il ajoute des morceaux de bois dans l'âtre et il s'assoit sur un petit banc, les pieds proches des flammes. Il regarde ses deux jambes, l'une et l'autre de longueur différente. Deux jambes qui lui donnent moins de solidité quand il a de nouveaux plans. Deux jambes qui l'obligent parfois à puiser en lui-même un pas nouveau. Deux jambes qui l'ont toujours obligé à marcher sur le chemin de la solitude. Son regard s'assombrit.

Durant ce temps, chez Solange, le petit déjeuner se passe entre regards impatients, tandis que Perrine trouve à redire contre tout. Le pain est trop sec, le beurre trop salé, les restes d'odeur de fumée des pipées de la veille lui donnent la nausée. Elle jalouse Marguerite dont la paillasse était la plus proche de l'âtre, elle a mal à la gorge parce qu'hier, alors qu'elle avait encore froid, elle fut obligée d'aller au caveau. Et puis, personne n'y aura goûté, à la denrée ramenée de là, de toute manière.

Marguerite lance à Perrine des œillades d'accusation. Elle ne fait aucun effort pour suivre ce que la rouquine raconte, trop blessée par ce qu'elle a compris la veille.

Solange attend que Perrine finisse son repas pour lui offrir ce qu'elle a préparé pour elle. Madeleine et Abel racontent leur nouvelle vie sur l'autre rive. Jeanne les écoute d'une oreille distraite, toujours préoccupée par ses pensées secrètes. Madame Bourdon est déjà dehors en train de pelleter un petit chemin que les vents ont enterré devant la maison. Perrine continue de se plaindre, mais Solange ramène habilement le propos vers l'agréable couple.

« Ça va pour vous deux, sur l'autre rive?

- Oh! Oui! Grâce à l'ingéniosité d'Abel, et à toutes ses idées pour nous inventer le confort! La semaine dernière, il a ciselé des motifs sur un petit ber, pour quand j'attendrai.

- Et puis, Madeleine a commencé à apprendre à broder à l'amérindienne, ce qui lui vaut bien des éloges!

-Une Sauvagesse t'apprend des nouveaux motifs de broderie?

-Oui, et en en échange, je lui montre à cuisiner des galettes à l'avoine sur une tôle de fer.

-Et ce berceau, il servira bientôt?

-Tu le sauras bien assez vite, Madeleine! dit Perrine en rattrapant la conversation. Il n'y a que des désagréments à attendre un enfant. Aucune joie, je te dis! Dans mon cas, personne ne comprend que ce matin, la fumée qui flotte dans l'air de la maison m'empêchera d'aider à laver le moindre morceau de vaisselle! »

Solange se lève de table et se place derrière la chaise de celle qui vient encore de faire tourner la conversation. Elle interrompt la venue de toute autre plainte.

« Perrine, tu ne toucheras pas à la vaisselle, parce que tu dois retourner chez toi maintenant.

- Faire la route toute seule?

- Je peux me rendre utile si vous me le demandez, Solange » propose Abel.

« Merci Abel, mais on a besoin de toi pour soigner les animaux. Perrine s'en va tout de suite, et elle saura très bien faire le chemin.

- Ton mari ne vient pas te chercher? » demande Madeleine, toute sa vie habituée que quelqu'un prenne soin d'elle.

« Lui? Fi! Je préfère marcher en compagnie d'Iroquois qu'avec cet ignoble personnage! »

Tout le monde se regarde en levant le sourcil et Solange coupe court à toute autre argumentation.

« Assez discuté, les enfants! Que chacun vaque à ses tâches! »

Marguerite approuve en toisant Perrine du regard. Son infinie méchanceté l'effraie. Jusqu'où cette pauvre fille pourrait aller?

Solange va chercher les vêtements de Perrine, préalablement rapprochés du feu dans le but de les rendre plus confortables. Solange est pressée que parte la jeune fille.

Au moment précis où elle allait enfin passer la porte, la grosse dame dit :

« Je sais que tu as peu de choses chez toi. C'est pourquoi j'avais prévu t'offrir ceci.

- Oh! Et qu'est ce que c'est? » Elle arrache le paquet des mains de son hôte. Une odeur de vinaigre flotte jusqu'à elle.

« Hier, lorsque je t'ai envoyé au caveau chercher ces trois pots de conserves, ils étaient dédiés à ta maisonnée, par charité. Au revoir Perrine. Sois prudente sur la route »

Solange pousse Perrine dehors et referme la porte sans attendre d'elle d'autres commentaires. Perrine s'empresse de glisser ses mocassins dans les raquettes et, dans une extrême raideur, elle reprend le paquet mou où flottent dans le vinaigre une fricassée de denrées et de pots cassés.

C'est accompagné de cette odeur qu'elle fera le chemin jusque chez elle. Sur la route du retour, la jeune fille fulmine. Elle crie sa colère à la face de toute la forêt. Sa fureur se frappe aux arbres et l'écho lui renvoie des répliques qui l'encouragent à crier de plus belle.

La cuisine retrouve son ambiance coutumière. Les filles lavent la vaisselle et Abel va aux bâtiments finir de soigner les animaux. Au repas du midi, tandis que Solange sert à tout le monde une bonne portion de soupe garnie de morceaux d'orignal, le couple accepte l'invitation de Solange de rester jusqu'aux Rois.

Pour son repas du matin, Jean a fait bouillir de l'eau, l'a sucrée et l'a mélangée à des grains d'avoine, qu'il cuira sans penser à ses gestes. Il mange ensuite machinalement, sans même s'apercevoir qu'il se nourrit. Un trait vertical divise son front. Ses doigts pianotent contre la table de bois arrondie par l'usure. Le petit banc sur lequel il est assis chancelle quand il se balance sur deux des quatre pattes. Jean hésite entre deux options.

Non. Il ne retournera pas là-bas.

Il soupire. Aucune fille ne s'intéressera à un boiteux. Ni Marguerite ni une autre. Et puis, sa mauvaise jambe le fait souffrir aujourd'hui. Est-ce parce qu'il a dansé hier soir, sur le chemin du retour?

Il secoue la tête. N'a-t-il pas déjà marché dans les bois des jours durant, marché longtemps avant de ressentir le même malaise? Jean ne sait plus si sa douleur vient de sa jambe ou de son effort à rejeter son attirance envers Marguerite.

Une nouvelle idée lui traverse l'esprit. Celle de se rendre au village pour aller troquer quelques-uns de ses bricolages, sans plus, sinon peut-être se contenter de lever furtivement les yeux vers la maison où vit Marguerite.

Il s'emmitoufle, fourre dans sa poche quelques affaires et part accompagné du mensonge qu'il s'est créé.

Le hasard fit qu'en reprenant le chemin où la veille il avait dansé, Jean retrouva ses espoirs comme on ramasse un colis laissé là en attendant de venir le chercher. Son émotion est précisément associée à cet endroit et lorsqu'il y revient, il renoue avec ses rêves. Le cœur de Jean s'emballe à nouveau. Elle s'appelle Marguerite, elle n'est pas encore mariée. Au soir de Noël, elle sortait pour la première fois depuis son arrivée, pourquoi? Il pense à elle en lui forgeant une vie. Son passé, son présent, son avenir avec lui. Il invente Marguerite, et il la connaît déjà par cœur.

En approchant des maisons, Jean reprend ses sens de son mieux. Pour y parvenir, il examine son pas boiteux. Il regarde sa jambe, sa jambe toujours plus basse à chaque mouvement du retour de sa hanche. Un pas facile, et un deuxième plus lent à accomplir. Un pas, et un deuxième. Un pas, et un deuxième. Toujours, ce petit délai entre un pas et sa réponse. Sa jambe normale, et son autre jambe trop courte. Un pas, et un deuxième.

Lorsqu'il entre dans le cabaret, son sentiment retourne se cacher. Mais il ignore, à cet instant, que ce qu'on essaie de taire revient toujours en force et en surprise.

Il sort de sa poche ses babioles et les étale sur le comptoir. C'est ici que souvent il a fait ses meilleures affaires. La tenancière tourne autour de lui quand elle aperçoit une forme fleurie. « Oh! Un bonnet fait de beau tissu! » Elle tente en vain d'y insérer sa tête. « Tu vas le déchirer, il est trop petit pour toi! » lui dit Jean. « Hey! viens un peu par ici, amène à boire! » lui crie quelqu'un, plus loin.

Avant de continuer son travail, la femme s'adresse à Jean, le bonnet trop petit sur le bout de sa coiffe personnelle.

« On dit qu'il reste encore quelques jeunes filles chez la Solange, depuis l'arrivée du dernier bateau. C'est là que tu devrais aller te montrer, Jean le solitaire! Et qui sait, peut-être y trouveras-tu, du même coup, une épouse à glisser sous cette jolie coiffe fleurie! »

Un clin d'œil scelle sa phrase, et elle part servir qui la pressait à venir.

Jean le chiffonne puis il remet le bonnet dans sa poche. Combien d'autres événements lui parleront encore de son dilemme?

Il tourna en rond dans le village, sans jamais aller nulle part. Les gens commençaient à craindre son inhabituelle insistance. « Il est encore là, le boiteux? » cherchait-t-on à savoir.

C'est courageusement que Jean frappe ses jointures contre la porte de bois. Solange cherche à voir qui s'amène. Elle s'empresse de descendre sa première jupe, gardée propre grâce au pan relevé dans sa ceinture. C'est en lissant le tissu que la grosse femme ouvre au visiteur inattendu, et fort embarrassé. Derrière Solange, Madame Bourdon annonce déjà. « Oh! Voici le jeune homme qui a aidé Marguerite, hier soir!

- Bonjour Mesdames. Je… heu…j'aimerais revoir Marguerite, pour lui faire mes meilleurs vœux de Noël. » C'est avec gêne qu'il se souvient de les lui avoir déjà offerts la nuit précédente.

Sa phrase a résonné dans la pièce. Le garçon s'est entendu parler dans l'effort de sa voix, et il se questionne à savoir comment il est arrivé à surmonter un aussi grand malaise. A-t-il plongé en fermant les yeux pour s'éviter de voir le gouffre dans lequel il enfonce volontairement? Il est conscient de son embarras. Jean ramasse ses restes de salive, n'ayant rien d'autre à faire que de sourire.

Il lève les yeux et il la voit, assise là-bas dans une berçante, un châle sur ses épaules. Elle cherche à savoir qui est à la porte. « Bonjour Marguerite, lui dit-il.

- Oui, oui, avancez, entrez la voir » dit aussitôt Madame Bourdon. Solange donne un petit coup de coude discret à sa complice. Madeleine fait semblant de ne rien regarder. Elles connaissent ce jeune homme pour ce que le village en a dit et en a conclu. Étrange boiteux, solitaire, mais bon garçon.

Marguerite sourit doucement. Elle a compris que le garçon l'a saluée. Elle se demande ce qu'il vient faire chez Solange et elle se rappelle l'avoir vu la veille. Madame Bourdon le prévient :

« Ma nièce est sourde, jeune homme. Mais elle est quand même là pour se marier, comme les autres »

Jean se tourne vers Madame Bourdon. Son étonnement est grand. Sourde? Il ne connaît aucune personne sourde et il ignore sincèrement comment aborder Marguerite.

La dame reste droite, prête à prendre la défense de sa nièce. Elle plante son regard dans celui du garçon mais n'y lira aucune réticence. Jean se dit qu'il doit peut-être aborder Marguerite comme il le ferait pour quiconque, puisque le cœur n'a pas besoin d'entendre et n'a qu'à savoir ressentir. Comme si elle l'avait entendu penser, Madame Bourdon ajoute. « Parlez-lui bien en face, qu'elle voie votre bouche, cela l'aidera grandement. Son intelligence n'est pas atteinte. »

Jean prend son courage et marche jusqu'à Marguerite. Son cœur résonne plus fort que sa démarche claudicante. Il sait qu'en ce moment précis la jeune fille remarque son déhanchement exagéré. Il sait qu'elle regarde sa jambe handicapée et constate sa différence avec les autres garçons de la colonie. Il sait qu'elle a désormais tout vu de lui.

Jean avance sans se cacher, comme s'il tenait dans ses mains ses deux jambes inégales dans le but de les lui montrer.

Il s'étonne de savoir toutes ces choses-là. Il les sait d'instinct. Et il sait autre chose aussi : il est certain d'être ouvert à la surdité de Marguerite. Traversé d'un éclair de lucidité, il comprend d'un coup pourquoi il éprouve autant d'attirance envers elle. Le temps de quelques pas dans la franchise, tout un raisonnement s'est organisé en lui. Un ruban a bouclé un emballage de grands projets.

Marguerite offre à Jean le même sourire que la veille. Calme et profond, attentif et prudent, empreint de générosité et de douceur. Jean se place droit devant la jeune fille et il dit. « Mademoiselle, je... euh... Joyeux Noël à vous, Marguerite. »

Elle incline la tête en souriant au jeune homme. Elle lui tend la main et Jean se dit qu'il aurait dû penser à ne pas tenir les siennes cachées dans ses poches, à tripoter son bagage. Il s'empresse de prendre dans ses deux mains celle de Marguerite « J'avais très hâte de vous connaître davantage! J'ai pourtant l'impression que nous nous connaissons déjà... excusez-moi, je ne voudrais pas vous importuner... » ajoute-t-il, gêné d'être aussi heureux et ne se reconnaissant pas d'être bavard.

Marguerite se lève, lui offre un siège et sert deux gobelets de thé en gardant son regard dans celui du garçon. Les yeux de Jean sont des étoiles.

Ils venaient de se rejoindre, et de se dire qu'ils se souhaitent d'autres rencontres. Ce garçon sait marcher vers elle. Cette fille sait l'écouter. Ils en savent déjà beaucoup l'un de l'autre.

« Vous resterez à manger avec nous, jeune homme? suggère promptement Madame Bourdon.

- Le froid, ça creuse l'appétit » ajoute Solange dans un clin d'oeil, en mettant déjà un couvert de plus sur la table.

Jean et Marguerite se sont à nouveau regardés. Elle sourit, et la réponse du garçon fut un petit rictus. C'est dans le même mouvement de la tête qu'ils acceptèrent la proposition.

À table, Marguerite a été empressée de sortir le meilleur du butin. Menée par une énergie nouvelle, elle fit penser à Solange de monter la crémaillère pour la fin de cuisson de la viande, qu'elle trancha ensuite habilement. Elle a placé correctement tous les ustensiles, sans oublier la

louche à soupe ni le couteau à pain. Elle a aussi pensé se lever pour le service des appétits qui en redemandent.

À leur manière, ils conversèrent ensemble plus qu'avec toutes les autres personnes attablées. Leurs regards parfaitement muets les emportaient à des siècles de là. Ni Jeanne, ni Madame Bourdon, ni Solange, ni Abel et Madeleine ni personne d'autre n'eut droit à autant d'attention et de parole.

Entre eux, la table était mise. Complices dans les mêmes codes, tout leur était possible. Un regard rieur, un sourcil levé, un sourire en coin, un coup de menton, un signe de la main, et surtout, ils étaient remplis du désir d'être ensemble.

En autant que se partage l'essentiel, le son des mots ne leur était que superflu. Pour Jean, les mots ne servent qu'à compléter les limites du silence. Pour Marguerite,

entendre se fait en passant par le cœur. Pour le couple, le plus important silence est justement à cet endroit.

Quand vint le moment du départ, ils savaient qu'ils n'avaient pas eu assez de cette présence de l'un auprès de l'autre. Quelque chose de facile leur manquait déjà. Quelque chose dont ils ignoraient l'existence un peu plus tôt, et qui jusque-là ne leur donnait à vivre aucune douleur, ni ne leur donnait autant de bonheur.

Chacun garda la sensation de tenir la main de l'autre bien longtemps après que les pas de Jean eurent été effacés par la poudrerie.

En revenant de soigner les animaux, le lendemain matin, Abel lance sur la table un morceau de tissu fleuri.

« C'était noué au bout du manche de pelle, plantée dans le chemin longeant la maison. À vous de voir comment le récupérer, Madame Bourdon! Est-ce que je le mets dans le panier de guenilles? »

Madame Bourdon lui fait signe d'attendre qu'elle descende de l'escabeau dans lequel elle était montée pour rejoindre une réserve de graisse d'ours. Elle essuiera ensuite ses mains sur son tablier.

Marguerite est stupéfiée. Dès qu'elle reconnut le bout de tissu, elle a cessé de regarder la bouche qui parle. Elle ne peut retirer de ce morceau de linge son regard.

Elle se lève, prend tendrement son bonnet et le serre contre son cœur. Une joie immense éclate sur ses joues.

Fardée de belles couleurs, elle dénoue promptement les pans du grand bonnet qu'elle porte depuis des mois. Elle le retire dans un mouvement de débarras et lance le souvenir de Perrine dans le panier de vieux torchons.

Une pensée amusée accompagne son geste. On défera bientôt chaque fil de ce bonnet maudit, on le refilera pour le transformer! À moins qu'on le coupe en longues et minces bandes, qu'on le repasse dans le métier et qu'on le tisse à nouveau, pour le faire revivre dans une catalogne!

En retrouvant sa coiffe, Marguerite récupère aussi une dignité. Elle replace au-dessus d'elle la force perdue. S'ouvre alors devant elle tout un espace de vie, comme au printemps de la traversée.

Madame Bourdon s'exclamme :

« Oh! mais c'est précisément le bonnet que tu avais égaré sur le navire! Des vents généreux sont en ta faveur, mon enfant! »

La jeune fille n'a d'attention que pour sa coiffe, qu'elle ne cesse de palper. Émue et soulagée, elle ne s'intéresse nullement à connaître les circonstances de ce retour, pas plus qu'elle ne s'occupe des commentaires qui circulent.

« Regardez comme votre nièce est heureuse, constate Abel.

- Plus qu'heureuse, apaisée, il me semble » observe sa tante avec justesse.

***

Durant ce temps, plus haut dans les bois, Louis se réchauffe dans la hutte d'une Sauvagesse. Un lit de branchages à même le sol et la longue peau d'ours qui les tiennent au chaud donnent l'illusion du confort d'une paillasse française. Un loup hurle au loin. Un petit feu entouré de grosses pierres crépite au centre de la hutte. Louis a trouvé du réconfort.

La veille, il avait marché en ne voyant que le bout de ses raquettes, qui chuintaient sous ses pas embourbés par la neige molle. Toute enjambée était un effort. La neige happait sa démarche. Sa colère le faisait avancer. « La rouquine est enceinte! Enceinte, la garce! Et puis, fêter Noël! Pfitt! Jamais je n'aurai le cœur à un Noël auprès de cette garce »

Louis ne pensait qu'à boire du rhum et à s'allonger auprès d'une des petites Sauvagesses, rieuse et douce. Rien ne l'arrêtait, pas même les raquettes inconfortables. Louis avançait. Il avançait encore, s'accrochant à l'idée d'être presque arrivé. À un tournant dans le bois, il a levé une perdrix enfouie dans la neige folle. En d'autre temps, le bruit de l'oiseau l'aurait fait sursauter. Mais il fonçait, simplement, il fonçait pour rythmer la colère à son pas, c'est tout.

Malgré le froid dehors, la nuit est douce dans la hutte. Une couverture couvre les épaules de la Sauvagesse nue, assise près de Louis. La fraîcheur ne semble pas l'empêcher de rester droite pour orner ses longues nattes d'un ruban de velours. Elle sourit. D'autres longs rubans dépassent de la poche du pantalon de Louis, pendu au bras d'une chaise. La Sauvagesse tente de les attraper. « Joyeux Noël, petite Sauvagesse! » lui dit le jeune homme. Il oblige la petite à se blottir à nouveau contre lui.

Louis a appris quelques mots de la langue sauvage, ce qui lui permet de conquérir le respect du groupe de Capitanal. Il se montre dur à la fatigue, au-dessus de toute sentimentalité, audacieux, à la recherche de virtuosité. On le traite comme un vrai coureur des bois!

Louis veut surtout ressentir consolation et plaisir de la vengeance. Avec une des pièces que lui avait lancées Perrine sur le navire, il a acheté quelques rubans pour les cheveux de ses petites amies, les Sauvagesses. Demain, une autre en recevra un tout aussi joli. Louis aime voir sourire leur visage et comprendre que jamais elles n'ont rien possédé de tel.

Au village, là où le troc est le plus courant, ce fut la surprise. « Tiens là, des pièces sonnantes! » a-t-on dit en s'émerveillant. « Pour le Noël de votre dame, sans doute? Et cette eau-de-vie, ce sera pour vous? »

Louis avait souri, sans répondre. Il songeait à toutes les jeunes Sauvagesses auprès desquelles il lèverait son verre en prononçant quelques convivialités dans un dialecte amérindien.

**

Il ne se passa que peu de temps avant qu'on amène Jean et Marguerite devant le notaire Ameau. Ce mardi-là, Marguerite semblait n'avoir jamais éprouvé de graves problèmes de santé. Sa rencontre avec Jean l'a fouettée. Elle retrouve la grande sensation éprouvée sur le pont du navire, lorsque l'appelait l'avenir.

Dans la maison du Gouverneur, Marguerite avance jusqu'à la petite table du notaire en le regardant droit dans les yeux. Elle tient la main de Jean dans une parfaite confiance en ce qu'elle fait. Elle est d'autant pleine d'assurance, qu'elle parvient même à comprendre l'essentiel de ce qui se passe dans la pièce, sans que son handicap ne lui fasse vivre son habituelle peur de ne pas saisir quelque chose d'important. Sûre d'elle, elle n'a pas besoin de guetter les alentours.

Jean sourit comme si les événements publics n'avaient jamais contredit sa solitude. Son effort d'être au centre de la foule lui semble bien peu, en comparaison à ce que ce mariage lui permet d'obtenir en retour.

Jeanne et Madame Bourdon ont tenu à signer comme principales témoins de ce moment important. Chacune pour des raisons différentes, chacune par compassion envers la jeune fille. L'écriture fine de l'une et les rondes lettres de l'autre, gravées pour toujours dans le registre, scelleront à jamais leur attachement envers Marguerite.

Marguerite et Jean sentent les battements de leur cœur dans chacun des doigts de l'autre. Le toucher de leurs mains parle de l'urgence du reste de leur corps. Chaque pincée de peau que l'autre prend dans la force de son désir fait d'une caresse un grand frisson.

Unique partie du corps présentement accessible au toucher, la main donne à ce moment des proportions de rêves. Elle est un jardin chaud, prélude à la découverte des prochains sanctuaires du corps aimé. Cette main invitante oblige l'attente. Main torture, main plaisir, maintes intentions. La main et cinq doigts, comme un printemps et les cinq sens. La main et ce soir, guidée par toutes les inspirations de ce jour, cette main de promesses qui déliera, dénudera, entrouvrira, et caressera ce que derrière le voile de l'interdit elle a planifié tout le jour.

***

Louis a bu toute la nuit, la tête contre le sein d'une Sauvagesse. Il a bu comme on se grise de la vie, comme on la cherche, comme on la fuit. L'effet a été tel que l'homme apaisé a fermé ses lourdes paupières et, contre la poitrine chaude de la jeune fille, il s'est endormi.

Louis est séduit par le fait d'être soustrait à l'autorité d'un capitaine. Qu'il n'ait aucun compte à rendre et que seule la liberté tienne lieu de consigne, cela le saoule largement. Lorsqu'il ressent l'effet magique de l'eau-de-vie, il n'a plus d'engagement envers celle qu'il a légitimement prise pour épouse. Que Perrine aille au diable et qu'à lui, on serve à boire dans les bras d'un ange!

Le jeune homme donne à son escale sur terre le sens d'un compromis. Le plus d'agréments possible, le moins de contraintes possible. Il préfère voir les bois comme un lieu démesuré de charmes, un endroit où les gains sont faciles et la liberté, sans limite. Il a trouvé de quoi accommoder sa sentence.

Longtemps avant que ne se lève le jour, Louis s'éveille en sursaut. Aurait-il déjà passé trop de temps ici? Sa bouche est pâteuse, il est préoccupé. Chaque fois que les effets de l'alcool diminuent, lui revient l'agacement de ses responsabilités, semblable au cri d'un parent insistant qui répète de venir à l'aide.

Louis se dégage du corps lisse et chaud qui se blottissait parfaitement contre lui. Il frissonne. Les flammes au centre de la hutte ne sont pas aussi réconfortantes que la ferveur de cette jeune amante, une autre Sauvagesse qui a fait de Louis un être de vigueur et d'exaltation. Pour ne plus entendre la voix maudite qui le somme de rentrer, le matelot cherche gorgée à boire. Il allait réveiller sa douce amie lorsqu'il se heurte enfin à un contenant. Il en finit rapidement tout le fond, puis il le lance à bout de bras. Voilà quelque chose de réglé!

À moitié saoul et endormi, il titube dans le noir, réussit enfin à se vêtir, et il sort dans la nuit.

Un froid piquant le saisit, ce froid qui prend des morsures sur ce qui est resté découvert et qui plaquera la peau de noir. Louis ne voit rien. Le matin qui naît lentement pousse contre le panneau d'ébène, mais le jour attendra encore avant que la nuit ne lui cède la place.

Une neige fraîche indique qu'avant le grand froid de la nuit, une poudreuse avait couvert la neige durcie. Louis prend la route et avance sans penser. Il trébuche, hoquète, maudit ses raquettes encombrantes. Il part dessiner les toutes premières traces par-dessus l'ancien chemin.

Le froid l'attaque en plein dos, comme une flèche reçue avec précision. Et Louis avance, encore un pas, un pas de plus, les épaules montées autour du cou. De temps à autre, il relève la tête pour regarder sa route, toujours la même, pleine de bouleaux, de pins et d'épinettes, ces arbres qu'il sait partout mais dans la pénombre il ne distingue qu'un seul à la fois.

Il a froid. Depuis combien de temps marche-t-il? Peut-être que s'il marchait vite, le froid cesserait de le saisir? Il accélère. Ses raquettes n'aiment pas la vitesse et il tombe, embourbé, mais il se relève, choqué. Il reprend sa route avec un peu de neige dans le cou et dans le dos. Il cale son bonnet jusque sous ses oreilles.

Règne autour de Louis un climat hostile et meurtrier. Il se secoue, éternue, crache un peu du surplus d'alcool durement agité par sa course, puis, il tombe à nouveau.

C'est alors qu'une grande douleur lui arrache un cri.

La suite se déroule trop vite. Un de ses bras est tordu contre quelque chose de coupant. Pire, Louis entend de lourds craquements sous son poids, et une eau glacée s'infiltre dans sa manche, jusqu'à son coude. En quelques secondes, ses doigts engourdissent de misère. Une rivière! Louis est couché sur une mince couche de verre sous laquelle coule une potion mortelle.

Capitanal lui avait dit : « N'échappera pas au mal de l'hiver celui qui ne bouge pas et se laissera dominer par la rude saison. » Louis entend cette voix comme si on chuchotait à son oreille. Il faut se relever, prudemment, et vite!

Sa confusion est grande. Comment a-t-il abouti au bord d'un cours d'eau? Comment n'a-t-il pas entendu le jaillissement avant de s'y retrouver trempé? Comment se retirer d'ici plutôt qu'aggraver la situation? Louis s'en veut d'être tombé. La panique et la colère l'obligent à des gestes saccadés. Il a peur d'être étendu sur les planches de sa tombe. Il craint l'eau glacée, coulante, celle qui, à tout instant, pourrait l'attraper et l'attirer dans ses ondes définitives et cuisantes de froidures.

Il y a un autre craquement. Louis reprend son bras, il veut se relever, cherche dans le noir comment se faire léger. À nouveau, la glace parle sous lui et le fait sursauter. La rivière le menace en se riant de lui, couverte d'une fine neige de volupté, comme une mort maquillée.

Il ne bouge plus. Sa peur rampe sur lui. La douleur à son bras mouillé atrophie ses doigts et les oblige à se comprimer. Louis a terriblement froid. Il ne veut pas penser que ce froid l'afflige. Il ne souhaiterait qu'avoir froid, se relever et continuer bravement sa route.

Mais sa peur d'être perdu monte en larmes, avec la même intensité que la froidure qui brûle son bras. S'il n'était pas un matelot endurci, il laisserait couler ses larmes, sans renifler. Mais même fin seul, le nez collé contre une glace, il se raidit d'orgueil.

Vite, il faut se voir dans le haut d'une drisse, tout sourire contre les vents humides de la mer. Louis cherche loin, très loin en lui une forme fiable de courage. Étendu dans le noir, seul avec panique, douleur et eau glacée, il lui faut se rappeler sa vie sur un navire.

Louis tâtonne pour se relever. Il s'appuit sur son bras endolori et ploc! il a retouché l'eau. Non! Louis a très peur de glisser, d'être happé par la misère, alors il se tourne, rampe, et, tout affolé, s'éloigne enfin du danger.

Il marche le plus longtemps possible dans le sens opposé, toujours inquiet du moindre craquement sous ses pieds. Sa bouche est amère. La douleur à son bras est un cercle de feu autour de ses doigts, de sa main, de son avant-bras, jusqu'à son coude. Louis insulte la forêt à haute voix, hoquète, vomit, se ressaisit. Où est le maudit village? Où est Perrine qu'il n'a surtout pas envie de retrouver?

D'ici peu de temps, le soleil va se lever. Il verra plus clairement la forêt et ses dangers. Peut-être constatera-t-il qu'il est perdu dans l'hiver, enfoncé au plus profond d'une forêt, un bras blanchi où germe l'engelure, obsédé par la peur de mourir?

Il faut continuer à marcher. Il faut rêver encore à quelque chose, au navire par exemple, à la mer, à la dernière Sauvagesse qu'il a aimée. Mais les mamelons couleur de jais que couvre la longue chevelure droite ne le font plus rêver. Ni même le plaisir de rire du danger durant les moments intenses à bord du navire.

Il sursaute en entendant des détonations de branches qui éclatent sous le gel. Il est nerveux et crie sa fureur.

Louis ne peut plus bouger les doigts de sa main droite, ni son poignet ni même son coude! Pourra-t-il redonner à sa main des ordres? Il pleure d'impuissance. Pris de panique, il court à travers les bois.

Enfin, se lève le jour.

Ce n'est pas sa douleur qui l'a fait cesser de courir, mais l'épuisement. Louis tient son bras comme un petit paquet qu'il va échapper. Il songe sérieusement à s'accroupir pour toujours, à se blottir contre un des milliers d'arbres serrés aux autres, mourir contre un des piliers aux bras noirs.

Cet endroit maudit serait-il plus perdu que ne le sont les mers des continents jamais visités?

Il allait abandonner quand soudain, il eut l'impression d'entendre quelque chose. Des bruits, des bruits là-bas, une présence humaine! Ce sont des cris d'enfants et de chiens qui hurlent, comme un heureux chaos accueille un prodige. À sa gauche, de l'autre côté d'une petite clairière, il y a un campement de Sauvages! Un wigwam! Louis distingue des armures de piquets disposés en faisceau et liés en haut par une courroie de cuir. Des tipis, des tipis recouverts de peaux!

D'autres peaux sont à sécher sur de grossiers treillis de branchages. De la fumée sort des huttes. Des enfants vêtus de peaux s'amusent dans la neige! Tout un monde d'où émane une joie neuve et vraie. Enfin sauvé!

Louis grimace quelque chose qui ressemble à un sourire ému. Là, tout près, il pourra recevoir de l'aide. Il scrute l'endroit.

Il s'arrête net. Est-ce ici?

Oui, c'est bien ici le campement où il a passé la première partie de la nuit! Il le reconnaît parfaitement!

Le plus difficile à reconnaître, c'est d'avoir tourné en rond, apeuré et souffrant, durant cette portion de nuit.

Une jeune et souriante Sauvagesse le regarde venir, son ruban neuf dans les cheveux. Voilà celle avec qui Louis avait dormi. Pour elle, il est fort bien vu d'avoir un amoureux parmi les Blancs. Les attentions, les compliments et les présents que le Blanc apporte la font l'accueillir à bras ouvert. Être à nouveau son élue est le plus beau privilège qui soit dans sa culture.

Les Amérindiens donnent aussi d'autres sens aux ébats entre Sauvagesses et Blancs, comme un signe d'amitié et d'hospitalité quand la tribu offre ses femmes aux voyageurs. Pour les femmes, échanger leurs corps contre des caresses et des cadeaux leur procure honneur et pouvoir.

La jeune Sauvagesse est heureuse, c'est vers elle que Louis revient. Mais le pauvre garçon s'évanouit, sa douleur plus insupportable que n'est grand son soulagement d'être sauvé.

Il aura ensuite souvenir de s'être vaguement réveillé, d'avoir mâchonné quelques mots, de s'être à nouveau égaré entre des pertes de consciences et un sommeil agité. L'énorme quantité d'alcool qu'on lui vidait chaque fois dans le gosier le rendormait à coup sûr. Des visages diffus planaient sur lui et d'étranges sons troublaient ses oreilles. Il se souvient d'une sangle de cuir, insérée entre ses mâchoires. Il se souvient de son bras droit pris dans un hachoir à viande, et d'une douleur de feu quand on en fait un saucisson. Il se souvient de son bras saccagé, anéanti.

Quand finalement on le laissa revenir à lui, son réveil fut un cauchemar. Son bras! Un pieu de feu sans que son bras ne soit! On a coupé son bras droit à hauteur de son coude! Horrifié, Louis pousse un grand cri :

« NNNnon! Qui? Qui m'a fait cela? »

Perrine ronge ses ongles jusqu'au sang. Elle lui tend machinalement le gobelet qu'elle allait porter à ses lèvres. Sa main tremblante renverse le liquide partout. De son bras intact, Louis fait valser le gobelet. Mais la poussée a demandé un trop grand effort au reste de son corps, encore sous le choc d'avoir été scié. Louis tente à nouveau de se relever, mais il tombe.

« Tu es vengée, la Rouquine, c'est ça? marmonne-t-il entre deux grimaces. Attends…. attends que je t'attrape à nouveau… Tu … Tu verras… Ton visage connaîtra la force du bras qu'il me reste encore! … »

Louis gémit et retombe dans une demi conscience.

Perrine est rarement incapable de répliquer, mais ce qu'elle a vu lorsqu'on lui a ramené son mari la confine au silence. Elle craint le monstre atrophié que Capitanal lui a ramené.

Le brasier va s'éteindre. Perrine a froid. Elle ne se pose aucune question concernant le confort du plus démuni. Elle ne saurait quoi ni comment faire, de toute façon.

Et puis, elle s'ennuie de l'odeur des carrés aux dattes de Solange, venant d'être cuits dans le moule couvert et entouré de braises. Elle s'ennuie de se chamailler sur le temps de cuisson qu'on mesure avec des prières données. Elle s'ennuie de se plaindre et de faire savoir à ses compagnes de la traversée qu'elles ont moins de noblesse qu'elle. Elle s'ennuie de les juger ouvertement comme sottes. Sa vie auprès des autres filles lui manquerait-elle? Oserait-elle s'avouer qu'il lui manque la chaleur sécurisante du foyer qui lui avait ouvert les bras à son arrivée?

Elle hausse les épaules. Pour penser à autre chose qu'à ce qui risque d'ouvrir son cœur, Perrine est secouée d'un frisson. Un petit sourire montre quelques dents trop longues.

C'est dans un immense effort qu'elle se rend bouger les braises. Le petit feu se ranime au centre de la cabane. Perrine ne sait trop comment faire avec Louis et elle ne sait comment subvenir par elle-même à d'autres ouvrages. Elle guette l'entrée de la cabane.

Geneviève viendra-t-elle? Et le vieil Indien, celui qui a ramené Louis, n'a-t-il pas aussi promis de l'aider? Elle sursaute parce que Louis vient de pousser un gémissement. Elle déteste se sentir dans cet état de détresse, sans pouvoir la déverser immédiatement sur autrui. Ah! Et puis les carrés aux dattes goûtaient mauvais quand le feu rôtissait les coins du moule de fonte. Perrine déteste le goût de brûlé. Elle déteste aussi ce goût de peur qui prend sa bouche.

Un craquement de branches lui fait allonger le cou. Dehors, Geneviève grelotte et attend.

« Que fais-tu à cailler là, connarde? Allez, rends-toi un peu utile et aide-moi à étendre une rangée de branches de sapin sur la terre froide, allez, trouve aussi des feuilles mortes, tu vois bien que j'ai froid!

- Comment feras-tu, Perrine? » Geneviève a amené la question qu'a posé son mari avant qu'elle ne parte visiter Perrine.

« Faire quoi, comment je vais faire quoi?

- Mais pour vivre, là, maintenant! Avec un mari sans son bras pour retourner la terre, comment tu vas faire? »

Le choc fut terrible. Perrine avait omis cet aspect. Elle devient toute pâle. Incapable de bouger, elle attend, pantoise, que passent les premières secondes de la surprise. Puis, elle se secoue et se tourne vers Geneviève. « Tu t'es mise à poser des questions imbéciles, pauvre Geneviève. Il y a longtemps que j'ai tout prévu.

- Tu vas retourner chez Solange?

- J'ai déjà eu plusieurs offres, et tes questions sont vraiment inutiles.

- Et lui ? »

Les yeux hésitants, Geneviève a désigné celui qui s'est endormi dans sa douleur. Jamais de toute sa vie Geneviève n'a autant posé de questions.

Perrine s'impatiente. Elle déteste l'engagement de prendre soin d'autrui auquel oblige son mariage.

« Qui, lui ? Tu parles de mon mari ? »

Perrine se donne des délais de réponses. N'en trouvant aucune qui lui offrirait un sentiment de gagner quelque chose, elle feint un malaise. « Et voilà mes nausées qui recommencent ! Aide-moi un peu, Geneviève, au lieu de rester plantée là ! Tu vois bien ce que me causent tes misérables questions ! Tu devrais avoir honte de me faire cela !

- Pardonne-moi, Perrine. Pardonne-moi, encore une fois, mon amie ! »

Perrine a détourné la conversation par une bourrasque d'injures afin que Geneviève oublie pour toujours ses questions. Mais elle est prudente. Elle a pris soin de le faire en chuchotant pour que Louis ne sorte pas de son sommeil. Les deux jeunes femmes finissent d'étendre la couche de branchages au fond de la hutte.

« Ha ! ce que tu es malhabile, Geneviève ! » marmonne Perrine.

Quelques minutes plus tard, Capitanal entre dans l'abri humide, les bras chargés de branches sèches. Il jette un regard en direction de Louis. Il ne dit mot et corde dans un coin ce qui constituera la précieuse chaleur. En aucun temps, le Sauvage ne laisse paraître sa pensée, mais qui connaît parfaitement son visage remarquerait un petit rictus au coin de sa lèvre. Il se penche au-dessus du malade et semble regarder loin, très loin en lui. À quoi pense-t-il ?

Ensuite, le vieux sage salue les femmes d'un bref mouvement de la tête. Il quitte l'inconfortable hutte, avec la promesse de revenir le lendemain.

Empressée de se tourner vers Perrine, Geneviève dit :

« Mon mari m'a fait penser te proposer de rester ici, cette nuit. Tu aimerais que je reste dormir dans cette hutte, ce soir, Perrine ?

- Voyons Geneviève, tu as vu la grandeur de l'endroit ? Vraiment, quel est ce raisonnement ? Dis-moi, hé ! dis-moi, comment crois-tu qu'on pourrait tous y loger ? Tu ne réfléchis jamais ? »

Geneviève, les bras ballants, regarde partout en faisant tourner ses pupilles. Elle cherche le raisonnement qu'on lui reproche de ne pas avoir eu. Elle cherche la bonne réponse. Elle cherche aussi la question. Son mari lui dit de faire quelque chose, son amie le lui déconseille énergiquement. Geneviève ne sachant pas penser d'elle-même attend, avant de dire :

« Mon mari a supposé que tu en sois rassurée, mais… mais tu as raison, Perrine, cet endroit est bien trop exigu ! »

Geneviève rit comme glisserait un tas de bûches qu'on a mal cordées. Elle se tait pour épier la réaction de Perrine, toute soucieuse de s'y ajuster. Devant le visage sérieux de son amie, Geneviève reprend la même dégringolade. Elle hoquète nerveusement à travers son rire car Perrine ne dit mot, elle réfléchit.

L'offre qu'elle allait rejeter lui convient parfaitement. Elle n'avait pas encore eu l'idée d'utiliser Geneviève afin de s'éviter de rester seule pour prendre soin de son mari. Secrètement prise de dédain pour lui, elle dit :

« À rire ainsi, tu fais tellement de bruit que tu vas le réveiller, pauvre sotte ! Ah ! Et puis, si ça peut te faire plaisir, reste donc ici durant la prochaine nuit. Mais en échange, il faudra t'occuper un peu de Louis. Jure-moi donc que jamais tu diras que je ne fais rien pour te plaire ! »

Geneviève reste sans bouger, le visage interrogateur. Perrine a sans doute raison, comme toujours.

« Tu le fais ce feu, Geneviève, ou faudra-t-il que je m'en mêle ? Tu n'as pas vu cette eau gelée, dans le pot, là, sur la table ? Tu ne remarques donc pas combien je me meurs de froid ? »

Pendant que Geneviève s'empresse de ramener le feu, Perrine se parle à elle-même en lui confessant ses malheurs. « Mon mari est pire qu'un coureur des bois : il est un vrai hors-la-loi ! Il chasse les Sauvagesses, sans aucun permis de traite, non, puisque c'est à moi qu'il est marié, Perrine Leclercq dit Dubellier ! C'est un débrouillard, oui, et il fait honneur aux gens de sa race normande avec sa débrouillardise ! Et j'ajoute que si les coureurs des bois sont les premiers à se mirer dans les rivières du Canada, mon mari quant à lui, il est le premier à se mirer dans la source de nombreuses Sauvagesses ! »

Toute la nuit suivante, Geneviève s'est occupée de nourrir la flamme et d'abreuver Louis, qui gémit de douleur. Après l'étalement de sa condescendance, Perrine s'est endormie, bouche ouverte, poings fermés.

Dès les premières lueurs du jour suivant, Capitanal revint comme il avait promis. Il rentra fièrement, le corps droit.

L'accueil de Perrine n'eut d'égal que ses humeurs habituelles :

« Ben quoi ? Y a pas de bois ? »

À la place d'une brassée de bois, le Sauvage tirait un grand toboggan. Un autre homme, derrière lui, en tirait un second.

« Là-bas, il y a une vraie cabane pour passer l'hiver de l'homme blessé, dit Capitanal.

- Comment ? Une cabane ? Quelle cabane ? Qui nous offre une cabane ? ... Mais répondez donc, le Sauvage, quand je questionne ! »

Capitanal ne sourcilla pas, ni ne se laissa impatienter. Il se contenta de respirer calmement avant de continuer.

« L'homme blessé ne pourra poursuivre ses travaux pour sa vraie cabane. Sans loge suffisamment adaptée, il n'y a plus qu'à choisir une des solutions des animaux, la fuite ou la mort. Si l'homme Blanc reste ici moins d'une lune encore, le froid aura gelé son autre bras, sa jambe et son autre jambe encore. Mais Capitanal connaît...

- Qu'est ce que vous connaissez ? Arrivez donc à l'essentiel qu'on sache enfin de quelle cabane on parle ! Je n'ai pas toute la journée, enfin ! »

Cette fois-ci, Capitanal ne reprit son propos qu'après s'être assuré que Louis était encore en vie. Ensuite, il remua doucement le petit feu. Puis, il sortit de sa poche une pommade préparée par une femme de son campement, et entreprit de dénouer la guenille collée à l'hideuse blessure de son protégé. Ses plaintes ne l'empêchèrent pas de continuer. Il sait parfaitement quoi et comment faire.

Il appliqua le baume et renoua la bandelette. Il laissa Perrine s'énerver encore devant la laideur et l'odeur de la blessure, et ne parla que lorsqu'elle eut cessé de crier.

« Il y a la cabane d'un voisin, mort avec la dernière épidémie.

- Quoi ? Une épidémie ? Pas une épidémie de petite vérole ! Je n'irai certainement pas dans les affaires de ces gens-là ! Que mon mari dise quelque chose, pardi ! »

Une voix faible et entrecoupée de frissons trancha :

« Le mari dit …qu'on va y aller, sans quoi… je crève… de froid… et de misère… »

Capitanal ouvrit son sac et offrit à Louis quelques gorgées d'une potion fabriquée expressément pour lui par une vieille sage de son groupe. Louis délira en buvant. « C'est le… le philtre d'amour… d'une de tes… tes belles Sauvagesses ? » Perrine leva le menton, jouant celle qui n'entend pas. Une fois de plus, c'est sur autrui qu'elle répand son fiel.

« Va-t-en donc, Geneviève, maintenant. Tu ne vois pas qu'il y a trop de monde, ici ! Allez, va ! Va n'importe où, au diable si tu veux, et puis tiens, va donc rejoindre ton gros mari ! »

Geneviève obéit, ne voyant que les apparences nécessiteuses de Perrine. Avant même que la rouquine eut fini de lui lancer ses insultes coutumières, Geneviève courait déjà dans le petit chemin menant au village, toute volontaire à satisfaire celle qui ne le sera jamais. La pauvre Geneviève y met autant d'effort qu'en est certain l'échec.

On prit quelques affaires dans la cabane et on les empila dans le premier toboggan. Dans le second traîneau, on coucha Louis tout enveloppé dans des peaux d'ours. Avant que ne parte le groupe, Capitanal se pencha sur Louis et dit : « Il y a eu plusieurs lunes depuis la mort de l'homme, la maladie a maintenant quitté sa cabane. Fais confiance à Capitanal. »

Dans une grimace de douleur, Louis tient à dire au vieux combien il reconnaît ses bonnes actions envers lui.

« Je veux te dire… te dire que je vois ta bonté… je veux te le dire maintenant… au cas où la mort… elle me prendrait plus tôt que prévu, Capitanal.

-Ton esprit mort ou vivant, je le garderai près de moi, homme blanc du grand fleuve. Je chéris ce qu'on me confie »

L'Amérindien récita quelques phrases dans un dialecte que les Sauvagesses ont commencé à apprendre à Louis. Mais le garçon est beaucoup trop faible pour traduire ce qui lui est dit.

Ensuite, Capitanal regarda Louis durant un long moment, le temps qu'il comprenne que le Sauvage le respecte. Au loin, Perrine s'impatiente en ne comprenant pas ce qu'ils font. Les deux hommes ne s'en occupent pas.

L'équipage laisse la petite hutte glaciale et se dirige vers des lieux un peu plus cléments.

Allongé dans le traîneau, Louis regarde défiler le ciel. Il attrape un nuage, puis un autre. La neige froide qui poudre sa figure l'empêche de perdre conscience. Son corps mou ballotte tandis que glisse le traîneau. Le transport le secoue, il a affreusement mal. Le malade sent le froid prendre son bras disparu. Seuls quelques arbres le protègent un peu des vents.

Les tourbillons sifflent de plus belle autour de lui. Il les entend dans l'écho d'une grande chorale, pleine des lamentations de sopranos. Il ne sait plus où il est rendu. Peut-être est-il aux portes du paradis.

Marchant derrière le groupe, Perrine damne ses raquettes en ne se plaignant toutefois pas qu'on ait recouvert ses jambes de mitasses afin de les mieux protéger contre la neige. Mais encore, elle avait maugréé tout le temps qu'on laçait étroitement leur cuir, assurant aux Sauvages que malgré leurs gestes experts y pénétrerait quand même la neige maudite.

Chacun de ses pas lui demande l'effort de lever sa jambe contre son ventre grossi. « C'est terrible de m'obliger à me démener comme ça! … » Louis s'est endormi sans entendre la fin pathétique de ses récriminations.

Ils arrivèrent à ladite maisonnette de bois. Les hommes foulèrent la neige amassée devant la porte tandis que Perrine les encourageait en criant de faire beaucoup plus vite, puisqu'elle avait froid. Ils entrèrent et pelletèrent ensuite la neige accumulée à l'intérieur, devant les ouvertures. Déjà, un feu réchauffait la cheminée. Après un moment qui lui sembla long, Louis y trouva un peu de réconfort.

Capitanal resta près de Louis toute la nuit. Il réussit à lui faire boire une pleine jarre de la tisane préparée pour lui.

Le lendemain, le vieil Indien constata que le teint du malade avait perdu un peu de la couleur grisâtre qui annonçait sa mort prochaine. Capitanal aviva le feu de l'âtre, près duquel il veilla encore son protégé. Le voyant plus vivant que la veille, il souleva le dos de Louis avec un coussin bourré de paille.

« Je hais cette terre… qui a pris mon bras! Comment la civilisation française souhaite-elle s'enraciner… dans ce climat maudit?

- Il y a quelques années, la première adaptation des hommes blancs au climat d'ici fut de mourir. Mais regarde-toi : tu vis »

Capitanal servit à son protégé un peu de viande de caribou. À la fin du repas, il lui présenta une gourde d'eau-de-vie.

« C'est un remède pour l'homme. Bois, c'est contre le souvenir des douleurs. » Les deux hommes burent, et Louis s'endormit. Plus tard, Capitanal se pencha sur le sommeil de son protégé et lui promit de revenir.

À peine quelques minutes après le départ du Sauvage, Perrine est prise d'une grande colère. Elle fait les cent pas dans la nouvelle cabane. Elle ne voit rien, ni objet ni souffrance de Louis. Elle tient à la main ce qu'elle accuse être une mauvaise chandelle qui attirerait les insectes, si ce fut l'été. Elle bouscule ce qui se trouve sur son passage. Elle frappe et secoue tout ce qu'elle touche. La terre semble trembler. Vole une chaise adossée au mur ; plane une casserole et un gobelet à partir du coin de la table ; valse un pot de chambre, heureusement vide. Son énervement annonce un état d'urgence. « Saloperie ! Où est-il ?

- J'espère que... que tu me réveilles pour quelque chose... d'important ! arrive à articuler Louis.

- D'important ? Je cherche ce qui m'est le plus précieux au monde et tu me sommes d'avoir une bonne raison !

- Ce n'est pas... ce n'est pas parce que je suis temporairement invalide... que je n'aurai pas de mémoire... pour te faire bientôt payer tous tes excès, la Rouquine. Tais-toi maintenant... et laisse-moi donc me reposer »

Perrine se rue sur lui, un poing levé et l'autre sur la hanche. Plantée devant Louis, elle donne un coup de talons, et crie :

« Dis, te ne l'aurais pas vu, toi ?

- Vu... mais vu quoi donc ?

- Ce foutu miroir !

- Le petit... miroir ? » dit Louis en soulevant un sourcil.

« Petit ou plus gros, ce foutu miroir est le seul qui m'appartienne, imbécile !

- Hé là ! Tu as vu... à qui tu parles, salope ?

- Ce miroir me rendra folle !

- Folle, tu le... resteras, quand tu sauras... ce que j'en ai fait de ton... miroir ! »

Perrine le regarde, les yeux gonflés de poudre à fusil. Elle attend l'attaque, prête à sauter. Devant le silence amusé de Louis, elle bondit. « Alors, tu me le dis enfin, oui ou non ? »

Elle allait foncer sur lui quand il pointe du menton une jarre d'alcool. « Le voilà ! Ton miroir est…est là-dedans ou plutôt, il m'a servi… à obtenir ceci. »

Elle prend son souffle pour lui crier sa haine, mais elle se tord de douleur. Prise d'affreuses crampes, elle se plie en deux. Elle tourne sa colère contre son propre corps et elle souffre, non sans se plaindre de son état.

« Je te déteste ! Et je déteste ce môme qui m'accable de coliques ! Aie ! Ouille ! Je déteste ces crampes maudites ! »

Louis replace tant bien que mal sa couverture. Il grimace parce qu'il a, lui aussi, très mal. En se tournant il ajoute :

« Tu pourras toujours te mirer… dans la jarre de faïence… mais attention, ça n'invente aucune beauté à qui… à qui ne lui en présentera pas ! »

Une fourchette vole au-dessus de sa tête. Louis déclare qu'il n'a pas aimé ce geste. Dans un effort inouï, il se lève et chancelle jusqu'à celle qui a lancé l'objet. De son bras encore fixé à son épaule, il frappe le visage de Perrine d'un grand élan de rage. Chacun crie pour exprimer sa propre douleur, et la guerre se finit là. Louis sombre sur sa paillasse et Perrine, le ventre retenu par ses deux mains, se laisse choir sur un tas de paille.

Au bord de l'inconscience, Louis ajoutera :

« Et puis… tu mets vite une bûche dans l'âtre… on gèle ici ! »

✻✻✻

L'hiver semble avoir fixé le temps. On ne sait plus si les jours traversent la froideur ou s'ils y sont gelés. L'hiver est devenu la seule manière de vivre.

On mange les choux, conservés dans la neige. On essaie de bloquer le vent qui hurle entre les poutres des constructions équarries à la hache. On coupe les pattes des chaises, pourries par l'humidité du sol. On brise la glace dans le gros bol quand on veut se rincer la figure. On place des cendres chaudes à ses pieds, sous les couvertures du lit. Et on attend, espérant que vienne le printemps.

Les semaines s'accumulent les unes à la suite des autres. Entre chacune d'elles, s'empilent des couches de neige. On n'a d'autre choix que de patienter.

Un matin, le soleil attrape la nuque. Il offre un peu de la chaleur dont on s'est cruellement ennuyé. La neige reluit d'un éclat excessif, le cœur se gonfle de soulagement. Le printemps! Dès mars, on part faire des incisions avec une gouge sur chacun des érables autour des maisons. La sève glissera bientôt le long de la goutterelle de cèdre et elle ira jusqu'à l'auge placée au pied de l'arbre. Le printemps! Apparaissent les terres dans des trouées boueuses, et vient une énergie pour le labeur.

Passera graduellement la débâcle. Toutes les eaux semblent jaser fort en se bousculant puis, ruisseaux et rivières se remettent franchement à courir! Autour des arbres de la forêt, grandissent des anneaux de terre noire. À l'orée des bois et le long de la clôture du fort, les bancs de neige seront bientôt les derniers obstacles qui rappelleront les mois derniers.

Le printemps, c'est le retour de la vie dehors, ce sont les semences et le début de la nourriture fraîche. On rêve des premiers jours de mai, quand on lavera à la rivière tous les tissus, tapis et linges divers, toutes les couvertures et les robes qui ont grand besoin d'être nettoyés. On pense à étendre sur le gazon frais les grands morceaux à sécher ; on pense au foulage de la laine avec un long bâton dans un chaudron d'eau bouillante ; on pense aux couleurs à donner à ce qu'on confectionnera, et on s'emballe de choisir entre les teintures de pelures d'oignon jaune, d'écorce brune ou de plante verte.

Le printemps! C'est la confection des chapeaux de paille tressée ; ce sont les odeurs terreuses du dégel ; c'est la tonte des quelques moutons qu'on possède, dont on mettra la toison à sécher au grenier. Ce sont les premières fleurs et les premiers papillons, et c'est le soulagement de ne plus s'accrocher les épaules aux oreilles.

Et puis, le printemps c'est l'espérance qu'un navire puisse à nouveau accoster au port d'une colonie oubliée!

Quand vient le retour des hirondelles et des primevères, tout le monde aime le printemps! Tous aiment la sensation que le renouveau élimine en soi le doute, et qu'il avive le fol espoir de vivre. Tout le monde aime le printemps, sauf celle qui ne sait pas attraper le bonheur lorsqu'il passe, celle qui accuse autrui de son inconfort, celle que le printemps fera accoucher.

« Ah! Voilà maintenant que les crottins d'animaux dégèlent! C'est à cause du soleil qui se met à leur plomber dessus! Toutes ces odeurs m'empestent, pardi! Et puis, ils me courent après, les crottins, mes chaussures en ont encore pilés! »

Mais ce printemps de 1670 a tardé. Les Trifluviens rêvaient que la nature se décide à ranimer leurs corps lassés de l'hiver, mais ils ont dû attendre un peu plus que d'ordinaire. L'espoir miroitait pour un jour, parfois deux, mais aussitôt que le soleil réchauffait le bout du nez, la gorge était prise par la déception d'une autre bordée de l'interminable saison blanche. Les froids humides et les redoux encourageants ont tour à tour fouetté le moral des Trifluviens, sans que jamais on ne puisse faire confiance au bonheur du répit. Oh! le printemps a bel et bien rendu quelques visites de courtoisie, brise adoucie et champs amollis, mais quand donc s'installera-t-il pour qu'on tonde enfin les moutons, qu'on lance enfin les semences, qu'on lave enfin à grande eau dans le fleuve?

Perrine devrait bientôt accoucher, du moins c'est ce qu'on croit au village quand on compare sa rondeur à celle d'autres Trifluviennes dans son état. Des coups saccadés ont commencé à étirer la voie dans son ventre. Depuis quelques jours s'engagerait le bébé. Aujourd'hui, en soulevant la grosse marmite de fer où cuisait la soupe, un éclair a brusquement piqué le bas de son abdomen. Perrine s'est arrêtée et a attendu, le corps tout en questions.

Elle plaça lentement les cuillères sur la table.

Ensuite, elle leva à nouveau les bras au bout desquels pendait le poids du chaudron. Le fardeau trop lourd pour ses forces provoqua une seconde secousse, plus sérieuse cette fois. Perrine n'a plus bougé.

« Et cette soupe, elle vient, femme? Femme grosse au pied dans la fosse! Femme grosse au pied dans la fosse! » Louis a entamé une chanson populaire.

Son mari a faim, mais il a surtout trouvé un prétexte à la contredire. Une cuillère dans sa main gauche qu'il tient relevée, il est prêt à attaquer le bol de soupe qu'on lui servira. Son impatience a surtout faim de vengeance. Il continue de chanter, tenant sa femme à l'autre bout de son regard rancunier.

D'un coup d'orgueil, Perrine tente à nouveau de soulever le chaudron de la crémaillère. Une étincelle de feu jaillit dans son utérus. Elle serre les dents.

Louis soupire bruyamment. Toute femme enceinte dans la Nouvelle-France est certes à risque de mourir, soit en couche, soit dans les jours suivants la délivrance. Mais attendre un enfant est vu comme étant la condition habituelle de la femme durant les deux premières décennies de sa vie conjugale.

Aujourd'hui, il était revenu à la cabane non pour l'intérêt de rejoindre Perrine, mais parce qu'il s'était trouvé sans l'accueil d'aucune petite Sauvagesse. Le groupe de Capitanal était parti à une activité de sa culture religieuse. Louis avait alors pris le chemin de sa cabane, contrarié. Ses railleries envers Perrine n'avaient pas cessé. D'autant qu'il n'avait pas rencontré de petites amies depuis qu'on avait amputé son bras.

Il continue de fixer Perrine, le mépris plein les yeux. Ses manières intimident, mais Perrine est habituée aux relations empreintes de mauvais sentiments.

« Tu mourras sans doute en couche, comme tant d'autres mères. »

Pour se défendre, Perrine cache sa douleur dans la condescendance. « Tu crois vraiment connaître quelque chose à tout ça? Fi! »

Elle fige dans la peur. La grande peur. Celle qui fait redouter les coins sombres, les ombrages, la terre froide. La peur de souffrir, la peur d'en mourir, la peur que l'accouchement la prenne, avant qu'elle ne comprenne ce qui arrive dans son corps. Perrine souffre déjà de savoir que bientôt elle aura mal.

Toutes les femmes de la colonie sont persuadées qu'elle se doivent d'enfanter dans la douleur. Dieu ne dit-il pas à Ève, dans un passage de la Genèse, qu'il multipliera les peines de ses grossesses et que dans la peine elle enfantera...? Perrine s'agenouille sur le plancher froid et elle prie.

Une autre grosse secousse l'a fait s'accroupir et implorer :

« Vite! Cherche une aide! Pour l'amour de Dieu, fais vite!

- Et le repas ? Qu'est-ce que cette épouse que j'ai tirée du célibat ? » lance Louis dans un demi sourire satisfait. Tenir Perrine à bout de nerfs est tout ce qui lui importe. « Après tout, c'est elle qui m'a descendu du navire, c'est à cause d'elle que je me trouve retenu à terre » se dit-il.

Perrine se relève péniblement. Elle clopine jusqu'au milieu de la pièce commune, là où l'eau et le feu sont à portée. Elle s'assure d'avoir de l'eau dans le chaudron suspendu à la crémaillère. Elle ignore tout des accouchements. Comment savoir ce qui sera nécessaire ?

La future mère s'appuie contre le dossier d'une chaise. Elle se tient les reins. Toute ventrue, elle attendra que dans son corps la secousse soit passée. Sait-elle qu'elle attend aussi que la prochaine survienne ?

Elle regarde par-dessus son épaule. Louis est enfin parti.

« Saloperie de mari ! » dit-elle entre les dents.

Elle pointe le nez au loin, assurée de n'entrevoir aucun avenir heureux. Elle regarde la pièce comme si jamais elle ne l'avait visitée. Des meubles rustres et sombres, un plancher de terre battue et tapissée de quelques planches, à cause de la boue qui fait glisser. Elle regarde les chaudrons et torchons, et les petites boîtes de bois où logent les denrées, des pois, de l'huile et des pommes de terre. À chaque attaque de douleur, elle se penche et elle attend. Ensuite, elle se relève et reprend le tour visuel à partir de là où sa tête avait laissé le regard. Elle bouge avec la lenteur qui oblige les choses à revenir à d'autres proportions. La peur la tient, et quand la peur arrache au corps sa quiétude, il faut s'accrocher à la plus banale réalité. Lorsque sa peur est trop intenable, elle la sort d'elle en maudissant : « Qu'est-ce qu'il fait, l'imbécile ? »

Chaque minute lui semble éternelle. On dirait que le bébé s'agrippe à sa mère, à sa frayeur, à sa haine, à sa hantise de mourir.

L'accouchement s'annonce être l'acte le plus solitaire que Perrine n'ait jamais commis. Une petite fille délaissée, perdue et remise à elle-même crispe son corps. Seule dans la petite cabane prêtée par Capitanal, il lui est d'autant pénible de ne pouvoir déverser sur personne son mépris d'elle-même de se juger si démunie.

Enfin ! On arrive !

Geneviève et Marguerite accourent, leur châle de laine épaisse tombant sur leurs pieds.

« Non! Elles? Et où donc sont Madame Bourdon et l'autre, la grosse? » reproche-t-elle à Louis, sans égard pour celles qui viennent pourtant à son secours.

« Avec toute l'eau et la glace sur les chemins impraticables de ce printemps, ce sont là les deux premières femmes que j'ai croisées et ramenées. Elles sont là, elles y restent, et il est déjà bon que j'y sois allé. Et puis, je ne veux pas me retrouver mêlé à ce qui concerne tes affaires de bonnes femmes. Je suis le mari, après tout! »

Perrine ne l'écoute pas, trop absorbée à crachoter sur son prochain.

« Fi! la Geneviève! dis-moi donc qu'est-ce que tu sauras faire, toi qui es si niaise? Et pis l'autre, l'infirme, là? » ajoute-t-elle dans un coup de menton.

Perrine continue, sans chercher de réponse. « Je ne veux pas de cette sourde dans mes jambes aujourd'hui, non, certainement pas … (Elle est prise d'une autre contraction.) Aie! Saloperie d'enfant! Au secours! Qu'est-ce que vous avez à rester plantées là et à me regarder mourir! Si vous faisiez quelque chose de mieux, hey? »

Geneviève recule dans un coin, les yeux ronds. À peine capable de respirer, elle ne bougera plus. Son regard a attrapé les jambes de Perrine et elle craint déjà l'écartèlement qui précèdera ce qu'elle y verra descendre.

Marguerite est parcourue d'un grand frisson. Elle ferme les yeux, le temps de prendre une profonde respiration. Ensuite, elle fonce sur la tâche.

Elle vérifie d'abord que l'eau soit chaude puis, elle avance une paillasse devant l'âtre et indique à Perrine de s'y allonger. Tant bien que mal, elle essaie de lui démontrer qu'elle doit se reposer entre chacune de ses contractions.

« Fais bien attention, la sourde, de ne pas salir les draps, les seuls draps qu'on ait dans cette foutue cabane! » ordonne Perrine, toute essoufflée.

Marguerite prend un vieil oreiller, le glisse sous les genoux de celle qui ne cesse de maugréer, mais qu'elle n'entend heureusement pas.

« Mais qu'est-ce qu'elle fabrique, la Solange? Elle viendra, oh! ça oui, sans quoi je l'étranglerai! » menace encore Perrine, après qu'une bonne contraction l'eut à nouveau fait se tordre dans la douleur.

« Elle arrivera bientôt, Perrine, je jure que je lui ai crié de venir vite, risque Geneviève d'une voix blanche.

- Tu es vivante, toi ? Fi ! Je ne te crois même pas, de toute manière, pas plus que je n'ai confiance à me faire tripoter par une sourde ! » rouspète la parturiente avant de retrouver une autre douleur.

Les eaux ont crevé. Le travail avance. Tout le monde sait que le sort de Perrine et de l'enfant appartiennent désormais au hasard de la Providence.

Étourdi, Louis quitte l'endroit. Il n'a qu'un seul bras et il ne passera certainement pas pour un homme qui n'a pas de jambes. Dehors, l'air frais qu'il respire lui fait le plus grand bien. Le liquide visqueux et teinté de sang qu'il a vu lui inspire le dégoût. Il s'assure d'être seul et il s'assoit, le temps de reprendre ses esprits. La tête tournée vers la cabane, il crie :

« Je reste proche, pour ondoyer l'un ou l'autre, en cas de mort ! »

Perrine a chaud. Les couvertures autour d'elle l'étouffent. On dit que la chaleur a la propriété de dilater la femme en travail. À moins que ses sueurs proviennent de sa lutte contre la confiance en Marguerite ? À moins qu'elle n'aime pas se retrouver plus démunie qu'une sourde ? Elle crie à fendre l'âme.

Marguerite n'entend pas les sons mais elle perçoit l'impuissance de la future mère. Elle observe, réfléchit, agit. Cette attitude favorise son intuition.

Jamais Perrine n'a reçu autant d'attention. Jamais pourtant elle ne s'est autant plaint de négligence. Ce qu'elle quémande dans le reproche et qu'elle ordonne à tue-tête n'est pas nécessairement ce qu'elle est capable de recevoir.

Il y a, devant Marguerite, une enfant gâtée qui enfante, il y a une haineuse qui la rejette et qui pourtant l'appelle, il y a une femme en danger de mourir toute bleue ou de mourir couverte de rouge, et elle doit rapidement choisir les bons gestes d'aide. Droite, alerte et efficace, Marguerite ne se laissera distraire par rien. Et puis, elle avait vu faire Solange, elle sait un peu à quoi s'attendre. Elle garde en réserve son sang-froid, au cas où surviendrait quelque chose de grave. Prudence, patience et rapidité sont les premières attitudes qui lui reviennent en mémoire. Marguerite est immensément soulagée de les avoir un jour observées.

Les heures passent.

Perrine se donne en spectacle et Geneviève est ahurie. Marguerite imite à la lettre ce qu'elle avait vu faire. Elle s'est lavé les mains jusque sous les ongles, elle a donné à Perrine du bouillon pour qu'elle conserve ses forces, et elle respire avec elle quand les douleurs reprennent. Elle se concentre sur ce qu'elle accomplira jusqu'au bout.

Marguerite assiste et se donne. Elle se sent étrangement concernée par l'être nouveau qui veut sortir de sa mère.

« J'ai mal aux reins, au ventre, au cœur, j'ai mal, j'ai mal, moi! Vous ne comprenez donc rien! Qu'on m'enlève ce mal, pardi! » accuse Perrine haut et fort, le souffle entrecoupé.

Elle s'époumone, préoccupée d'expulser sa peur bien avant sa douleur. Elle insulte encore Marguerite, elle implore encore la Vierge Marie, et elle maudit encore l'enfant qui veut naturellement sortir d'elle. Elle se laisse néanmoins guider de la position assise à accroupie.

Le temps passe. La clarté du jour se tamise. Les filles sont fatiguées. La vie pousse, la mort guette ; la mort tire, la vie appelle. L'incertitude est dans chaque recoin de la cabane. Accoucher, c'est risquer de trépasser.

Perrine joue tantôt la morte, tantôt l'hystérique. Quand tout le monde se repose, elle reprend à crier ; et quand elle crie, tout le monde se repose de ne pas la savoir morte.

Soudain, elle est dans toutes les démonstrations de sa douleur. Comment exprimer autrement sa vraie souffrance lorsqu'elle l'a toujours actée dans chaque petite contrainte de la vie? Comment faire savoir aux autres que voilà la vérité alors qu'elle l'a toujours exagérée? Perrine a ses dernières contractions.

Louis entre se réchauffer, mais il s'empresse de retourner dehors. Les événements le bousculent. Il se sent à nouveau étourdi.

Marguerite doit rester alerte sans quoi, le découragement s'emparera d'elle. Sur ses épaules pèse une très lourde responsabilité. Deux vies sont entre ses mains et elle ne veut pas penser qu'elle porte sur elle des comptes aussi lourds! Elle se secoue. Il faut continuer!

Geneviève est de glace. Sa terreur n'est d'aucune utilité, sinon qu'elle transforme la pauvre fille en un objet tranquille, dans un coin. La jeune gourde se trouve trop apeurée pour oser circuler dans la pièce et partir, alors elle reste là, impuissante observatrice de la scène. Elle se répète que jamais elle n'aura d'enfant, bien qu'elle soit sans faire le lien entre les naissances et ses nouvelles activités conjugales.

Marguerite est aussi apeurée qu'efficace. Elle observe chacun des mouvements de Perrine, chaque trace sur son visage et sur son corps, essayant continuellement de différencier l'accoucheuse de l'actrice.

Au bout d'une dernière bonne expulsion, Marguerite étire le périnée de Perrine. Elle revoit Solange s'inquiéter qu'un enfant bleuisse. « Il faut veiller à ce que l'enfant n'étouffe pas ! Il faut sans doute faire attention à son nez, à sa bouche, à ses oreilles aussi. Il ne doit pas devenir sourd. »

Marguerite présume faire ce qui se doit. Ses mains tremblent de favoriser l'enfant qui vient au monde. Ce n'est plus Perrine que ses doigts touchent. Ce corps n'est devenu qu'un passage pour la vie.

Des souvenirs de ce que Marguerite a observé reviennent encore à sa mémoire. Il faut que la mère pousse, mais pas trop. Comment le faire savoir à Perrine ? Elle pose sa main à plat sur son bas ventre. De son autre main, elle indique à Perrine de se faire plus douce. Elle lit la peur dans le regard de l'accoucheuse. Se sont-elles comprises ? Peut-elle espérer que Perrine apprenne à communiquer avec elle à travers un regard complice ? Marguerite n'a pas le temps de réfléchir à cela.

La sourde retient son souffle. Voici le grand moment de la naissance. Après la tête parsemée de cheveux mouillés de sang et d'un liquide blanchâtre, apparaît une épaule, puis une seconde, que Marguerite s'occupe de dégager doucement. Quelqu'un naît. Quelqu'un ose venir entendre le monde.

L'instant est plus solennel que celui d'un navire qui accoste. La naissance est un moment de tendre violence. Un petit torse est brusquement expulsé, dans un bruit aussi singulier qu'inattendu.

Le bébé est encore retenu à sa mère par ses jambes et ses pieds. Marguerite n'hésite pas à protéger la tête du nouveau-né. Entre les cuisses de Perrine, un garçon crie avec elle. Que jouent fifres et tambours !

Marguerite respire à peine, ses yeux remplis de larmes. Son visage illuminé est trempé de bonheur. La fierté et l'étonnement s'emparent d'elle en même temps qu'une bouffée de tendresse.

Geneviève recule et cherche une chaise. Le corps mou et la tête qui ballotte lui font une peur bleue. Elle ne se croit pas devant un humain mais devant un petit animal visqueux, qu'on a ensanglanté. Elle détourne le visage pour se retenir de tomber.

Marguerite coupe le cordon avec un couteau qu'elle avait passé sur la flamme et essuyé avec un linge, le plus propre qu'elle ait pu trouver. Elle approche rapidement l'enfant de l'âtre. Elle le nettoie délicatement et s'empresse de le couvrir. Entre ses mains un trésor respire par lui-même. Elle l'emmaillote serré dans des bandes de tissu, qu'elle avait auparavant eu le temps de tailler entre les contractions de Perrine.

« Et moi, personne ne s'occupe jamais de moi! »

Complètement épuisée, Perrine trouve encore de quoi se montrer négligée. On a collé son garçon à son sein, sans qu'elle pense à le faire téter. Marguerite guide le nouveau-né. Elle se préoccupera aussi d'une enveloppe molle qui doit encore sortir de la mère. Elle soupire, fatiguée. Elle sait qu'elle vient d'accomplir quelque chose d'important. De trois personnes dans la pièce, elles sont passées à quatre, grâce à sa vigilance et à son audace.

Le placenta évacué, Marguerite pourra enfin s'asseoir. Elle est épuisée, mais heureuse.

Dehors, Louis fait les cent pas. Un maudit obstacle a noué sa gorge lorsqu'il a entendu les premiers signes de vie de son fils. Louis a tendrement isolé ces cris des plaintes de Perrine. Protégé de toutes interférences, il s'en délecte. Heureux, il voulut applaudir, mais se souvient bêtement qu'il n'a qu'une seule main. Dans sa gorge, cette autre émotion bouscula la première.

Le jour où il s'était retrouvé confiné à la terre, puis le jour où il crut mourir en forêt, et ensuite celui où il eut son bras sectionné, Louis avait pleuré en se jurant chaque fois que c'était la dernière. Cette nuit, le même satané bouleversement remonte dans sa gorge. Louis s'émeut. Il renifle et tourne en rond pour se retenir d'aller se montrer dans la cabane.

Il se cache en entendant venir. Solange arrive, suivie de Jean. L'une va vers l'enfant, l'autre se tourne vers Marguerite. Perrine se plaint tellement que tous sont certains qu'elle va pour le mieux.

Jean tend la main à sa femme. Un silence plein de sens circule autour d'eux. L'admiration baigne le regard de l'époux. Marguerite et Jean n'ont besoin d'autres signes car entre eux, tout vient d'être entendu.

Solange approche du couple, consciente qu'elle dérangera quelque chose de précieux. En tapotant la joue de Marguerite, elle dit : « Cet enfant te remercie, ma fille. Et moi, je te lève mon chapeau!»

Quelques heures plus tard, Marguerite tient sur son cœur un corps minuscule qu'elle a soigneusement emmailloté. Cette boule innocente au creux de sa poitrine suscite en elle tendresse et protection. Son affection spontanée honore l'enfant de toutes les qualités jamais vues, tant en France que de ce côté-ci de l'Atlantique. D'un index délicat, elle dessine la ronde figure dans laquelle se plissent des yeux endormis et une bouche repue.

Elle le bercera longtemps. L'échange muet qu'elle crée avec lui l'inspire d'un sentiment maternel qu'elle ne se connaissait pas. L'idée que son propre corps pourrait concevoir un enfant, le voir se nourrir de son sein, retenir son regard jusqu'à ce que ses petits poings gigotent, l'attendrit.

Ce symbole de la fragilité est un projet, un avenir, un élan de vie. Il est tout le précieux de la vie. Cet enfant n'est pas conçu de l'arrogance de Perrine ni de la vengeance de Louis. Il n'est le fils de personne d'autre que celui de la candeur. Il est simplement petit, et grand.

Le regard de Marguerite se mouille. Cajoler ce bébé fait trembler d'émotion la gorge cadenassée de la muette. De condamnée, sa voix devient un canon qui se prépare à faire feu !

Les yeux clos, elle pense à la naissance à laquelle elle a assisté. Elle revoit ses gestes des dernières heures, elle ressent l'espoir qui l'a tenue quand elle a favorisé le sort du petit être sans défense. De grosses larmes coulent maintenant sur ses joues. Elles se déposent sur le lin usé qui couvre l'enfant de douceur. Marguerite laisse une sorte de séisme lier et délier le nœud tenu serré de sa gorge, là où se terre un grand volcan prêt à exploser. L'émotion la secoue d'incontrôlables sanglots.

Une main rassurante se pose sur la gorge de la jeune femme. Cette main, elle la reconnaît, même les yeux fermés. Jean s'est installé sur une chaise près de son épouse.

L'homme amène lentement la main de sa femme au niveau de sa propre gorge, pour que sous sa paume Marguerite sente le mouvement de vibration lorsqu'il chantonne. Il recommence à fredonner pour qu'elle sente bien le tremblement. Il donne tantôt une note haute et tantôt une autre, plus basse.

Durant ce temps, la main de Jean garde chaude la gorge de sa femme. Cette chaleur lui donne confiance. Alors, de la manière dont on se lance dans le vide, Marguerite imite quelques sons émis par Jean ! Des larmes d'un puits de joie s'ajoutent aux autres larmes de la jeune femme.

Marguerite fredonne ! Une naissance en appelle une autre.

Le souvenir d'un air d'autrefois revient dans ses cordes vocales. Maguerite ose quelques notes désaccordées et râpeuses, mais toutes belles de renaître. Belles, oui, comme la figure d'un nouveau-né de l'autre côté d'une longue attente.

Jean et Marguerite visiteront souvent le nouveau-né de Perrine. Ils quittent quelques instants leur maison pour cueillir, le long de leur chemin, les odeurs du renouveau dans les champs. Leurs pas glissent parfois dans la boue laissée par le printemps et ils se soutiennent mutuellement en jouant à qui feint de faire glisser l'autre. La promenade est chaque fois teintée de romantisme. La tendresse se reflète dans le secret de leurs regards. Ils se voient comblés d'être des amis, des amants, des amoureux.

Combien de fois sont-ils arrivés à la cabane où vit l'enfant, Louis parti quelque part au fond des bois et Perrine plus loin à bêcher en maugréant, à ramasser des herbages, toujours en se plaignant. Marguerite trouvait le petit enrubanné serré et accroché au mur à un clou, pour le garder loin des poules qui errent dans la pièce commune.

« Oh! je ne me rappelais même plus de lui! Ne me dis pas qu'il faille encore le nourrir? »

Marguerite regardait la mère, prenait l'enfant et lui prodiguait des soins appropriés.

Perrine n'avait pas tardé à se lasser de la nouveauté que lui apportait son enfant. Cet être démuni la place encore devant son incapacité à se détourner de son petit profit. Elle répand son désarroi :

« Il a bu, il est bordé, qu'il dorme donc maintenant, et me fiche la sainte paix! »

Seule Marguerite le lange et le câline. Elle seule lui fredonne quelques notes, gauches mais combien aimantes.

Perrine la juge sévèrement. Chaque fois qu'elle la voit s'occuper de celui pour lequel elle ne peut rien, elle en veut à la sourde. Le dilemme de Perrine est grand. Elle a terriblement besoin de ces soins que donne Marguerite à sa place, mais elle a horreur du fait qu'ils la rendent impuissante.

« Cesse donc toutes ces façons autour de lui! Ce nourrisson ne voit pas, n'entend pas, et n'a aucune autre sensation que celle de la faim. On sait tous que son existence est végétative. » Perrine insiste. Elle ne peut supporter la tendresse dont elle-même a cruellement manqué.

Sans remarquer que Perrine s'adressait à elle, Marguerite continue de langer le tout-petit. Elle amènera ensuite l'enfant dans le lit de sa mère, espérant que son corps le protège du froid.

Mais Perrine ne jette au nouveau-né qu'un bref regard. Elle étire ses commissures pour se satisfaire elle-même de lui avoir offert un sourire puis, elle gesticule pour appeler Marguerite. « Couche-le plutôt là-bas, dans le panier. C'est moi qui dormirai beaucoup mieux » ordonne-t-elle dans de grands signes impatients.

Marguerite reprend l'enfant en approchant une chaise de l'âtre. Le nouveau-né blotti contre elle, elle se questionne. Et si elle ouvrait la bouche chaque fois qu'en elle vient l'élan de se montrer ? Si elle reparlait, si elle réapprenait, si elle osait surtout ? Tout doucement, comme si c'était au seul petit paquet chaud qu'elle s'adresse, Marguerite fredonne à l'oreille de l'enfant.

Au petit matin, Louis reviendra à la cabane. Clopin-clopant d'avoir bu trop d'alcool, son enfant reste néanmoins sa première préoccupation. Il jette un œil au petit pour se rassurer que les bonnes femmes s'en sont occupé. Ce n'est qu'après l'avoir regardé qu'il sortira à nouveau de l'œillet de sa ceinture sa gourde d'eau-de-vie. Chancelant, il préparera ensuite un peu de bois avant de roupiller dans un coin.

Jean et Marguerite vivront chaque jour entourés du calme des terres défrichées, des champs ensemencés, des petites feuilles qui pointent des sillons. Leur vie est riche car l'amour auréole leur maison. Il y a eu tant à faire hier et ce matin, il y aura tout à continuer aujourd'hui et demain, mais chaque jour, au moment où leur regard se pose sur leur vie, le mot paix prend tout son sens.

Le soir, dans la pénombre de la chandelle, ils se retrouvent confortablement enlacés au creux d'une petite paillasse, que Jean jugeait auparavant trop étroite pour lui seul. Là, tandis que leurs corps créent sur le mur des ombres actives, leurs cœurs dans le lit se gonflent d'une tendresse apaisante. Des mots de leur émotion se trouvent dits, sans qu'ils n'aient besoin de les entendre. Des mots silencieux et plein de sens se blottissent entre leurs draps et dans chaque repli de leur corps.

Ils connaissent leur chance. La Nouvelle-France n'est pas d'abord peuplée par le désir de l'amour mais par celui de solidifier la colonie. Mais quand les sentiments se mêlent de renforcer ce qui se voulait courageux, le succès est complet.

***

« Un vaisseau! Un vaisseau sur le fleuve! C'est l'Europe! La France est là, sur le bord de la rive! Vive l'été! Vive l'arrivée d'un navire! »

Le message a traversé Trois-Rivières d'un trait, à toute volée, à plein élan. Le courant de joie a rapidement recouvert le moindre espace de la colonie. Il est allé illuminer chaque cabane, chaque hangar, enclos, poulailler, champs. Il a secoué chaque brin d'herbe, chaque fleur, chaque épi. Quand la France s'amène, rien n'est plus important que de le faire savoir. Tous vont alors s'en chercher un morceau sur les rives du St-Laurent. Les racines sont fortes et le resteront encore des générations durant.

Même le coq, un français, a sorti les plus grandes courbes de sa voix. Il s'est levé comme un soleil montant, il a gonflé son corps de toute son inspiration, et sa musique a joint sa force à celle qu'étale partout la grande annonce. Il faudrait être sourd pour ne pas savoir qu'un navire vient d'arriver. Mais encore. Même Marguerite a compris que ce brouhaha est celui de quelque chose d'important.

La maison qu'elle habite est un peu à l'écart du village mais de son point de vue, elle voit les champs qui la bordent. De l'autre côté de cette étendue, elle distingue les points alignés des maisons du village.

Jean dit qu'il entend un clapotis différent quand arrive un navire devant Trois-Rivières. Marguerite, elle, le sait par les mouvements inhabituels de toute la colonie.

L'impatience n'est pas qu'audible, elle est palpable. Quand les humains s'énervent, toute la nature s'agite, quelque chose devient différent dans l'air. Ce que toutes les oreilles entendent, Marguerite ne le sait pas ; mais elle sait ce qu'elle ressent quand il y a cohue et cela lui suffit pour savoir qu'il se passe quelque chose. Comme les autres, il ne lui reste qu'à se rendre sur la grève pour apprendre la suite.

Les hommes courent au fleuve remplir d'eau les plus grosses marmites afin que les femmes y plongent les herbes soignantes. Un autre groupe de curieux descend en courant sur la grève. Dans la maison de Solange on fait déjà un peu de place pour étendre des paillasses. Le tumulte est général.

« Il y aura du courrier! Peut-être pour moi, hé!

- Peut-être quelqu'un de ma famille a-t-il traversé? Peut-être des Filles du Roy pour Trois-Rivières?

- Qu'on se soit embarqué pour une traversée, soit, qu'on arrive vivant c'est autre chose.

- Il ne faut pas dire d'horribles choses en un aussi beau jour. Il y a un morceau de la France, il y a un navire devant chez nous, réjouissons-nous! »

Quelques-uns ponctuent de pas de danse cette conclusion de Madame Bourdon. « Vite, dépêchons! Les voyageurs ont sûrement besoin de nous! » ajoute-t-elle.

Marguerite et Jean marchent vers la grève. Jeanne y est déjà arrivée. Elle est venue s'apprivoiser au gros navire. Se tient devant elle celui qui l'emportera bientôt à Ville Marie. Elle retient son souffle.

Elle serre sur son cœur un poing plissé de son corsage. Elle se voit monter l'échelle de cordes. Elle imagine que le navire gronde et repart, l'emportant direction ouest cette fois. Elle se voit sur le pont, là, le mouchoir au vent et les mains moites. Elle se regarde dans l'avenir parce que se regarder faire ce qu'elle veut accomplir l'aide à se préparer pour le grand jour.

Le Capitaine fait descendre quelques passagers, que des barques amènent jusqu'à la terre ferme. Il y a peu de gens, ce sont majoritairement des hommes engagés. Il ne semble pas y avoir de filles à marier. Mais il y a du bétail. Un cheval! Des moutons! Jean fait signe à Marguerite qu'il y a autre chose aussi. Ah! Des chatons! Le sourire du garçon annonce son intention d'en récupérer un pour sa bien-aimée.

Les hommes s'organisent avec la tâche de faire passer les animaux du navire à la terre. Il faut approcher des radeaux solides, il faut aller chercher l'expertise des Sauvages. On tente déjà de repérer Capitanal et son groupe.

Le capitaine tousse et se prend la poitrine. Il voudrait prononcer un petit discours devant Trois-Rivières, mais une crise de poumon l'en empêche.

« Venez Capitaine. Ne restez pas là, il faut vous réchauffer et vous reposer pour pouvoir reprendre ensuite votre route » suggère Madame Bourdon en lui enrobant les épaules d'une couverture.

Le Capitaine n'aime pas être contraint de quitter son vaisseau, pas plus qu'il n'aime faire office d'homme malade. Il préfère être chez lui, sur son navire, dans ses affaires et dans sa vie. Pâle et chétif, c'est malgré lui qu'il se laisse docilement conduire. « Me reposer pour pouvoir reprendre la route, vous avez raison, Madame. Merci. » Sa voix est faible et entrecoupée de la vilaine toux.

Il prend gîte chez le Gouverneur, le temps de se remettre. Le navire quittera la colonie dans quelques jours, direction Ville Marie, la limite occidentale de la civilisation.

Jeanne a besoin de ce temps pour préparer son bagage et faire quelques adieux. Son premier au revoir est réservé à Marguerite.

Jeanne quitte le regroupement de maisons et prend les champs qui mènent jusque chez la sourde. Elle frappe et entre sans avoir eu de réponse.

Elle examine la petite maison construite par Jean un peu avant de prendre Marguerite pour épouse. La pièce où l'on vit est certainement celle qu'occupe le foyer, monument utilitaire au centre de la vie, se chauffer et se nourrir étant ce qui compte le plus en Nouvelle-France.

Jeanne vérifie la qualité des deux chenêts de fer. Elle lève les yeux sur la crémaillère solidement fixée à côté de l'âtre, capable de porter une grosse marmite et de pivoter sur son gond. À gauche, pendus sur la pierre, une fourchette à feu en fer, avec le manche suffisamment long pour manier d'aise les bûches et les tisons du foyer. Tout près, une petite pelle pour retirer les cendres. Plus loin, il y a deux marmites de cuivre, que Jeanne soupèse. La lourdeur étonne toujours. Deux poêles à long manche pour cuire les œufs et les crêpes, une cuillère à pot en cuivre. Le compte y est.

Au centre de la grande pièce, il y a une table et quelques chaises, un bahut façonné à même un morceau de bois, une huche de chêne, longue et rectangulaire pour pétrir le pain et le ranger après la cuisson. Il y a aussi un petit coffre pour les affaires importantes et un autre pour les vêtements qu'on ne suspendra pas. Une tablette au mur, un balai dans le coin, un petit tapis de guenilles tressées devant la porte sur lequel dort un chaton. Dans un coin, là-bas, il y a la cabane de bois où Jean a inséré le lit afin de mieux conserver la chaleur.

La chaleur de la maison est bonne. L'ambiance est au calme et à l'unisson. Un bouquet de tiges de blé pend au bout d'une corde et adoucit un mur de planches rudes. Un panier de broderie et de laine attend sur un banc que Marguerite le reprenne.

Jeanne a eu le temps de visiter la grande pièce bien avant que Marguerite, dos tourné, ne voit qu'elle a une visiteuse. Une courtepointe sur les genoux, elle est occupée à coudre les carrés de vieux vêtements. Le piquage est une corvée de plusieurs jours qui se fait habituellement groupé entre voisines, mais comme la fraîche reviendra vite, Marguerite a décidé d'avancer son ouvrage.

Marguerite sourit et laisse son activité. Elle fait asseoir Jeanne, comme dans les moments importants. Elle ne connaît pas exactement les détails entourant son départ.

Il est bon qu'elle soit venue la voir. La peine de perdre son amie avait beau être vécue, Marguerite a besoin que les choses se bouclent correctement. Dans un coin, un berceau parle le premier pour les deux femmes.

« Tu attends un enfant, Marguerite ? »

Marguerite ignore la réponse à faire, mais elle se prépare déjà pour le mois où elle apprendra la nouvelle. Elle soulève une épaule pour dire qu'elle ne sait pas.

Jeanne s'approche d'elle et saisit sa main. Elle n'a pas de mots, elle n'a que des regards, des regards et cette impression de renouer avec la compassion dont elle a manquée à l'endroit de l'autre. Elle voudrait dire quelque chose, mais elle ne peut pas.

Marguerite comprend son malaise. Que Jeanne ait choisi de prendre le temps de lui dire adieu répare déjà tout, à ses yeux. Elle place son index en travers des lèvres de Jeanne et elles garderont le silence en restant simplement là, les yeux dans les yeux. Toutes deux savent que Jeanne pourra ensuite partir paisiblement.

Sur le pas de la porte, Marguerite fait signe à Jeanne d'attendre. Son regard signifie que le moment est sérieux. Elle prend une profonde inspiration. Jeanne sait qu'elle doit attendre sans parler. Elle patiente, les yeux pétillants.

C'est alors qu'un inestimable cadeau est offert à celle qui part. De sa voix mal proportionnée, Marguerite dit : « Je t'aime, Jeanne ».

Leurs yeux noyés de larmes restent un moment suspendus. Ils sont quatre billes luisantes de surprise. Marguerite sourit derrière ses larmes, Jeanne s'émeut du risque qu'elle a pris pour elle.

C'est dans une grande paix qu'elle quitte la maison de celle que son cœur chérira toujours.

Le lendemain matin, Marguerite l'assiste de la même manière qu'au printemps 1669. Jeanne peut ainsi supporter ce second départ. L'une devant l'autre, le dos droit et le visage déterminé, elles se tiennent les mains.

Son départ suit une nuit d'insomnie et de larmes, mais Jeanne a fini de pleurer. Oh ! elle détestera toujours les adieux, les choix, les risques mais elle peut aujourd'hui se féliciter d'aller vers ce qu'elle veut. Elle part confiante, elle part vivre ce que d'ici elle ne cesse de contempler. Elle le fait au nom de sa vie, au nom de ses rêves!

« Que ta route soit confortable, que les vents soient juste assez forts pour faire avancer le vaisseau et pour maintenir le rythme nécessaire. Adieu Jeanne. Que ta vie soit heureuse là où tu vas! »

Madame Bourdon a dit ce que Marguerite a silencieusement souhaité.

Jusque là pensionnaires logées un peu partout sur les deux rives qui bordent la colonie, quelques autres filles du contingent de Jeanne gagneront elles aussi Ville Marie. On calcule des malles venues par barques et par charettes. Presque tout Trois-Rivières est descendu sur la grève. On cherche l'horizon, celui qui est le plus à l'ouest.

Le calme est troublé lorsque quelqu'un arrive bêtement, à grandes coudées à travers la foule. « Tu crois sans doute qu'un noble de là-bas voudra de toi? » Perrine a posé à Jeanne une question qui démange ses propres rêves. « Tu sais fort bien que tu ne le rencontreras pas plus ailleurs qu'ici! Fi! » continue-t-elle.

Dans le silence que provoque cette bombe, seul le pleur de son bébé retentit. La jeune mère s'en prend aussitôt à plus petit qu'elle. « Hey! Toi! Tu la fermes ta gueule? »

Marguerite s'empresse de lui retirer le nouveau-né. Perrine le lui laisse volontiers. Dans ces bras-là, il s'endort comme un ange.

« Tu peux le garder pour la journée, si tu veux. Moi, j'aurais mieux à faire que de jouer avec une poupée pisseuse »

Solange oblige Perrine à se taire. « Les plus petits ne sont peut-être pas très utiles sur une colonie, mais encore faut-il les aider à grandir! »

Il y a un silence embarrassé. Madame Bourdon sort de sa poche un petit bonnet qu'elle a tricoté. Il protègera les oreilles du petit. Elle attache les rubans sous le menton du bébé et lui sourit. Perrine n'apprécie pas qu'on offre à son enfant plus d'attention qu'à elle. Elle quitte la grève en marchant vite.

« Occupons-nous de ce que Jeanne vive l'adieu dans la paix » Madame Bourdon connaît son angoisse face aux séparations. Elle se souvient du moment où elles avaient pris le navire, à Dieppe. Elle l'encourage.

« Alors, Jeanne, tu t'accroches à tes rêves et tu pars heureuse. Ça ira?

- Oui, Madame, ça ira. Je vais enseigner auprès de Marguerite Bourgeoys, et je vais rejoindre ma cousine. Je ferai comme elles, avec courage et audace. Merci pour tout! »

Jeanne regarde Marguerite. Elles se disent adieu dans la tendresse d'un dernier sourire.

Lorsqu'elle fut à bord de l'embarcation d'écorce qui l'amène au navire, Jeanne crie à Madame Bourdon :

« Dites à Marguerite d'être heureuse! Au revoir!

- Adieu Jeanne! »

La petite barque flotte jusqu'au bateau. Madame Bourdon transmet à Marguerite le dernier mot de Jeanne. Marguerite fronce les sourcils. Elle ne comprend pas tout à fait les motifs de ce départ.

« Elle va à Ville Marie, chez Marguerite Bourgeoys, qui a une maison, là-bas, depuis onze ans. Cela s'appelle 'Les filles séculières de la congrégation de Notre-Dame'. Comme sa cousine, Jeanne enseignera à des enfants. » dit-elle avant de continuer pour elle-même : « Que Dieu les garde de rencontrer des Iroquois! On dit que toute la route vers Ville Marie en est souvent farcie. » Madame Bourdon a murmuré en se signant de la croix.

Le navire s'éloigne bientôt sur une dentelle de petits flots. Les Trifluviens restent sur le bord de l'eau. Chacun balance son bras, qui souhaite bonne chance à ceux qui partent, au capitaine, au navire et à ses voiles, aux projets et à l'espoir. Ces silhouettes seront les derniers souvenirs trifluviens des voyageuses montées sur le pont.

Grand nombre de personnes connaissent l'expérience des déplacements à bord d'un vaisseau. Ceux qui en ignorent l'ampleur demandent à en entendre parler.

« Est-ce que ce navire avait déjà accosté chez nous? demande un garçonnet à son père.

- Celui-ci, le Saint Jean-Baptiste, nous amenait des filles à marier, l'an dernier.

- Il voyagera loin, ce navire, papa?

- Le navire? On ne sait jamais où aboutissent les navires! Ils sont toujours à risque d'être avalés par les tempêtes et par l'horizon. Ils avancent à travers tous les temps et parfois, il est vrai qu'ils réapparaissent sain et sauf de l'autre côté d'un voyage. Les gens disent qu'ils sont alors arrivés à destination.

-Et s'il réussit, ce navire, il reviendra?

-Celui-ci se rend d'abord à Ville Marie, puis il repassera devant Trois-Rivières. Il poursuivra sans doute sa route vers Québec, pour aller retraverser l'Atlantique »

Jeanne se choisit une place pour allonger sa paillasse et placer quelques affaires. Le tangage sous ses pieds l'étourdit déjà. Les odeurs, l'entassement, la pénombre, l'humidité, à moins qu'il ne s'agisse de l'inquiétude qui rampe en elle.

Reviennent à son souvenir les gestes dont elle avait bénéficié le premier jour du long voyage sur l'Atlantique. L'accueil spontané de Marguerite, sa compréhension, le partage de leur misère. Une chaleur arrive au fond d'elle. Elle sourit.

Jeanne tiendra Marguerite près de son cœur, jusqu'à Ville Marie. Elle écoutera tout le trajet durant la voix courageuse de celle qui, la veille, risquait de se faire entendre. Rendue à destination, Jeanne ira vers Catherine, comme on attrape le prochain lierre. Peut-être un jour comptera-t-elle sur elle-même pour vivre sa vie.

Au moment où on a vu le navire rejoindre l'horizon, on s'aperçoit qu'un canot vient du sud. De rythme régulier et de cadence rapide, il encaisse la houle provoquée par le gros navire. Deux Sauvages y prennent place, le coup de rame d'expérience et les muscles tendus. L'effort semble facile.

Chaque fois qu'on voit arriver des Sauvages, on pense d'abord à l'annonce d'une attaque iroquoise, comme avant que ne débarque le Régiment de Carignan. Les peaux rouges qui apparaissent ont beau être de nation alliée, on se méfie de la missive qu'ils apportent.

Le temps qu'ils gagnent la rive paraît long. Tout le monde attend la suite. L'inquiétude n'est ni patiente ni compréhensive quand elle prend la parole à l'intérieur de soi.

Un des Sauvages descend, l'autre reste sans bouger, le visage impassible. Celui qui avance dans l'eau jusqu'aux genoux cherche du regard le responsable des Blancs.

De sa ceinture, il sort un morceau de bouleau roulé, qu'il tend à Madame Bourdon en disant simplement « Du village de là-bas. »

On a à peine le temps de remercier le messager que le duo remet les rames à l'eau et reprend sa cadence vers le Cap-de-la-Madeleine. Sans doute ont-ils d'autres messages à livrer là-bas.

Les Trifluviens ne les regarderont pas aller. Les têtes se penchent sur le papier de bois qui leur parlera de l'autre rive. Une plume a tracé ces quelques mots : « Mon nouveau-né est une fille, elle se nommera Marie. » Un grand X tremblotant a été ajouté à côté d'un prénom. Madeleine.

Madame Bourdon sourit. Elle relit la missive à l'intention de tous. Un baume vient d'apparaître sur l'angoisse qu'a causé le départ du gros navire. « La vie succède toujours aux deuils » dit-elle, la main sur sa bouche pour retenir le tremblement ému de ses lèvres. La dame regardera longtemps en direction de l'autre rive.

Au lendemain du départ de Jeanne, un drame éclate sur le navire. Le capitaine se meurt! Il est couché dans la pièce qui lui tient lieu de chambre, fiévreux, incapable du moindre mouvement. Une toux sévère le pourchasse. Des frissons balayent son corps. D'étranges râlements sortent de sa poitrine.

Il demande à son chevet le plus ancien des membres de son équipage. Le garçon laisse son ouvrage sur le pont. Il entre dans la pièce, aussi intimidé qu'apeuré par la mort. En voyant l'état de son supérieur, il s'agenouille près de lui.

Dans un souffle à peine audible, le capitaine lui confie le navire jusqu'à Ville Marie, où on débarquera les voyageurs, quelques meubles et colis, en plus du courrier. Ensuite, le garçon devra munir le navire de provisions et reprendre la route dans les mêmes conditions, avec courrier et passagers.

« Je te nomme responsable de guider le vaisseau tout le long du retour, jusqu'en France. Là-bas, le roi décidera de la suite.

- Guider moi-même le navire sur l'Atlantique? » Le garçon avale sa salive.

Une voix faible répond :

« Tes compagnons t'apporteront l'aide nécessaire et ils feront comme tu leur indiqueras. Tu seras le capitaine car j'ai confiance en tes connaissances. Tu sauras bien le faire, crois ton Capitaine... c'est... c'est un ordre! » L'homme malade se tait, sa faiblesse plus grande que son souffle pour les ordres.

Tremblotant, l'homme tend au garçon un papier signé de sa main, attestant de leur entente. Le jeune homme le présentera au roi pour obtenir des gages supplémentaires, pour honneur et charge de responsabilités. Un bref serment fait jurer au garçon toutes les solennités de la navigation. Il promet d'être honnête et responsable, juste et droit. « Je ferai de mon mieux avec foi et courage » dit-il, main droite levée et de voix vacillante.

Le capitaine est soulagé. Il se couvre de calme.

Le temps passa sans qu'il ne réussisse à mieux respirer. Son visage devient grisâtre et ses traits, fatigués. La mort l'attend, plus forte que lui.

On éponge le front bouillant de l'homme. Essoufflé par de courtes respirations, il soulève avec peine sa poitrine. Quelques heures s'écoulent avant qu'il ne meure, étouffé par une quinte de toux grasse.

Sur le pont, on le jette par dessus bord et Jeanne se signe de la croix.

***

Dans la cuisine de Solange, à la fin de l'été 1670, la voix de Madame Bourdon annonce une grande nouvelle.

« Je pars, Solange »

Madame Bourdon se tient droite. Contre sa jambe, attend un gros balluchon de jute. Elle y a roulé quelques corsages et quelques bas, quelques chandelles, une couverture, et toute sa détermination.

« Je savais que vous finiriez par nous quitter. Mais si tôt ...

- Je pars avec le navire revenu de Ville Marie, madame, comment faire autrement?

- Je sais, je sais, seulement, savoir le vide que fera votre départ nous ramène à un grand isolement. Votre présence ici nous a été chère, je tiens à vous le dire personnellement »

Les départs ont beau jalonner tout le parcours de la vie, chacun d'eux se vit comme une nouvelle coupure. Heureusement que les départs offrent la compensation de grands moments de tendresse. Aux pincements douloureux s'ajoute alors un étrange bonheur. Les deux femmes se regardent. La bonté traverse leurs visages.

Un profond silence fait une boucle entre elles. Il donne aux deux amies la certitude que leur sentiment est plein d'une générosité qui offre à l'âme les délices de la félicité.

Mais la gêne de l'intimité met bientôt fin à ce moment devenu trop intense. Solange demande :

« Quelle sera le but de votre voyage?

-Un coureur des bois a apporté ceci, il y a quelques jours »

Elle sort de sa poche une lettre de Marie de l'Incarnation. Une encre fine implore de l'aide. Madame Bourdon résume : « Québec a besoin de renfort pour former et instruire les futures épouses, nouvellement débarquées dans la colonie. Il semble que plusieurs habitent déjà chez moi » dit-elle, le cœur ni triste ni gai.

Solange regarde au fond de la pièce. Elle feint de renouer son bonnet. Peut-être étouffe-t-elle simplement un sanglot.

Devant l'affliction de Solange, Madame Bourdon s'assoit. D'une voix lente, elle lit :

« Nous reconnaissons votre zèle, chère Madame Bourdon, et on le requiert pour le dernier envoi de jeunes personnes qu'on vient de quérir aux bords de l'eau, à la colonie de Québec. On a logé celles qui arrivent et on les a bien accommodées, mais on a besoin de femmes de votre qualité pour leur apprendre à former des familles en Canada. Outre les loger et les nourrir, on leur veut les soins les plus prévenants. Il faut s'occuper de leur âme en plus de leur corps, en leur donnant à toutes une instruction jugée leur être la plus utile. Connaissant votre qualité d'être confidente, conseillère et protectrice de toutes ces futures et nouvelles mariées, considérant aussi votre port d'attache dans notre colonie, nous vous supplions, Madame, de venir continuer votre œuvre chez vous. »

Solange se lève, bouscule sa chaise. Les joues en feu, elle argumente :

« Mais depuis la rédaction de cette lettre, le temps de son transport jusqu'ici, au fond des bois, le temps de votre arrivée au port de Québec, fi ! les jeunes filles seront déjà toutes mariées et enceintes de leur second !

- Sans doute. Mais vous savez aussi que chaque année, la ville reçoit un nouveau lot de recrues. Et puis, les filles ont tout à apprendre de ce climat trop différent de la France, vous le savez bien ! Avec le chiffre de population de cette ville, il y a encore bien plus à faire en Québec qu'à Trois-Rivières ! Je pars Solange, et de grâce, ne me rendez pas ce choix plus difficile »

Solange se rassoit.

« …Vous avez raison … Et puis, le gros du travail de la traversée de 1669 est terminé … je sais … »

La grosse femme se ressaisit. Elle sait profondément que ce départ ne la tuera pas. Elle est triste pour elle-même et pour son propre attachement. Et pour la misère d'ici, sans doute. Elle sourit à celle qu'elle considère sa complice et amie.

Les deux femmes restent des heures à parler et à se taire, leurs tasses de bouillon refroidissant près d'elles, leurs mots et leurs mains trop chaudement occupés à se dire, pour une dernière fois, combien le cœur de l'autre a été touchant à rencontrer.

Aux petites heures le lendemain, un navire emporte Madame Bourdon. Un autre voyage sur le fleuve commence. Elle débarquera à Québec, mais savoir que le vaisseau est tourné vers la France la réconfortera.

Le colosse de bois glisse silencieusement devant la petite colonie de Trois-Rivières. De belles feuilles rouges et jaunes s'agitent. Des mains sur le rivage font des aurevoirs. Tout est en faveur d'un voyage de chance et de courage.

Le bruissement de l'eau contre le bois du navire revêt le départ de solennité. Une musique enveloppe le fleuve. De grosses moussons blanches courent chuchoter sur la grève.

Quelques Indiens et quelques colons de Trois-Rivières regardent se tendre les voiles et s'en aller le bateau. Ils enferment leurs prières entre leurs lèvres qu'ils agitent dans un mouvement égal et mystérieux.

Les yeux plantés au large, chacun remonte sur ses épaules les pans d'un vêtement. La fraîcheur de la dernière nuit laissera encore ses traces jusqu'à ce que le soleil soit haut dans le ciel et que soit apprivoisé le départ.

Soudain, une longue plainte interrompt leur recueillement. Une jeune femme accourt, son bonnet à la volée derrière elle. Ses lamentations se fondent aux vents. Ses cris vont frapper les parois de l'horizon.

La femme trébuche, se relève, puis elle s'effondre dans le sable comme pour s'enterrer vivante. Quelques-uns courent s'attrouper autour d'elle. Les Trifluviens chuchotent. « Perrine fait encore des manières ! »

Incapable de parler, elle martèle ses poings contre le sol et, les mains pleines de terre froide, elle se gifle le visage. Ses yeux sont de feu. Ils appellent le navire, l'engueulent et le supplient, lui montrent une colère jurée. Elle crie « Je vais te montrer, moi, que je ferai pour lui quelque chose qui lui servira toute sa vie !

- Qu'est-ce qu'elle dit ?

- Elle a toujours été colérique, celle-là !

- Elle a toujours fait des scènes, mais qu'est-ce que celle-ci ?

- Mais, expliquez-vous, jeune femme, parlez donc, à la fin ! »

Le regard et les cris de Perrine continuent d'appeler le navire. Elle prend soudain une grande respiration et s'élance dans l'eau froide. Malgré qu'on tente de la retenir, elle avance droit devant elle. Ses pieds bleuissent de patauger dans le fleuve d'automne. Prête à offrir le spectacle de mourir dans la froideur, elle reste là, retenue par un solide désespoir, les bras tendus vers le vaisseau.

Son cri s'éteint. Seule sa bouche fait l'effort de le faire sortir. Elle a froid. Lorsque quelques braves viennent la cueillir, Perrine ne résiste plus.

On ignore encore à cause de quelle détresse, mais arrivée sur la grève, elle se recroqueville et se berce sur elle-même. Ses larmes étalent sur son visage une couche de sa misère. Entre ses dents trop longues, sa langue articule des syllabes décousues par des sanglots.

Personne ne comprend ce qu'elle chuchotte entre deux frissons. Son corps n'est qu'un grand tremblement. Désarmée, elle s'agenouille.

« Ne la laissez pas comme ça, couvrez là! Elle va mourir congelée!

- Mais qu'est-ce qu'elle raconte? Vous la comprenez, vous?

- Personne n'a jamais compris cette fille, de toute manière! »

Tout Trois-Rivières allait se décourager quand Marguerite se détacha du peloton, une main sur sa gorge. La sourde respire bruyamment et elle dit, de manière malhabile et sur un ton faux « Bé-bé! ». Son autre main pointe un index sur le navire, déjà loin.

Tout le monde recule d'un pas. Certains regardent brièvement le navire, mais reviennent vers Marguerite, stupéfiés. Marguerite a parlé! Elle a parlé!

La jeune femme se cache la figure pour pleurer. Les gens entendent enfin le sens du message de celle qui vient de les surprendre.

« Quoi? Qu'est-ce que tu dis? L'enfant de Perrine est sur le navire? »

Toute l'attention est portée sur Marguerite.

« Le nouveau-né? Le nouveau-né de Perrine? L'enfant serait-il sur ce navire qui part là-bas? Tu sais quelque chose de cette histoire, Marguerite? Parle, mais parle encore, Marguerite! »

Marguerite ne parlera pas. Elle pleure, trop émue de ce qu'elle vient d'oser, trop émue surtout par son intuition qu'est parti l'enfant qu'elle chérit. N'est-ce pas ce petit être qui lui redonna le courage de réapprendre à parler? N'est-ce pas avec son arrivée qu'elle a fredonné et avec son départ que Marguerite parle publiquement? Cet enfant est béni.

Elle se cache contre l'épaule de Jean et ils quittent la grève en se soutenant.

Marguerite tissa et tricota ensuite des semaines durant, en s'exerçant à fredonner amoureusement pour l'enfant nouveau qui venait de commencer à étirer son ventre.

On tente de ramener Perrine dans l'enclos du fort, mais sans succès. Elle a repris ses cris pendant qu'on s'occupait de Marguerite. Elle se couche par terre. Ses cris se roulent avec elle dans la boue de la batture. Enrobée de misère et de chagrin, elle ne cesse de hurler, sans encore se faire comprendre. La foule se décourage. Quelques personnes quittent la rive et remontent la route vers le village.

Perrine fige. Elle se tait enfin. On ignore si c'est le froid ou la résignation qui la firent se relever et marcher vers le fort en agitant sa crinière rousse. On sait cependant que jamais elle n'avait paru à ce point désaxée.

À partir de ce jour là, une sorte de folie entraîna Perrine dans des absences ponctuées de colères démentes. Quelque chose en elle s'était définitivement cassé.

Le soir qui précéda le départ du navire, Louis avait ramassé quelques affaires.

« Tu pars encore chez les Sauvagesses! avait dit Perrine, emportée.

- Je pars où ça me chante.

- Je te haïs!

- Tu me hais de partir et tu me hais de rester! » Louis riait fort. « Tu ne sais que haïr Perrine!

- Non! » Elle pointa le nez vers son enfant. « Celui-là je ne le hais pas, quand il fait ce que je veux, bien sûr.

-Ne pas haïr ce n'est pas aimer, idiote. Pousse-toi, que je me prenne à boire! »

Louis posa sa main gauche sur le contenant d'eau-de-vie. Il eut autant de mal à ouvrir le pot que sa bouche à sourire lorsqu'il avala une grande lampée, pour pouvoir dire : « Moi, par contre, j'aime cet enfant!

- Voilà que tu t'en soucies maintenant! Je te mets au défi de faire quelque chose de bien pour lui! Perrine cracha par terre.

- C'est vraiment ce que tu crois? (Il rit) Je vais te montrer, moi, que je ferai pour lui quelque chose qui lui servira toute sa vie!

- Ah! Bon! Et qu'est-ce donc?

-Tu verras, tu verras bien, sale rouquine! » Louis riait à gorge déployée. Quelque chose de terrible retentit dans toute la cabane, et jusque sous la peau de la jeune mère.

La nuit avait semblé plus longue que toutes les autres nuits qu'il avait passées en terre d'Amérique. Louis avait attendu. Son visage se remplissait d'un sourire vengeur chaque fois que dans le noir, il regardait en direction du sommeil de Perrine. L'homme avait ensuite un plein sourire de contentement lorsqu'il repensait à toutes les Sauvagesses auprès desquelles il avait dormi.

Entre deux pensées sur sa vie ici, Louis regardait le sommeil de son enfant. En silence, il passa la nuit à lui raconter les levers de soleil sur les mers généreuses de couleurs tendres.

Il lui raconta aussi les couchers de lumière au centre des vagues lisses et foncées. Il lui expliqua les haubans et les voiles, les nœuds et les vents. Et le bonheur, et la liberté. Il lui promit secrètement tous les horizons du monde.

Vers la fin de la nuit, utilisant sa seule main et ce qui lui reste de ses dents, Louis enveloppa rapidement son fils dans deux couvertures plutôt qu'une seule. Il passa son sac en bandoulière, et prit son fils endormi contre sa bonne épaule. Avant de sortir, il lança un regard victorieux en direction de Perrine.

Il fit le chemin dans les bois éclairés par la lune. Près de la palissade du village, il se courba comme un voleur. Il s'assura du sommeil de son enfant et attendit en écoutant un bruit de pas. La sentinelle marchait, debout sur la rampe branlante. L'homme fumait, le regard dans le fleuve. Parfois, il ramenait son regard vers la palissade, et Louis ramassait son souffle. Enfin, le soldat partit guetter plus loin. On entendit son pas claquer et disparaître dans le noir.

Louis passa près de la grosse porte cochère faite de madriers. La vigie n'a pas crié, ils pourront s'évader sans que Perrine n'en sache quelque chose.

Il courut jusqu'au quai, là où dans le noir l'attendait son complice.

« Prends donc l'enfant, je n'ai qu'un foutu bras, moi, tu vois bien! » Louis s'arrête net en s'entendant parler ainsi : « Et bien! Voilà que je me plains à la manière de cette femme égoïste qui a ajouté à mon malheur sur la terre! »

Ils se retiennent de rire de cette boutade, un doigt pointé sur l'enfant. « Chut! ne le réveillons pas! Alors, mon ami, on t'a nommé Capitaine!

- Avant de mourir, le Capitaine m'a dit que mes compagnons m'aideront et feront ce que je leur indiquerai. Tu reviens, compagnon, c'est ce que ton nouveau Capitaine t'ordonne! J'ai grand besoin que tu m'aides à retraverser l'Atlantique!

- À vos ordres, Capitaine! ajoute Louis, le corps au garde-à-vous. Dis, il y a un baril d'eau-de-vie sur ce navire? Une bouteille de terre, au moins? »

Les deux hommes sont heureux de se retrouver, mais Louis ne conversera pas longtemps. Il doit repérer une cache sur le navire. Il veut que personne ne sache qu'il voyage avec l'enfant. Personne. Jusqu'à destination! Il fait vite, au cas où Petit Louis ameuterait tout le monde en se mettant à pleurer.

Et puis, le matelot est pressé de savourer ses précieuses retrouvailles avec le vaisseau.

En déposant son fils sur un ramassis de jute et de paille, Louis respire l'odeur de sa propre enfance. Il se revoit passer de bras en bras sur tous les bateaux qui furent ses maisons, esseulé dans la foule et les débris, à guetter les dangers, à en avoir peur, à les rechercher aussi. Il s'arrête avant de pleurer.

Il va marcher sur le pont, gonflant son torse de bonheur. Bientôt, le jour gagnera sur la nuit et il repartira. Il reverra la lumière se lever sur les couleurs qu'il a promises à son fils. Un peu de patience encore et l'odeur de la vraie vie lui emplira cœur et poumons, comme autrefois.

Il s'emballe «J'y suis, je suis remonté sur le vaisseau de ma liberté! Je la reverrai bientôt, je la sentirai à nouveau sur ma peau : la mer! » Il a peine à contenir son élan de folie. Il aurait envie d'imprudence, mais il se retient de crier sa joie sur toute la face de la colonie.

Vivre séparé de ce qu'on aime, négliger ensuite sa vie à force d'y mourir chaque jour, et brusquement, retrouver tout cet amour intact, voilà bien mieux qu'être couronné le plus grand roi de tous les temps. « Oh! tout ceci m'a cruellement manqué! » dit-il, les pensées à des kilomètres de la colonie.

Les yeux pleins d'étincelles et le visage presque beau, il se tourne vers l'autre homme. «Et ne me demande pas de gagner les concours du plus brave, mon ami, parce que je n'ai plus toute ma force de naguère! » Il montre le vide à la place de son bras droit.

« Tu es heureux, je le vois bien! »

Louis arrête de rire.

« La terre m'a pris un bras, mais rien ne m'arrachera mon besoin de naviguer. »

Il est heureux, oui, heureux comme celui qui retrouve l'usage de toutes ses capacités. Il regarde droit dans les yeux de son compagnon de voyage et dit ce que jamais encore dans sa vie il n'avait aussi clairement prononcé.

« Merci »

Les paroles rarement dites sont les plus vraies pour celui qui ose les prononcer.

«Personne ne sait que tu pars?

- Si, quelqu'un sait. Je me suis rendu lui dire adieu, hier.

- Une belle, c'est ça? Une douce Sauvagesse, dis?

- Non. Pas une Sauvagesse. Un vieux sage qui m'a aidé à ne jamais crever. Sans lui, j'aurais sans doute perdu espoir et jamais je ne serais remonté ici! »

Louis revoit le visage plat de Capitanal, au moment de leurs adieux. Il n'avait pas su ce que pensait le Sauvage resté coi. Il fut certain d'une chose, cependant : Capitanal lui offrira le même silence honnête, longtemps après son départ de Trois-Rivières.

Louis se demande s'il aurait mieux fait de diriger ses remerciements vers le Sauvage plutôt que vers son ami du navire. Devant la rareté des ressources, il y a préoccupation d'utilisation judicieuse. Louis ne se doute pas que ce fut précisément de ce Sauvage qu'il apprit les étapes le menant à ce mot et à sa signification.

Le matelot redevenu matelot ne s'en souciait déjà plus.

***

Du matin où Madame Bourdon a quitté Trois-Rivières jusqu'à l'instant où elle est débarquée en Québec, la route n'a duré que quelques jours. Mais s'exposer à péril de mort parut ne jamais finir.

Sur les terres des colonies, le temps se calcule à la chandelle à brûler ou à la pipée à fumer. Le prochain village amérindien devient ainsi situé à trois pipées, et le prochain rendez-vous se prévoit dans quatre chandelles à brûler, et ces galettes seront cuites d'ici deux Ave. Sur un vaisseau, par contre, le temps qui se calcule d'un soleil à l'autre est hanté d'une grande conscience. Aucun pouvoir politique, économique ou religieux n'en contrôle la cadence. Chaque instant ramène à soi-même.

Madame Bourdon est soulagée de débarquer à Québec. Revoir la ville, c'est retrouver les belles campagnes depuis Cap Tourmente jusqu'à Sillery. Elle admire les constructions du fort St-Louis, de l'Hôtel-Dieu, des Ursulines, de l'habitation fortifiée, de la grande église et du jardin du fort. Elle regarde encore le cimetière des pauvres, le magasin, le moulin, les rues de terre et les étendues labourables. Sans compter la centaine de maisons de pierres, leurs larges cheminées, leurs fenêtres de bois, toutes ces constructions où les familles vivent à l'étage et où fourrures et vins sont gardés au sous-sol.

Québec est la plus grosse colonie entre toutes. C'est dans ce centre politique et administratif et ce foyer de la culture que réside le Gouverneur Général ainsi que l'intendant au pouvoir judiciaire et civil. Oh! ces hommes ont bien des représentants à Trois-Rivières et à Ville Marie pour voir à appliquer les ordonnances en faveur du bon ordre dans les villes, n'empêche que c'est à Québec que se sont installés les plus nobles d'entre eux.

Toujours en expansion, Québec s'est encore développé depuis le dernier séjour de la dame. Dans la colonie aux maisons adossées à un rocher, il y a maintenant plus de deux rangées de demeures parallèles autour de l'église Notre-Dame des Victoires!

Malgré sa fatigue, la dame monte rigoureusement la grosse côte. Près du fort, la Place d'Armes est là, sur un terrain rectangulaire bordé de quelques maisons.

Dans la haute ville circulent des nobles portant le justaucorps, une veste ample à partir de la taille et tombant sur culotte de drap. Leurs bas sont en soie noire ou blanche. Leurs souliers de cuirs sont à doubles semelles et les boucles qui les attachent sont d'or ou d'argent. Lorsqu'ils croisent Madame Bourdon, chacun salue galamment en soulevant son feutre de laine posé sur une perruque bouclée.

À leur bras marche une femme élégante, habillée, elle aussi, à la française. Sous sa longue cape à capuchon de laine, son pas dévoile une belle robe dont le devant s'ouvre sur un jupon taillé dans un tissu de mousseline. Sa coiffe est garnie de belle dentelle et de rubans brodés. Son cou est noué d'un mouchoir de tissu fin. Ses souliers à talons élevés, en bois, sont recouverts de cuir et de tissu. Le teint frais de toutes les grandes dames ne semble afficher aucune fatigue.

On différencie ces nobles bourgeois des centaines de tabliers de toile commune et de sabots de bois qui pullulent sur les chemins. Parmi les gens de la haute se promènent des figures de femmes aux mouchoirs rudes attachés sous le menton, ainsi que des hommes au bonnet de coton beige. Madame Bourdon offre à tous son sourire, qu'ils soient gouverneurs ou petits marins de passage, qu'ils aient les joues balayées de fard ou crevassées de gerçures.

Arrivée chez Marie de l'Incarnation, elle ouvre le volet d'une clôture qui entoure la propriété. Un étroit chemin la mène jusqu'à une lourde porte de bois. De l'autre côté logent près de cinquante personnes dont une vingtaine de religieuses, des pensionnaires, des séminaristes et des domestiques. Tout ce monde y vit convenablement grâce à des femmes de France, des amies de Paris et de Tours, qui financent les Ursulines de Québec depuis leur arrivée, en 1639.

Madame Bourdon se découvre vite quelque chose d'important à accomplir avant d'entreprendre d'autres tâches dans la grande colonie. Marie de l'Incarnation tient à la main une lettre, apportée par l'intendant Jean Talon, qui se charge volontiers de son courrier. La lettre annonce le mariage prochain de Anne Langlois, débarquée en Québec un an plus tôt.

« Depuis la pénible traversée de 1669, cette jeune fille vous est secrètement très reconnaissante, Madame, lui apprend la religieuse. Votre présence à son mariage, à titre de témoin, la toucherait plus que vous ne le croyez!

- Je me souviens de cette fille... à la fois sage et résignée, patiente et surtout de grand courage! Jamais un mot contre l'une ou l'autre, et toujours centrée sur son seul objectif... Madame Bourdon se rappelle. N'avait-elle pas débarqué en pleine embuscade, ici en Québec, avec quelques autres pupilles du Roy?

- Débarquer retrouver les siens était son seul bonheur. Pour rien au monde cette petite n'aurait passé son chemin! Son sens de la famille est tellement intense et si profondément engagé! Sa détermination ne pourra qu'avoir des échos futurs!

- Et qu'a-t-elle fait ici, depuis son arrivée de France ?

- Oh ! elle s'est d'abord longuement reposée, parce qu'elle était très affaiblie, malgré qu'elle ne le laissait voir. Elle a ensuite fait sa part auprès des jeunes Sauvagesses, nouvellement converties. Nous avons bien tenté d'en faire une religieuse, mais le destin en a décidé autrement !

- Elle a trouvé un bon parti ?

- Un homme tout aussi courageux qu'elle, du fief de L'Auverdière. Le couple se marie et s'installe sur l'île d'Orléans.

- Parfait ! Peuplons la Nouvelle-France dans les meilleures conditions possibles. Que cette fille soit heureuse et qu'elle compte sur ma présence à son mariage ! »

Quelques temps plus tard, une barque amène Madame Bourdon sur les eaux froides du fleuve. De Québec elle se rend à l'île d'Orléans, située à une lieue au-dessous de la capitale. En cet endroit, les eaux se séparent en deux pour former la belle île. On dit que les terres là-bas sont toutes bonnes.

Madame Bourdon craint de monter dans l'embarcation précaire. Combien de barques ont-elles chaviré dans le fleuve à cause des vents froids soudainement levés ? Combien de gens sont-ils morts à cause d'Iroquois mal intentionnés et cachés sur toute la longueur des rives ?

Elle est transie. L'arrivée des premiers jours froids de novembre oblige à se demander de quelle manière on pourra encore survivre aux gels des gros mois. Chaque année, en Amérique, l'été fuit beaucoup plus vite qu'en France ! Seront bientôt revenues les glaces qui tendront des ponts sur lesquels traverser. Les patins remplaceront les roues sous les transporteurs, les maisons caleront sous les bordées de neige, et on se serrera autour du feu en partageant des boissons chaudes.

Sous ses mains couvertes d'une peau de loutre, un chapelet coule entre ses doigts engourdis. Madame Bourdon récite ses prières. Près d'elle, deux religieuses qui l'accompagnent prient aussi. Elles frissonnent. L'humidité transperce toutes les épaisseurs dont elles sont enveloppées.

D'ici, la vue sur Québec est franchement magnifique. L'île approche. Sa beauté fascine. Anne Langlois et son mari ont choisi le risque de la splendeur des lieux au prix de l'autonomie totale.

L'île est parsemée de maisonnettes entourées d'espaces sauvages. Là-bas, on distingue la croix d'une église. Madame Bourdon regarde partout autour d'elle. Les verts jaunis de l'automne rejoignent un ciel qui se mire dans le fleuve.

Soudain, le ciel semble fâché. Tout le monde prie pour que les rameurs atteignent l'île avant que ne tombe l'orage sur les voyageuses. Le vent se lève encore, et la barque valse.

Enfin, voici l'île. On fait vite. Quelques gouttes ont commencé à tomber. On lève la tête pour repérer un peu de pâleur dans le fond du ciel. On guette aussi du coin de l'œil chaque buisson au cas où s'abattrait une pluie d'Iroquois.

Le 4 novembre 1670, à Ste-Famille en l'île d'Orléans, Madame Bourdon est parmi d'autres témoins qui assistent à la signature d'un contrat de mariage. Près d'elle, le missionnaire de l'île, l'abbé Thomas Morel.

« Sont désormais unis dans le mariage René Cauchon, du fief de L'Auverdière près de Bléré, en France, enfant né et baptisé le 4 septembre 1640, fils de René et dame Charlotte Citolle, d'une part ; et Anne Langlois, baptisée en 1651, Fille du Roy arrivée en Canada en 1669, enfant unique de Philippe et dame Marie Binet de St-Sulpice de Paris, d'autre part »

Madame Bourdon prend une longue respiration. Voici mariée une autre Fille du Roy. Une à une, ces unions construisent la Nouvelle-France, qui devient progressivement ce qu'elle doit être : un vrai pays.

Elle réfléchit. Le peuplement dépend des ordres du ministre Colbert et de l'intendant Talon. Le peuplement dépend encore des faveurs du Roy et des modes françaises, des humeurs sur le fleuve et de la santé des champs et des gens. Il dépend aussi de l'apprentissage de la survie en terre lointaine. Le peuplement dépend du développement de l'industrie et de celui du courage personnel ; il dépend de la découverte et de l'exploitation de ressources diverses ; il dépend des échanges entre les peuples et de la bonne volonté de chacun ! De quoi dépend-il encore ? Quand tout est à faire et que la chaîne est de maillons serrés, tout est à la fois si fort et si fragile ! Sans des assises comme le couple Anne Langlois et René Cauchon dit L'Auverdière, comment assurer le futur ? Oui, cette simple union a le pouvoir de créer l'avenir !

Madame Bourdon a vu se créer plusieurs mariages. Certains dans le calme et le bonheur, d'autres de manière empressée, à cause de raisons aussi justifiables les unes que les autres. Mais aujourd'hui, devant ce couple, elle a confiance en l'avenir.

Le regard que porte Anne à son mari est franc et plein d'une promesse solennelle. Les jeunes gens se jurent une vie tranquille et heureuse auprès de leurs enfants à venir. Ils vivront dans leur maison, grange et hangar, sur leurs six arpents de terre du côté Sud de l'île d'Orléans. Ils seront, comme tant d'autres, ancêtres des plus belles familles québécoises. Ils mourront tranquillement après avoir enrichi la Nouvelle-France et fourni un élan à leur nom.

Ils seront ainsi les premiers ancêtres de la lignée des Laverdière et, plus de dix générations plus tard, on en parlera encore avec respect et fierté.

Madame Bourdon se signe de la croix.

« Au revoir, Anne, lui dit-elle. Longue vie à vous deux.

- Adieu, Madame » répond la jeune épouse, la gratitude au fond des yeux.

Elles s'embrassent une dernière fois, et Madame Bourdon disparaît. Elle reprendra bientôt la petite embarcation de planches.

Dans la barque vers Québec, la dame refait mentalement le chemin depuis la traversée de 1669. Les visages de ses protégées défilent devant ses yeux clos. Elle les revoit, chacune avec ses ardeurs et ses joies, ses peurs et ses peines. Elles sont ses filles, toutes en quête d'un peu de bonheur. Elle a chéri chacune d'elles, oui, de la plus simple à la plus malhabile à se faire apprécier! Le caractère pointu de Perrine traverse le souvenir de Madame Bourdon. Elle hausse les épaules. Pauvre Perrine!

Les rameurs ralentissent la cadence. La barque touche la rive de la capitale des colonies françaises. Madame Bourdon ouvre les yeux. Québec est devant, magnifique.

Le vent du fleuve n'a cessé de prendre le dos. Il n'est d'aucun répit. Madame Bourdon est soulagée de descendre du transporteur flottant. Elle aide ses compagnes à poser le pied sur le quai.

Parmi les tourbillons coutumier de la basse ville, quelques voyageurs, là-bas, encombrent le quai. Une autre petite embarcation vient tout juste d'accoster. Madame Bourdon distingue mal la scène. Il y a quelques Sauvages et une jeune fille pâle, un petit bagage à ses pieds.

Elle fronce les sourcils. Que font-ils? On la retient de force! Elle crie et elle se débat! Elle cherche à sauter dans l'eau glacée! Qu'on l'en empêche! Qu'on l'en empêche donc!

Madame Bourdon faillit perdre pied. A-t-elle bien vu? Poussée par la stupéfaction, elle court jusqu'au petit groupe. Son étonnement mène son pas. Le vent glacé tient son dos. Le choc est grand!

« Capitanal? Perrine? Ici, jusqu'en Québec! » dit-elle, leur prenant le bras pour s'assurer de ne pas rêver.

Trois-Rivières n'avait pu garder Perrine, devenue franchement dangereuse, tant envers elle-même qu'envers autrui. Personne ne pouvait lui accorder l'assistance que sa situation obligeait.

Soucieux de rester fidèle à sa responsabilité envers Louis, Capitanal se proposa pour ramer le long de la rive nord du grand fleuve, jusqu'à la capitale. Trois-Rivières venait de voter pour qu'on amène la pauvre Perrine devant le Gouverneur Général. Tous s'entendent à dire qu'on doit rendre la folle à la France.

Madame Bourdon questionne : « Le navire qui m'a amené jusqu'ici, en Québec, se rendait justement en Europe! Pourquoi ne pas avoir embarqué Perrine pour la France, si tel était son mystérieux destin? »

Le vieux sage la regarde droit dans les yeux. Pour la première fois, son visage trahit une émotion.

« Peut-être ce navire portait-il déjà son lot de mystères, Madame... »

Capitanal dépose son regard sur la voûte du ciel. Il n'entend plus les plaintes de Perrine ni les ordres que lui donnent les autres Sauvages. Un sourire muet et fier illumine sa figure qui, cette fois, ne retient aucun secret. Le corps tourné vers l'Atlantique, Capitanal évoque au grand jour la chaleur du lien d'amitié qui le relie au matelot.

Lyne Laverdière, 2005.

Quelques repères bibliographiques :

BOUCHER DE LA BRUYÈRE, Montarville, « Chapelles et églises trifluviennes » , Pages trifluviennes, Série A, No. 3, Édition du Bien Public, 1933, 47 pages.

DEROY-PINEAU, Françoise, « Marie de l'Incarnation, Marie Guyart femme d'affaire, mystique, mère de la N-F », Paris, Éd. Robert Laffont, 1989, 310 pages.

DEFFONTAINES, Pierre, « L'homme et l'hiver au Canada » , Montréal, Presse Universitaires de Laval, 1957, 293 pages.

BOUCHER, Pierre et la Société Historique de Boucherville, « Histoire véritable et naturelle... », Montréal, 1964, 415 pages.

GROULX, Lionel, « La naissance d'une race » , Montréal, Librairie Granger Frères Limitée, 1938, 285 pages.

LACHANCE, André, « La vie urbaine en Nouvelle-France » , Paris, Boréal, 1987, 148 pages.

LACHANCE, André, « Vivre, aimer et mourir en Nouvelle-France, vie quotidienne au 17-18e siècle » , Libre expression, 2000, 222 pages.

TESSIER, Albert, « Trois-Rivières, 1535-1935, quatre siècles d'histoire » Le Nouvelliste, 1935, 199 pages.

TRUDEL, Marcel, « Initiation à la Nouvelle-France » , Holt Rinehart et Winston limitée, 1968, 323 pages.

DOUVILLE, Raymond, « Visages du vieux-trois-Rivières » , Éditions du Bien Public, 1955, 203 pages.

Revues « Nos racines, l'histoire vivante des Québécois » Les éditions Transmo inc. 1979, No 2.

« Patrimoine trifluvien », SCAP, Bulletin annuel d'histoire, numéros 6-7-8, 1996-1997-1998

REMERCIEMENTS :

À mesdames Nicole Bergeron et Mariette Cheney, ainsi qu'à monsieur Daniel Bergeron, pour leur générosité.

À monsieur René Garceau pour nos fructueuses conversations.